Das Buch

Superintendant Natalie Price hat einen Job, bei dem sie sich auf ihre Menschenkenntnis verlassen muss: Als Leiterin von Horizon House bereitet sie Schwerverbrecher auf die Haftentlassung vor. Sie ist es, die über Urlaub und Freigang entscheidet. Eine Fehleinschätzung kann schlimme Folgen haben.

Dean Walsh sitzt seit acht Jahren wegen Vergewaltigung im Gefängnis und hat stets seine Unschuld beteuert. Natalie hat keine Bedenken, ihm Freigang zu gewähren.

Doch als Natalies beste Freundin Maggie ermordet wird und Dean untertaucht, beginnt sie an sich selbst zu zweifeln: Nicht nur in Dean scheint sie sich geirrt zu haben, auch Maggie führte ein verborgenes Leben, von dem sie nichts ahnte. Ja nicht einmal Natalies Kollegen sind die, für die sie sie gehalten hat. Und als Natalie schließlich suspendiert wird, ist allein auf Detective Leo Coscarelli noch Verlass, denn unter all den Verdächtigen und Verrätern muss sich auch der Mörder befinden ...

Die Autorin

Elise Title hat über zwanzig Jahre als Psychotherapeutin gearbeitet, davon viele Jahre im Sicherheitsvollzug mit Schwerkriminellen. Die Autorin lebt in Neuengland. Mit ihren Psychothrillern *Romeo* und *Eros* wurde Elise Title eine internationale Bestsellerautorin.

Von Elise Title sind in unserem Hause bereits erschienen:
Eros
Romeo
Todsünden

Elise Title

Judas

Roman

Aus dem Englischen
von Ulrike Wasel und
Klaus Timmermann

Ullstein

Umwelthinweis:
Dieses Buch wurde auf chlor-
und säurefreiem Papier gedruckt.

Ullstein Taschenbuchverlag
Der Ullstein Taschenbuchverlag ist ein Unternehmen der Econ Ullstein List
Verlag GmbH & Co. KG, München
1. Auflage September 2002
Lizenzausgabe mit Genehmigung des Scherz Verlag, Bern und München
Copyright © 2000 by Elise Title
Published by arrangement with Linda Michaels Limited, International Literary
Agents.
Alle deutschsprachigen Rechte beim Scherz Verlag, Bern, München und Wien.
Titel der englischen Originalausgabe: Laying the Track
Einzig berechtigte Übersetzung aus dem Englischen: Ulrike Wasel, Klaus
Timmermann
Umschlaggestaltung: Thomas Jarzina, Köln, unter Verwendung einer Vorlage von
P. Agentur für Markengestaltung
Gesetzt aus der Janson
Druck und Bindearbeiten: Clausen & Bosse, Leck
Printed in Germany
ISBN 3-548-25427-6

Was uns nicht umbringt, macht uns stärker…

J. P
Häftling Nr. 328760

PROLOG

Cambridge Police Department: Detective Lois Weaver
Aussage des Opfers
Aufgenommen im Cambridge Hospital
9. Juni 1992

Mein Name ist Alison Cole. Ich bin neunzehn Jahre alt. Die Ärztin sagt, ich kann froh sein, dass ich noch am Leben bin. Aber ehrlich gesagt – froh bin ich eigentlich nicht.

Das ist ganz verständlich, Miss Cole.

Können Sie sich vorstellen, dass ich in der Highschool mal total verrückt nach Dean Thomas Walsh war? Jedenfalls bis er die Schule geschmissen hat. Nicht, dass er mich je wahrgenommen hätte. Aber gestern Abend hat er mich dafür umso mehr wahrgenommen. Da hat er mich mächtig wahrgenommen.

Hat er sich an Sie rangemacht?

Und wie. Er hat die alte Masche gebracht: «Kennen wir uns nicht von irgendwoher?» Nur dass es keine Masche war, weil er mich tatsächlich von irgendwoher kennt. Und das sage ich ihm, und wir müssen beide lachen. Als Nächstes spendieren er und sein Kumpel Rick mir und meiner Freundin Kelly auch schon einen Drink. Okay, okay, ich weiß, ich hatte in dem Club gar nichts zu suchen, mit dem falschen Ausweis und…

Schildern Sie mir einfach, was passiert ist, Miss Cole. Hat Dean auch was getrunken?

Ja, Wodka pur. Aber er war nicht betrunken, keiner von uns... noch nicht. Wir hatten alle nur leicht einen sitzen. Jedenfalls, Dean und Rick haben uns was von irgendeiner Party erzählt und gefragt, ob wir nicht Lust hätten mitzukommen.

Die Party auf der Highland Street 43 in Somerville.

Sobald wir in diese schäbige Wohnung kamen, hab ich gewusst...

Was wussten Sie?

Ich hab gewusst, dass was Schlimmes passieren würde. Und... und so war es auch.

Was ist passiert, Alison?

Alle waren high. Nicht bloß vom Alkohol. Auch von Pillen und Dope und... Na, jedenfalls hab ich mir gesagt, sei vernünftig und bleib beim Alkohol. Ich trinke normalerweise nicht viel, deshalb hab ich gedacht, ich würd das gut überstehen. Nur...

Sie haben doch zu viel getrunken?

Ich wollte nach Hause. Mir war plötzlich richtig schlecht. Na ja, schwindelig und so. Dann hab ich gekotzt. In der Küche auf den Boden. Ich hab mich zu Tode geschämt. Aber Dean war richtig lieb. Er hat den Arm um mich gelegt und mich ins Badezimmer gebracht und... mich sauber gemacht. Dann wollte er mich in eins von den Schlafzimmern bugsieren, hat gesagt, ich sollte mich mal 'n Weilchen hinlegen. Und er würde sich zu mir legen. Okay, ich hatte zu viel getrunken, zugegeben, aber ich war nicht so betrunken, dass ich ihm nicht gesagt hätte, dass da nichts laufen würde. Ich hab noch mit keinem gleich bei der ersten Verabredung geschlafen. Und wir waren ja nicht mal richtig verabredet gewesen.

Wie hat Dean reagiert?

Er hat gesagt: «Aber klar, Baby. Absolut keine Fummelei, Baby. Ich bin ein braver Junge, Ehrenwort.» Von wegen! Auf einmal sind wir nämlich in diesem stockdunklen Schlafzimmer und Dean schmeißt mich aufs Bett. Und er fängt an, mich zu küssen... Ich will ihn wegstoßen, sag ihm, er soll aufhören, aber mir ist noch immer so schwindelig, und das Zimmer fängt an, sich zu drehen und... und da fängt er an... er fängt an, diese... schrecklichen Sachen mit mir zu machen... Es fällt mir schwer. Na ja, es ist mir peinlich. Muss ich... wirklich genauer werden?

Das ist wirklich wichtig, Alison.

Es ist so... erniedrigend. So... krank. Ich weiß nicht, ob ich drüber reden kann.

Wie wär's, wenn Sie die Augen schließen. Vielleicht fällt es Ihnen dann leichter, mir zu schildern, was er getan hat?

Da konnte ich auch nichts sehen. Es war ja ganz dunkel. Und ich glaube, ich bin auch mal kurz ohnmächtig geworden. Als ich wieder zu mir kam, war mein Pullover über meinen Kopf gezogen. Mein BH war auf... und ich war... ansonsten nackt. Ich wollte aufstehen, aber der Scheißkerl hatte mir die Handgelenke mit meiner Strumpfhose am Kopfende von dem Bett festgebunden. Ich hab angefangen zu schreien, aber Dean hat mich auf den Bauch gedreht und mir das Gesicht ins Kopfkissen gedrückt. Ich... ich hab keine Luft gekriegt. Und er hat mir ins Ohr geflüstert, dass er mir wehtun muss, weil ich ein... ein böses Mädchen bin. Und er... hat mir wehgetan. Er... er hat angefangen, mich überall zu stoßen und zu kneifen. Er hat nach Alkohol gestunken, und ich hab gebetet, dass er vielleicht ohnmächtig wird, aber umsonst. Dann hab ich angefangen zu beten, dass ich wieder ohnmächtig werde, weil er... er hat mich genommen... von hinten. Ist in mich gestoßen, immer wieder und wieder... und es hat so wehgetan. Das hat noch nie... noch nie jemand mit mir gemacht... nie im Leben. Und die ganze Zeit hat er dabei geflucht... ich glaube, weil er... weil er nicht kommen konnte. Wahrscheinlich weil er zu besoffen war, aber er hat gesagt, es ist meine Schuld. Ich... hatte... solche... Angst...

Atmen Sie ein paarmal tief durch, Alison.

Er hat es... immer wieder versucht. Er war ziemlich erregt, aber er konnte es einfach nicht... ich meine... kommen. Das Schreckliche war, dass ich... inzwischen gehofft habe, er würde endlich... kommen, weil er dann vielleicht aufhören würde. Es hat so... wehgetan. Also... also hab ich versucht... ich hab versucht... ihm zu helfen... Oh Gott, ich hasse mich dafür. Wirklich...

Sie haben keinerlei Grund, sich für irgendwas zu hassen, Alison. Sie haben absolut nichts Falsches getan, nichts, wessen Sie sich schämen müssten. In der Situation hätte jede intelligente Frau das Gleiche getan.

Aber es hat nichts genützt. Und er ist immer wütender und wütender geworden. Und ich hab gedacht, oh mein Gott, er bringt mich um, wenn er nicht kommt. Und ich glaube wirklich, er hätte es getan, wenn...

Wenn was?

Plötzlich hat wer gegen die Tür gehämmert. Dann hab ich Kelly gehört, sie hat meinen Namen gerufen und am Türknauf gerüttelt. Dean hatte abgeschlossen. Es gelang mir, den Kopf auf die Seite zu drehen, aber bevor ich schreien konnte, hat er mir Mund und Nase zugehalten, und ich... muss ohnmächtig geworden sein. Dann weiß ich nur noch, dass auf einmal Kelly da war, sie hat geweint und mir die Handgelenke losgebunden. Dean war weg. Der hat bestimmt gedacht, ich wäre tot und nicht bloß ohnmächtig geworden. Und ein Teil von mir wünscht sich wirklich, ich wäre tot. Verstehen Sie, nur damit Dean auf dem elektrischen Stuhl landet.

Leider können wir ihn nicht auf den elektrischen Stuhl schicken, Alison, aber ich garantiere Ihnen, Dean Thomas Walsh wird im Knast Augenblicke erleben, in denen er sich wünscht, wir hätten ihn auf den elektrischen Stuhl geschickt.

...mein Mann und meine Schwester waren um meine Sicherheit besorgt, als ich mich für diese Arbeit entschied... Ich gebe zu, dass wir es mit einem gewalttätigen Potential zu tun haben. Ich gebe ebenfalls zu, dass der Job nicht jedermanns Sache ist...

Natalie Price
(aus den Boston Daily News)

1

Maggie verspätet sich. Als wir noch zusammen an der Boston State studierten und uns ein Zimmer im Wohnheim teilten, sagte sie immer, ihr Hang zu Verspätungen sei angeboren. Was kann man sonst von jemandem erwarten, sagte sie, der Mommys behaglichem Bauch endlich entrissen werden musste, weil sie fast einen Monat über dem errechneten Geburtstermin war. Ich dagegen lege viel Wert auf Pünktlichkeit, und so habe ich in den letzten zwölf Jahren so manchen Abend frustriert, genervt und schließlich wütend auf Maggie gewartet, weil sie sich wieder mal verspätet hatte – zum Essen, zum Kino, zu Ausflügen, sogar zu meiner Hochzeit (sie war meine Trauzeugin, also konnten wir schlecht ohne sie anfangen). Zu guter Letzt habe ich mich redlich bemüht, mir die Maxime der Anonymen Alkoholiker zu Eigen zu machen, an der mein Dad und meine Mom immer wieder gescheitert sind. «Gib mir die Kraft, die Dinge zu verändern, die ich ändern kann, und die Fähigkeit, die Dinge zu akzeptieren, die ich nicht ändern kann.»

Doch bis dahin war es ein beschwerlicher Weg; fast meine ganze Kindheit hindurch fühlte ich mich in gewisser Weise sowohl für das Alkoholproblem meines Vaters verantwortlich, das nach Vietnam dramatische Züge annahm, als auch für die häufigen manisch-depressiven Anfälle meiner Mutter, die, wie ich immer wieder zu hören kriegte, mit meiner Geburt begonnen hatten. Dabei fand ich nie heraus, was ich eigentlich falsch machte, außer dass ich auf die Welt gekommen war. Ich war eine Musterschülerin, ich war zu Hause ordentlich und ruhig, ich passte gewissenhaft auf meine kleine Schwester auf, kochte für die Familie, wenn meine Mutter mal wieder spurlos verschwand, half sogar, meinen Dad nach oben ins Bett zu bringen, wenn er sich in seinem Arbeitszimmer sinnlos betrunken hatte. Erstaunlicherweise schaffte er es für gewöhnlich, am nächsten Morgen aufzustehen und zur Arbeit zu gehen – er war Wirtschaftsprüfer in einer großen Wirtschaftsprüfungsgesellschaft –, aber wenn er zu verkatert war, blieb es meistens an mir hängen, in seiner Firma anzurufen und zu erklären, dass mein Dad mit *Migräne* im Bett lag. Wenn ich heute an diese Zeit zurückdenke, wird mir klar, dass ich gar keine richtige Kindheit hatte. Ich fühlte mich immer so verantwortlich, so alt, so allein. Mittlerweile kann ich endlich akzeptieren, dass mich keine Schuld traf und dass mir meine Kindheit gestohlen wurde.

Ich hatte im Teenageralter nur sehr wenige Freunde, weil ich nie gerne jemanden zu mir nach Hause einlud. Es hätte ja sein können, dass meine Mutter mal wieder eine ihrer Stimmungen hatte oder dass mein Vater mit einem Kater zu Hause war – oder noch schlimmer, sich gerade den nächsten antrank.

Danny Nelson war mein erster richtiger Freund. Wir lernten uns kennen, als wir beide in der 10. Klasse waren. Ich denke, ich habe ihn damals als meinen festen Freund betrachtet, obwohl wir nie richtig zusammen gingen und nach unseren unbeholfenen Fummeleien immer so verlegen waren, dass wir es nicht sehr häufig machten. Dafür erzählten wir uns aber alles. Was für uns beide eine ganz neue Erfahrung war. Dannys Vater war trockener Alkoholiker. Danny nahm mich zu meinem ersten Alanon-Treffen mit, einem von den Anonymen Alkoholikern angebotenen Hilfsprogramm für Familienangehörige von Alkoholikern. Ich fand die Treffen toll. Zum ersten Mal hatte ich das Gefühl, irgendwo dazuzugehören. Ich ging regelmäßig hin. Schaffte es sogar, dass meine Schwester ein paarmal mitkam. (Meine Mutter wäre auch mitgegangen, aber ich hatte Angst, sie würde sich irgendwie exzentrisch aufführen und mir alles verderben.) Meine Schwester verlor bald die Lust. Sie fand es langweilig und sagte, die Treffen seien blöd. Aber meine Schwester und ich waren ja schon immer selten einer Meinung.

Rachel ist drei Jahre jünger als ich. Sie ist glücklich mit Gary Mercer verheiratet, einem Finanzberater in einer angesehenen Bostoner Firma. Sie hat drei hübsche, gesunde Kinder, zwei Mädchen und einen Jungen, alle unter sechs Jahre, und ein fleißiges Au-pair-Mädchen aus Holland. Sie wohnt in einer schönen Villa in Weston, einer der vornehmsten Gegenden von Boston. Sie leitet Führungen in einem Kunstmuseum, arbeitet ehrenamtlich für die Behindertenolympiade, hilft im Kindergarten ihrer Kinder aus. Ihre Hobbys sind Kochen und Innenarchitektur. Doch dass wir nicht so engen Kontakt haben, liegt weniger an unseren unterschiedlichen Leben und Interessen, sondern daran, dass ihre und meine Sicht auf unsere Kindheit unvereinbar sind.

Rachel sieht nicht – oder will es sich noch nicht mal selbst eingestehen –, dass wir aus einer dysfunktionalen Familie stammen. Sie beschönigt ihre Kindheit, so wie sie ihr Haus verschönert und ihre Kinder herausputzt. Wir können einfach nicht über gemeinsame Erfahrungen aus unserer Kindheit und Jugend sprechen, weil sie nicht zugeben will, dass wir gemeinsame Erfahrungen gemacht haben. Ich habe es aufgegeben, Rachels Realitätssinn im Hinblick auf unsere Erziehung zu testen, und sie wird nicht mehr wütend auf mich, weil ich unsere Eltern schlecht mache oder versuche, sie gegen sie aufzubringen. Wenn ich mich dem Thema auch nur ansatzweise nähere, schließt sie die Augen und murmelt: *Mögen sie in Frieden ruhen.*

Ich denke, es ist zum Teil meine Schuld, dass meine Schwester so konsequent Scheuklappen trägt. Ich habe Rachel zu sehr und viel zu lange behütet. Oder vielleicht empfindet sie insgeheim das gleiche Schuldgefühl, hat das gleiche schlechte Gewissen wie ich früher und will sich dem einfach nicht stellen. Ich weiß, dass Rachel mich für hart und verbittert hält. Und in gewissem Sinne hat sie Recht. Aber auch ich sehne mich nach dem Gefühl, eine

Familie zu haben. Und Rachel ist alles, was mir an Familie geblieben ist.

Oh, wir treffen uns ab und zu, aber Rachel strukturiert unsere Begegnungen sorgfältig, sogar unsere Gespräche, damit sie nicht zu persönlich werden. Trotzdem, obwohl meine Schwester mich für eine geborene Pessimistin hält, habe ich die Hoffnung nicht aufgegeben, dass wir uns eines Tages nahe sein können.

So nahe, wie Maggie und ich uns sind.

So nahe, wie Ethan und ich uns einmal waren. Zumindest so nahe, wie ich dachte, dass wir uns wären. Aber das ist eine andere traurige Geschichte.

Es ist kurz vor neun Uhr abends. Maggie wollte um halb acht da sein. Anderthalb Stunden Verspätung ist zwar schon mal vorgekommen, aber es reicht, dass ich langsam unruhig werde. Ich stelle das Essen wieder in den Kühlschrank – ich habe eigentlich keinen Hunger, doch die Zitronenmeringe, die Maggie mitbringen will, könnte ich ohne Probleme verdrücken. Depression in Verbindung mit meiner Periode hat in mir Lust auf Süßes geweckt. Zwei Aspirin haben zumindest meine Krämpfe etwas gelindert.

Ich wähle Maggies Nummer. Nach dreimal Klingeln springt ihr Anrufbeantworter an, also gehe ich davon aus, dass sie endlich unterwegs ist. Ich will gerade wieder auflegen – überflüssig, eine Antwort zu hinterlassen –, halte aber inne, als ich höre, dass Maggie nach ihrem Ansagetext noch etwas aufgesprochen hat. *Dean? Falls du das bist, es kann sein, dass ich morgen zum Lunch etwas später komme, also sagen wir doch halb eins statt zwölf. Am üblichen Treffpunkt…*

Dean? Wie Dean Thomas Walsh? Am üblichen Treffpunkt?

Scheiße. Ich bin fassungslos. Sie trifft sich außerhalb des Kurses mit Walsh. Sie verabredet sich regelmäßig mit ihm zum Lunch. Quetschen sie auch noch Verabredungen zum frühen Abendessen mit rein, bevor er sich zurückmelden muss? Was quetschen sie sonst noch rein?

Maggie, Maggie, Maggie. Du bist so naiv. Meinst du, bloß weil der Typ eine dichterische Ader hat, kann er unmöglich ein abscheuliches Verbrechen begangen haben? Er hat eine Frau brutal vergewaltigt, Maggie. Er wurde von Geschworenen für schuldig befunden. Ist dafür ins Gefängnis gewandert. Ist noch immer im Gefängnis, auch wenn er in das Freigängerprogramm aufgenommen wurde. Und das Einzige, was er sagen kann, ist, dass er sich an nichts erinnert, dass er sich bis heute nicht vorstellen kann, so etwas Grässliches getan zu haben.

Walsh hat sie von seiner Unschuld überzeugt. Da bin ich sicher. Im Laufe des vergangenen Jahres hat Maggie mir gegenüber öfter Zweifel an seiner Schuld geäußert, aber relativ zurückhaltend. Sie weiß, dass ich viel zynischer bin als sie, wenn Gefängnisinsassen erklären: *Ich schwöre, ich war es nicht.*

Das kann ja heiter werden. Im Geist bereite ich schon den Vortrag vor, den ich ihr halten werde. Gespickt mit harten, nackten Tatsachen. Warnungen. Sorge. Falls nötig, Drohungen.

Sie wird mir widersprechen. Aber sie kann nicht gewinnen. Sie wird es einsehen. Sich auf meine Forderungen einlassen. Weil sie keine andere Wahl hat.

Aber unsere Freundschaft wird einen Knacks bekommen.

Ich fühle mich elend. Als ob ich noch mehr Einsamkeit in meinem Leben gebrauchen könnte. Noch mehr Entfremdung.

Vielleicht liege ich ja falsch. Vielleicht ist es ein anderer Dean.

Zwanzig vor elf. Selbst wenn Maggie von ihrer Wohnung im South End zu Fuß nach Brookline gegangen wäre, müsste sie mittlerweile hier sein. Ich entwerfe und überarbeite schon längst keine Vorträge mehr für sie über die Gefahren, sich emotional auf einen Strafgefangenen einzulassen. Der Sträfling/Dichter ist inzwischen als nebensächlich in den Hintergrund getreten.

Ich neige nicht zur Panikmache. Aber so eine Verspätung ist sogar für Maggie untypisch. Ich mache mir Sorgen, dass ihr irgendwas zugestoßen ist. Kein Autounfall. Maggie setzt sich nur in ihr Auto, wenn sie irgendwo nach außerhalb fährt. Sie nimmt die U-Bahn. Von ihrer Haltestelle zu meiner sind es höchstens zwanzig Minuten.

Meine Gedanken rasen über ein Minenfeld möglicher Katastrophen. Doch dann wird mir klar, dass die logischste Erklärung die ist, dass sie es vergessen hat. Oder sie denkt, wir wollten uns morgen treffen, nicht heute Abend. Vielleicht war sie heute Abend anderweitig verabredet. Zum Glück nicht mit Dean. Er müsste schon wieder zum Abendessen in der Anstalt sein. Ich wähle erneut Maggies Nummer.

Diesmal wird der Hörer gleich beim ersten Klingeln abgenommen. Jedenfalls hatte sie keine *späte* Verabredung.

«Hallo», sage ich, bemüht, meine Erleichterung zu verbergen, dass mit ihr alles in Ordnung ist, «ich wollte mich nur vergewissern, dass du gesund und munter bist. Und nein, ich bin nicht sauer. Na ja, vielleicht ein bisschen. Ich hab noch immer einen Heißhunger auf die Zitronenmeringe, die du eigentlich heute Abend mitbringen wolltest. Du schuldest mir –»

«Wer ist da?» Eine düstere Stimme fällt mir ins Wort. Eine düstere Männerstimme, die ich nicht kenne.

«Tut mir Leid ... ich muss mich verwählt haben.»

«Wen möchten Sie denn sprechen?»

Ich zögere. Vielleicht ist das ja doch Maggies Nummer. Und ihr neuer Freund ist rangegangen. Ungehalten. Als hätte ich bei irgendwas gestört – *oh Scheiße.*

«Tut mir Leid. Ich bin eine Freundin von Maggie, und –»

«Maggie Austin?»

«Ja. Wer ...?»

«Wie heißen Sie bitte?»

Der Typ geht mir wirklich auf die Nerven. Wenn das Maggies neue Flamme ist, bin ich jetzt schon bedient. Aber Maggie und ich haben einen sehr unterschiedlichen Geschmack in Sachen Männer. Was nicht heißen soll, dass meine Eroberungen besser waren. Nur anders. Aber wir haben ja auch unterschiedliche Ziele. Maggies Hauptinteressen sind nicht Ehe und Kinder. Sie sagt immer, sie kann sich nicht vorstellen, ihr ganzes Leben mit ein und demselben Mann zu verbringen.

«Sind Sie noch dran? Sind Sie Nat?»

Maggie hat ihrem Lover also von mir erzählt. Und ich bin verärgert, weil sie mir nichts von ihm erzählt hat. «Wie heißen Sie?», kontere ich.

«Leo Coscarelli.»

Ich runzle die Stirn. Der Name sagt mir nichts.

«Gut, hören Sie, Leo, ich hab bloß angerufen, weil ich Maggie sagen wollte –»

«Detective Leo Coscarelli von der Mordkommission.»

Die Luft im Raum scheint plötzlich drückender. Oder es liegt an meiner Lunge. Irgendwas erstarrt in meiner Lunge. Und in meiner Brust ist ein Klumpen, der sich anfühlt wie ein harter Knoten. «Mord… kommission? Ist was… passiert?»

«Sind Sie Nat?», fragt er wieder.

«Ja. Woher wissen Sie…? Wo ist Maggie? Ist was passiert…?» Der Raum fängt an, sich zu drehen. Ich kann nicht klar denken.

«Würden Sie mir bitte Ihren vollständigen Namen sagen?»

Ich zwinge mich, ruhig zu werden. Eine Lektion, die ich als Kind so gut gelernt habe. «Price. Natalie Price. Ich bin Superintendent des Entlassungsvorbereitungszentrums CCI Horizon House in Boston.» Ich nenne ganz bewusst meine offizielle Funktion. Um mir Autorität zu verschaffen. Obwohl ich nicht weiß, warum ich das nötig habe. «Maggie Austin ist eine enge Freundin von mir. Würden Sie mir bitte sagen –»

«Es tut mir Leid, aber ich habe eine schlimme Nachricht für Sie, Superintendent Price.»

Eine schlimme Nachricht. Wie oft habe ich diese schrecklichen Worte nicht schon zu hören bekommen. *Es tut mir Leid, aber wir haben eine schlimme Nachricht für dich, Natalie, dein Vater… Ich bedauere zutiefst, Ihnen eine schlimme Nachricht überbringen zu müssen, Miss Price, aber Ihre Mutter…*

Ich würde am liebsten auflegen. Dann muss ich es nicht hören. Muss es nicht wissen. Muss mich der Wahrheit nicht stellen.

Doch noch während mir diese Fluchtgedanken durch den Kopf gehen, höre ich mich selbst fragen: «Ist Maggie… tot?»

«Ja. Es tut mir Leid…»

«Wie?» Wie kann sie denn tot sein? Wie ist das möglich? Ich kann mir eine Welt ohne Maggie Austin nicht vorstellen. Ich kann mir mein Leben ohne sie nicht vorstellen.

«Darüber würde ich lieber nicht am Telefon sprechen, Superintendent.»

«Ich verstehe.» Natürlich verstehe ich das nicht. Mir schießen die Tränen in die Augen, und ich kann keinen klaren Gedanken fassen. Ich atme zittrig ein, halte ein paar Sekunden die Luft an, hoffe, dass mir nicht schlecht wird.

«Ich würde gerne einen Wagen zu Ihnen schicken, um sie abzuholen. Wären Sie damit einverstanden?»

«Warum?»

«Ich möchte, dass Sie die… Ihre Freundin identifizieren.»

«Ja. Okay. Das… kann ich machen.» *Nein. Ich kann das nicht machen. Ich kann das nicht. Oh Gott, mach, dass das ein schrecklicher Alptraum ist, aus dem ich gleich erwache. Mach, dass Maggie gleich vor meiner Tür steht, mit ihrem wunderbaren zerknirschten Lächeln im Gesicht –*

«Ich fürchte, es ist kein hübscher Anblick. Sie sollten sich …» Der Detective zögert, noch immer mit der düsteren Stimme, in der aber jetzt ein mitfühlender Ton mitschwingt. Er setzt erneut an. «Sie sollten sich innerlich dagegen wappnen.»

«Und wie mach ich das?» *Aber ich weiß, dass er darauf keine Antwort hat. Darauf gibt es keine Antwort.*

Ich möchte mich nur noch ganz klein zusammenrollen und schluchzen. Doch trotz meines unerträglichen Kummers kann ich meine Verantwortlichkeiten nicht ausblenden. Ich kann nicht ignorieren, was für katastrophale Auswirkungen der Mord an Maggie nicht nur im Entlassungsvorbereitungszentrum, sondern auch innerhalb des gesamten Strafvollzugssystems von Massachusetts haben könnte. Obwohl ich zu diesem Zeitpunkt unmöglich wissen kann, ob Dean Thomas Walsh in irgendeiner Weise mit dem Mord zu tun hat, weiß ich, dass die Möglichkeit besteht und ich entsprechend handeln muss. Und zwar sofort.

«Wann hat sich Walsh zurückgemeldet?» Erstaunlicherweise klingt meine Stimme durchaus ruhig, als ich Gordon Hutchins am Apparat habe, aber meine Hand zittert so heftig, dass ich den Hörer kaum halten kann.

«Siebzehn Uhr vierzig. Probleme?»

«Und er ist jetzt da?»

«Natürlich. Du würdest es doch wohl als Erste erfahren, wenn uns einer entwischt wäre, oder?»

Manchmal frage ich mich, ob ich wirklich die *Erste* bin. Ich bin zwar Leiterin von Horizon House, aber ich bin trotzdem eine Frau in einer Machowelt.

«Du klingst irgendwie seltsam, Nat.» Und ich dachte, ich hätte wenigstens meine Stimme im Griff.

«Was ist los?», drängt Hutch. «Steckt Walsh in irgendwelchen Schwierigkeiten?»

«Das weiß ich noch nicht.» Ich bringe es nicht über mich, ihm das mit Maggie zu erzählen. Ich weiß, wenn ich das tue, breche ich zusammen. Und das möchte ich auf keinen Fall, weil ich Angst habe, dass ich dann nicht mehr imstande bin, die Fassung zurückzugewinnen. Bestimmt gibt es einen Punkt, an dem es kein Zurück mehr gibt. Und noch nie habe ich mich diesem Punkt so nahe gefühlt wie jetzt. «Ich möchte, dass ihr mit Walsh die ganze Palette von Drogentests macht. Er soll auf alles Mögliche hin getestet werden. Dope, Kokain, Aufputschmittel, Beruhigungsmittel, Alkohol.»

«Er wird Fragen stellen.»

«Ihr werdet ihm keine Antworten geben. Und, Hutch, nimm Unterstützung mit.»

«Klingt ernst, Nat.»

«Jedenfalls so ernst, dass die Tests in einer Arrestzelle durchgeführt werden sollen. Und ich möchte, dass er strengstens bewacht wird. Lass zwei Beamte von der Tagesschicht kommen.»

«Das wird sich rumsprechen. Dann haben wir hier bald jede Menge aufgebrachte Häftlinge.»

Hutch erzählt mir nichts Neues.

«Wenn sie nur ein bisschen rumkrakeelen, können wir noch von Glück sagen.» Ich zögere, und dann platze ich damit heraus. «Maggie Austin ist ermordet worden, Hutch.»

Ich höre, wie er nach Luft schnappt, und im selben Moment klingelt es an meiner Haustür. Ich schaue zum Fenster hinaus und sehe den Polizeiwagen am Straßenrand stehen.

Der Hörer rutscht mir aus der Hand. Ich muss mich übergeben.

Durch Inanspruchnahme der im Rahmen
der Entlassungsvorbereitung gewährten
Vergünstigungen verpflichte ich mich,
jederzeit ein musterhaftes Verhalten an
den Tag zu legen. Bei den ersten Anzeichen
dafür, dass ich nicht imstande bin, abwei-
chendes Sexualverhalten zu kontrollieren,
werde ich sofort die zuständigen Mitarbeiter des Horizon House informieren …

*(aus der Vereinbarung im Rahmen des
Sonderprogramms für Sexualstraftäter)*

2

FALL NR. 209782
NAME: DEAN THOMAS WALSH
GEBURTSDATUM: 17.6.73
GEBURTSORT: NATICK, MASSACHUSETTS
Tag der Verurteilung: 11. Dezember 1992
Straftat: Vergewaltigung (MGL, nach Kap. 256, § 24)
Alter bei Einweisung: 19 Jahre, 3 Monate
Strafmaß: 6-8 Jahre
FMET (Frühestmöglicher Entlassungstermin): 16.12.98
Sicherheitseinstufung: +2 (mittel-niedrig)
Entlassungsvorbereitungsempfehlung: Programm zur
Behandlung von Sexualstraftätern

CCI NORTON ENTLASSUNGSGUTACHTEN

Dean Thomas Walsh, Alter 27, weiß, männlich, Größe 1,80, Gewicht 78 Kilo, braunes Haar, blaue Augen, hat sich gut in den
Strafvollzug eingefügt und sich lediglich zwei (2) Verstöße zu-

schulden kommen lassen, beide innerhalb der ersten sechs Monate im CCI Oakville Reception and Diagnostic Center.

PROGRAMMTEILNAHME: Während er den Hauptteil seiner Strafe im CCI Norton verbüßte, belegte Dean die Fächer Kunst und kreatives Schreiben und erteilte freiwillig Lese- und Schreibunterricht für Mithäftlinge. Darüber hinaus nahm er im CCI Oakville an einem zwölfwöchigen Programm für Sexualstraftäter teil. Da jedoch seine Beteiligung an besagtem Programm minimal war, wird er ein zweites Sexualstraftäter-Programm absolvieren müssen, um die Voraussetzung für eine Verlegung ins Entlassungsvorbereitungsprogramm im CCI Horizon House zu erfüllen. Überdies ist er verpflichtet, zweimal wöchentlich an Treffen der Anonymen Alkoholiker teilzunehmen.

VORGESCHICHTE: Die derzeit verbüßte Straftat ist Deans erster Verstoß gegen das Gesetz, weshalb das Risiko, dass er rückfällig wird, als niedrig einzustufen ist. Haupthindernis für eine erfolgreiche Wiedereingliederung in die Gesellschaft ist sein hartnäckiges Beteuern, er habe keinerlei Erinnerung an den Angriff und die Vergewaltigung. Er räumt allerdings ein, dass er zum Zeitpunkt der Straftat Probleme mit Alkohol und Drogen hatte, aber es sind während seiner Haftverbüßung keine Verstöße im Zusammenhang mit Alkohol oder Drogen bekannt geworden. Er ist sich außerdem darüber im Klaren, dass er während seines Freigangs keinerlei Kontakt mit dem Opfer Alison (Cole) Miller, Alter 27, aufnehmen darf. Ms. Miller wohnt mit ihrem Mann Richard Miller und ihren beiden Kindern, einem siebenjährigen Jungen und einem fünfjährigen Mädchen, derzeit in Newton, Massachusetts. Sie wurde von Deans Status als Freigänger in Kenntnis gesetzt und hat keine Einwände geäußert.

VERSTÖSSE: Bei Deans Verstößen im CCI Norton handelt es sich in beiden Fällen um tätliche Angriffe, die allerdings nicht von ihm ausgingen. In beiden Fällen jedoch erlitten die Angreifer durch Dean leichte Verletzungen.

FAMILIE: Eltern 1987 geschieden. Vater, Kyle Walsh, zurzeit arbeitslos, lebt mit seiner Freundin, Arlene Hayden, in Dorchester, Massachusetts. Mutter, Marion Walsh, Verkäuferin im Juweliergeschäft Barton's in Framingham, wohnt nach wie vor im Haus der Familie in Natick, Massachusetts, zusammen mit ihrer 22 Jahre alten Tochter Christine.

BESUCHE: Dean wurde in den ersten sechs Monaten im CCI Norton mehrmals von seiner Mutter besucht. Nach einem heftigen Streit mit ihr im Besucherraum weigerte Dean sich, sie weiter zu empfangen. Nach zwei Anläufen kam die Mutter nicht mehr. Der Vater hat ihn nie besucht. Die einzige regelmäßige Besucherin ist seine jüngere Schwester Christine, die mindestens zweimal im Monat kommt.

SONSTIGE UNTERSTÜTZUNG: Das größte Interesse an Deans Resozialisierung zeigt ansonsten Professor Margaret Austin aus Boston, Massachusetts. Ms. Austin, eine unverheiratete, 33 Jahre alte Englischdozentin am Commonwealth Community College (CCC) in West Roxbury, unterrichtet seit einem Jahr auf ehrenamtlicher Basis kreatives Schreiben im CCI Norton. Dean hat an allen ihren Kursen teilgenommen. Ms. Austin beschreibt Dean als sprachlich begabten Schüler mit überdurchschnittlicher Intelligenz und herausragendem schriftstellerischem Talent. Mit ihrer Unterstützung beabsichtigt Dean, sich nach seiner Entlassung aus CCI Horizon House am CCC einzuschreiben, um Literatur zu studieren.

ANMERKUNG: Am 14.3.98 übergab Häftling Keith Franklin, der ebenfalls Ms. Austins Kurs im CCI Norton besuchte, dem Aufsichtsbeamten Carl Monroe die Kopie eines von Dean verfassten Gedichtes, weil er es für «anstößig» hielt. Franklin wies ausdrücklich darauf hin, dass er es deshalb erst zu diesem Zeitpunkt präsentierte, weil er kurz vor seiner Entlassung stand und andernfalls Vergeltungsmaßnahmen von Walsh befürchtete. Officer Monroe sagt, dass es zwischen den beiden Häftlingen in der Vergangenheit Spannungen gab, dass aber keiner von beiden bislang einen Verweis erhalten hat.

In einer Besprechung über den Vorfall sagte Ms. Austin, sie betrachte das Gedicht als einen «rein kreativen Entwurf», räumte aber ein, dass es ihrer Erfahrung nach nicht ungewöhnlich sei, dass Kursteilnehmer «eine emotionale Bindung» an ihre Dozentin entwickeln. Ms. Austin, so sei erwähnt, ist eine äußerst attraktive und lebhafte junge Frau.

Disziplinarische Maßnahmen wurden nicht ergriffen, doch Anstaltspsychologe Robert Dollard führte mit Dean ein Gespräch über das Thema «Übertragung» (siehe anhängendes Gedicht).

(Gedicht von Dean Thomas Walsh)

NOCTURNE FÜR MAGGIE

Eingesperrt in meine Zelle
Beschwöre ich deinen aufrüttelnden Duft.
Sanktionierte Grausamkeit hindert mich nicht
Deine Essenz einzuatmen
Dich mir einzuverleiben
Wie eine Hostie.

Willkommen im Entlassungsvorbereitungszentrum Horizon House. Unser Ziel ist es, den Häftlingen die sozialen, psychologischen und physischen Voraussetzungen für eine erfolgreiche Wiedereingliederung in die Gesellschaft zu vermitteln.

Natalie Price
Superintendent
(aus «Orientierungshandbuch»)

3

Seit sechs Jahren arbeite ich mit Strafgefangenen. Menschen, die Verbrechen begangen haben, deren Abscheulichkeit manchmal unser Begriffsvermögen übersteigt. Doch fern von den Belastungen, Versuchungen und Frustrationen der Straße, mit einem geregelten Gefängnisalltag, der ihrem Leben einen Anschein von Ordnung verleiht und nur wenig von ihnen verlangt, wirkt eine überraschend hohe Zahl von Häftlingen mitunter überraschend normal. Manche richtig nett und sympathisch. Unter anderen Umständen, in anderen Situationen, könnte man fast meinen...

Ich will damit sagen, dass ich mir, ganz gleich für wie clever und abgebrüht ich mich auch gern halte, manchmal in Erinnerung rufen muss, was für schreckliche Verbrechen diese inhaftierten Männer und Frauen begangen haben. Wie viel Kummer und Leid sie ihren Opfern, den Angehörigen und Freunden der Opfer angetan haben...

Und jetzt bin ich selbst die Freundin eines Opfers – übermannt von unerträglichem Schmerz.

Ich habe die Identifizierung vorgenommen. Also ist es jetzt offiziell. Das Opfer in dem Schlafzimmer ist Margaret Emily Austin. Ich habe sie identifiziert, wie sie ausgestreckt nackt auf dem Bett lag, der geschmeidige, athletische Körper verdreht wie eine Stoffpuppe, die Handgelenke mit einer Strumpfhose am Kopfende ihres Bettes festgebunden. Ihr Mund weit offen, als würde ihr der panische Angstschrei noch immer über die Lippen kommen. Das Bettzeug in Unordnung, die Quilt-Überdecke am Fußende zusammengeschoben. Die Überdecke, die ihre Tante Lou für sie gesteppt hat. *Ein besonderes Geschenk für eine besondere Nichte zu ihrem 30. Geburtstag* stand auf der Karte, die dem Geschenk beilag. Ich beneidete Maggie um den wunderschönen Quilt. Und noch mehr um die Zuneigung, die daraus sprach. Mir hat nie ein Verwandter irgendwas Selbstgemachtes geschenkt. Keiner von meinen Verwandten hat je gesagt, ich sei etwas Besonderes. Jedenfalls keiner von meinen Blutsverwandten. Ethan hat früher oft gesagt, ich sei was Besonderes.

Ja, ich werde an Ethan denken. Dann kann ich meinem Zorn wieder freien Lauf lassen. Wut ist besser als dieses Entsetzen und der Schmerz, die in meinem Kopf gefangen sind.

Aber ich kann dem Entsetzen nicht entkommen. Das Bild von Maggie, vergewaltigt, ermordet, ist in meinen Kopf eingebrannt. Ich weiß, dass ich es nie werde auslöschen können.

Ich bin in ihrem Wohnzimmer, zusammengekauert auf Maggies grauem, geschwungenen Flanellsofa, kämpfe gegen Tränen und Übelkeit an. Mit zitternder Hand streiche ich über den weichen Stoff des Sofas und schließe die Augen, denke an den Tag, an dem ich die Couch mit Maggie zusammen ausgesucht habe. Das war vor ein paar Monaten. An dem Tag bot Bloomingdales Möbel zum Sonderpreis an, und wie Maggie immer sagte: *Ich kann einfach keinem Schnäppchen widerstehen.*

Es war auch der Tag, an dem ich zum ersten Mal den Verdacht fasste, dass mein Mann eine Affäre hatte.

Ich sehe Maggie und mich noch beim Lunch im Restaurant von Bloomingdales sitzen – wo wir ihr tolles Schnäppchen feierten. Während ich in einem gemischten Salat herumstochere, überlege ich, ob ich von meinem Verdacht erzählen soll. Auch als Erwachsene fällt es mir noch immer schwer, mit Anderen über meine persönlichen Schwierigkeiten zu sprechen. Obwohl es mich trauriger macht, als ich sagen kann, habe ich häufig das Gefühl, dass ich der reservierte, verschlossene Mensch geworden bin, den ich Anderen so oft vorgespielt habe.

Doch Maggie hat mir dieses Bild nie abgekauft. Als wir an der Boston State zusammenzogen, ließ sie von Anfang an einfach nicht zu, dass ich mich verschloss. Irgendwie schaffte sie es immer, mich aus der Reserve zu locken – manchmal indem sie mir gut zuredete, manchmal indem sie mich regelrecht anschrie, ich solle doch aufhören, das Gewicht der ganzen Welt auf meinen schmalen Schultern zu tragen.

Maggie wusste auch an dem Tag, dass irgendwas nicht stimmte. Sie musste mir nur ihren typischen Blick zuwerfen: *Raus mit der Sprache oder ich schreie los.* Fünf Minuten später hatte ich ihr alles gestanden, und meine salzigen Tränen tropften in meinen Milchkaffee. Maggie sprang von ihrem Stuhl hoch, setzte sich auf den neben mir und schloss mich in die Arme. Es war ein so aufrichtiger und hemmungsloser Ausdruck von Liebe und Mitgefühl, dass es mir absolut nichts ausmachte, dass alle in dem überfüllten Restaurant uns seltsam musterten.

Oh Gott, ich will Maggies Arme wieder um mich haben. Ich sehne mich so danach, ihre warme, seidige Wange an meiner zu spüren. Ihre melodische Stimme mit dem leicht singenden Südstaateneinschlag aus ihrer Kindheit in Georgia zu hören, während sie zu mir sagt: *Männer müssen alles kaputtmachen.*

Aber diesmal hat ein Mann Maggie kaputtgemacht, ihr Leben unwiederbringlich kaputtgemacht. Und ich fürchte, ich weiß, wer dieser Mann ist.

Ich höre einen erstickten Schrei und merke erschrocken, dass ich das Geräusch ausgestoßen habe.

Leo Coscarelli, der Detective von der Mordkommission, erscheint in der Tür zwischen Wohn- und Schlafzimmer. Auch er hat meinen Aufschrei gehört.

«Alles in Ordnung mit Ihnen?»

«Nein», zische ich.

«Wenn Sie gehen möchten, Ms. Price…»

«Nein», zische ich erneut. Ich werde Maggie nicht mit einem Haufen Fremder allein lassen – Cops, Gerichtsmediziner, die emsigen Beamten der Spurensicherung, die in der ganzen Wohnung herumschnüffeln. Zumindest ist jetzt keiner mehr im Wohnzimmer. Bis auf Coscarelli.

Der Detective kommt zur Couch. Zum ersten Mal nehme ich ihn richtig wahr. Seine schmächtige Statur, das schlecht sitzende blaue Sportjackett, der sich gerade auswachsende Bürstenschnitt, nicht mal ein Hauch von Bartstoppeln in seinem Jungengesicht. All das entlarvt ihn in meinen Augen als Grünschnabel. Ein junger Bursche frisch von der Polizeiakademie. Ich wette, er ist nicht mal dreißig. Wie kann man von einem so jungen und unerfahrenen Beamten die Ermittlung in einem Vergewaltigungs- und Mordfall leiten lassen?

Maggie hat jemand Besseres verdient. Den Besten. Ich werde verlangen, dass die richtigen Profis den Fall übernehmen.

«Wir müssten hier bald fertig sein, Ms. Price.»

«Woher wussten Sie meinen Namen?», frage ich argwöhnisch. «Als ich hier angerufen habe?»

«Auf dem Kalender in der Küche war eine Notiz. Freitag, 16. September. Abendessen bei Nat», sagt er. «Ich dachte, es wäre ein Mann, aber als Sie dann von der Zitronenmeringe anfingen –»

«Ja.» Mir wird wieder komisch im Magen, aber ich kämpfe gegen die Übelkeit an. Ich möchte noch mehr wissen. «Wieso sind Sie hier? Ich meine, woher wussten Sie, dass Maggie... was... passiert ist?»

«Eine Freundin hat uns verständigt.»

«Eine Freundin?»

«Karen Powell. Kennen Sie sie?»

«Sie ist Maggies Assistentin.» Ich zögere, ohne recht zu wissen wieso, bevor ich hinzufüge: «Und auch eine Freundin.»

Coscarelli mustert mich. Als ob er mein Zögern mitgekriegt hat und sich auch nach dem Grund fragt.

Aber er geht darüber hinweg. «Sie ist heute Abend gegen neun Uhr hergekommen, um Klausuren vorbeizubringen. Sie hat einen Schlüssel. Sie hat gesagt, Ms. Austin hätte ihn ihr letztes Jahr gegeben, als sie bei ihr anfing. Wussten Sie, dass Ms. Powell einen Schlüssel hat?»

«Nein. Aber es passt zu Maggie, dass sie ihr einen gegeben hat.»

«Sie hat ihre Wohnungsschlüssel einfach so verteilt?»

Der vielsagende Unterton des Detective stört mich sehr. «Nein. Das habe ich nicht gemeint. Nur den wenigen Leuten, mit denen sie befreundet ist. Ich habe ebenfalls einen Schlüssel. Sie hat auch einen von meiner Wohnung.» Ich höre mich selbst einen langen, stotterigen Atemzug nehmen, als mir klar wird, dass ich von meiner toten Freundin im Präsens rede. Sofort schießen mir Tränen in die Augen. Ich blicke weg, stelle endlich die Frage, die mir am schwersten fällt.

«Wie ist sie… gestorben?» Meine Stimme ist ein heiseres Flüstern.

Er antwortet nicht sofort. Und obwohl ich jetzt auf den Teppich starre, spüre ich seinen Blick auf mir ruhen. Was sieht er? Eine toughe Frau, die schließlich zusammenklappt?

«Weinen Sie ruhig. Ich sag's auch nicht weiter, Superintendent.»

Ich sehe ihn trotzig an. Dass meine beste Freundin meine Pose durchschaut hat, war eine Sache, aber es ist etwas völlig anderes, wenn dieses Jüngelchen von Detective, den ich noch nie im Leben gesehen habe, mich so leicht durchschaut.

«Ich brauche weder Ihre Erlaubnis noch Ihre Verschwiegenheit», sage ich in dem offiziösen Superintendent-Ton, den ich so gut beherrsche.

Der Detective reagiert auf meine Zurechtweisung nur mit einem Nicken. «Ich kann Ihnen die Todesursache erst nach der Obduktion sagen. Aber der Gerichtsmediziner meint, sie ist wahrscheinlich erstickt.» Das tiefe, dunkle Timbre seiner Stimme ist das Einzige an Coscarelli, das mir an ihm erwachsen vorkommt.

«Wann?» *Bitte lass es nach zwanzig vor sechs heute Abend gewesen sein. Sprich Walsh frei. Und mich.*

Coscarelli mustert mich weiter eindringlich, unbeeindruckt von meinem wütenden Blick. «Den genauen Todeszeitpunkt wissen wir nicht. Der Gerichtsmediziner schätzt, irgendwann zwischen zwölf Uhr mittags und drei Uhr nachmittags.»

Der wütende Blick ist verschwunden. Ich kann förmlich fühlen, wie mir die Farbe aus dem Gesicht weicht. *Walsh war es. Es muss Walsh gewesen sein. Und es ist alles meine Schuld...*

Coscarelli redet. «Wir haben ein Gedicht auf dem Boden neben dem Bett gefunden. Unterschrift *Dean*... Ich vermute, einer ihrer Studenten.»

Mir stockt der Atem, als mir das erotische Gedicht in Walshs Akte einfällt. *Alles meine Schuld... alles meine Schuld... Oh Maggie, es tut mir so Leid... Es tut mir so schrecklich leid...*

«Was können Sie mir über Dean erzählen, Superintendent?» Fragt nicht mal, ob ich ihn kenne. Geht davon aus, dass ich ihn kenne. Weiß er, dass ich ihn kenne?

Ich schließe die Augen, denke an meine erste Begegnung mit Dean Thomas Walsh beim Einstufungsgespräch im Horizon House. Ist das wirklich erst vier Wochen her...?

... der Strafgefangene übernimmt die volle Verantwortung für das, was er dem Opfer angetan hat, und zeigt entsprechende Reue...

(aus MCI-Norton-Katalog von Bewertungskriterien)

4

Horizon-House-Einstufungskonferenz
Häftling Dean Thomas Walsh
19. August 2000

«... Natürlich hab ich Angst davor, wieder rauszukommen. Fast so viel Angst wie vor acht Jahren, als ich reingekommen bin. Aber ich gehe als ein anderer Mensch wieder raus, Superintendent Price.» Er hält inne, lächelt verlegen. «Das erzählen Ihnen wohl alle, was?»

«Im Augenblick interessiert uns nur, was Sie uns erzählen, Mr. Walsh.» Ich sehe, wie er meine Mitarbeiter, die um den großen Konferenztisch aus Eichenholz sitzen, mit einem raschen Rundumblick taxiert. Um abzuschätzen, wie er ankommt. Doch seine Augen kehren gleich wieder zu mir zurück und bleiben, wo sie sind. Daran ist nichts Ungewöhnliches. Als Leiterin von Horizon House bin ich diejenige, bei der die meisten Häftlinge Eindruck machen wollen.

Doch irgendwas an der Art, wie Dean Thomas Walshs Augen mich fixieren, macht mich ein wenig nervös. Es ist teils verführerisch. Teils so, als glaubte er, dass er genau weiß, was in mir vorgeht. Ich kann mir nicht vorstellen, dass das an mir liegt, also muss Maggie dahinter stecken.

Was hat Maggie ihm über mich erzählt? Die Frage ist nicht, *hat sie*, sondern *was* hat sie ihm erzählt. Ich denke, dass meine gute Freundin Maggie zu jenen engagierten, aufrichtigen Frauen gehört, die ein großes Herz und gelegentlich auch einen großen Mund haben. Ich denke, dass ich an ihr hänge. Trotz ihrer Fehler.

Meine Gedanken schweifen ab. Ich glaube, dass Dean Thomas Walsh das erkennt. Er beugt sich auf seinem Stuhl vor. Leicht seitlich, denn ich sitze ihm schräg gegenüber. Mit dieser Geste will er meine Aufmerksamkeit wieder auf sich ziehen. Es funktioniert.

«Es gibt so vieles, was für mich spricht. Ich komme auf keinen Fall wieder», sagt er aufrichtig. Ich kann die Häftlinge an einer Hand abzählen, die in dieser Situation nicht aufrichtig sind. Dabei meinen sie nicht unbedingt, dass sie nicht mehr mit dem Gesetz in Konflikt geraten, sondern, dass sie mittlerweile so clever sind, sich nicht mehr erwischen zu lassen. Manche Häftlinge glauben allerdings wirklich, dass sie *ihre Lektion gelernt haben*. Das Problem ist nur, dass es leicht ist, das zu glauben, während sie noch im Knast sitzen. Die Sache ändert sich von Grund auf, sobald sie wieder frei sind und sich den gleichen Versuchungen ausgesetzt sehen. Und den Benachteiligungen. Ganz zu schweigen von dem Drang, verlorene Zeit wieder wettzumachen.

Ihre Aussichten stehen auf jeden Fall schlecht. Aber wenn Häftlinge eine echte Chance kriegen, mit sich ins Reine zu kommen, einen Beruf zu erlernen und Selbstachtung zu gewinnen, haben sie wesentlich bessere Möglichkeiten, anständige, gesetzestreue Bürger zu werden. So habe ich jedenfalls gegenüber dem Commissioner, der Presse, der gesamten nervösen Öffentlichkeit argumentiert, um sie von diesem Entlassungsvorbereitungszentrum zu überzeugen. Und ich glaube wirklich daran. Ich habe fast zwei Jahre gebraucht, um sie auf meine Seite zu ziehen. Und fast ebenso lange, um die maßgeblichen Stellen davon zu überzeugen, dass sie mit mir als Superintendent die richtige Wahl getroffen hatten.

Wie gut wir sind, muss sich erst noch zeigen. Zumindest hatten wir bisher keine großen Katastrophen. Noch nicht.

Ich erwidere Walshs Blick direkt. Er ist schwerer zu durchschauen als die meisten Häftlinge. Vielleicht liegt es daran, dass er so gut aussieht wie ein Filmstar – das widerspenstige dunkelbraune Haar ist lässig zerzaust, der Dreitagebart gibt ihm was Verwegenes, die stahlblauen Augen strahlen genau den richtigen Hauch Verletzlichkeit aus. Ein waschechter Brad Pitt. Ein richtiger Herzensbrecher. Erneut denke ich an Maggie und an ihr großes, zerbrechliches Herz.

«Professor Austin hat mich gestern besucht und mir gesagt, das mein Antrag für die Einschreibung zum Wintersemester am CCC so weit fertig ist», sagte er mit jungenhafter Begeisterung zu mir. Ich spüre unterschwellige Gereiztheit bei meinen Mitarbeitern. Sie mögen es nicht, wenn der Häftling sie übergeht.

Walsh wirkt unbeirrt. «Hat sie schon mit Ihnen darüber gesprochen, dass ich vielleicht dieses Semester als Gasthörer ein paar Abendseminare besuchen kann? Sie meint, es wäre ganz gut, wenn ich mal ein bisschen reinschnuppere. Sie gibt da so ein Lyrikseminar – dienstags und donnerstags von sechs bis acht. Maggie meint...» Ich bin sicher, er registriert meinen Unwillen, als ich höre, dass er sie beim Vornamen nennt, denn er berichtigt sich rasch. «Professor Austin meint, das Seminar wäre genau das Richtige für mich. Ich habe um fünf im Kopierladen Feierabend. Ich könnte schnell einen Happen essen, dann die U-Bahn nehmen und wäre pünktlich da –»

«Vergessen Sie's, Walsh. Sie kennen die Regeln hier», fällt ihm Assistant Deputy Jack Dwyer, mein Stellvertreter, ins Wort. «Sie müssen abends um sechs zum Zählappell wieder zurück sein.» Sein Ton ist schroff, fast grob. Jack hat was gegen die Glattzüngigen, gegen die Gutaussehenden.

Dean Thomas Walsh nähert sich dem Ende seiner Gefängnisstrafe wegen Vergewaltigung. Er hätte in den letzten zwei Jahren dreimal die vorzeitige Haftentlassung auf Bewährung beantragen können, hat aber darauf verzichtet. Er wollte lieber die vollen acht Jahre absitzen. Viele Häftlinge entscheiden sich für diesen Weg. Sie halten lieber bis zum Schluss durch, als mehrere Jahre lang einen Bewährungshelfer im Nacken zu haben. Walshs Entlassungstermin ist im Dezember. Noch vier Monate, und er ist draußen. Wenn er sich bis dahin nichts Schwerwiegendes zuschulden kommen lässt.

Mein Assistant Deputy hat Walsh eben daran erinnert, dass er noch lange nicht machen kann, was er will. Der kleinste Fehltritt – zum Beispiel nicht zum Zählappell erscheinen –, und er verbringt dieses Jahr Weihnachten wieder in derselben tristen Zelle, in der er seit acht Jahren sitzt.

Walsh zeigt keine Reaktion. Er bleibt ruhig. Was ihm offensichtlich nicht schwer fällt. Ich frage mich, ob das eine Überlebenstechnik ist, die er im Knast gelernt hat.

Er lehnt sich auf seinem Stuhl zurück, hält den Blick weiter auf mich gerichtet. «Es gibt Ausnahmen von der Regel. Was ist mit den Damen und Herren, die über Nacht Freigang kriegen? Okay, okay, ich weiß. Die sind verheiratet. Aber wir Singles, wir haben auch so unsere Bedürfnisse, Superintendent Price.»

«Reden wir jetzt nicht mehr über Weiterbildung, sondern über Sex?», frage ich kühl. Ich höre meinen leitenden Beamten, Officer Gordon Hutchins, neben mir kichern. Hutch, wie er genannt wird, seit er vor achtunddreißig Jahren als Gefängniswärter anfing, kichert ein wenig zu viel. Ich habe ihn deshalb schon mal ins Gebet genommen. Und gesehen, wie er dabei mit den Zähnen geknirscht hat. Hutch hat was dagegen, wenn er von einer Vorgesetzten, die fünfundzwanzig Jahre jünger ist als er, eins auf den Deckel kriegt. Erst recht nicht von einer studierten *Klugscheißerin*, die noch dazu einigermaßen attraktiv ist. Hutch ist der Ansicht, dass Strafgefangene und gut aussehende Mitarbeiterinnen ein hochexplosives Gemisch sind. Ich muss zugeben, dass ich ihm bis zu einem gewissen Punkt zustimme, weshalb ich meine äußere Erscheinung bei der Arbeit so dezent wie möglich halte. Ich trage mein schulterlanges, rotblondes Haar zu einem ordentlichen – fast schon strengen – Knoten gebunden, schminke mich sehr zurückhaltend und trage maßgeschneiderte Kostüme. Achte darauf, dass der Rocksaum züchtig unterhalb des Knies bleibt. Was Hutch richtig wahnsinnig macht, ist, dass er mich, trotz der vielen Probleme, die er mit mir hat, wirklich gern mag. Und er weiß, dass ich ihn, trotz der vielen Probleme, die ich mit ihm habe, auch gern mag.

Als ich jetzt wieder meine ganze Aufmerksamkeit auf Walsh richte, merke ich, dass seine Gelassenheit erste Risse zeigt. Ein leichtes Zucken des Mundwinkels. «Ich weiß, was Sie wurmt, Price.» Nicht mehr *Superintendent* Price. Noch ein Riss. Und ein wenig unruhiges Füßescharren bei meinen Mitarbeitern. Sie können es nicht leiden, wenn ein Häftling so mit ihrer Chefin redet. Walsh weiß bestimmt ganz genau, dass er sich von festem Boden auf dünnes Eis begeben hat, doch er macht einen weiteren überstürzten Schritt. «Maggie hat mir erzählt, dass Sie es waren, die ihr Interesse dafür geweckt hat, kreatives Schreiben im Knast zu unterrichten. Aber Sie haben nicht damit gerechnet, dass Ihre gute Freundin mit einem von uns miesen Knastis draußen ein persönliches Verhältnis eingehen würde.»

Auch meine Gelassenheit wird ein wenig *rissig*. «Sie sind noch nicht draußen, Walsh.» Ich lasse den *Mr.* unter den Tisch fallen. Immer mit gleicher Münze heimzahlen, hat mein Dad immer gesagt. «Freigang ist ein Privileg...»

Walshs stahlblaue Augen sprühen jetzt Funken. «Ich versuche, mich zu bessern, und kriege nichts als Drohungen von Ihnen zu hören. Wollen Sie mich fertig machen, mich wieder einbunkern, bloß weil Ihre Freundin mich für intelligent und talentiert hält und mir helfen will, dass ich studieren kann, verdammt?»

Wie von der Tarantel gestochen, springt Jack auf. Auch Hutch würde aufspringen, aber bei seinem Übergewicht – vor allem in Form eines Bierbauches – kommt er nicht so schnell hoch. Meine Arbeitsberaterin Sharon Johnson, die mir gegenübersitzt und sich ein Bein ausgerissen hat, um Walsh den Job in dem Kopierladen in Cambridge zu besorgen, verschränkt fest die Hände auf dem Tisch, die dunklen Augen angespannt, wartet auf die Explosion.

Ich kann die Bombe explodieren lassen oder entschärfen – jedenfalls vorläufig. Es liegt an mir.

«Ich würde gern ein paar Minuten mit Mr. Walsh unter vier Augen sprechen», sage ich ruhig.

Mein Team versteht das als Befehl. Was es auch sein soll. Eine elektrisierte Spannung erfasst den Raum. Es ist nicht meine Art, die Vorgesetzte herauszukehren. Nur wenn ich es für erforderlich halte.

«Nat –» Jack legt normalerweise großen Wert darauf, mich vor den Häftlingen nicht beim Vornamen zu nennen. Dieser Schnitzer und seine zusammengepressten Lippen lassen keinen Zweifel daran, dass er seine Wut kaum noch beherrschen kann.

Auch ich bin kurz davor, aus der Haut zu fahren, aber ich zügele mich.

«Ist schon in Ordnung, Deputy Dwyer», sage ich ruhig, aber bestimmt, obwohl ich weiß, dass mein Stellvertreter gerade das bestreiten möchte. Aber er wird es nicht tun. Nicht jetzt. Dafür wird er mir später die Hölle heiß machen. Anders als Hutch hält Jack Dwyer mit seiner Kritik nicht hinterm Berg. Weder bei mir noch bei sonst wem.

Früher dachte ich, Jack hege einen Groll gegen mich, weil ich Superintendent geworden war. Bis ich von Hutch erfuhr, dass Jack die Position schon vor mir angeboten worden war und er sie abgelehnt hatte. Ich war völlig überrascht, als ich das hörte. Ich hatte keine Ahnung, dass Dwyer überhaupt mit im Rennen gewesen war.

Als ich nachbohrte, warum Jack das Angebot abgelehnt hatte, deutete Hutch an, es hätte was mit der Geiselnahme zwei Jahre zuvor in Oak Ridge zu tun, dem Hochsicherheitsgefängnis von Massachusetts. Ich verstand das nicht. Jack, der damals Assistant Superintendent in Oak Ridge war, wurde bei dem Aufstand als Held der Stunde gefeiert. Er verhandelte ganz allein mit den Anführern der Häftlinge und brachte sie dazu, drei von den vier Vollzugsbeamten freizugeben, die sie als Geiseln genommen hatten. Die vierte Beamtin war schon umgebracht worden, bevor Jack am Ort des Geschehens eintraf. Niemand gab ihm dafür auch nur die geringste Schuld.

Normalerweise kriege ich Hutch dazu, aus dem Nähkästchen zu plaudern, doch was die Geiselnahme betrifft, war aus ihm nicht mehr rauszuholen. Auch nicht, inwieweit diese Geschichte der Grund dafür war, dass Jack sich dafür entschieden hatte, im Horizon House die zweite Geige zu spielen. Hutch sagte lediglich, Jack *könne gut auf die Kopfschmerzen verzichten*, die mit der

Führungsposition zwangsläufig einhergingen. Wenig Ruhm, wenn alles gut läuft; jede Menge Ärger, wenn irgendwas schief geht. Manchmal denke ich, Jack hat eine kluge Entscheidung getroffen.

Während ich in Gedanken abschweife, sammelt Sharon Johnson ihre Unterlagen zusammen, stopft sie rasch in ihre Aktentasche. Froh, dass sie sich zurückziehen kann. Diese Orientierungsbesprechungen machen sie immer nervös. Wer könnte es ihr verübeln? Sie ist eine zweiundvierzigjährige Exstrafgefangene und hat solche Besprechungen zur Genüge aus der anderen Perspektive erlebt.

Sharon verlässt den Raum als Erste. Hutch starrt Walsh wütend an, vermeidet jeden Blickkontakt mit mir und schlurft widerwillig hinter ihr her.

Jack steht noch immer vor seinem Stuhl. Auf den Fußballen, bereit zum Sprung. Die Stirn in Falten gelegt. Die Arme vor der breiten Brust verschränkt. Die grauen Augen wie Gewitterwolken starr auf mich gerichtet. Ich denke, dass er vielleicht nicht gehen wird. Was meine Autorität untergraben würde. Ganz zu schweigen davon, dass es mich stinksauer machen würde.

Walsh hat derweil keinen Muskel bewegt. Ebenso wenig wie er seinen taxierenden Blick von mir abgewandt hat.

Jetzt starren mich also beide an, um mich zu verunsichern.

Okay, das hab ich mir selbst eingebrockt. Aber hätte ich die anderen nicht rausgeschickt, würde Dean Thomas Walsh mit hoher Wahrscheinlichkeit bald wieder in seiner zwei mal drei Meter großen Zelle im CCI Norton landen. Könnte seine Pluspunkte wegen guter Führung abschreiben. Könnte sein Wintersemester am Commonwealth Community College abschreiben.

Maggie Austins begeisterte Stimme geistert mir durch den Kopf. *«Er ist so talentiert, Nat. Er ist so viel versprechend. So einen Schüler wie Dean hab ich noch nie gehabt. Mit einer anständigen Ausbildung kann er es sehr weit bringen. Sind wir ihm nicht diese Chance schuldig?»*

Ich weiß, dass diese Machtprobe zwischen Jack und mir gerade mal dreißig Sekunden dauert. Aber es kommt mir viel länger vor.

Nach fünf weiteren Sekunden nimmt Jack abrupt seine Kopie

von Walshs Akte. Er klopft darauf. Ein bedrohliches Trommeln. «Wir haben Sie für eine zwölfwöchige Therapie in unserem Sexualstraftäterprogramm vorgesehen, Walsh. Beginn Mittwoch, zwanzig Uhr. Ich rate Ihnen, seien Sie pünktlich.»

Das Zucken in Walshs Mundwinkel ist wieder da, zehnmal so stark. Er ist nicht glücklich über die Erinnerung. Nicht glücklich, wieder an der Therapie teilnehmen zu müssen.

Ich beobachte, wie Jack betont langsam aus dem Raum schlendert. Als die Tür zuknallt, schüttelt Dean Thomas Walsh langsam den Kopf.

Ich werde es diesem Häftling nicht leicht machen, aber ich brauche ein paar Sekunden, um mich zu sammeln.

Walsh nutzt die Pause, die ich ihm unvorsichtigerweise gewähre.

«Sie lassen nicht mit sich spaßen, was?» In seiner Stimme schwingt ein Hauch von Bewunderung mit. Dahinter klingt Argwohn an. «Ich hab viel über Sie gehört, als ich hierher kam. Und jetzt sehe ich, dass es stimmt.»

Er beugt sich leicht vor. «Aber ich hab auch gehört, dass Sie fair sind. Sie behandeln alle Häftlinge gleich. Stimmt das?»

«Ist das Ihr Anliegen, Mr. Walsh? Möchten Sie Gleichbehandlung? Oder finden Sie, dass Sie eine Sonderbehandlung verdienen?»

Er seufzt. «Wenn Sie die Wahrheit hören wollen, ich hab mich für Maggies Kurs in Norton nur deshalb gemeldet, weil ich dann nicht mehr einmal die Woche frühmorgens Wäschereidienst machen musste. Und, zugegeben, es hat auch nicht geschadet, dass sie hübsch anzusehen war. Klar, jeder Knacki, der sie zu Gesicht bekommen hat, wollte sie gern...»

«Vögeln?»

Walsh bedenkt mich mit einem unverhohlen vorwurfsvollen Blick.

«Ich finde, eine Lady sollte nicht ordinär werden», sagt er tadelnd. «Schon gar nicht als Superintendent.»

Der schizoide Moralkodex von Häftlingen erstaunt mich doch immer wieder. *Schlampen* fluchen. *Ladys* - also ehrenwerte Frauen wie Mütter, Schwestern, Ärztinnen, Wärterinnen – sollen züchtig, anständig sein. In Wort, in Kleidung und Tat. Jede Überschreitung dieser Regel bringt Häftlinge durcheinander.

Aber ich will Dean Thomas Walsh ja durcheinander bringen.

«Nervt Sie das?», frage ich bewusst unterkühlt.

Walsh deutet ein Lächeln an. Um mir zu signalisieren, dass er weiß, dass ich ihn aus der Reserve locken will. «Ich sage Ihnen, was mir an Maggie Austin am besten gefällt. Dass sie nie irgendwelche Spielchen mit mir treibt.»

«Können Sie das Gleiche sagen, Mr. Walsh?»

«Maggie mag mich, und ich mag sie. Ist das ein Verbrechen?»

«Tätlicher Angriff ist ein Verbrechen», sage ich spitz. «Vergewaltigung ist ein Verbrechen. Ein abscheuliches, brutales Verbrechen. Die heimtückischste Verletzung, die man dem Körper und der Seele einer Frau zufügen kann.»

Das Mindeste, was ich darauf erwarte, ist ein verbaler Gegenangriff.

Das Letzte, was ich erwarte – vielleicht auch das Letzte, das er erwartet –, ist die Reaktion, die er zeigt.

Das Gesicht in den Händen vergraben, die breiten Schultern krampfhaft zuckend, bricht Dean Thomas Walsh zusammen, ein verurteilter Verbrecher, der fast acht Jahre Knast hinter sich hat, und weint wie ein Baby.

Die großzügige Unterstützung durch lokale Firmen hat entscheidend dazu beigetragen, dass Häftlinge dazu gebracht werden konnten, ein angemessenes Verhalten an den Tag zu legen ...

MCI, *Division of Community Corrections*

5

«Sein vollständiger Name ist Dean Thomas Walsh. Er ist seit vier Wochen im Horizon House. Zur Vorbereitung auf seine Entlassung. Er arbeitet in einem Kopierladen. Verbüßt sechs bis acht Jahre wegen ... Vergewaltigung.» Ich schaudere in Erinnerung an das Protokoll von Alison Coles Aussage, in der sie Walshs brutalen Angriff auf sie schildert. Und daran, wie entsetzlich ähnlich der Angriff auf Maggie abgelaufen ist.

Detective Leo Coscarelli hat die ganze Zeit gestanden. Doch jetzt setzt er sich neben mich auf Maggies Sofa. Instinktiv rücke ich weg. Falls er es bemerkt hat, zeigt er jedenfalls keine Reaktion.

«Wie nahe standen sie sich? Ms. Austin und Walsh?»

«Ich weiß nicht», sage ich. Was leider die Wahrheit ist.

«Jedenfalls so nahe, dass sie sich zum Lunch verabredet haben.»

Ich spüre, wie mir heiß im Gesicht wird. «Häftlinge in der Entlassungsvorbereitung dürfen außerhalb der Anstalt keinen Kontakt zu anderen Häftlingen, Exhäftlingen, Opfern oder Angehörigen aufnehmen. Wenn sie Alkohol trinken oder Drogen nehmen, fliegen sie aus dem Programm. Das Gleiche passiert, wenn sie nicht zu den vorgeschriebenen Zeiten an ihrem Arbeitsplatz sind. Wir machen bei jedem Häftling regelmäßig Stichproben vor Ort. Die einzigen Ausnahmen von dieser Regel sind genehmigte Aktivitäten.»

Coscarelli wird ungeduldig. «Verabredungen zum Lunch mit Professorinnen sind genehmigte Aktivitäten?»

«Nein. Aber sie sind auch nicht per se untersagt. Walsh war Gasthörer in einem Lyrikseminar von Maggie, das genehmigt war.» Mein Magen verkrampft sich. «Möglich, dass sie sich mit ihm zum Lunch getroffen hat, um –»

«Ihm Privatunterricht zu geben?» Das Grinsen verträgt sich nicht mit seinem braven Polizistenaussehen. Die Frage allerdings auch nicht.

«Ich habe Walsh in eine Arrestzelle sperren und unter Sonderbewachung stellen lassen, Detective. Und in zwei Stunden müsste ich erfahren, was die Drogentests bei ihm ergeben haben.»

«Sieht das hier nach seiner Handschrift aus?» Er deutet in Richtung Schlafzimmer.

Ich nicke müde, füge aber hinzu: «Er war voll mit Alkohol und Kokain damals bei seiner ersten Tat.» Ich glaube also schon jetzt, dass es eine zweite gegeben hat.

«Wann war das?», fragt er.

«Vor fast neun Jahren. Er hat keinen Aktenvermerk wegen Drogenkonsums während seiner Inhaftierung. Und es liegen keine Informationen vor, dass er in der Entlassungsvorbereitung welche genommen hat. Vor dem Test, den ich heute angeordnet habe, ist er schon dreimal getestet worden, und er war immer clean.» Jetzt versuche ich auch noch, den Scheißkerl in Schutz zu nehmen. Genauer gesagt, meinen eigenen Arsch zu retten. Selbstekel kämpft mit Trauer.

«Lassen wir Walsh mal einen Moment beiseite», sagt Coscarelli abrupt. «Hat Ms. Austin sich noch mit anderen Männern getroffen? Hatte sie einen festen Freund?»

«Ich … weiß nicht genau. Durchaus möglich, dass es da jemanden gab … in letzter Zeit. Sie hatte fast jeden Abend was vor.» Unser für heute geplantes Abendessen war das erste Mal seit fast drei Wochen, dass sie Zeit hatte. Ich hab gedacht, sie hätte einen neuen Mann kennen gelernt, und mich gewundert, dass sie so ein Geheimnis daraus machte. Das sah ihr gar nicht ähnlich. Sie war manchmal so offenherzig, was ihr Liebesleben anging, dass sie mir die Schamesröte ins Gesicht trieb.

«Ich nehme an, Walsh war an den betreffenden Abenden unter Verschluss», sagt Coscarelli, «somit kommt er wohl nicht in Frage.»

Jemand räuspert sich hinter uns.

Der Gerichtsmediziner, ein spindeldürrer Mann in den Fünfzigern mit krummen Schultern und fahlem Gesicht, steht an Maggies Schlafzimmertür. Coscarelli springt auf und geht zu ihm. Sie sprechen kurz miteinander, dann folgt Coscarelli dem Gerichtsmediziner ins Schlafzimmer. Bevor er die Tür schließt, sehe ich, wie ein anderer Detective – Coscarelli hatte ihn mir zuvor als seinen Partner Mitchell Oates vorgestellt – auf ihn zugeht und ihm irgendetwas reicht. Ein Foto, denke ich. Coscarelli sieht es sich an, schließt die Tür hinter sich.

Kurz darauf kommt er wieder heraus, geht langsam zurück zur Couch und setzt sich. Er legt die Hände flach auf die Knie und scheint seine ordentlich geschnittenen und makellos sauberen Fingernägel zu inspizieren. «Hatte Ihre Freundin Gefallen an hartem Sex, Ms. Price?»

Diese Frage, so schonungslos gestellt, lässt mich vor Abscheu erbeben.

«Nein, natürlich nicht», sage ich so vehement, dass er zurückweicht. «Sie glauben doch wohl nicht, dass sie freiwillig …» Ich kann den Gedanken nicht beenden, geschweige denn den Satz. «Sie wurde *vergewaltigt*, Detective. Und wenn Sie das nicht sehen –»

«Es deutet nichts auf einen Kampf hin», sagt er sachlich. Aber nicht ohne eine Spur von Mitgefühl.

«Haben Sie schon mal an die Möglichkeit gedacht, dass sie zu große Angst hatte, um sich zu wehren?», entgegne ich. «Oder dass sie unter Drogen gesetzt wurde? Oder … oder vorher ermordet wurde?» Ich presse die Augen zu, doch noch immer strömen entsetzliche, perverse Bilder auf mich ein.

«Auf Ms. Austins Anrufbeantworter sind ein paar Nachrichten», wechselt Coscarelli erneut das Thema. Obwohl mir dabei ein Ruck durch den Körper fährt, spüre ich auch eine Welle der Erleichterung. Das Allerletzte, worüber ich jetzt nachdenken möchte, ist auch nur die vage Möglichkeit, dass Maggie die brutale Gewalt, die ihr angetan wurde, in irgendeiner Weise gewollt hat.

«Eine Nachricht ist von Karen Powell», sagt der Detective. «Dann haben noch zwei Männer angerufen. Unterschiedliche Stimmen. Keine Namen. Ich frage mich, ob einer von ihnen Walsh ist. Fühlen Sie sich imstande, das Band abzuhören, Ms. Price? Vielleicht können Sie die beiden ja identifizieren.»

«Ich ... weiß nicht.»

«Sie wissen nicht, ob Sie sich dazu imstande fühlen?»

«Ich weiß nicht, ob ich sie identifizieren kann. Ich meine, wahrscheinlich kenne ich sie nicht. Maggie und ich waren eng befreundet, aber wir hatten verschiedene Bekanntenkreise ...» Aber jetzt habe ich nur noch den einen Gedanken, dass sich unsere Kreise in letzter Zeit überschnitten haben. Dass Dean Thomas Walsh zum Mittelpunkt dieses neuen, gemeinsamen Kreises geworden ist.

«Versuchen wir's doch, ja? Tun Sie Ihr Bestes, Superintendent.» Coscarelli ist bereits aufgestanden, schiebt eine Hand in seine Jacketttasche und holt einen kleinen Plastikbeutel heraus. Darin ist eine von diesen Minikassetten. Als er den Beutel öffnet, fällt mir auf, dass er hautfarbene Gummihandschuhe trägt. Und ich denke, er hat Maggie mit diesen Handschuhen berührt. Mir schmerzt die Kehle, als ich wieder eine Welle Übelkeit niederkämpfe. Tränen brennen mir in den Augen. Obwohl ich mich noch lange nicht von dem Schock erholt habe, begreife ich langsam die schreckliche Realität. Die überwältigende Trauer dringt allmählich an die Oberfläche. Meine Freundin ist tot. Vergewaltigt. Ermordet. Und ich bin vielleicht zum Teil mit schuld.

«Der Anrufbeantworter ist im Schlafzimmer.»

Er muss gesehen haben, wie ich erblasse, denn er fügt rasch hinzu: «Ich hole ihn her. Vielleicht möchten Sie eine Tasse Tee. Oder irgendwas Stärkeres. Ich könnte Ihnen was holen lassen ...»

«Nein. Bringen wir's hinter uns.»

Coscarelli kommt kurz darauf mit dem Anrufbeantworter. Er stellt ihn auf den Tisch neben der Couch. Ich muss aufstehen, damit er die Couch von der Wand abrücken kann, um an die Steckdose zu kommen.

«Fertig», sagte er, als er sich von Händen und Knien erhebt. Mit zittrigen Beinen schiebe ich rasch die Couch wieder an die Wand und setze mich.

Er drückt auf Start und setzt sich in den Sessel rechts von der Couch. Ich bin dankbar für die Distanz.

Hi. Ich bin's, Karen. Ich wollte dir nur sagen, dass ich noch immer finde, du solltest vorsichtiger sein, mit allem. Ich wünschte wirklich, du würdest Vernunft annehmen. Denkst du bitte noch mal über alles nach? Und ruf mich an. Bitte. Ich gehe heute um sieben ins Kino und bring die Klausuren anschließend bei dir vorbei. Wenn du dann schon zu Hause bist, können wir ja vielleicht reden.

Coscarelli stoppt das Band. «Wissen Sie, wovon sie spricht?»

«Hat sie es Ihnen nicht erzählt?»

«Ich würde gern Ihre Meinung hören», sagt er ausweichend.

«Sie könnte von Walsh gesprochen haben.» Ich habe keinen Zweifel, dass Karen wegen Walsh beunruhigt war. Nur zum Teil, weil er ein Häftling war. Zum anderen und vermutlich größeren Teil ganz sicher, weil Walsh so viel Aufmerksamkeit von Maggie bekommen hat. Karen hat das bestimmt nicht gefallen.

«Würden Sie Ms. Austin als risikofreudig bezeichnen?»

Ich tue die Frage achselzuckend ab. Ich habe nicht vor, diesem Detective-Jüngelchen von Maggies Fehlern zu erzählen. Sein Job ist es, ihren Mörder zu finden, nicht, in ihrer Psyche rumzuwühlen. Aber ich weiß, dass jetzt ich die Unvernünftige bin. Natürlich muss er so viel wie möglich über das Opfer in Erfahrung bringen, wie auch über das Ungeheuer, von dem sie ermordet wurde.

Ich bin erleichtert, als er das Band wieder startet.

Eine männliche Stimme ertönt. Tief und schnarrend.

… Du bist ja anscheinend überhaupt nicht mehr zu Hause. Dann muss ich dich wohl nach dem Seminar abfangen. Es ist albern, mir dauernd aus dem Weg zu gehen.

Coscarelli wirft mir einen fragenden Blick zu.

Ich schüttele den Kopf. Die tiefe, kratzige Stimme kommt mir nicht bekannt vor. Und sie ist beunruhigend, obwohl der Tonfall des Anrufers eher neckend als bedrohlich klingt. Ich denke, es ist entweder ein Student oder ein Kollege an der Uni. Wem ging

Maggie aus dem Weg? Offenbar nicht Dean Thomas Walsh. Wurde sie von irgendeinem Typen verfolgt? Hatte Karen das in ihrer Nachricht gemeint? Bestimmt hätte Maggie mir was davon erzählt. Aber allmählich kommt mir der Verdacht, dass Maggie mir vieles vorenthalten hat. Angefangen mit ihren Verabredungen zum Lunch mit einem meiner Häftlinge.

Bei ein paar Anrufen wird gleich wieder aufgelegt. Ich weiß, dass einer davon meiner ist.

Ich fröstele, als mir klar wird, dass Maggie schon tot war, als ich das erste Mal bei ihr anrief. Sie war schon tot, während ich für unser Abendessen einkaufte. Während ich zu Hause saß und mich ärgerte, dass sie mich versetzt hatte.

Ich werde aus meinen quälenden Gedanken gerissen, als wieder eine männliche Stimme erklingt. Eine Stimme, die ich sofort erkenne. Fast hätte ich vor Verblüffung nach Luft geschnappt.

... dachte, du wärst inzwischen zu Hause. Hast du es ihr erzählt? Wie hat sie's aufgenommen? Hatte ich Recht, dass du dir umsonst Gedanken gemacht hast? Mir ist noch immer schleierhaft, wie du darauf kommst, dass sie auf mich steht. Ich wette mit dir, wenn der Scheißkerl von Ehemann morgen bei ihr vor der Tür steht, nimmt sie ihn mit offenen Armen wieder auf. Ach Scheiße, jetzt unterhalte ich mich doch tatsächlich mit einem Apparat. Ruf mich an, wenn du zurück bist. Wenn es nicht zu spät ist, kann ich ja noch zu dir kommen. Meine Erkältung ist nicht mehr so schlimm. Ich bin heute zu Hause geblieben und hab sie ausgeschwitzt. Ich fühle mich also schon viel besser. Aber ich könnte mich noch besser fühlen.

Coscarelli beobachtet mich genau. Scharf. Vielleicht ist er älter und cleverer, als er aussieht. Cleverer auf jeden Fall.

Er sagt kein Wort. Wartet, dass ich das Schweigen durchbreche. Ich muss irgendwas sagen. Aber ich will noch etwas Zeit herausschlagen. Antworten finden, bevor ich welche gebe.

«Sie sehen blass aus, Superintendent.»

Ich spiele meine Blässe aus, so gut ich kann. Was in Anbetracht meines Zustandes nicht sehr schwer ist. «Ich stehe noch unter Schock.» *Ein Schock jagt den nächsten.*

Ich stehe unsicher auf. Coscarelli springt hoch. Wir sind etwa gleich groß, somit ist er mit mir auf Augenhöhe. «Können Sie mir ein paar Stunden Zeit geben, Detective? Es stürmt wirklich alles auf einmal auf mich ein.»

«Ich verstehe», sagt er.

Und es beunruhigt mich, dass er das vielleicht wirklich tut.

Bei dem Druck, dem man in dem Job ausgesetzt ist, überrascht es nicht, dass Alkoholismus, Scheidung und Depressionen unter Strafvollzugsbediensteten überdurchschnittlich häufig vorkommen.

Dr. Robert Dollard
Gefängnispsychologe

6

Er steht in seiner Tür, unrasiert, das dunkle Haar zerzaust, die Augen wässrig, die Nase gerötet. Er hatte sich freigenommen, weil er stark erkältet ist.

Er trägt einen kurzen, verwaschenen, blauen Frotteebademantel, der seine dunklen Brusthaare und die knorrigen Knie sehen lässt. Entweder er ist nackt unter dem Bademantel, oder er trägt nur seine Boxershorts. Ja, ich weiß, dass er Boxershorts trägt. Und das ist nur eines der vielen persönlichen Dinge, die ich über meinen Stellvertreter Jack Dwyer weiß.

«Ich hab's schon gehört», sagt er, während er zur Seite tritt, um mich hereinzulassen.

Seine Worte, nicht direkt unbekümmert, aber jedenfalls alles andere als traurig, machen mich wütend. Ich schlage ihm mit der flachen Hand ins Gesicht. So fest, dass mir die Hand wehtut. So fest, dass ein deutlicher roter Abdruck zu sehen ist.

Seine Hand fährt hoch zu seiner Wange, doch er ist vor Verblüffung sprachlos.

«Mehr hast du dazu nicht zu sagen?» Ich bin ganz dicht an seinem Gesicht, meine Worte treffen ihn wie Kugeln.

«Was? Glazer hat mir nichts gesagt…»

«Glazer?» Ich hatte gedacht, Hutch hätte ihn verständigt. Ich frage mich, warum er es nicht getan hat. Bestimmt hatte er alle

Hände voll damit zu tun, sich um Walsh und die Sonderbewachung zu kümmern.

«Ja, er hat gegen acht angerufen, um mir zu sagen, dass zwei Insassinnen, Carmen Rios und Gerry Flynn, sich heute Abend einen wüsten Kampf geliefert haben...» Er blickt finster. «Das wusstest du nicht? Worum geht's denn dann...?» Er starrt mich an, verständnislos.

Ich sinke gegen den Türrahmen, fühle mich schwach, weil mir klar wird, dass wir aneinander vorbeigeredet haben. «Um... Maggie, Jack.»

Ich sehe einen bestürzten Blick. Und dann – schwant ihm Unheilvolles, als er den verzweifelten Blick in meinen Augen sieht. Er denkt das Undenkbare, kann es vor Entsetzen nicht aussprechen.

Ich spreche es für ihn aus, was mir jetzt, da ich so aufgewühlt bin, leichter fällt. «Sie ist tot, Jack.»

Er taumelt nach hinten, verliert fast das Gleichgewicht. Sofort tut mir meine schonungslose Offenheit Leid, ich strecke die Hand nach ihm aus, doch er wendet sich ab.

«Ich weiß, Jack. Ich... kann es selbst noch nicht fassen.» Meine Hand ist noch immer ausgestreckt. Greift Luft.

Jack hält sich den Bauch, und in seinen Augen liegt bereits gequälte Trauer. Ich spüre Unmut in mir aufkommen. Mit welchem Recht empfindet er so viel Schmerz wie ich? Maggie war länger als zehn Jahre meine engste Freundin. Er hatte doch höchstens ein paar Monate lang eine Affäre mit ihr.

«Wie?»

Das ist die Frage, vor deren Beantwortung mir graut.

«Gehen wir rein, Jack.» Wir stehen noch immer an der geöffneten Wohnungstür. Ich schließe sie und will in Richtung Wohnzimmer gehen.

Er packt meinen Arm, drückt ihn ganz fest. «Wie, verdammt noch mal?»

Merkwürdigerweise ist mir der Schmerz von seinem Klammergriff willkommen. Irgendwie fällt es mir so leichter, es ihm zu sagen. Ich bin kaum fertig, als er ohne Zögern hervorstößt: «Walsh.»

Ich sage nichts.

Er starrt mich an, seine Gesichtszüge verdunkeln sich vor, wie ich weiß, noch dunkleren Vorwürfen.

Hatte er mich nicht vor Wochen gewarnt …?

«Ich finde es unglaublich, dass du auf die Masche von diesem Häftling reingefallen bist.» Jacks Stimme ist voller Abscheu.

Er steht in der Tür des kleinen Konferenzzimmers im Horizon House. Das Aufnahmegespräch mit Dean Thomas Walsh ist gerade vorbei.

Ich konzentriere mich stärker auf die Akte des nächsten zur Einstufung anstehenden Häftlings. Carmen Rios, eine Zweiundzwanzigjährige aus Holyoke, die wegen schweren Diebstahls drei bis fünf Jahre verbüßt. Die junge Latinofrau hatte schon als Jugendliche eine deprimierend lange Vorstrafenliste. Diebstahl, Prostitution, Drogenmissbrauch, Betrug. Mitglied der Gang *Latin Madrés*. Mutter einer dreijährigen Tochter, die im Gefängnis geboren wurde – als Carmen im sechsten Monat war, hatte sie an sich selbst einen missglückten Abtreibungsversuch unternommen. Nachdem sie von einem Gericht für erziehungsuntauglich erklärt worden war, wurde das Baby vor der Geburt unter Vormundschaft des Jugendamtes gestellt, und das Mädchen lebt zurzeit bei Pflegeeltern.

Jack schließt fest die Tür hinter sich. «He, Nat», sagt er, einen etwas versöhnlicheren Ton anschlagend, «ich weiß ja, dass du eine schwere Zeit durchmachst –»

Ich werfe ihm einen Blick zu, meinen *Keinen Schritt weiter*-Blick.

Als würde ihn das aufhalten.

«Mensch, das ist doch verständlich. Ich war schließlich auch schon mal in deiner Situation.»

Mit *meiner Situation* meint Jack seine eigenen Eheprobleme. Ich kannte ihn noch nicht, als er seine erste Trennung durchmachte. Jack spricht nie von seiner ersten Frau. Auch nicht von seinem einzigen Kind, das aus der Ehe hervorging. (Obwohl er ein Foto von dem kleinen Mädchen auf seinem Schreibtisch stehen hat. Auf dem Bild muss sie etwa fünf sein, langes goldenes

Haar zu zwei dicken Zöpfen geflochten, strahlendes Lächeln, das stolz einen fehlenden Vorderzahn zeigt. Sie kniet an einem Strand, das Meer verschwommen im Hintergrund, und ist emsig damit beschäftigt, ihren Daddy im Sand einzubuddeln. Jack strahlt übers ganze Gesicht. Diesen glücklichen Ausdruck habe ich noch nie bei ihm gesehen.) Ich frage mich, was er wohl denkt, wenn er das Foto betrachtet.

Den Gerüchten nach kam Jack eines Abends im Jahre 92 zurück in sein trautes Heim in Weymouth und musste feststellen, dass seine Frau mit der zehn Jahre alten Tochter nach neun Jahren Ehe fluchtartig die Wohnung verlassen hatte. Mit einem angeblich guten Freund von ihm. Freunde – und nicht zu vergessen Liebespartner – können manchmal schlimmer als Feinde sein. Bei einem Feind weißt du wenigstens, dass du auf der Hut sein musst.

Als Jacks zweite Ehe in die Brüche ging, kannte ich ihn schon. Mit Sally, einer grazilen Blondine, die aussah wie Madonna, nur jünger – und sehr viel jünger als Jack, der im November achtundvierzig wird. Die Ehe hielt nur ganze sechs Monate. Ich glaube, Jack kannte sie gerade mal sechs Tage, als sie heirateten. Es war Lust auf den ersten Blick.

Schon wenige Wochen nach ihrem Jawort kam es zur handfesten Krise zwischen Jack und Sally. Mehr als einmal erschien Jack mit Sonnenbrille zur Arbeit. Und behielt sie den ganzen Tag auf. Er bot keinen hübschen Anblick. Aber Jack Dwyer ist ohnehin kein Mann, den man selbst in seinen guten Zeiten als hübsch bezeichnen würde. Mit seinen eins achtundachtzig ist er ein Schrank von einem Mann, der mich an eine zusammengerollte Kobra erinnert, und sein zerknautschtes Gesicht hat etwas intensiv Machohaftes. Sogar wenn er mal *gute* Laune hat, was selten genug vorkommt, kann seine Jovialität schlagartig ins Gegenteil kippen. Wenn man ihn nicht kennt, merkt man das nicht gleich. Schon so mancher Häftling hat sich schwer in ihm getäuscht. Großer Fehler.

«Meine Entscheidung bezüglich Walsh hat nichts mit meinem Privatleben zu tun, Jack.» Ich fixiere ihn mit einem strengen Blick. «Es mag Leute geben, die ihre persönlichen Probleme nicht aus ihrer Arbeit raushalten können – aber zu denen gehöre ich nicht.»

Ich sehe, dass Jack den Seitenhieb persönlich nimmt. Das war auch meine Absicht.

Ich registriere sehr wohl, mit welch übertrieben lässigem Gang er sich dem Eichentisch nähert. «Was willst du denn machen, wenn alle Übrigen antanzen und *Sonder*privilegien verlangen?» Es ist eigentlich keine Frage. Es ist eine Provokation.

Ich schiebe die Akte beiseite. Wir sind spät dran für das Einstufungsgespräch mit Carmen Rios. Jetzt wird es noch später werden.

«Weißt du, wodurch sich die Rückfallrate am ehesten senken lässt, Jack?» Ich spreche mit meiner Dozierstimme. Ein sicheres Zeichen für alle, die mich gut kennen, dass ich mich in der Defensive fühle. Jack kennt mich besser, als mir lieb ist.

Er stemmt seine großen Hände auf den Tisch. «Hier geht es nicht um Rückfall, Nat. Hier geht es um Sex.»

Ich spüre, wie mir die Röte ins Gesicht steigt. Nicht, weil ich Jacks Analyse zustimme, aus welchem Grund ich Dean Thomas Walsh schließlich gestattet habe, Maggies Abendseminar zu besuchen (ausschließlich mein Zuständigkeitsbereich). Sondern weil Sex eins von den heiklen Themen ist, die Jack und ich nach stillschweigender Übereinkunft nicht mehr anschneiden. Das hängt mit dem zusammen, was während Jacks alkoholgeschwängerter zweiter Scheidungsphase einmal zwischen uns passiert ist – oder fast passiert wäre.

Im Augenblick ist mir nicht danach, mich mit meinem Stellvertreter anzulegen, also ignoriere ich seine Bemerkung. «Durch eine College-Ausbildung. Exhäftlinge mit einem Studium haben die niedrigste Rückfall–»

«Walsh hat dich um den Finger gewickelt, Nat. Gib's zu. Diese himmelblauen Schlafzimmeraugen, diese Hübscher-Junge-Pose –»

«Du liegst völlig falsch, Jack. Und du überschreitest deine Kompetenzen», sage ich schneidend.

Er grinst. «Jawohl, *Boss*. Hab mich eine Sekunde lang vergessen, *Boss*.»

«Reiz mich nicht, Jack. Das funktioniert nicht. Ich habe Walsh die Erlaubnis gegeben, weil das eigentlich der Sinn und Zweck unserer Einrichtung ist. Häftlingen die Voraussetzungen zu schaffen, dass sie sich aus eigenen Stücken bessern können. Maggie sagt, Walsh hat richtig Talent. Wieso soll er hier noch vier Monate lang Däumchen drehen?»

Jacks übliches Grinsen verwandelt sich in ein unerwartetes Lächeln. Ein mitleidiges Lächeln. *Arme Nat. Du hast es schon schwer. Du bist vor einem Monat zweiunddreißig geworden, und dein Mann hat dir den Laufpass gegeben, noch ehe die Geburtstagskerzen kalt waren. Eingetauscht gegen ein dreiundzwanzigjähriges Dummerchen. Okay, kein Dummerchen. Eine Studentin. Seine Studentin. Genau wie damals, lang, lang ist's her, als du Ethans Studentin warst.*

Okay, solche Gedanken habe ich auch. Aber verdammt will ich sein, wenn ich mich in Selbstmitleid ergehe. Jedenfalls nicht vor meinem Stellvertreter. Stattdessen konzentriere ich mich auf Dean Thomas Walsh und Professor Maggie Austin – und ich muss unwillkürlich an die Ähnlichkeit mit mir und Ethan denken. Vom Geschlecht her ist es umgekehrt, aber das Schema ist gleich: junger, ehrfürchtiger Student und ältere engagierte Dozentin. Eine explosive Kombination…

Als ich jetzt in Jacks Wohnzimmer sitze, erinnere ich mich lebhaft, dass es über dreißig Grad waren an jenem Nachmittag Ende August – die altertümliche Klimaanlage zur Abwechslung mal wieder kaputt –, und ich spüre erneut das gleiche eiskalte Schaudern, das mir an diesem heißen Tag den Rücken hinunterlief.

Jack Dwyer mag nach außen hin hart, sogar unhöflich wirken, doch sein Verhalten bei der Arbeit ist stets höchst professionell. Trotz einiger persönlicher Probleme, für die ihm psychologische Hilfe empfohlen wurde, stehen seine Integrität und sein berufliches Engagement nach wie vor außer Frage ...

(Auszug aus dem jährlichen Personalbewertungsbericht)

7

«Ist schon komisch. Ich mochte sie nicht mal besonders, als wir uns im Juni auf der Party kennen gelernt haben, die du für sie gegeben hast. Ich hab gedacht, sie wäre eine von diesen übersozialen weich gespülten Liberalen. So, wie sie beim Essen die ganze Zeit davon gesprochen hat, dass sie bei den armen Häftlingen, die sie unterrichtete, das kreative Feuer entfachen wollte. Natürlich fand ich, dass sie toll aussah. Unglaublich sexy. Aber ich als gebranntes Kind ... Und das gleich zweimal.» Jack nimmt einen tiefen Schluck Bourbon. Mein Glas steht noch unberührt auf dem Tisch in seiner winzigen Küche. Ich weiß, wenn ich es mir nur an die Lippen setze, wird mir wieder schlecht.

Der Alkohol hat Jacks Zunge gelöst, obwohl ich eigentlich nicht das Gefühl habe, dass er mit mir redet. Ja, ich bin mir nicht mal sicher, ob er überhaupt weiß, dass ich mit ihm im Raum bin. In seinen Augen liegt ein verträumter Blick, und wenn er jemanden sieht, dann wahrscheinlich Maggie.

«Etwa einen Monat später sind wir uns zufällig in der Warteschlange vor der Kasse am Nickelodeon begegnet. Was für ein

Film lief da noch mal?» Er runzelt die Stirn, während er angestrengt überlegt. «Scheiße, es fällt mir nicht mehr ein. Ich glaube, ich hatte es schon vergessen, während er noch lief.» Er nimmt wieder einen Schluck. «Ich war allein da. Maggie hatte irgendeinen Typen bei sich...»

«Hat sie ihn dir vorgestellt?», frage ich. Jeder *Typ* in Maggies Leben gewinnt plötzlich an Bedeutung. Jack natürlich eingeschlossen. Jack ist ganz eindeutig ein Typ in Maggies Leben.

Jack blickt finster. Verärgert, dass er unterbrochen wurde. «Wahrscheinlich. Auch das weiß ich nicht mehr. Ich glaube aber nicht, dass es jemand Besonderes war, weil sie mich gefragt hat, ob ich mich nicht zu ihnen setzen wollte.»

Das überrascht mich nicht an Maggie. Obwohl ich mir vorstellen könnte, dass ihr Begleiter befremdet war. «Hast du dich zu ihnen gesetzt?», frage ich.

Er lächelt kurz. «Ja. Ich hab auf der einen Seite von ihr gesessen, der Typ auf der anderen.» Er kippt den Rest seines Drinks herunter, greift sofort nach der Flasche, um sich nachzuschenken. «Ich weiß nicht, was Maggie an dem Abend an sich hatte, aber ich war mir ihrer... so bewusst. Vielleicht kam es daher, dass ich so dicht neben ihr, Schulter an Schulter in dem dunklen Kino saß. Vielleicht lag es an ihrem blumigen Parfüm. Sehr wahrscheinlich war es dieses schräge, kleine Grinsen, mit dem sie mich ansah, als sie mich in der Schlange entdeckte. Als wüsste sie genau, was ich von ihr gedacht hatte, und als wollte sie mir zu verstehen geben, dass sie eine Frau war, die sich nicht so leicht in eine Schublade einordnen ließ.» Sein Lächeln wird wehmütig. Ich habe Jack Dwyer im letzten Jahr in allen möglichen Stimmungen erlebt. Aber wehmütig nie.

«Wann hat das mit euch angefangen?» Ich bin bemüht, nicht verletzt zu klingen, dass meine beste Freundin und mein Assistant Deputy ihre Liaison Gott weiß wie lange eifrig vor mir geheim gehalten haben. Aber ich bin verletzt. Und verlegen. Denn Maggie muss Jack davon überzeugt haben, dass ich auf ihre Beziehung eifersüchtig wäre. Nicht nur, weil meine Ehe in die Brüche ging und ich mich allein fühlte. Nein. Maggie war offensichtlich der Meinung, und zwar ohne irgendwelche entsprechenden Eingeständnisse meinerseits, so viel ist sicher, dass ich insgeheim ein Auge auf Jack geworfen hatte.

Ich fühle mich noch nicht in der Lage, darüber nachzudenken, ob an Maggies Unterstellung irgendetwas dran ist. Oder an Jacks Unterstellung auf dem Anrufbeantworter, ich wäre so ein Fußabtreter, dass ich meinen Mann mit offenen Armen wieder aufnehmen würde. Irgendwann werde ich wahrscheinlich wegen dieser abfälligen Bemerkung stinksauer auf Jack sein. Aber im Moment verblasst sie neben der ganzen Tragweite von Maggies Ermordung.

«Jack, der Detective, der die Ermittlungen leitet, hat mir die Nachrichten vorgespielt, die heute auf Maggies Anrufbeantworter hinterlassen wurden. Er wollte wissen, ob ich vielleicht zwei von den Anrufern identifizieren würde. Eine war von einem Typen, dessen Stimme ich nicht kannte.» Ich fasse die Nachricht kurz für ihn zusammen. «Hast du eine Ahnung, wer das sein könnte? Hat Maggie mal erwähnt, dass jemand ihr nachstellt?»

«Nein. Und das hätte sie auch nicht getan. Sie war stolz darauf, dass sie mit irgendwelchen kranken Typen alleine fertig werden konnte. Absolut selbstsicher. Ganz ähnlich wie du, Nat.»

Ich weiß, er will mich provozieren. Damit ich ihm einen Vorwand liefere zurückzuschlagen. Und ich hab es, weiß Gott, verdient.

«Die andere Nachricht auf dem Anrufbeantworter...» Ich warte.

Jack sagt nichts.

«Ich hab dem Detective nicht gesagt, dass du der Anrufer warst.» Ich zwinge mich, Jack anzusehen. Er soll nicht wissen, dass seine Bemerkung auf dem Band mich verletzt und aufgewühlt hat. «Ich dachte, es wäre am besten, wenn du es Coscarelli selbst sagst.»

Jack nickt langsam und leert dann sein Glas in einem Zug. Mein Handabdruck auf seiner Wange ist schwächer geworden, aber noch immer zu erkennen. Er tut bestimmt noch weh, aber Jack hat so viel getrunken, dass er keinen Schmerz spürt.

Aber als ich sehe, wie er die Augen schließt und Tränen unter den geschlossenen Lidern hervorquellen, weiß ich, dass ich mich irre. Der Alkohol hat seinen emotionalen Schmerz nicht lindern können.

Im gleichen Moment wird mir klar, dass die Sache mit Maggie für Jack nicht bloß irgendeine Affäre war. Er hat Maggie geliebt.

Und Maggie hatte Recht. Ich spüre wirklich einen eifersüchtigen Stich.

Ich koche eine Kanne Kaffee und gieße Jack eine Tasse ein. Er muss nüchtern werden, bevor wir zum Horizon House fahren, um Walsh zu vernehmen. Ich sehe zu, wie er schweigend kleine Schlucke von dem heißen, starken Gebräu nimmt. Wir können uns weder gegenseitig aufrichten noch einander Trost geben, Jack und ich, obgleich ich spüre, dass er sich genauso danach sehnt wie ich.

Ich stelle ihm keine weiteren Fragen nach seiner Beziehung zu Maggie. Er hat meine Frage, wann die Sache mit ihnen anfing, nicht beantwortet. Ich weiß nicht, wann Jack sich in sie verliebt hat. Ob Maggie Jack geliebt hat? Das werde ich nie erfahren. Ich möchte glauben, dass sie ihn geliebt hat. Weil ich mir sehnlichst wünsche, dass meine Freundin in den letzten Tagen ihres Lebens glücklich war.

Aber an ihrem allerletzten Tag war sie alles andere als glücklich.

Ich fange leise an zu weinen, lege den Kopf auf meine Arme auf dem Tisch.

Ich höre das Schaben von Jacks Stuhl auf dem Fußboden, als er aufsteht. Einen Moment lang denke ich, er will zu mir kommen, den ersten Schritt machen. Ich will den Trost – die Vergebung – seiner Berührung mehr, als ich zugeben kann.

Ich höre, wie sich Jacks Schritte aus dem Raum entfernen.

Ich bin allein.

Ich weiß nicht mehr, wann ich aufgehört habe zu weinen oder dass ich eingenickt bin, bis mich das klingelnde Telefon ruckartig weckt. Mein Kopf fährt hoch, die Muskeln in meinem Nacken und Rücken sind angespannt und schmerzhaft verkrampft, meine Arme taub von der mangelnden Durchblutung.

Ich sehe undeutlich, wie Jack nach dem Hörer des Wandtelefons greift. Auf der Uhr daneben ist es 4:45. Kurz vor Tagesanbruch. Ich habe eine gute Stunde geschlafen.

Jack hat die Zeit, die ich geschlafen habe, genutzt, um zu duschen und sich anzuziehen. Sein noch feuchtes Haar ist nach hinten aus dem Gesicht gekämmt, und er trägt ein frisches blaues Oxfordhemd und eine Khakihose. Trotz seines Alkoholkonsums während der Nacht sieht er bedeutend besser aus als ich.

Ich stehe auf, um ins Bad zu gehen, hoffe, dass ich noch Tampons in meiner Tasche habe. Wenigstens haben meine Bauchschmerzen nachgelassen. Oder vielleicht ist jeder andere Teil meines Körpers so verspannt und empfindlich, dass Menstruationskrämpfe nicht dagegen ankommen.

Ich habe noch keine zwei Schritte gemacht, als ich höre, wie Jack «Scheiße!» in den Hörer knurrt.

Ich setze mich wieder hin. Ich weiß, ich werde es brauchen.

«Wann? ... Ja, ja ... Ja. Sie ist hier. Ich sag's ihr.»

«Was?», frage ich nervös, sobald er aufgelegt hat.

«Wir haben Besuch im Horizon House.»

«Besuch?»

«Reporter. Kamerateams. Ein kleines, aber lautstarkes Trüppchen aufgebrachter, gesetzestreuer, mit Transparenten bewaffneter Bürger. Die haben alle im House wach gemacht. Die Kacke ist nicht nur am Dampfen, sie kocht.»

«Willie Horton zum Zweiten», sage ich elend.

Der Kurs «Kreatives Schreiben» steht unabhängig vom Bildungsgrad allen Häftlingen offen, die ein sicheres und vertrauliches Ventil für ihre kreativen Neigungen suchen und sie durch das Schreiben von Gedichten, Short Stories, Essays oder jeder anderen möglichen literarischen Form ausleben möchten...

Professor Maggie Austin
Gefangenenförderungsprogramm

8

Viele sagen, dass Willie Horton der Grund dafür war, dass der Präsidentschaftskandidat und damalige Gouverneur von Massachusetts Michael Dukakis 1988 die Wahl verlor. Horton, der wegen Mordes in einem Gefängnis von Massachusetts einsaß, wurde im Rahmen des unter Gouverneur Dukakis ins Leben gerufenen Gefangenenurlaubsprogramms ein Freigang von achtundvierzig Stunden bewilligt. Massachusetts war beileibe nicht der einzige US-Staat, der Strafgefangenen begrenzten Ausgang gewährte, um zu testen, wie sie mit der Freiheit zurechtkamen. Vierundvierzig weitere Staaten hatten ähnliche Programme. Bis Willie Horton seinen Urlaub antrat und nach Maryland flüchtete, wo er ein Ehepaar als Geiseln nahm und zwölf Stunden festhielt, den Mann quälte und mit zweiundzwanzig Messerstichen tötete und die Frau brutal vergewaltigte. Der sensationelle Fall war für die Presse ein gefundenes Fressen. Ebenso wie für die Republikaner, die eine leidenschaftliche Kampagne starteten, in der sie härteste Strafen für Gewaltverbrecher forderten, sich lautstark gegen die von Dukakis vertretene Politik der Drehtür-Justiz, wie sie es nannten, wandten und ihm zu große Nachsicht vorwarfen. Die Folge war ein gewaltiger Aufschrei der empörten Öffentlichkeit, der jetzt, dank Dean Thomas Walsh, erneut ertönte.

Ich weiß nicht, wie ich das alles bewältigen soll. Aber was bleibt mir anderes übrig? Wir steigen in Jacks verbeulten 89er Subaru-Kombi, doch er lässt den Motor nicht sofort an. Er schaut zu mir rüber, und wir starren einander an wie zwei kampfbereite Soldaten.

Die Morgendämmerung zeigt sich am leicht bewölkten Himmel. Es ist ein typischer heißer Indian-Summer-Morgen, und der Wagen ist ein Backofen, doch keiner von uns bringt die Kraft auf, die Fenster runterzukurbeln, die rasch von unserem Atem beschlagen. Jack umklammert das Lenkrad mit beiden Händen, und die Falten in seinem Gesicht sind tiefer als sonst. Ich weiß, dass sich die Gedanken in seinem Kopf überschlagen.

Wie bei mir. Groteske Bilder von meiner toten Freundin wetteifern mit Bildern von wütenden Bürgern, die vor dem Entlassungsvorbereitungszentrum nach Rache schreien.

«Verdammt, wieso hast du nicht auf mich gehört, Nat?»

Aus der Traum, dass sein Zorn sich gelegt hätte und wir Verbündete in Schmerz und Trauer werden könnten. «Jack, jetzt ist nicht der Zeitpunkt –»

«Er war scharf auf sie», fällt er mir barsch ins Wort, jedes Wort zwischen zusammengebissenen Zähnen hervorgepresst, seine Knöchel weiß, weil er das Lenkrad noch fester packt. «Jeder mit ein bisschen gesundem Menschenverstand...» In seinem Gesicht zeichnen sich gleichermaßen Wut und Schmerz ab.

«Meinst du, ich quäle mich nicht mit Schuldgefühlen herum? Auch ich hab sie geliebt, Jack. Ich würde alles... alles dafür geben, um es ungeschehen zu machen.»

Wieder hüllt uns Schweigen ein. Ich kämpfe gegen einen weiteren Tränenausbruch an. Was mir nur gelingt, indem ich daran denke, was uns am Horizon House erwartet.

«Hör zu, Jack», sage ich leise, «wir haben es mit einer echten Krisensituation zu tun. Noch bevor es richtig hell ist, fallen der Commissioner und vielleicht sogar der Gouverneur über uns her. Es würde mich nicht wundern, wenn sie beschließen, Horizon House dichtzumachen. Wogegen ich mich nicht wehren werde, solange es ausdrücklich eine vorübergehende Maßnahme ist, aber ich werde auf gar keinen Fall tatenlos zusehen, wie sie das Zentrum für immer schließen.»

«Vielleicht wäre das die beste Lösung. Damit Scheißkerle wie Walsh so lange wie möglich hinter Schloss und Riegel bleiben», sagt Jack düster.

«Aber irgendwann kommen sie doch wieder raus. Irgendwann leben sie wieder unter uns. Und für jeden Walsh gibt es Dutzende von Häftlingen, die enorm von unserer Entlassungsvorbereitung profitiert haben. Und ganz egal, was wir beide vermuten», füge ich hinzu, «wir *wissen* nicht mit Sicherheit, dass Walsh der Täter ist.»

«Red doch keinen Scheiß, Nat. Du hast seine dreckigen poetischen Ergüsse gelesen. Walsh war von ihr besessen.» Er schlägt mit beiden Fäusten aufs Lenkrad, sein Zorn und Schmerz kommen von irgendwo tief in seinem Innern. «Du hättest nur zu verbieten brauchen, dass er ihre Kurse besucht. Aber nein, du wolltest dem perversen kleinen Schwein ja nicht die Chance nehmen, sich weiterzubilden. Also, was für eine Zensur verdient er deiner Meinung nach, Nat? Hä? Was für eine Note würdest du ihm jetzt geben?»

«Jack, ich ersticke schon an meinen Selbstvorwürfen. Ich brauche nicht auch noch Vorwürfe von dir», sage ich knapp. Dennoch beneidet ihn ein Teil von mir um die Fähigkeit, Schläge zu verteilen, statt sich selbst zu geißeln. Allerdings bin ich ziemlich sicher, dass ihm Letzteres auch nicht erspart bleiben wird.

Er starrt geradeaus, und seine Stimme klingt eher verzweifelt als feindselig. «Du wusstest, wie Maggie war. Sie hat in jedem Menschen immer nur das Gute gesehen. Vor allem in Asozialen. Asozialen und Kriminellen, die, wie sie meinte, Talent hatten.» Er sackt in sich zusammen, als würde ihm die Luft entweichen, lässt die Stirn auf das Lenkrad sinken. «Sie war das Beste, das mir bisher passiert ist. Ich hatte sie nicht verdient. Und sie hat nicht verdient, was ... ihr passiert ist.» Er macht zwar kein Geräusch, aber ich sehe, wie sich seine Brust hebt und senkt.

Meine Hand greift nach ihm, aber ich ziehe sie zurück, fürchte, dass er mich erneut abwehren würde. Jack und ich haben im vergangenen Jahr einiges durchgemacht, und ich dachte, durch unsere gemeinsamen Erfahrungen wären wir Freunde geworden. Doch jetzt habe ich das Gefühl, dass wir kaum mehr sind als Fremde, die sich flüchtig kennen.

Weibliche Vollzugsbedienstete können das Verhalten von Häftlingen und den Umgang männlicher Bediensteter mit Häftlingen positiv beeinflussen; doch in einem Rahmen, in dem Häftlingen mehr Freiheit gewährt wird, kann es vorkommen, dass weibliche Bedienstete im Vollzug und in der Verwaltung unabsichtlich zu einem aggressiveren Verhalten von Häftlingen beitragen ...

Deputy Commissioner Steven R. Carlyle
(Auszug aus MCI-Gefängnisjournal)

9

Jack und ich zwängen uns durch die Menge vor dem Horizon House, stoßen die Mikrophone und Videokameras beiseite, die uns vors Gesicht geschoben werden, hinterlassen in unserem Kielwasser bloß «Kein Kommentar». Hinter einer provisorischen Absperrung hält ein Aufgebot von Cops eine kleine, aber lärmende Gruppe von Demonstranten in Schach.

Sobald wir das Gebäude betreten, teilt Hutch mir mit, dass eine vierundzwanzigstündige Ausgangssperre über das Horizon House verhängt wurde und dass alle Sonderrechte der Entlassungsvorbereitung bis auf weiteres aufgehoben sind. Anordnung des Commissioner. Die Häftlinge sind alle in ihre Zellen gebracht worden. Wie ich mir denken kann, sind die Häftlinge über die Situation nicht gerade glücklich.

Hutch und Jack folgen mir in mein Büro. Hutch hat eine Hand auf seinen Bauch gelegt, als hätte er arge Verdauungsprobleme. Nachdem er mir mitfühlend auf die Schulter geklopft hat, huschen seine Augen zu Jack, wo sie einen Moment zu lange verweilen. Mit einem Mal ist es, als stände es in Leuchtfarbe über seinem Kopf geschrieben. Hutch weiß, dass Maggie und Jack was miteinander hatten. Und er hat mir die ganze Zeit kein Wort davon gesagt.

Ich fühle mich von allen hintergangen.

Seit unserem Streit in seinem Wagen hat Jack auf der Fahrt zum Horizon House kein Wort mehr mit mir gesprochen. Jetzt sind seine ersten Worte: «Ich will mit Walsh sprechen.»

«Nein. Ich rede mit ihm», sage ich bestimmt. Lass die Vorgesetzte raushängen. In der Verfassung, in der mein Stellvertreter ist, würde ich ihn keine Meile in Dean Thomas Walshs Nähe lassen.

Jacks Augen verengen sich, und seine Stimme wird eisig. «Nat...»

«Kommt nicht in Frage, Jack.»

Und noch bevor er ein weiteres Wort sagen kann, hebt Hutch beschwichtigend eine Hand. «Keiner von euch wird vorerst mit ihm reden.»

Das «Warum?» kommt uns beiden gleichzeitig über die Lippen. Mit genau dem gleichen argwöhnischen Unterton.

Hutch seufzt müde. «Zwei Detectives aus Boston haben sich mit ihm ins Séparée verzogen. Sind schon eine ganze Weile da drin.» Das Séparée ist der kleine, abgesicherte Raum hinten an der Treppe, in dem sich Häftlinge ungestört mit ihren Anwälten besprechen können.

Jack sagt leise «Scheiße» und stürmt aus dem Büro. Ich bin sicher, dass er auf direktem Weg zu Walshs Zelle ist, um sie zu durchsuchen. Obwohl ich mir auch sicher bin, dass die Cops sie bereits Zentimeter für Zentimeter durchkämmt haben.

Ich sehe, wie die Tür zuknallt, wende mich dann Hutch zu. «Die dürfen Walsh nicht ohne einen Anwalt verhören.» Ich will schon los zum Séparée, um die Vernehmung abzubrechen.

«Vergiss es», sagt Hutch. «Walsh hat auf einen Anwalt verzichtet. Hat gesagt, er hätte nichts zu verbergen.»

Ich zögere. «Wie hat er das mit... Maggie... aufgenommen?»

«Geheult wie ein Schlosshund.» Hutch wirft mir einen vorwurfsvollen Blick zu. «Aber das kann unser Knabe ja angeblich wie auf Kommando.»

Hutch gibt mir also auch die Schuld. Keine große Überraschung. Aber es tut trotzdem weh. Ich bräuchte so dringend jemanden, der auf meiner Seite ist.

«Wieso hast du Jack gestern Abend nicht angerufen und ihm das mit Maggie erzählt?», frage ich.

Hutch hebt eine von seinen buschigen Augenbrauen. «Ich dachte, du hättest ihn angerufen, bevor du mich anriefst.»

«Wie lange weißt du das schon? Das mit Maggie und Jack?»

«Was soll ich wissen?» Hutch kommt mir keinen Zentimeter entgegen.

Ich belasse es dabei. Weiß nicht mal recht, warum ich die Sache ansprechen wollte.

«Ach, übrigens», sagt Hutch, «einer von den Detectives, eine Rotznase mit Babyface, der Coscarelli heißt, will zuerst mit dir und dann mit Jack sprechen, sobald er mit Walsh fertig ist.»

Ich frage mich gerade, wie viel Detective Leo Coscarelli wohl schon über Jack weiß, als es leise an meiner Tür klopft. Ich erstarre, denke, *wenn man vom Teufel spricht*, bis ich die gedämpfte Stimme meines Sekretärs Paul Lamotte höre, der wissen will, ob ich gern einen Kaffee und einen Donut hätte. Ich habe kaum zwei Kaffee, keinen Donut erwidert, als er auch schon die Tür öffnet, mit zwei dampfenden Tassen in der Hand. Er hatte es sich schon gedacht.

Lamotte ist einer von drei Vertrauensmännern der Häftlinge im Horizon House. Selbst bei Ausgangssperre genießen die Vertrauensmänner gewisse Privilegien, da sie für den reibungslosen Ablauf im Horizon House unverzichtbar sind. Lamotte ist ein kleiner, gedrungener Afroamerikaner Mitte fünfzig. Er trägt eine marineblaue Hose und ein blendend weißes Hemd, und an der Hüfte baumeln ihm jede Menge Schlüssel. Er ist ein alter Hase und bewegt sich mit melancholischer Würde. Er hat schon siebenundzwanzig Jahre seiner lebenslänglichen Strafe ohne Aussicht auf Bewährung hinter sich. Wegen Brandstiftung und zweifachen Mordes. Seine Frau und sein kleiner Sohn. Beide in ihren Betten verbrannt, nachdem Lamotte Feuer gelegt hatte. Die tragische Absurdität dabei ist, dass Lamotte es wegen der mageren Versicherungsprämie von zehntausend Dollar getan hatte. Um einen Teil der horrenden Rechnungen für die Herzoperation seines Sohnes bezahlen zu können. Er hatte seine Familie übers Wochenende zu seiner Mutter geschickt. Vergessen, dass er da Geburtstag hatte. Sie waren nach Hause gekommen, um ihn zu überraschen. Lamottes Pflichtverteidiger, der frisch von der Uni kam, plädierte auf Totschlag, doch der Staatsanwalt überzeugte die ausschließlich aus Weißen bestehende Geschworenenjury, dass Lamotte seine Frau und seinen Sohn loswerden wollte, weil er es nicht nur auf die Feuerversicherungsprämie, sondern auch auf die mickrige Lebensversicherung von fünftausend Dollar abgesehen hatte, um mit seiner Freundin ein neues Leben anzufangen. Sein zusätzliches Pech war, dass es da tatsächlich eine Freundin gab, obwohl Lamotte im Zeugenstand schwor, dass er mit ihr nie irgendwelche Zukunftspläne hatte. Die Geschworenen ließen sich vom Staatsanwalt überzeugen und befanden Lamotte des vorsätzlichen Mordes in zwei Fällen für schuldig. Er wurde zu lebenslänglich ohne Aussicht auf vorzeitige Entlassung verurteilt. Zweimal versuchte Lamotte Berufung einzulegen, aber ohne Geld und Unterstützung von außen blieben seine Bemühungen erfolglos.

Wie die anderen Vertrauensmänner kann Lamotte nie damit rechnen, jemals Freigang zu bekommen. Er darf das Gebäude niemals verlassen. Doch im Vergleich zum Dasein in einer Gefängniszelle gilt ein Job im Entlassungsvorbereitungszentrum als das Beste, was einem Lebenslänglichen passieren kann.

«Der Kaffee ist frisch. Ich wusste, dass Sie den Donut ablehnen würden», sagte Lamotte mit dem Anflug eines Lächelns zu mir, während er Hutch eine Tasse reicht, die andere auf meinen Schreibtisch stellt.

Paul Lamotte ist mein persönlicher Sekretär, seit das Horizon House eröffnet wurde. Zu Anfang herrschte bei uns ziemlich viel beiderseitiger Argwohn, doch mit der Zeit sind wir lockerer geworden. Wir haben nicht nur ein vertrauensvolles und respektvolles Verhältnis entwickelt, sondern wir mögen uns auch. Lamotte ist der einzige Häftling, der über meine Trennung von Ethan Bescheid weiß. Ich habe es ihm erzählt, weil ich überzeugt bin, dass er es für sich behalten wird. Genauso wie ich für mich behalte, dass er einen inoperablen Hirntumor hat, der in seinem Kopf tickt wie eine Zeitbombe. Irgendwie schafft er es, die rasenden Kopfschmerzen zu verbergen, die wie aus heiterem Himmel kommen und gehen. Aber ich merke es ihm meistens an, wenn er unter einem dieser Anfälle leidet.

Heute Morgen bin ich zu sehr mit meinem eigenen Leiden beschäftigt, um etwas von der körperlichen Verfassung meines Sekretärs mitzubekommen. Aber Hutch kriegt etwas mit. «Was ist denn los?», fragt er in dem brummigen Ton, den er bei allen Häftlingen anschlägt.

«Ausgangssperre für alle Insassen, das ist los.»

Ich reiße mich aus meinen Gedanken hoch und mustere meinen Sekretär genauer. Ein Hauch von Nervosität liegt in seinem Ausdruck. So kenne ich Lamotte gar nicht. Ich frage mich, ob er bloß wegen der Ausgangssperre aufgebracht ist, und weil er sich Sorgen macht, ob die Krise die Zukunft des Horizon House gefährden wird, oder ob es etwas Persönliches ist. Lamotte ist ein Mann, der bei den übrigen Häftlingen Vertrauen genießt. Manche Leute, wie beispielsweise ich, vertrauen sich ihm an. Hat Walsh das auch getan?

«Ist sonst noch was?», frage ich meinen Sekretär.

«Sie haben jede Menge Anrufe bekommen, Superintendent…»

«Das kann ich mir denken», sage ich. «Ich kümmer mich später darum, Paul.»

Lamotte zögert. «Einen von Mr. Carlyle. Genauer gesagt, hat er schon zweimal angerufen. Er ist übers Wochenende auf Besuch bei Verwandten in New York, aber er ist schon unterwegs zurück nach Boston. Er meint, er müsste gegen neun hier sein. Und dass er erwartet, dass Sie dann da sind.» Lamotte sieht mir einen Moment lang in die Augen, bevor er leise das Büro verlässt.

Hutch stöhnt auf. Ich bin zwar nicht so laut wie er, aber glauben Sie mir, ich stöhne innerlich auf. Steven R. Carlyle ist einer unserer beiden Deputy Commissioners. Er zählt außerdem zu denjenigen Leuten, die im Strafvollzug was zu sagen haben und die keine sonderlich hohe Meinung von irgendwelchen Resozialisierungsmaßnahmen haben. Carlyle ist die Antithese von

Russell Fisk, unserem zweiten Deputy, der von Anfang an ein eifriger Befürworter des Entlassungsvorbereitungsprogramms war – vor allem unterstützt er die innovativen Ansätze im Horizon House, zum Beispiel, dass wir männliche und weibliche Insassen haben, was einzigartig ist.

Carlyle wird mit Sicherheit triumphieren, nach dem Motto *«Ich hab's doch gewusst»*. Natürlich werden auch er und alle anderen über mir ordentlich was auf den Deckel bekommen. Es könnte sehr gut sein, dass man uns alle, wie wir da sind, auf die Straße setzt. Was seine Schadenfreude eindeutig dämpfen wird. Aber nicht seinen Zorn darüber, dass einem Häftling arglos die Gelegenheit gegeben wurde, einen Mord zu begehen.

Jaja, Willie Horton zum Zweiten, ganz klar.

Hutch hat sich gegen die Wand gelehnt, die kräftigen Hände um seine Kaffeetasse gelegt. «Du glaubst also, Walsh war es?», fragt er mich unvermittelt.

«Wenn du mich fragen würdest, ob meiner Meinung nach irgendeine Chance besteht, dass er es *nicht* war, würde ich sagen... ich hoffe es inständig.» Was man nicht gerade als Vertrauensvotum für den Häftling deuten kann.

Ich lasse mich in meinen Schreibtischstuhl sinken und nehme einen Schluck von dem heißen Kaffee. Ich spüre, wie mein Körper sich entspannt, spüre den plötzlichen Kloß im Hals. Ich schließe die Augen und kämpfe gegen die Tränen an, als ich Jacks Worte wiederhole. «Sie war so ein guter Mensch.»

«Seien wir ehrlich, Nat. Andauernd passieren schlimme Dinge guten Menschen. Aber nachdem ich schon mehr Jahre in diesem System arbeite, als mir lieb ist, muss ich sagen, dass ein paar von diesen guten Menschen ein bisschen klüger hätten sein sollen.»

Ich öffne ruckartig die Augen und fixiere Hutch finster, doch ehe ich ihn anfahren kann, weil er meiner ermordeten Freundin ganz offensichtlich auch noch einen Vorwurf macht, erwidert er meinen Blick ganz ruhig und sagt: «Du denkst doch auch, dass sie hätte klüger sein sollen. Streite es nicht ab. Deine Freundin hat sich einfach zu sehr mit diesen miesen Typen eingelassen. Nicht nur mit Walsh. Sie hatte mit so einigen Drecksäcken im Knast, die in ihrem Kurs waren, regelmäßigen Briefwechsel und sie hat sie besucht. Ein Kumpel von mir, der im CCI Norton arbeitet, hat mir erzählt, dass er einen richtig obszönen Liebesbrief abgefangen hat, den ihr ein Lebenslänglicher aus ihrem Kurs geschrieben hat. Und es heißt, ein paar von den Verschen, die Walsh so verfasst hat, wimmeln nur so von Schweinereien. Zumindest scheint dieser Babycop Coscarelli das zu denken. Ich war dabei, als er Walsh ein Gedicht gezeigt hat – er hat es als *Schund* bezeichnet –, das in der Wohnung deiner Freundin gefunden worden ist, und er hat ihn gefragt, ob es von ihm sei. Walsh hat nicht nur zugegeben, dass er es geschrieben hat, sondern hat auch noch richtig selbstgefällig erzählt, dass seine Professorin vorhatte, es bei irgend so einem großkotzigen Lyrikwettbewerb einzureichen, wo der Gewinner fünfhundert Mäuse kassiert.» Hutch kichert. «Oh ja, dieses Stück Scheiße kriegt mit Sicherheit den ersten Preis.»

Jede Situation hat mehr als eine Seite.
Manche sehen das. Manche *wollen* es nicht
sehen...

C. L.
Häftling Nr. 421765

10

«Walsh behauptet, Ms. Austin habe ihn gestern Morgen gegen
zehn im Kopierladen angerufen und die Verabredung zum
Lunch mit ihm am selben Tag abgesagt.» Coscarelli hat sich auf
dem alten ochsenblutroten Lederzweisitzer in meinem Büro nie-
dergelassen. «Angeblich hat sie gesagt, ihr wäre irgendwas da-
zwischengekommen.»

«Sie glauben ihm nicht.»

«Er sagt, sein Boss kann den Anruf bestätigen.»

«Sie glauben ihm nicht», wiederhole ich. Glaube ich ihm?

«Dass er einen Anruf bekommen hat? Und dass sein Boss das
bestätigen kann? Klar, das glaube ich.»

«Aber Sie glauben trotzdem, dass sie gestern zusammen waren. In Maggies Wohnung.»

Ich ernte ein Schulterzucken von Coscarelli, der, ebenso wie
ich, noch dieselben Sachen trägt wie gestern Abend. Offenbar
hat er auch noch keine Zeit gehabt, nach Hause zu fahren und
sich umzuziehen.

Bilde ich mir das nur ein, oder sieht der Detective jetzt tatsächlich weniger jungenhaft aus als bei unserer ersten Begegnung vor weniger als vierundzwanzig Stunden? Wir sind wahrscheinlich beide seitdem gealtert.

«Möchten Sie mir nicht verraten, warum Sie mir gestern
Abend kein Sterbenswörtchen davon gesagt haben, dass Sie Ihren Deputy auf dem Band erkannt haben?», fragt er.

Damit hat sich die Hoffnung erledigt, dass Jack Gelegenheit haben würde, es Coscarelli selbst zu sagen, bevor der dahinter kommt. Ich schiebe mir eine lose Haarsträhne hinters Ohr und sehe, dass der Detective die Geste genau beobachtet. Sicher deutet er sie als nervöse – schuldige? – Geste.

«Ich stand unter Schock», murmele ich. Als würde ich jetzt nicht mehr unter Schock stehen.

Coscarelli tut meine ausweichende Antwort mit einem Schulterzucken ab. «Ich hab mit meinem Partner um fünf Dollar gewettet, dass Sie die Stimme erkannt haben.»

«Eine richtige Spielernatur. Ich wette, Sie spielen auch jede Woche Lotto», sage ich sarkastisch.

Er überrascht mich mit einem Grinsen. Noch dazu ein beunruhigend jugendliches Grinsen. «Einmal hab ich hundert Dollar gewonnen. Natürlich hat mich das Lottospielen seitdem schon mindestens zweimal so viel gekostet», fügt er hinzu, noch breiter grinsend, sodass er noch jünger wirkt.

Ich fühle mich älter. Die Fragen und das Auftreten des Detective machen mich von Sekunde zu Sekunde älter.

Das Grinsen verschwindet – ob er wohl weiß, dass er damit nicht gerade Autorität ausstrahlt? –, und er widmet sich wieder seiner ernsten Aufgabe. «Wir haben heute Morgen Karen Powell das Band vorgespielt, und sie hat Jack Dwyer sofort erkannt.»

«Er wollte es Ihnen selbst sagen», sage ich schuldbewusst. Schließlich arbeite ich im Strafvollzug und sollte die Polizei nun wirklich nicht bei ihren Ermittlungen in einem Mordfall behindern. Ich tröste mich damit, dass ich die Justiz nicht *behindert*, sondern nur etwas verzögert habe.

«Dwyer hat auf dem Anrufbeantworter über Sie geredet, nicht? Wie ich erfahren habe, hat Ihr Mann sich genau um die Zeit von Ihnen getrennt, als Ihr Deputy mit Ihrer Freundin was angefangen hat.»

Mein Rückgrat wird kerzengerade. «Mein Privatleben steht hier nicht zur Debatte, Detective.»

Coscarelli übergeht meine Bemerkung, als hätte er sie nicht gehört. «Sie haben die beiden aber nicht verkuppelt – Jack und Maggie –, nach dem, was ich erfahren habe.»

«Da haben Sie in sehr kurzer Zeit ja verdammt viel erfahren, Detective. Ich bin beeindruckt.» Der abfällige Ton in meiner Stimme verrät, dass ich nicht nur beeindruckt bin.

«Karen Powell ist noch immer fix und fertig. Ich schließe daraus, dass sie und Ms. Austin sich ziemlich nahe standen.»

Ich sage nichts dazu, aber innerlich sträube ich mich gegen Coscarellis Schlussfolgerung. Karen, die zwei Jahre lang Studentin von Maggie war, bevor sie ihre Assistentin wurde, kam mir von Anfang an wie eine sehr bedürftige und fordernde junge Frau vor. Ich habe nie verstanden, warum Maggie ausgerechnet Karen zu ihrer Assistentin gemacht hat. Und erst recht nicht, wieso Maggie ihre Freundschaft regelrecht gesucht hat. Vermutlich wurde bei ihr irgendein Mutterinstinkt geweckt. Das mit dem Mutterinstinkt könnte ich ja durchaus noch nachvollziehen, aber nicht, dass Maggie sich Karen zum Bemuttern ausgesucht hatte.

Coscarelli zieht eine buschige Augenbraue hoch. «Sie mögen sie nicht, oder?»

«Wen?» Ich kann den defensiven Ton in meiner Stimme nicht ausstehen. Ich kann es nicht ausstehen, dass er mich so leicht in die Defensive bringt. Das bin ich nicht gewohnt, und es missfällt mir sehr.

Der Detective wartet geduldig. Ich spüre, wie diese verdammte Haarsträhne, die ich mir hinters Ohr geschoben hatte, wieder runterrutscht, mich an der Wange kitzelt. Ich lege die Hände auf meinem Schreibtisch übereinander. Wieder merke ich, dass Coscarelli die Geste registriert. Jetzt komme ich mir vor wie die lächerliche Karikatur einer verklemmten Oberlehrerin. Abrupt stehe ich von meinem Stuhl auf, gehe zielstrebig um meinen Schreibtisch herum, hinüber zu dem Ledersofa und blicke ganz bewusst auf den Detective hinab, der sitzen bleibt.

Ja, so ist es besser. Im Zweifelsfall in die Offensive gehen.

«Ich kenne Karen Powell kaum.» Nicht ganz gelogen, obwohl Maggie Karen oft mitgebracht hat, wenn wir uns getroffen haben, vor allem im vergangenen Jahr. Aus irgendeinem Grund, den ich mir nie erklären konnte, wollte Maggie unbedingt, dass Karen und ich uns anfreunden. Ich finde, dass ich mich wirklich bemüht habe, aber Karen war in meinem Beisein immer so zurückhaltend und, was Maggie anging, so besitzergreifend, dass unsere Treffen eher wie Konferenzen während des Kalten Krieges anmuteten.

«Ms. Powell hat gesagt, dass die Nachricht, die sie gestern Abend auf dem Anrufbeantworter hinterlassen hat, sich auf ihre Bedenken wegen Ms. Austins Verhältnis zu Dean Thomas Walsh bezog.»

Ich blicke ihn scharf an. «Verhältnis?»

Coscarelli scheint es absolut nicht zu verunsichern, dass ich auf ihn hinabschaue. «Sie war der Meinung, dass es Walsh bei Maggie um mehr ging als nur *Bildung*. Es gefiel ihr nicht, dass er immer schon früher zum Kurs erschien und seine Lehrerin zu einem Pläuschchen unter vier Augen beiseite nahm. Und dann waren da noch seine Gedichte, die Ms. Powell als *obszön* bezeichnet hat.»

«Karen Powell eignet sich nun wirklich nicht als Literaturkritikerin, Detective.»

Ich sehe ein Lächeln, schwach und kurz, über Coscarellis Gesicht huschen. «Manche Leute machen dicht, wenn sie unter Schock stehen», sagt er. «Ich meine, sie ziehen sich in sich zurück. Dann gibt es andere, die im Schockzustand zu richtigen Plaudertaschen werden. Ms. Powell hatte weiß Gott allerhand zu erzählen. Nicht nur über Dean Thomas Walsh.»

«Über wen denn noch?» Wie schön wäre es, wenn Karen noch einen Verdächtigen präsentiert hätte.

«Jack Dwyer zum Beispiel.»

Ich spüre, wie sich mein Magen verkrampft. Diese Möglichkeit hatte ich bequemerweise aus meinen Gedanken verdrängt. Mein Stellvertreter würde doch nicht ernsthaft als möglicher Verdächtiger in dem Mord an Maggie in Betracht kommen. Geistesabwesend schiebe ich die widerspenstige Strähne wieder hinters Ohr.

«Und Sie auch», fügt er hinzu.

«Karen war wirklich ganz schön redselig.» Coscarelli hatte vorhin den Nagel auf den Kopf getroffen. Ja, es stimmt, ich mag Karen Powell nicht. Ich mag sie immer weniger. Außerdem bin ich sicher, dass das Gefühl auf Gegenseitigkeit beruht.

«Was genau hatte Karen über uns zu erzählen?», frage ich herausfordernd und würde mich am liebsten wieder hinsetzen, weil ich nicht mehr das Gefühl habe, dass es mir einen Vorteil einbringt, auf ihn hinabzusehen. Aber ich will auch nicht, dass der Detective das als Rückzug deutet.

Coscarelli schweigt, und mir wird klar, dass er seine neu erworbenen Erkenntnisse über uns – aus Karen Powells Perspektive oder seiner – nicht preisgeben wird. Also schlage ich einen anderen Weg ein.

«Sie haben Walsh über zwei Stunden lang verhört. Ohne einen Anwalt.»

«Er wollte keinen», sagt Coscarelli heiter.

«Wenn Sie vorhaben, ihn noch einmal zu vernehmen, werde ich ihm dringend nahe legen, sich einen Anwalt zu nehmen.»

«Gute Idee.»

«Haben Sie vor, ihn noch einmal zu vernehmen?»

Coscarellis Polizistenaugen betrachten mich eindringlich. Antwort genug.

Ich kehre zu meinem Schreibtisch zurück, nehme einen Bericht und reiche ihn dem Detective. «Die Ergebnisse von Walshs Drogentest. Er war gestern absolut clean.»

Coscarelli wirft einen flüchtigen Blick auf das Blatt und steckt es in seinen Notizblock.

«Halten Sie ihn für schuldig?», frage ich mit einem spürbaren Beben in der Stimme, hoffe, dass Coscarelli es nicht bemerkt.

«Walsh schwört Stein und Bein, dass er das Opfer gestern nicht gesehen hat, aber sein Alibi ist mehr als dürftig.»

«Was hat er denn für ein Alibi?»

«Er sagt, er hat seine Mittagspause etwa ab zwölf allein in einem Park gegenüber von dem Kopierladen verbracht. Hat da was gegessen und rund eine Stunde lang in einer Zeitschrift gelesen. Hat mit niemandem gesprochen und weiß nicht, ob ihn jemand gesehen hat. Um eins war er wieder im Kopierladen. Kurz nach zwei ist er wieder los – allein –, um ein paar Lieferungen nach Somerville und Watertown zu bringen. Gegen halb vier war er dann wieder im Laden. Und sein Boss wird bestätigen, dass er bis Feierabend da war.»

Coscarelli beugt sich auf der Couch vor, reibt sich mit beiden Händen die Nackenmuskulatur. «Somit war er also fast den ganzen Nachmittag allein. Reichlich Zeit für einen Abstecher zur Wohnung seiner Lehrerin, entweder zwischen zwölf Uhr mittags und eins oder zwischen zwei und halb vier, wenn sich das mit den Lieferungen nicht bestätigt.»

Dean Thomas Walshs Schuld wird, so schrecklich und unerträglich der Gedanke auch ist, immer wahrscheinlicher. Ich verschränke die Hände vor der Brust. Vor allem, um das Zittern unter Kontrolle zu bringen.

Coscarelli steht langsam auf. Wieder sind wir auf gleicher Augenhöhe. «Möglich, dass wir schon bald was Handfesteres haben. Wir befragen gerade Ms. Austins Nachbarn, und wir möchten mit jedem hier sprechen, der mehr als flüchtigen Kontakt mit Walsh hatte. Solange die Ermittlungen laufen, empfehle ich, ihn wieder im CCI Norton unterzubringen. In einer solchen Umgebung wie hier ist die Sicherheit alles andere als –»

«Es ist meine Aufgabe, die Sicherheit hier zu garantieren, Detective», sage ich knapp. Ich möchte ihn daran erinnern, dass sogar ein Häftling das Recht hat, bis zum Beweis seiner Schuld als unschuldig zu gelten. Aber wem will ich da was vormachen? Ich bin von Walshs Schuld genauso überzeugt wie der Detective.

Coscarelli wendet sich mit einem gespielt militärischen Gruß zur Tür. Dieser Detective geht mir langsam gehörig auf die Nerven.

«Nach dem derzeitigen Stand der Dinge, Detective, haben Sie also noch keine stichhaltigen Beweise gegen Mr. Walsh.»

«Wenn ich welche hätte», sagt er, die Hand schon am Türknauf, «hätten wir uns dieses Gespräch hier sparen können.»

«Keine Fingerabdrücke? Kein … Sperma?»

Ein angedeutetes Lächeln huscht über Coscarellis Gesicht, aber es liegt kein Humor darin. Er lässt den Türknauf los, blickt mich voll an. «Als er Alison Cole vergewaltigt hat, wurden auch keine Fingerabdrücke und kein Sperma gefunden. Sagen Sie mal, hat Walsh wegen seiner sexuellen Probleme eine Therapie gemacht? Hat er in seiner Sexualstraftätergruppe darüber gesprochen? Hatte er im Knast weniger Probleme mit Impotenz?»

«Haben Sie ihn danach gefragt?»

«Glauben Sie, er würde es mir sagen, wenn er bei Männern besser klarkommt als bei Frauen?» Coscarelli runzelt die Stirn, schüttelt dann den Kopf. «Was immer er für sexuelle Vorlieben hat, ich wette mit Ihnen, so jung und hübsch wie er ist, hatte er im Knast einen *Daddy*.»

Ich werde mich auf keine Wette mit dem Detective einlassen. Auch ich weiß, dass Gefangene – insbesondere so junge, verletzliche wie Walsh, die zum ersten Mal einsitzen – sich nur dadurch vor den ständigen brutalen sexuellen Angriffen schützen können, wenn sie sich mit einem älteren, erfahrenen Häftling – einem *Daddy*, wie es im Gefängnisjargon heißt – zusammentun, der sie beschützt. Als Gegenleistung ist der Schützling seinem *Daddy* sexuell gefügig. Die meisten jungen Gefangenen lassen sich darauf ein – so unerträglich und erniedrigend es auch für sie ist –, weil sie sonst mit an Sicherheit grenzender Wahrscheinlichkeit ständig von ganzen Gruppen vergewaltigt werden und vielleicht sogar mit ihrem Leben bezahlen. Aber dieses *Schutz*system ist alles andere als freiwillig, sondern bloß eine *mildere, sanftere Vergewaltigung*.

Ich bin zwar sicher, dass Coscarelli mit Walsh Recht hat, aber ich bin ebenfalls sicher, dass er es nicht geschafft hat, sich schnell genug einen *Daddy* zu besorgen. Ich muss daran denken, wie er vor drei Wochen in meinem Büro zusammengebrochen ist. Gleich nachdem ich gesagt hatte: *Vergewaltigung ist ein Verbrechen*. Ich meinte seine Vergewaltigung von Alison Cole. Doch jetzt halte ich es für möglich, dass Walsh an seine eigene Vergewaltigung gedacht hat.

Ich nehme mir vor, Dean Thomas Walshs Haftzeit genauer zu untersuchen. Coscarelli hat bestimmt das Gleiche vor. Ich werde allerdings nicht vorschlagen, dass wir zusammenarbeiten. Irgendetwas sagt mir, dass wir kein gutes Team abgeben würden.

«Die Presse hat sich schon auf die Sache gestürzt», unterbricht Coscarelli meine Gedanken. «Und das wird auch noch eine Weile so bleiben. Wir müssen äußerst behutsam vorgehen. Es gibt jede Menge Leute, die nach Blut schreien. Die würden Walsh am nächsten Baum aufhängen. Auf der anderen Seite werden uns viele liberale Weltverbesserer vorwerfen, dass wir arme, *unschuldige* Häftlinge vorverurteilen und schikanieren.»

«Es ist immerhin möglich, dass er es nicht war.» Ich äußere diese Möglichkeit nicht sehr überzeugt.

«Wer käme denn sonst noch in Frage?»

«Was ist mit dem anderen Mann, der eine Nachricht auf Maggies Anrufbeantworter hinterlassen hat? Der gesagt hat, sie würde ihm aus dem Weg gehen? Wusste Karen, wer das war?»

Er schüttelt den Kopf. «Aber Sie können Gift drauf nehmen, dass wir ihn befragen werden, sobald wir wissen, wer er ist.» Er blickt mich skeptisch an. Als würde ich ihm noch immer was vorenthalten.

«Ich weiß wirklich nicht, wer –»

«So, wie Sie nicht wussten, dass der andere Dwyer war? Wieso wollten Sie Ihren Deputy decken, Ms. Price?»

«Ich wollte ihn nicht decken. Herrgott, Sie glauben doch wohl nicht, dass Jack...»

«Wenn Ihnen der Gedanke nicht gekommen ist, wieso haben Sie sich dann dumm gestellt?»

«Ich stand unter Schock, Detective», sage ich wütend. «Und die Nachricht von Jack... hat mich total überrascht. Ich hatte keine Ahnung, dass... er was mit Maggie hatte.»

Coscarelli nickt. Das war aus Jacks Nachricht unmissverständlich hervorgegangen. «Karen Powell wusste offenbar Bescheid.»

So allmählich hab ich das Gefühl, dass alle Welt von der Sache mit Maggie und Jack wusste. Außer mir.

«Ich wüsste nicht, was Jacks Beziehung zu Maggie damit zu tun haben –»

«Und ob Sie das wissen», fällt er mir gelassen ins Wort.

Ich würde diesem Hänfling am liebsten was an den Kopf werfen. Ich beäuge den Briefbeschwerer aus Steubenglas mit eingelassener Blume auf meinem Schreibtisch – ein Geschenk von Ethan zu unserem letzten Hochzeitstag. *Das wären gleich zwei Fliegen mit einer Klappe.*

«Ms. Powell sagt, dass Ms. Austin in letzter Zeit darüber geklagt hat, Mr. Dwyer würde zu viel verlangen. Zu viel von ihrer Zeit und Aufmerksamkeit.»

«Komisch, Maggie hat mir gegenüber das Gleiche gesagt. Über Karen», sage ich bissig. Na schön, ich habe etwas übertrieben. Meistens war ich diejenige, die Maggie eingeredet hat, dass Karen zu abhängig von ihr wurde. Aber Maggie hat mir jedenfalls nicht widersprochen. Es schien sie nur nicht zu stören. Falls doch, so hat sie es nicht zugegeben.

Coscarelli nickt beiläufig. Er ist nicht sonderlich an Karen interessiert.

Er lehnt sich mit dem Rücken gegen meine Bürotür. «Wissen Sie, wo Mr. Dwyer gestern zwischen zwölf Uhr mittags und vier Uhr nachmittags war, Ms. Price?»

«Sie haben doch die Nachricht auf dem Anrufbeantworter gehört. Er war zu Hause, weil er eine starke Erkältung hatte. Und auch wenn das nicht gerade ein Alibi ist», füge ich rasch hinzu, «wieso hätte Jack Maggie gestern Abend spät noch anrufen und sie fragen sollen, wie ihr Abendessen bei mir war, wenn er ... wenn er wusste, dass sie ... tot ist?»

«Ich weiß nicht», sagt Coscarelli kühl. «Aber wenn ich kein stichhaltiges Alibi für den Zeitpunkt des Mordes an meiner Freundin hätte, würde ich vielleicht denken, eine Nachricht auf dem Anrufbeantworter nach begangener Tat wäre einen Versuch wert.»

«Das ist verrückt. Es gibt absolut keinen Grund –»

«Meiner Erfahrung nach ist ein solcher Mord meistens die Folge von einem oder mehr von drei Gründen – Ablehnung, Rache, Bestrafung.»

Ich lache sarkastisch. «*Ihrer* Erfahrung nach? Wie viel Erfahrung ist denn das, Detective?»

Coscarelli lächelt bloß.

«Ich freue mich sehr, dass ich Sie erheitern kann, Detective.»

Ich könnte mir angewöhnen, diesen Mann zu hassen.

11

Unschuld ist freudig ist räudig ist Lust ist endloser Frust
Das Gute, der Schmerz in diesem Delirium, verströmt
   Qual
Übelkeit bis zu Tod Verdammnis Erlösung

Ich bin dein falscher fieser Lover Ficker Hasser
Ein steinerner beinerner stöhnender Schwanz Arsch Kopf
   Herz Sterz
Umkehrbar zurückziehbar entfernbar

Du bist meine göttliche Teufelin Schlampe Sucherin Muse
Angesicht zu Angesicht mit dem Gesicht das das Gewicht
   des letzten Drecks noch trägt
Dein heiliges Loch sehnt sich brennend schreiend stinkend
Was wirklich ist wirklich zu spüren
Trugbild und Wahn, das bin ich

                     Dean

Ich lege die Kopie des Gedichtes hin, nachdem ich es über ein
Dutzend Mal gelesen habe, seit Coscarelli es mir *zur Durchsicht*,
wie er es formulierte, dagelassen hat. Diesmal habe ich es laut

gelesen, mit zitternder Stimme, während Dean Thomas Walsh mir in Hand- und Beinfesseln auf einem Holzstuhl vor meinem Schreibtisch gegenübersitzt.

«Sie verstehen es auch nicht, was?» Seine Augen sind rot gerändert, die Iris in ihnen jetzt eher dunkelgrau als strahlend blau.

«Hat Maggie es verstanden?», frage ich bitter.

«Sie hat gesagt, das Gedicht sei beunruhigend. Stark. Atavistisch.» Ein halbes Lächeln. «Ich hab nicht gewusst, was das Wort bedeutet. Maggie hat gesagt, ich soll es nachschlagen.» Das Lächeln erstirbt. «Sie hat mir so viel beigebracht. Sie hat an mein Talent geglaubt. An mich.» Tränen quellen ihm aus den Augen.

Diesmal lassen mich seine Tränen ungerührt. Ich kann mir nicht vorstellen, womit Dean Thomas Walsh mich im Moment noch rühren könnte. Ich sehe ihn jetzt als arrogant, durchtrieben. Ich stelle ihn mir als Mörder vor. Noch furchtbarer, als einen Mörder, der sich als Opfer ausgerechnet den einzigen Menschen ausgesucht hat, der ihm wirklich helfen wollte.

«Ich schwöre bei Gott, dass ich es nicht war, Nat –»

«Superintendent Price», sage ich schneidend.

Er hebt seine gefesselten Hände, eine flehende Geste. «Tut mir Leid, tut mir Leid. Das liegt bloß daran, dass Maggie so viel von Ihnen gesprochen und Sie immer… beim Vornamen genannt hat. Nur Gutes», fügt er rasch hinzu. «Wie klug Sie sind. Wie engagiert bei Ihrer Arbeit. Dass Sie immer eine so gute Freundin für sie waren…»

«Wo wart ihr beiden denn, wenn sie so überschwänglich von mir gesprochen hat, Mr. Walsh?»

Er blinzelt mich an. Wirkt eingeschnappt. Und dann, als ob ihm sein Ausrutscher klar wird, schaltet er auf verwirrt um. «Was?»

«Ich nehme doch an, dass sie nicht gerade in ihrem Lyrikseminar über mich gesprochen hat.»

«Nein.»

«Wenn ihr zusammen zum Lunch wart?»

«Manchmal.»

«Und beim Abendessen?»

«Nein.»

«Beim Abendessen hat sie nicht über mich gesprochen?»

«Nein, wir haben nie zusammen zu Abend gegessen.» Seine Tränen weichen Wut. Er wirft mir einen erbosten Blick zu. «Es war nicht so, wie Sie denken.»

Ich selbst koche fast über vor Wut. «Verraten Sie mir doch mal, was ich denke, Walsh.»

«Ihr habt alle eine schmutzige Phantasie. Ich habe Maggie niemals auch nur angerührt…»

«Was Sie nicht sagen.» Ich schnappe mir das Gedicht vom Schreibtisch und wedele damit vor seinem Gesicht herum. Ich höre, wie mir die Hysterie in die Stimme steigt, aber selbst das ist mir egal. «Und das hier? Geht's darin nicht um Ihre Lust, Ihren Frust, Ihre Verzweiflung? Sie wollten ihr Liebhaber sein, und Sie haben sie dafür gehasst, dass sie Sie zurückgewiesen hat. Genauso, wie Sie vor neun Jahren Alison Cole gehasst haben. Nur diesmal haben Sie… Sie –»

Er schüttelt heftig den Kopf. «Nein. Sie verstehen das nicht. Sie begreifen nicht, was zwischen mir und Maggie war. Es hatte für mich nichts mit Sex zu tun. Jaja, ich weiß, dass man meine Gedichte so deuten könnte, aber was ich geschrieben habe, war symbolisch. Ich wollte nicht, dass das real wird. Nicht… nicht *ich* wollte *sie* so im wirklichen Leben. Es war Maggie, die –»

Meine Hände ballen sich zu Fäusten. Am liebsten würde ich auf diesen Kerl eindreschen. Ihm seine Hübscher-Junge-Visage einschlagen.

Hätte man mich vor dem gestrigen Abend gefragt, ich hätte behauptet, ich könnte keiner Fliege was zuleide tun.

«Wenn Sie mir nicht glauben, reden Sie mit Karen Powell. Sie hat gesehen, was los war. Hat sogar noch vor dem Seminar am Donnerstag mit Maggie ein Wörtchen geredet. Ich bin da mittendrin reingeplatzt…»

«Halten Sie den Mund!»

«Ich habe Maggie Austin immer nur verehrt und respektiert. Weil sie so an mich geglaubt hat. Und weil sie ein durch und durch guter Mensch war –»

Ich spüre, wie mir das Blut in den Kopf steigt. «Ich will nichts davon hören.» Hutch hatte Recht. Maggie war gut, aber sie hätte im Umgang mit solchen aalglatten, verführerischen Häftlingen, wie Walsh einer ist, schlauer sein müssen. Vor allen Dingen *ich* hätte schlauer sein müssen.

Walsh hebt seine gefesselten Hände vor die Augen, senkt sie dann langsam auf die Brust. «Himmel, glauben Sie etwa, dass ich nicht trauere? Aber ich habe auch eine Scheißangst. Ihr alle wollt mir die Sache unbedingt anhängen. Und was hab ich bei meiner Vorstrafe denn da für Chancen, meine Unschuld zu beweisen? Noch viel weniger als beim letzten Mal.»

Seine Tränen fließen jetzt haltlos. «Ich habe sie gestern nicht getroffen. Sie hat unsere Verabredung abgesagt. Wenn sie das doch bloß nicht getan hätte. Dann wären wir nämlich zusammen essen gegangen, und sie wäre noch am Leben.» Er kneift die Augen zu, faltet die Hände zum Gebet, presst sie gegen die Lippen. «Bitte, lieber Gott, mach, dass ich diesen ganzen Alptraum nicht noch einmal erleben muss. Mach, dass sie einsehen, dass ich es nicht war –»

Während Walsh noch seinen Schöpfer anfleht, fliegt meine Bürotür auf. Jack, der bis jetzt durch Coscarellis Vernehmung im Zaum gehalten wurde, kommt hereingestürmt.

Es ist, als würde ich einen Film sehen. Einen Actionfilm. Ich sehe, wie Jack schnurstracks auf den verdutzten Dean Thomas Walsh zustürzt, ihn von seinem Stuhl reißt, ihn gegen die Wand schmettert und ihn dort mit einer Hand am Hemdkragen hochhält. Walshs gefesselte Füße baumeln gut dreißig Zentimeter über dem Boden. Jacks freie Hand ist zur Faust geballt, und ich weiß genau, wo sie hinwill.

Ein Teil von mir möchte sich heraushalten – so tun, als wäre das nur ein Film. Und den befriedigenden Anblick erleben, wie Walsh das Gesicht eingeschlagen wird.

Doch dieser primitive Wunsch erschüttert mich auch, und ich weiß, wenn ich nicht eingreife, kann ich mich niemals wieder mit Respekt im Spiegel anschauen.

Also springe ich auf und brülle einen lauten Befehl. «Jack. Rühr ihn nicht an!»

Ob aufgrund meiner Warnung oder aufgrund von Hutch und

Lamotte, die ins Zimmer kommen, oder aufgrund von Jacks eigener Selbstbeherrschung, jedenfalls verfehlt seine Faust Walshs Gesicht um Zentimeter und kracht in die Wand.

Jack lässt Walsh los, der an der Wand entlang nach unten auf den Boden rutscht, keuchend, schluchzend und gleichzeitig fluchend. Hutch scheucht rasch meinen Sekretär hinaus und schließt die Tür.

Jack steht noch immer über dem zusammengesunkenen Walsh. Seine Hand blutet, und in meiner Gipswand ist ein Loch, so groß wie ein Baseball.

12

«Du wartest bestimmt auf eine Entschuldigung», brummt Jack, als Walsh in seine Zelle zurückgebracht worden ist und ich Jacks blutige, geschwollene Knöchel verarzte.

Ich schneide ein Stück Verband ab. «Ach was, ich kann einfach ein Bild drüberhängen.»

Er sieht zu, wie ich ihm den Verband behutsam und säuberlich um die Hand wickele. «Ich meine nicht die Wand.»

«Ich kann es dir nicht verdenken, dass du Walsh eine verpassen wolltest. Ich hätte es auch am liebsten getan –»

Jack zieht seine Hand zurück, sodass der Verband sich abwickelt. «Ich meine das mit mir und Maggie.»

Ich werfe ihm einen kurzen Blick zu, nehme erneut seine Hand, wickele den Verband entschlossen drum herum und klebe ihn mit Pflaster fest. «Du musst dich nicht entschuldigen. Was du in deinem Privatleben machst –»

«Schwachsinn.»

Ich will diese Aussprache nicht. Ich habe schon genug Tiefschläge eingesteckt. Außerdem ist es ein besonders heikles Thema. Ich beschäftige mich damit, den Inhalt des Erste-Hilfe-Kastens wieder einzusortieren. «Hör mal, Maggie wollte nicht, dass du mir irgendwas sagst, also hast du es nicht getan.» *Basta. Punkt. Aus. Finito. Ha!*

«Ich bin kein Schaf, Nat. Du solltest das besser wissen als alle anderen.» Ein schwaches Lächeln, das ich unwillkürlich erwidere. «Ich habe mich dran gehalten, weil ich fand, dass Maggie diejenige sein sollte, die…»

Ich lasse den Erste-Hilfe-Kasten zuschnappen. «War es ein Test, Jack?» Mein Tonfall ist plötzlich wütend, aggressiv. Ich sehe, dass er überrascht ist. Ich bin selbst ein wenig überrascht. Er hätte das Thema nicht ansprechen sollen.

«Wie soll ich das verstehen?» Sein Tonfall ist schroff, sein Blick herausfordernd.

«Ein Test, wie sehr Maggie dich mochte. Wenn sie es mir erzählt hätte, hätte das bedeutet, dass sie dich genauso mochte wie du –»

«Es hatte nichts mit mir und Maggie zu tun. Es ging um eure Freundschaft –»

«Schwachsinn.» Ich betone das Wort genauso wie er vorhin.

Jack salutiert spöttisch, als wollte er sagen: *Gut gekontert.*

Ich stehe auf, bringe den Erste-Hilfe-Kasten zu meinem offenen Schrank, räume ein paar Sachen auf dem Brett um und stelle dann den Kasten auf einen frei gewordenen Platz. Ich hantiere bewusst so emsig, dass es meine ganze Konzentration erfordert.

«Du hast Recht», höre ich Jack hinter mir sagen, seine Stimme nicht mehr gereizt. «Oh ja, Maggie hat behauptet, es ginge um das Verhältnis zwischen dir und mir, aber das hab ich ihr eigentlich nie richtig abgekauft.»

Ich stehe noch immer mit dem Rücken zu ihm. «Ich habe ihr nie was gesagt… ich habe ihr nie erzählt, was zwischen uns… kein Sterbenswörtchen.»

«Nein, das hab ich auch nicht vermutet. Ich hab ihr auch nichts erzählt.»

Ich nicke, zwinge mich zu einem schwachen Lächeln, als ich mich langsam wieder zu ihm umdrehe. «Ich war mir nie ganz sicher, woran du dich noch erinnern konntest.»

«Ich war betrunken, aber nicht –» Er schluckt so schwer, dass ich sehen kann, wie sein Adamsapfel sich bewegt. «Nicht *so* betrunken.»

«Na ja, ich hatte gar keine Entschuldigung», murmele ich bitter.

«Alkohol ist keine Entschuldigung, Nat. Das weißt du. Außerdem hast du nichts gemacht.»

«Ja, aber ich hab's nicht *schnell genug* nicht gemacht.»

Schnell genug hätte bedeutet, dass ich an jenem Aprilabend gleich, als ich sah, dass mit Jack alles in Ordnung war, seine Wohnung wieder verlassen hätte. Er hatte mal wieder einen alkoholisierten Streit mit seiner heutigen Exfrau Sally gehabt. Wie so oft davor wurden sie handgreiflich. Ich weiß nicht, wer im Verlauf des Streites wem was getan hat. Ich weiß nur, es endete damit, dass Sally Jack eine Bierflasche über den Kopf schlug.

Um kurz nach neun Uhr abends ruft Sally mich völlig hysterisch an. Sie sagt, dass sie Jack verlassen hat. *Diesmal wirklich für immer.* Nachdem sie sich darüber ausgelassen hat, was für ein Scheißkerl er ist etc., etc., sagt sie, wie nebenbei, dass sie ihn vielleicht umgebracht hat.

«*Umgebracht? Was hast du gemacht, Sally?*»

«Nichts. Ich hab ... Na ja, ich weiß nur, dass da Blut war und er sich nicht mehr gerührt hat, als ich ging.» Sie lallt und schluchzt heftig. «*Vielleicht gehst du mal nachsehen, ob ... ob er noch lebt, Nat. Glaub mir, mit dem Mann kann ich einfach nicht mehr zusammenleben.*»

Ich hätte Ethan gebeten mitzukommen, aber er hatte Unterricht, und ich erwartete ihn nicht vor elf zu Hause. Ein paar Wochen später fand ich heraus, dass das Seminar montags und donnerstags abends war. Das war ein Dienstag. *Aber das ist eine andere Geschichte.*

Ich rief zuerst bei Jack an, in der Hoffnung, er würde rangehen. Aber er meldete sich nicht. Und ich bekam es mit der Angst.

«Ich hab mich an dem Abend wie ein richtiges Arschloch benommen, Nat», unterbricht Jack meine Gedanken. «Du kommst herbeigeeilt, um mich zu retten, und was mache ich? Versuche, dich flachzulegen.»

Ich lache trocken. «Du bist ein echter Romantiker, Dwyer.»

«Ja, stimmt.» Er begutachtet übertrieben seine bandagierte Hand. «Bei Maggie wollte ich wirklich einer sein. Blumen. Pralinen. Ich hab alle Register gezogen. Vorher hatte ich noch nie einer Frau so richtig den Hof gemacht. Einmal... einmal hab ich sogar versucht, ihr ein Gedicht zu schreiben, Scheiße.» Sein Gesicht verfinstert sich. «Ich wollte ihr zeigen, dass ich genauso viel Talent habe wie diese ach so *tiefsinnigen*, *sensiblen* Knastbrüder, von denen sie dauernd geschwärmt hat.»

«Vor allem Walsh?»

Jack bedenkt mich mit einem düsteren, entschlossenen Blick, bei dem mir die Luft im Halse stecken bleibt. «Wenn er es war, Nat, dann wird mich... nichts, nichts und niemand davon abhalten, den Scheißkerl umzubringen.»

Auch wenn du alle Hoffnung aufgegeben
hast, musst du einen Grund finden, aufzustehen und dich dem Tag zu stellen ...

D. L.
Häftling Nr. 587091 (weiblich)

13

Inmitten des ganzen Tohuwabohu im Horizon House hat die Gefangene, die sich gestern Abend mit ihrer Zellengenossin geschlagen hat, einen Officer um ein kurzes Gespräch mit mir gebeten.
Auf Carmen Rios' Gesicht sind die Spuren frisch getrockneter
Tränen. Ich bin sicher, dass sie meinem Mitarbeiter was vor-
geheult hat, damit er ihre Bitte erfüllt. Carmen Rios hat trotz ihrer
zierlichen Statur üppige Rundungen. Nicht einmal das blaue Auge, das sie zurzeit hat, kann von ihrem Sexappeal ablenken.

«Wie lange haben wir hier noch Ausgangssperre, Super?»

«Wollten Sie mit mir über die Ausgangssperre sprechen?»

«Alles bloß, weil diese Lehrerin umgebracht worden ist,
nicht? Man sagt, Walsh ist erledigt.»

«Wer ist ‹man›?»

Carmens Miene verfinstert sich. «Sie wollen, dass ich jemanden verpfeife?» Ich kenne das Spielchen. Ich soll denken, dass sie
überlegt, ob sie es wagen kann, mir was zu erzählen. Aber in
Wirklichkeit überlegt sie nur, wie viel sie für sich dabei raus-
schlagen kann.

Sie widmet einem losen Faden am Ärmelende ihres engen
schwarzen Pullovers ihre volle Aufmerksamkeit. «Wollen Sie
mich wieder zurückschicken, Super?»

Carmen kennt die Regeln im Horizon House. Ich kann sie auf
der Stelle zurückschicken. Ihre Sparringspartnerin Gerry Flynn

ebenfalls. Manche Superintendents würden das machen. Eine geschickte Machtdemonstration.

Wenn man auf Macht steht.

Ich will nicht abstreiten, dass ich gerne Macht habe *und* ausübe. Wer keine Macht will, hat auch nicht so eine Position inne wie ich. Aber ich bin nicht auf einem Machttrip wie manche meiner Kollegen. Ich gebe den *Unruhestiftern* immer eine Chance, die Sache geradezubiegen, bevor ich drastische Maßnahmen ergreife.

Ich seufze. «Sie haben sich so gut gemacht, Carmen. Vickie Lewis von der Kosmetikschule sagt, Sie sind eine hervorragende Auszubildende.»

«Ehrlich, es war ein… Unfall. Gerry und ich haben bloß rumgealbert. Ich bin… hingefallen.»

Und dann fällt bei mir der Groschen. Ich erinnere mich, weswegen Gerry Flynn verurteilt wurde. Totschlag. Eines Abends hat sie ihre Kinder – ein Mädchen im Babyalter und zwei Jungen von vier und sechs Jahren – allein in der Wohnung gelassen, um sich Kokain zu besorgen. Als sie sich zwei Tage und jede Menge Drogen später wieder nach Hause schleppte, waren die Cops da, ihr Baby lag tot in seinem Bettchen, und ihre zwei Jungs waren in die Obhut des Jugendamtes gegeben worden.

«Es ging um Ihre kleine Tochter, nicht wahr?», sage ich.

Carmen starrt mich an, als hätte ich einen direkten Draht nach oben. Die Tränen rollen wieder, aber diesmal glaube ich, dass sie echt sind. «Sie hat ihr Baby umgebracht. Deshalb kriegt sie auch ihre anderen Kinder nicht zurück. Aber was fällt ihr ein, zu mir zu sagen, ich würde meine kleine Maria nicht wiederkriegen, wo ich ihr nie auch nur ein Haar gekrümmt habe…» Sie wischt sich die Tränen mit dem Ärmel ab. «Ich hab Gerry nur geschubst, mehr nicht. Nur ein kleiner Schubs. Damit sie verschwindet. Und dann ist sie auf mich losgegangen, als hätte sie bloß darauf gewartet.»

«Hat sie zurückgeschubst?»

«Geschubst? Mann, die ist total ausgerastet. Hat mich angesprungen und geschrien, dass sie sich nie wieder von irgendwem anfassen lässt. Und dann bin auch schon durch die Gegend geflogen… Sie hätte das nicht sagen sollen, was sie gesagt hat, aber ich hätte sie auch nicht schubsen sollen, ich weiß. Ich will deshalb nicht zurück in den Knast, Super. Und ich will auch nicht, dass Gerry zurück… ach Scheiße, sie weint sich jede Nacht in den Schlaf wegen ihrer Kleinen. Und außerdem, wenn sie zurück in den Knast muss, dann machen die mir hier das Leben zur Hölle… alle würden mir die Schuld geben… dann wäre es für mich besser, ich würde auch zurückgeschickt…. nur dann kriege ich meine Maria nie zurück…» Sie wand sich, und ihr Kummer war ehrlich. «Schicken Sie mich zurück?»

«Ihr habt beide einen Aktenvermerk bekommen, Carmen. Das heißt, es muss eine disziplinarische Anhörung geben.»

Carmen sagt ein paar Sekunden nichts, aber ich kann förmlich sehen, wie es in ihrem Kopf arbeitet.

«Sie haben doch vorhin gefragt, was hier so geredet wird? Also, wer gesagt hat, dass Walsh es war?», sagt sie.

«Ja», antworte ich gleichmütig.

«Ich hab gedacht… na ja, wir könnten vielleicht einen Deal machen.»

«Ich mache keine Deals, Carmen. Und lasse mich auch nicht bestechen.»

«Scheiße, ich will Sie doch nicht bestechen», sagt Carmen abwehrend. Ängstlich.

«Dann habe ich Sie wohl falsch verstanden.» Ich wende meinen Blick von ihr ab und schließe langsam, entschlossen ihre Akte. «Wenn Sie meinen, dass es da was gibt, das ich wissen sollte, Carmen …» Ich führe den Satz bewusst nicht zu Ende.

Carmens Schultern sinken herab. Sie ist lange genug im Geschäft, um zu wissen, wann sie geschlagen ist. «Ich meine bloß, man kann es sich hier nicht leisten, irgendwen vom Personal zu verpfeifen, weil die einem das Leben zur Hölle machen können, wenn Sie wissen, was ich meine. Und die betreffende Person kann es echt gut mit ein paar von den knallharten Schließern in meinem Trakt, entschuldigen Sie den Ausdruck.»

Sie entschuldigt sich dafür, dass sie *Schließer* gesagt hat, was gegen die Hausordnung verstößt. *Schließer* gilt inzwischen als genauso abschätzig wie *Wärter*.

«Was hier in meinem Büro gesagt wird, dringt nicht nach außen, Carmen.» Meine Stimme hat einen ungeduldigen Unterton angenommen. Es ist fast neun. Kurz vor meinem Gespräch mit Carmen rief Commissioner Carlyle aus seinem Wagen an, um mir zu sagen, dass er im Stau steckt und wohl nicht vor zehn im Horizon House wäre. Auf die Begegnung mit ihm freue ich mich ganz und gar nicht.

«Sharon Johnson.»

Ich blickte Carmen perplex an.

«Die hat geplaudert, okay? Ihr Exhäftling und Ihre jetzige Berufsberaterin.»

«Das glauben Sie doch selber nicht, Carmen. Ms. Johnson war seit gestern Nachmittag nicht hier. Da kann sie ja wohl kaum über einen Mord geredet haben, der erst gestern Abend spät entdeckt wurde.«

«Ich sage ja nicht, dass sie ausdrücklich über den Mord gesprochen hat. Nur, dass ein paar von uns aufgeschnappt haben, wie sie neulich zu Officer Glazer gesagt hat, gewisse Leute sollten sich in Acht nehmen, wenn ihnen ihr Leben lieb ist, weil Walsh auf Rache aus wäre. Und heute Morgen dann, kurz vor der Ausgangssperre, höre ich plötzlich von einigen Häftlingen – Johnson hat Recht gehabt. Walsh war auf Rache aus, und er hat sie bekommen.»

Ich weiß nicht, was schlimmer ist... wenn
ich komme oder gehe. Wenn ich komme,
ist es irgendwie erniedrigend, aber wenn
ich gehe, bricht es mir das Herz...

D. V.
Besucherin eines Häftlings

14

«Danke, dass Sie mich empfangen, Superintendent. Ich war
außer mir, als ich im Radio gehört habe, dass Dean... Aber vorher möchte ich Ihnen sagen, wie Leid mir das mit Maggie Austin tut. Ich möchte Ihnen mein Beileid aussprechen, Superintendent Price. Ich habe sie nicht persönlich kennen gelernt,
aber es kommt mir so vor, als ob ich sie gekannt hätte, weil
mein Bruder so viel von ihr gesprochen hat. Ich weiß noch, wie
ich meinen Bruder in Norton besucht habe, kurz nachdem er
zum ersten Mal in dem Literaturkurs war. Man hätte meinen
können, er wäre ein völlig anderer Mensch. Da war so ein
Leuchten in seinen Augen, und er war ganz aus dem Häuschen
vor lauter Begeisterung.

Davor war er immer so deprimiert, so verbittert. In den ersten
zwei Jahren hat er immer nur von seinem Fall gesprochen. Dass
er sich Gerechtigkeit verschaffen würde. Dass er dafür sorgen
würde, dass seine Verurteilung aufgehoben würde. Und als er
dann endlich eingesehen hatte, dass das nicht passieren würde,
wurde er richtig hart und arrogant, als wollte er sich durch nichts
und niemanden mehr berühren lassen. Aber ich wusste, das war
nur aufgesetzt.

In Wirklichkeit war er niedergeschlagen, verzweifelt. Als wäre
die ganze Welt gegen ihn. Und in Norton sind Sachen passiert,
die Dean Angst gemacht haben, mit denen er nicht fertig wurde,

das weiß ich. Manchmal hat er so Andeutungen gemacht, dass ein paar Häftlinge es auf ihn abgesehen hatten. Aber nachdem er mit Maggie Austins Kurs angefangen hatte, veränderte sich seine ganze Haltung. Als wäre er auf einmal überzeugt, dass er mit seiner Situation klarkäme, weil er endlich eine Richtung gefunden hatte. Ein Ziel. Was ich damit sagen will, Superintendent Price –»

Christine Walsh muss schließlich eine Pause einlegen, um nach Luft zu schnappen.

«Ich weiß, was Sie sagen wollen, Ms. Walsh. Ich weiß nur nicht, was ich Ihnen sagen kann.»

Christines Unterlippe zittert. Aber ich sehe, wie sie darum kämpft, ihre Emotionen unter Kontrolle zu halten. Dennoch, ihre Augen – das gleiche intensive Blau wie bei ihrem Bruder – sind blutunterlaufen und verquollen.

Weder Jack noch Hutch waren besonders glücklich darüber, dass ich Deans jüngerer Schwester einen kurzen Besuch bei ihrem Bruder bewilligte, als sie heute Morgen auftauchte. Einen Besuch, der in einem Hochsicherheitsraum im Horizon House unter strenger Bewachung stattfand. Sobald diese kurze Visite zu Ende war, bat sie meinen Sekretär dringend um ein Gespräch mit mir.

Carlyle war immer noch nicht da, also hatte ich Zeit, wenn auch nicht mehr viel Kraft. Außerdem brachte ich es nicht übers Herz, Christine Walshs Bitte abzulehnen. Ich empfange ständig irgendwelche Familienangehörigen, um ihnen emotionale Unterstützung und Ratschläge zu geben.

Nie werde ich vergessen, wie einmal, als ich gerade am CCI Hancock angefangen hatte, der Frau eines Häftlings der Besuch verweigert wurde, weil sie keinen BH trug. Dabei spielte es keine Rolle, dass sie so flach war wie ein Brett. Oder dass sie eine zweistündige Busfahrt und dann noch einen Fußweg von über einer Meile hinter sich hatte, um zum Gefängnis zu kommen. Und es half auch nichts, dass ich ihr meinen BH leihen wollte, als ich davon erfuhr. (Der damalige Super fand die Idee gar nicht gut.) Und selbst wenn man richtig gekleidet ist und alle Regeln beachtet, gibt es immer noch die stichprobenartigen Leibesvisitationen, mit denen verhindert werden soll, dass Besucher Drogen oder sonstige Schmuggelwaren in die Anstalt schleusen. Ich kann es also gut nachvollziehen, dass jemand Bedenken hat, wenn er einen Angehörigen hinter Gittern besuchen will.

Ich weiß nicht, ob Christine Walsh jemals Bedenken hatte, ihren Bruder zu besuchen. Ob sie jemals einer demütigenden Leibesvisitation unterzogen wurde. Ich weiß aber, dass sie ihren Bruder all die acht langen Jahre seiner Inhaftierung hindurch treu und brav besucht hat. Und jetzt droht die Möglichkeit, dass sie ihn bis ans Ende seiner Tage hinter Gittern besuchen muss.

Was immer ich auch von Dean Thomas Walsh halte, für seine Schwester empfinde ich nichts als Mitleid, Bewunderung und Mitgefühl.

Christine, fünfundzwanzig Jahre alt, dunkelhaarig und bei weitem nicht so attraktiv wie Dean, trägt eine blassgelbe Bluse und einen ziemlich hausmütterlichen Rock mit Blümchenmuster. Sie zieht ein Papiertaschentuch aus einer abgegriffenen weißen Handtasche und tupft sich die Schweißperlen von der Oberlippe. Es ist wieder einer dieser Indian-Summer-Tage, an denen es morgens schon über zwanzig Grad warm ist. Kein Wunder, dass die Klimaanlage noch immer kaputt ist.

«Ich würde Ihnen gern ein wenig über Dean erzählen.» Sie umklammert das zerknüllte Taschentuch und presst die Hände zusammen. «Es gibt da Dinge, die Sie nicht wissen. Dinge, durch die Sie ihn vielleicht besser verstehen können –»

«Ms. Walsh –»

«Christine. Bitte. Meine Mutter ist Ms. Walsh.»

«Also gut. Christine. Ich muss Sie darauf hinweisen, dass ich keine Polizeibeamtin bin. Ich untersuche nicht den Mord an Maggie Austin.»

Christine lässt sich dadurch nicht von ihrer Mission ablenken. «Meine Mutter war immer sehr streng zu Dean. Sehr fordernd. Er konnte ihr einfach nichts recht machen. Und glauben Sie mir, er hat es versucht. Er hat alles versucht. Aber sie hatte immer was an ihm auszusetzen.»

«War sie denn nicht auch streng zu Ihnen?», frage ich. Ich möchte sie von dem verbreiteten Irrglauben abbringen, dass

Misshandlung für alles als Entschuldigung herhalten kann. Verstehen Sie mich nicht falsch. Wer sein Kind, seinen Ehepartner, seine Eltern, seinen Hund misshandelt, ist in meinen Augen das Letzte. Die meisten gehörten dafür ins Kittchen. Und für die Misshandelten empfinde ich allergrößtes Mitleid. Aber nicht jedes misshandelte Kind endet als Krimineller. Ich bin dafür der lebende Beweis. Bislang zumindest.

«Zu mir war meine Mutter anders. Ich war ja ein Mädchen. Ich zählte eigentlich nicht.» Christine lächelt wehmütig. «Wahrscheinlich hat dieses Ignoriertwerden mich gerettet. Dean hat immer gesagt, ich könnte mir sogar einen Mord leisten.» Sie schnappt nach Luft und hebt eine Hand vor den Mund. «Tut mir schrecklich Leid. Ich wollte nicht... taktlos sein.»

Ich nicke. Und was ist mit dem Vater? Christine hat ihn mit keinem Wort erwähnt. In Walshs Fallbericht wurde der Vater als gewalttätiger Alkoholiker bezeichnet.

«Standen Sie und Dean sich als Kinder nahe?», frage ich.

«Ich hab Dean angehimmelt. Er war mein großer Bruder. Und er hat mich immer... beschützt.» Ihr Blick gleitet von meinem Gesicht ab.

Ich sehe sie eindringlich an. «Vor Ihrem Vater?»

Christines blasse Wangen nehmen Farbe an. Die Lippen fest zusammengepresst, starrt sie schweigend auf ihre Hände. Ich bemerke den winzigen Diamantring an ihrer linken Hand. Ein Verlobungsring.

«Verzeihen Sie», murmelt Christine. «Es fällt mir schwer, über meinen Vater zu sprechen», sagt sie ernst. «Das tun wir nie.»

«Sie und Dean?»

«Na ja, er auch. Aber ich meinte mich und meine Mutter. Er ist praktisch eine Persona non grata bei uns zu Hause.»

«Er hat Ihren Bruder nie im Gefängnis besucht.»

«Nein, natürlich nicht. Das letzte Mal, dass mein Dad Dean gesehen hat, war bei seinem Prozess. Kurz nachdem die Geschworenen ihn für schuldig erklärt hatten.» Das bisschen Farbe, das ihr Gesicht vorhin überzogen hatte, ist verschwunden. «Mein Vater – sturzbetrunken – saß in der hintersten Reihe und ... hat applaudiert, als die Entscheidung der Geschworenen verlesen wurde.»

Ich starre Christine fassungslos an. Mein Vater war ein Säufer, und er konnte gemein werden, wenn er getrunken hatte, doch selbst wenn er sternhagelvoll war, hätte ich mir bei ihm solche Grausamkeit nicht vorstellen können.

«Als sie meinen Bruder wegbrachten, hat Dad Dean zugerufen, er sei der Abschaum der Menschheit.» Christine lacht hart auf, aber ich sehe, dass sie den Tränen nahe ist.

«Weil er geglaubt hat, dass Ihr Bruder schuldig war, die Vergewaltigung begangen hatte?»

«Das muss ausgerechnet er sagen», murmelt Christine eher zu sich selbst. Und dann, als sie merkt, dass sie diese enthüllenden Worte laut ausgesprochen hat, wird sie aschfahl.

Schlagartig kann ich Christines unerschütterliches Vertrauen in ihren Bruder besser verstehen. Dean muss entweder dafür gesorgt haben, dass ihr Vater damit aufhörte, seine Tochter zu missbrauchen, oder er hat es von Anfang an verhindert.

Trotz ihrer Blässe gewinnt Christine die Fassung zurück. «Dad hielt Dean für Abschaum, weil er überzeugt war, dass Dean versucht hatte, sich an Arlie ranzumachen.»

«Arlie?»

«Dads Freundin. Arlene Hayden. Als Dean von zu Hause ausgezogen war, ist er Arlie und meinem Dad einmal zufällig in einem Bostoner Nachtclub über den Weg gelaufen. Arlie hat meinen Bruder aufgefordert, mit ihr zu tanzen.» Christine seufzt. «Dean wollte nicht mal mit ihr tanzen. Sie ist schon um die vierzig und nicht besonders attraktiv. Ich bin sicher, dass Arlie sich an Dean rangeschmissen hat. Mein Dad hat das aber wohl nicht so gesehen. Dean hat mir erzählt, der Rausschmeißer hätte sie alle drei auf die Straße gesetzt, wo er und Dad sich dann weiter gestritten haben. Bis ein Streifenwagen vorbeikam und Dean sich aus dem Staub gemacht hat.»

«Das wissen Sie alles von Ihrem Bruder?»

«Dean ist kein Lügner, Superintendent Price. Mag sein, dass er mir nicht immer alles erzählt, aber was er mir erzählt, ist die reine Wahrheit. Und er hat mir auch gesagt, dass er es nicht war, der seiner Lehrerin das angetan hat.» Ich frage mich, ob er ihr vor acht Jahren auch gesagt hat, dass er Alison Cole nicht brutal vergewaltigt hat.

Christine rutscht nach vorn auf die Stuhlkante und beugt sich vor. «Wenn ich die Einzige bin, die an Dean glaubt, hat er nicht den Hauch einer Chance. Bitte, Superintendent Price, ich bitte Sie doch nur darum, objektiv zu bleiben. Dean ist absolut sicher, dass Sie von seiner Schuld überzeugt sind.»

«Da irrt er sich, Christine.» *Aber nicht sehr.*

Ihr ganzes Gesicht leuchtet auf, und mir wird klar, dass sie viel zu viel in meine Worte hineinliest. Noch ehe ich mir überlegt habe, wie ich meine Aussage abmildern kann, ohne die Hoffnungen der armen Frau zu zerstören, ist sie aufgestanden, die Hände mit dem winzigen, im Sonnenlicht glitzernden Diamanten an die Brust gedrückt. «Dann helfen Sie ihm also? Sie –»

Wieder fliegt meine Tür auf. Diesmal ist es Hutch. Er ist so bleich und atmet so schwer, dass ich befürchte, er kriegt einen Herzinfarkt.

«Walsh hat versucht, sich umzubringen.»

Christine stößt einen Schrei aus und wird noch weißer als mein Mitarbeiter.

Ich springe von meinem Sessel auf. Vermutlich noch blasser als die beiden. «Wie schlimm?»

Hutch zieht sich mit dem Zeigefinger eine Linie quer übers Handgelenk. «Die Schnitte sehen nicht besonders tief aus, aber er blutet ziemlich stark. Wir haben ihn so gut es ging verarztet. Jack will ihn ins Mercy rüberfahren.»

«Oh nein, das lässt er schön bleiben», sage ich, besorgt, Jack könnte einen Umweg über China machen und Walsh verbluten lassen, bevor er im Krankenhaus angekommen ist. «Ich bringe ihn hin.» Zu meiner Schande muss ich gestehen, dass ich insgeheim denke, dass ich ein Mordsschwein habe. Jetzt muss Jack sich nachher mit dem Deputy Commissioner rumschlagen. «Kann ich dein Auto haben, Hutch?»

«Ich fahre», sagt Hutch. «Sollen wir zwei oder drei Leute zur Sicherheit mitnehmen? In seiner Verfassung können wir ihm zwar die Füße zusammenketten, aber keine Handschellen anlegen.»

«Zwei müssten reichen.» Ich bin schon halb durch den Raum.

«Bitte», sagt Christine schwach und packt meinen Arm, als ich an ihr vorbeikomme – ich habe fast vergessen, dass sie da ist, «lassen Sie mich mitfahren.»

Ich bleibe kurz stehen, um meine Hand mitfühlend auf ihre zu legen. «Tut mir Leid. Das geht nicht, Christine. Fahren Sie nach Hause. Ich rufe Sie an, sobald ich weiß, was die Ärzte sagen. Versprochen.»

Sie haben mich in Einzelhaft gesteckt und mir alle meine Wertsachen weggenommen – Bücher, Fernseher, Radio. Wenn Scheiße was wert wäre, hätten sie mir noch das Arschloch zugenäht!

G. J.
Häftling Nr. 593208

15

Wir beide sind allein in einem schmalen, durch einen Vorhang abgeteilten Raum in der Notaufnahme des Mercy Hospital. Hutch und zwei bewaffnete Vollzugsbedienstete warten auf der anderen Seite des Vorhangs. Walsh sieht ausgezehrt aus, wie er so auf dem schmalen Krankenhausbett liegt, beide Handgelenke genäht und verbunden. Er wird intravenös mit Blut versorgt.

«Sie denken bestimmt, weil ich Schluss machen wollte, muss ich schuldig sein. Das denken Sie doch, oder?»

Ich sitze auf einem von diesen unbequemen grauen Plastikstühlen, die passend für einen anderen Körper geformt sind als meinen. «Wieso wollten Sie sich umbringen?»

«Ich gehe auf keinen Fall zurück in den Knast», sagt er grimmig. «Lieber sterbe ich.»

Er wendet das Gesicht ab. Ich sehe, wie sich seine Brust hebt und senkt. «Auch wenn Sie in dem System arbeiten, auch wenn Sie Geschichten gehört haben, vielleicht sogar einiges gesehen haben, können Sie mir glauben, Sie haben keine Ahnung, wie es wirklich ist. Wie es ist, in einer Welt voller Gleichgültigkeit zu leben, in der man permanenten Angriffen ausgesetzt ist. Ich will Ihnen was sagen, ich habe nicht geglaubt, dass ich den Tag meiner Entlassung noch erleben würde. Bis ich ins Horizon House kam und zum ersten Mal einen echten Hoffnungsschimmer verspürte, dass ich tatsächlich überleben würde. Verdammt, sogar ein Leben danach haben würde.» Ein böses, raues Auflachen entfährt seiner Kehle. «Ich hätte es besser wissen müssen. Geschieht mir recht, so blöd wie ich war ... Vergessen Sie's. Ihnen ist das doch scheißegal. Für Sie bin ich ein Vergewaltiger und Mörder. Wahrscheinlich wünschen Sie sich, dass es in Massachusetts noch die Todesstrafe gäbe.»

«Sie sind es, der sich schon selbst angeklagt und verurteilt sieht.»

Er wendet sich wieder mir zu, und seine blauen Augen bohren sich in mich ein. «Sie nicht? Wieso lassen Sie mich dann zurück in den Knast bringen?»

«Sie werden nur vorübergehend auf die Krankenstation im Norton verlegt.»

«Ja, klar», sagt Walsh bitter.

Ich bin nicht hundertprozentig glücklich mit meiner Entscheidung, Walsh zurück ins Norton zu überstellen, weil es, wie er mir vorwirft, einer Vorverurteilung gleichkommt. Aber ich weiß, dass ich, wenn ich es nicht von mir aus tue, vom Büro des Commissioner entsprechende Anweisungen erhalten werde.

Eine junge Krankenschwester schlüpft durch den Vorhang. Sie ist eine zierliche Asiatin mit einem frechen Kurzhaarschnitt und leicht geschminkten Lippen, die nun zu einem unnatürlichen Lächeln verzogen sind. Ich stehe auf und gehe zu dem Vorhang, als sie sich dem Bett nähert. «Ich soll Ihnen was gegen die Schmerzen geben, Mr. Walsh. Damit Sie eine angenehmere Fahrt haben.»

Walsh lacht gezwungen. «Ja, das wird richtig gemütlich.»

Die Krankenschwester bittet Walsh, sich auf die Seite zu drehen, während sie die Spritze vorbereitet. Walsh wirft mir einen matten Blick zu. Ein Blick, der um ein Quäntchen Würde fleht.

Da ich Walsh nicht unbeaufsichtigt lassen möchte, öffne ich den Vorhang und winke Hutch, meinen Platz einzunehmen.

Hutch hat zwei Schritte auf mich zugemacht, als ich einen hohen Schrei höre. Ich denke zuerst, das ist Deans Reaktion auf die Spritze, und drehe mich deshalb etwas langsam um. Nicht so

Hutch. Er stürmt blitzschnell durch den Vorhang und sieht daher eher als ich, was los ist.

«Verdammt», knurrt er.

Zunächst sieht es so aus, als wäre die zierliche Krankenschwester ausgerutscht und auf Walsh draufgefallen. Doch in Wirklichkeit hat Walsh sie in den paar Sekunden, die ich ihm den Rücken zuwandte, gepackt und auf sich draufgezogen, um sie als Schutzschild zu benutzen. Er hat den Hals der Krankenschwester mit einem Arm so fest umklammert, dass ihre hübschen braunen Augen vorquellen. Zumindest geht noch so viel Luft durch ihre Luftröhre, dass sie sich heftig windet, um freizukommen. Sie erstarrt – wie wir alle –, als sie die Nadel der Spritze an ihrer Schläfe spürt.

Ich höre, wie hinter mir Pistolen entsichert werden. Die zwei bewaffneten Sicherheitsleute, die hinter Hutch hereingeeilt sind. Aber sie wissen so gut wie ich, dass sie am ehesten die vor Panik wie gelähmte Krankenschwester treffen würden, wenn sie schießen.

«Sie machen alles nur noch schlimmer, Dean», sage ich, erstaunt über meine ruhige Stimme. Ein krasser Gegensatz zu dem Rest von mir.

«Da täuschen Sie sich, *Nat*. Schlimmer kann es gar nicht mehr werden.» Walsh blickt an mir vorbei auf die Sicherheitsleute. «Die Waffen fallen lassen und mit dem Fuß zum Bett rüberschieben!» Er lockert seinen Klammergriff am Hals der Krankenschwester gerade so viel, dass ein verzweifeltes Kreischen über ihre zitternden Lippen kommen kann.

«Du bist ein toter Mann, du kleines Arschloch», zischt Hutch, Wut und Abscheu in jedem Wort.

«Die einzige Frage ist: Wollt ihr auch eine tote Krankenschwester?», sagt Walsh an uns alle gerichtet. Doch seine Augen fixieren mich. «Ich hab Ihnen gesagt, dass ich nicht wieder in den Knast gehe, Nat. Zwei Möglichkeiten. Entweder Ihre Jungs lassen die Waffen fallen, oder sie knallen uns beide ab.» Er presst die Lippen in das Haar der Krankenschwester. «Kein Mensch glaubt mir, aber ich schwöre Ihnen, ich habe in meinem ganzen Leben noch nie einer Frau was zuleide getan. Aber bezahlt hab ich trotzdem. Für das Verbrechen eines anderen. Acht Alptraumjahre in der Hölle, in die jemand anders gehört. Jetzt ist Schluss.»

«Wenn Sie unschuldig sind, Dean, dann ist das hier der falsche Weg, es zu beweisen», sage ich und weiche dabei seinem Blick nicht aus. «Ich bin bereit, Ihnen zu helfen, wenn –»

Walsh lacht hämisch. «Sie wollen helfen? Dann sagen Sie Ihren Handlangern, sie sollen die Waffen fallen lassen. Sonst wird diese hübsche kleine Krankenschwester den Kranken nämlich nicht mehr Gutes tun können.»

Ich sehe die Verzweiflung in seinen Augen und muss ihn beim Wort nehmen. Selbst wenn er weder Alison vergewaltigt noch Maggie ermordet hat, könnte es trotzdem sein, dass er in seiner Panik zu einer Gewalttat getrieben wird. Die Erkenntnis, das Leben dieser jungen Frau in meinen Händen zu halten, raubt mir den Atem.

«Legt die Waffen hin.» Meine Stimme ist zwar heiser, aber voller Autorität. Ich werde nicht riskieren, dass noch jemand sinnlos getötet wird.

Ich merke, dass ich erst wieder ausatme, als die Waffen auf den Boden klirren.

Walsh nickt mir zu. «Heben Sie sie auf, Nat. Am Lauf. Schön langsam. So ist brav. Und ihr, Jungs, runter mit euch. Auf eure fetten Bäuche. Hände hinter den Kopf. Und keinen Pieps, sonst ist es um unsere hübsche kleine Krankenschwester geschehen.»

Ohne Waffen bleibt Hutch und den Wachleuten keine andere Wahl, als zu gehorchen.

«Okay, Nat. Bringen Sie mir die Knarren.»

Ich trete an die Seite des Bettes. Lege die drei Waffen neben ihm ab. Die junge Krankenschwester windet sich nicht mehr. Sie ist starr vor Angst. Ein dünnes Rinnsal Urin läuft ihr an den weiß bestrumpften Beinen hinab. Ihr Gesicht zeigt weder Scham noch Demütigung. Die Angst lässt keinen Raum für andere Gefühle.

Zum ersten Mal sehe ich ihr Namensschildchen. Carrie Li. Ich möchte Carrie sagen, dass alles gut wird. Aber sie sieht zu clever aus, um sich was vormachen zu lassen.

Den Arm weiter fest um ihren Hals, tauscht Walsh rasch die Spritze gegen eine der Pistolen, schiebt die anderen beiden unter sich. Noch ehe ich einmal ausatmen kann, hält er schon den Lauf gegen Carries Schläfe gedrückt. Die Schusswaffe erhöht die Panik der Krankenschwester um ein Zehnfaches.

«Dean…»

«Holen Sie meine Sachen», schneidet er mir das Wort ab.

Seine Kleidung befindet sich in einem Plastikbeutel auf dem Tisch neben dem Bett.

«Öffnen Sie den Beutel und nehmen Sie die Sachen raus. Sie helfen mir beim Anziehen.»

Er schiebt Carrie weg von seiner Brust. Mit der Waffe an ihrem Kopf und den Männern auf dem Boden braucht er ihren Körper nicht mehr als Schutzschild. Mit den Füßen tritt er die Bettdecke weg.

Er ist nackt unter dem Krankenhaushemd, das ihm über die Hüfte hochgerutscht ist. Erschreckt und angewidert sehe ich, dass er eine Erektion hat. In dem Augenblick verliere ich fast die Nerven.

«Erzählen Sie mir nicht, Sie hätten noch nie einen Ständer gesehen, Nat. Aber vielleicht ist es ja schon ein Weilchen her. Schließlich hat Ihr Mann Sie ja wegen einer heißen kleinen Studentin verlassen.»

Mit zusammengebissenen Zähnen ziehe ich ihm die Jeans an. Er grinst, als ich nach dem Reißverschluss fasse.

«Ganz ruhig. Ich kann Ihre bösen Gedanken lesen, Nat.» Er hält den Pistolenlauf jetzt gegen Carries Brustbein gedrückt und versetzt ihr einen Stoß. «Du machst mir den Reißverschluss zu, Schwester. Ganz, ganz vorsichtig. Du willst doch nicht, dass mir aus Versehen der Finger zuckt.»

Sie nickt heftig, sichtlich dankbar für die vorübergehende Erlösung aus dem Würgegriff um ihren roten, wunden Hals.

«Moment», schnauzt er. «Zieh erst die Kanüle raus.»

Sie zögert.

«Na los.»

Sie tut wie befohlen, holt sogar ein Pflaster aus ihrer Tasche und klebt es auf den kleinen Einstich.

«Danke», sagt Walsh beinahe sanft. «So, jetzt mach mir den Reißverschluss zu.»

Sie tut es mit äußerster Behutsamkeit. Als sie fertig ist, blickt sie ihn flehentlich an und röchelt: «Bitte lassen Sie mich jetzt gehen.»

«Das würde ich ja gern, Schwester. Aber das geht nicht. Sie müssen mich hier rausgeleiten.» Walshs Stimme klingt tatsächlich bedauernd.

Aber ich höre nur halb hin. Meine Augen sind auf die Spritze geheftet, die vom Bett gefallen ist, als Walsh die Decke zurückgeworfen hat.

«Mein Hemd, Nat.»

Sein Befehl lässt mich wirklich zusammenfahren, aber ich spiele es aus, nutze die Gelegenheit, *versehentlich* das Hemd auf die Spritze fallen zu lassen. Ich bücke mich rasch, nehme die Spritze mit dem Hemd auf und lasse sie in die Tasche meines grauen Leinenblazers gleiten.

Während ich Walsh das Hemd anziehe, sage ich: «Nehmen Sie an ihrer Stelle mich mit, Dean.»

«Nein ...», ruft Hutch vom Boden.

«Schnauze», faucht Walsh. Wir hören alle, wie er den Hahn spannt. Carries Augen weiten sich vor Entsetzen.

Sekunden verstreichen in absolutem Schweigen.

«Holen Sie die Autoschlüssel aus Hutchs Tasche, Nat.»

Ich nicke, doch mein Herz hämmert so wild, dass es sich zu groß für meinen Brustkorb anfühlt.

«Spiel nicht die Heldin, Nat», flüstert Hutch hektisch, als ich mich hinknie, um die Schlüssel aus seiner Hosentasche zu ziehen. Ich drücke ihm beruhigend den Arm. Als könnte es für ihn oder mich in dieser Situation Beruhigung geben.

Die Wahrheit ist, dass ich mich nicht aus Tapferkeit als Geisel im Austausch gegen Carrie Li anbiete. Oder aus Selbstlosigkeit. Auch bin ich nicht so dumm, mir einzubilden, dass es mir gelingen könnte, Dean Thomas Walsh zur Vernunft zu bringen.

Warum tue ich es dann? Ich denke, weil ich schon als Kind gelernt habe, dass es meine Aufgabe ist zu verhindern, dass die Menschen, die ich liebe, in alle möglichen emotionalen Abgründe stürzen. Nicht, weil ich so stark war. Sondern weil alle um mich herum so viel schwächer waren.

Das Gleiche gilt auch jetzt. Außerdem bin ich für Dean Thomas Walsh verantwortlich. Niemand hat je behauptet, die Arbeit mit gefährlichen Verbrechern sei leicht. Oder sicher.

...sagen, ich soll mich ausziehen, und dann stehe ich splitternackt vor vier Schließern, und natürlich ist auch noch eine Frau dabei, und ich muss die Eier hochheben, mich dann umdrehen, vornüberbeugen und «die Backen spreizen, du Arschloch». Das finden die richtig lustig... Und das ist erst der Anfang...

K. R.
Häftling Nr. 877659

16

«Ich weiß, Sie denken, dass ich es nicht schaffe. Vielleicht haben Sie Recht. Aber in einem hab ich Recht, nämlich dass ich nicht in den Knast zurückgehe. Wenn Sie mich kriegen wollen, müssen sie mich erst umbringen. Und wenn sie mich verfehlen, mach ich es selbst.» Walsh nimmt kurz die Waffe von mir weg und tippt sich mit dem Lauf an die Schläfe.

«An der Ecke links abbiegen», befiehlt er, Hutchs Pistole wieder auf mich gerichtet. Die anderen beiden Waffen hat er in seinen Hosenbund gesteckt. An Feuerkraft fehlt es ihm weiß Gott nicht.

«Und schön langsam fahren. Wir wollen doch nicht wegen überhöhter Geschwindigkeit angehalten werden», fügt er trocken hinzu, stellt die Klimaanlage an und reguliert den kühlenden Luftstrom so, dass er ihm ins Gesicht bläst. Er schwitzt stark. Ich auch. Es müssen inzwischen an die achtundzwanzig Grad sein, aber ich schwitze mehr vor Angst als von der Hitze. Das Gleiche gilt vielleicht auch für Walsh. Zumindest hoffe ich, dass er Angst hat. So große Angst, dass er zur Vernunft kommt und begreift, dass die Polizei ihn schnappen wird und er seine Lage nur noch schlimmer macht.

Aber andererseits, wie viel schlimmer kann sie noch werden?

Ich biege von der Brookline Avenue in eine schmale Seitenstraße, schaue in den Rückspiegel, bete, dass ich einen Streifenwagen entdecke. Es muss eine Großfahndung im Gange sein, jeder Cop in der Stadt müsste nach Walsh Ausschau halten. Sie kennen den Wagen, das Kennzeichen. Also wo bleiben sie?

«Wenn Sie unschuldig sind, Dean, woher wissen Sie dann, dass die Polizei den Mörder nicht finden wird?» Ich verlangsame auf fünfundzwanzig Meilen, versuche, den Mut aufzubringen, aus dem Wagen zu springen. Aber ich fürchte, dass Walsh einen Schuss abfeuern kann, bevor ich die Tür geöffnet habe. Ich denke an die Spritze in meiner Tasche – so was Ähnliches wie eine Waffe – und ermahne mich zur Geduld. Sage mir, dass sich schon eine Gelegenheit zur Flucht ergeben wird.

«Weil die sicher sind, dass sie den Mörder schon haben. Deshalb. Genauso wie sie sich beim letzten Mal sicher waren, verdammt.»

«Haben Sie irgendjemand anderen –»

«Schluss mit dem Gerede, Nat. Als Nächstes erzählen Sie noch, dass Sie mir glauben. Schon komisch, was die Leute alles glauben, wenn eine Knarre auf sie gerichtet ist.»

«Dean, Maggie Austin war meine beste Freundin. Ich habe sie geliebt. Ich will, dass ihr Mörder dafür büßt. Wenn Sie es waren, sollen Sie in der Hölle schmoren. Wenn nicht, verspreche ich Ihnen, dass ich nicht eher Ruhe geben werde, bis der wahre Mörder gefunden ist. Ich werde ihn selbst aufspüren –»

«Was macht Sie so sicher, dass Sie noch dazu kommen, sich als Spürhund zu betätigen, Nat?»

Die Frage, so leichthin gestellt, jagt mir einen Angstschauer ein, sodass ich unwillkürlich aufs Gaspedal trete und beinahe die Kontrolle über den Wagen verliere.

«Langsamer», brüllt Walsh. Und dann: «Hier rechts.»

Walsh lässt mich Hutchs fast nagelneuen roten Ford Taurus in eine schmale menschenleere Seitenstraße steuern, ein paar Blocks vom Krankenhaus entfernt. Er befiehlt mir, zwischen einem alten Van und einem neueren Pick-up einzuparken. Selbst unter den besten Bedingungen bin ich nicht gerade toll im Rückwärts-Einparken. Die augenblicklichen Bedingungen könnten nicht schlimmer sein. Ich manövriere so ruckartig, dass ich mit dem hinteren Kotflügel an der Stoßstange des Van entlangschramme.

«Was jetzt?» Ich bemühe mich, meine Stimme nicht panisch klingen zu lassen. Panik ist ansteckend, und Walshs Pistole bohrt sich mir in die Rippen. Ich schiebe die rechte Hand unauffällig in die Jacketttasche, empfinde leichten Trost, als meine Finger sich um die Spritze schließen. Ich würde sie ihm am liebsten in den Körper rammen und mich aus dem Staub machen. Aber ich werde nur eine einzige Chance haben. Ich darf nichts überstürzen. Ich muss meinen Angriff sorgsam timen.

Walsh greift nach dem Schlüssel im Zündschloss und stellt den Motor ab. Nach einem argwöhnischen Blick über die Straße sagt er barsch: «Aussteigen.»

So verängstigt ich mit Walsh im Wagen bin, ich habe noch größere Angst davor auszusteigen. Wird er mich kaltblütig abknallen, mich tot oder sterbend auf dem dreckigen Bürgersteig liegen lassen, dann davonrasen?

Er zieht den Zündschlüssel ab. «Los.» Er beugt sich über mich, stößt die Fahrertür auf, schubst mich raus und folgt mir.

«Was haben Sie vor?» Es gelingt mir nicht mal ansatzweise, ruhig zu klingen, weil ich Angst habe, schon zu wissen, was er plant. Ein Schuss könnte zu riskant sein. Jemand könnte in der Nähe sein und den Knall hören, obwohl niemand zu sehen ist. Es gibt leisere Methoden, mich abzumurksen.

Was immer er vorhat, er weiht mich nicht darin ein. Die Pistole fest in der Hand, stößt er mich zum Heck des Wagens und öffnet den Kofferraum. «Klettern Sie rein.»

Ich weiche erschrocken zurück. «Nein.»

«Keine Bange. Sie werden nicht lange da drin sein.»

Ich glaube ihm kein Wort. Ich kann mir keine schlimmere Art zu sterben vorstellen. Mit einer Pistole, einem Messer, sogar durch Erwürgen ginge es wenigstens schneller. Ich wäre von meinem Leiden erlöst –

«Los!» Seine Hand schnellt vor und packt meinen linken Arm.

Meine rechte Hand klammert sich um die Spritze. Die Zeit

zum Angriff verstreicht rasch. «Bitte», flehe ich mit erstickter Stimme. Ich spüre, wie mir die Tränen kommen, aber ich will ihm nicht die Genugtuung geben, mich als weinendes Häufchen Elend zu sehen. «Ich kriege Panik in engen Räumen.» Eindeutig keine Lüge.

«Dann haben wir ja was gemeinsam, Nat.»

Ich bin verblüfft über den Anflug von Mitgefühl in Walshs Lächeln. Ein oder zwei Sekunden lang meine ich sogar, dass er vielleicht weich wird.

«Zwingen Sie mich nicht, Ihnen wehzutun, Nat. Glauben Sie mir, das werde ich, wenn ich muss. Klettern Sie rein.» Walshs Hand packt mein Handgelenk fester.

«Ich… kann nicht.» Jetzt kennen die Tränen kein Halten mehr. Ich hoffe nur noch, dass sie ihn erweichen.

«Das stimmt nicht», sagt er traurig. «Es ist erstaunlich, was wir können, wenn wir müssen.»

Seltsamerweise ist es genau das Gefühl, das mir den Mut zum Handeln gibt.

Ich denke an Maggie, als meine rechte Hand aus der Tasche schnellt und ich mit der dünnen Stahlnadel auf Dean Thomas Walshs Hals ziele. Und in dem Augenblick des Einstichs bin ich erstaunt und zugleich entsetzt über die Wildheit meiner Attacke. Walsh hat Recht. Man kann alles, wenn man muss.

Er schreit auf, blinzelt hektisch und springt zurück, bevor ich den Kolben runterdrücken kann, damit das Sedativum austritt. Zumindest lässt er mich los, greift mit beiden Händen nach meiner provisorischen Waffe und reißt sie sich raus.

In Gedanken renne ich schnell wie der Wind. Aber in Wirklichkeit bin ich, trotz der Welle Adrenalin, die mir durch die Adern schießt, so mitgenommen und mir ist so flau im Magen, dass meine Beine schwer wie Blei sind, als ich sie zwingen will, die Gasse hinunterzurennen.

Bei jedem Schritt rechne ich damit, dass Walsh schießt. Rechne mit dem Knall. Mit dem sengenden Schmerz, wenn die Kugel meine Haut durchbohrt, Knochen zersplittert…

Ich schaffe es kaum an dem Van vorbei, da stürzt er sich schon auf mich. Reißt mich zu Boden. Ich weiß, die Wucht des

Aufschlags müsste wehtun, aber ich bin taub vor Angst. Und Verzweiflung.

Walsh zerrt mich hoch, dreht mir den Arm auf den Rücken, zieht mich fest an sich und hebt mich förmlich vom Boden. Schließlich erreicht das Schmerzgefühl mein Gehirn, aber nicht der Schmerz lässt mich schreien. Sondern der Anblick des Mannes, der am Ende der Gasse über die Straße geht. Meine einzige Chance auf Rettung.

Mein Schrei wird jäh durchs Walshs Mund erstickt, der sich auf meinen presst. Es hat nicht die geringste Ähnlichkeit mit einem Kuss, dennoch bin ich mir hoffnungslos sicher, dass uns der Mann, falls er auf uns aufmerksam wird, ganz bestimmt für ein leidenschaftliches Liebespaar halten wird.

Walsh ist absurd galant, als er mich in den Kofferraum hebt. «Ich verspreche Ihnen, Nat, es dauert nicht lange.»

Ich glaube ihm keine Sekunde. Er wird mich in diesem provisorischen Grab ersticken und eines langsamen Todes sterben lassen. Ich versuche, meine wachsende Panik zu betäuben. Bis die Kofferraumklappe sich über mir schließt, unwiderruflich zuschnappt und ich umgeben bin von erstickender Dunkelheit, den scharfen Geruch von Benzindämpfen einatme. Meine letzten Hoffnungen schwinden, und Panik durchdringt mich bis ins Mark. Ich werde sterben. *Lang vergrabene Erinnerungen drängen herauf –*

Sie rüttelt mich wach. Es ist so dunkel, dass ich sie zunächst nicht richtig erkenne. Ich stecke mir den Daumen in den Mund und will mich auf den Bauch rollen, um weiterzuschlafen. Ihre starke Hand packt ungeduldig meine Schulter.

«Nichts da. Wir haben zu arbeiten, junge Dame.»

Ich will ihr sagen, dass ich keine junge Dame bin, bloß ein kleines Mädchen. Aber ich weiß, sie ist in einer ihrer Stimmungen, und es bringt nichts, mit ihr zu reden.

«Was für Arbeit?», frage ich benommen.

Sie zieht mich hoch. Der Holzboden in meinem Zimmer ist kalt. Meine dünner Körper ist ein einziges großes Schlottern.

«Sie sind überall. Wir müssen schnell was tun.»

Ich versuche, mich zu erinnern, wen sie wohl mit *sie* meint. Vor ein paar Wochen waren es Fledermäuse. Sie war sicher, dass sie durch die Steckdosen ins Haus kamen. Ich musste ihr dabei helfen, jede einzelne mit Zement zuzuschmieren, während mein Daddy auf der Arbeit war und meine kleine Schwester schlief.

Ein paar Tage lang fühlte sie sich sicher. Aber ich war traurig, weil ich nicht *Sesamstraße* gucken konnte. Fernsehen ging nicht, wegen der zugeschmierten Stecker.

Daddy wartete fast eine Woche, bis er meinte, dass ihre Angst sich gelegt hatte, und bestellte dann den Elektriker.

Spinnen. Genau, jetzt sind es Spinnen. Seit Tagen putzt sie ohne Unterlass, um alle Spinnweben zu entfernen.

Ich habe auch Angst vor Spinnen. Aber noch mehr Angst habe ich vor ihr, wenn sie so ist.

Sie zerrt mich nach unten zu der kleinen Kammer in der Diele.

«Da muss alles raus, Natalie. Ich weiß, dass sie da drin brüten.» Sie spricht nicht drohend, aber beschwörend.

Zuerst hilft sie mir, aber als die Kammer immer leerer wird, beginnt sie zu wimmern. «Ich kann sie hören. Ich kann die vielen Kleinen wachsen hören.»

Sie rennt in die Küche und kommt mit einer Scheuerbürste und einem Eimer randvoll mit einer entsetzlich riechenden gelben Brühe zurück.

«Du musst da rein und alles abschrubben. Lass kein Fleckchen aus, Natalie.»

Ich will nicht in die dunkle Kammer. «Bitte... bitte, Mommy...»

«Ich mach die Tür zu, solange du putzt, nur damit die kleinen Teufel sich nicht rausschleichen...»

«Nein, Mommy. Nein... bitte... nein...»

«...nein, bitte...»

«Ms. Price? Natalie? Ist ja gut.»

Das Licht blendet mich. Ich lege einen Arm über die Augen. Krümme meinen zusammengekauerten, verkrampften Körper noch enger in Embryonalhaltung.

«Ich helfe Ihnen raus.»

Ich spüre eine Hand auf meinem Arm. Sofort denke ich an meine Mutter, frage mich angstvoll, was ich jetzt für sie tun soll. Aber diese Hand ist sanft. Und die Stimme, eine Männerstimme, ist beruhigend. Und vertraut.

Ich nehme den Arm weg und blinzele gegen die Helligkeit nach oben in sein Gesicht. «Coscarelli?» Ich schlingere zurück in die Gegenwart. Schlagartig spüre ich, wie mir Tränen der Erleichterung über die Wangen strömen. Er sieht jetzt überhaupt nicht mehr wie ein jungenhafter Detective aus. Er sieht aus wie ein ruhmreicher Ritter in schimmernder Rüstung.

«Sind Sie verletzt?», fragt er.

Ich weiß nicht. Es ist mir auch egal. Ich will bloß raus aus diesem stickigen, nach Benzin stinkenden, alptraumhaften Kofferraum.

Coscarelli ist stärker, als er aussieht. Keinen Funken Anstrengung in seinem Gesicht, als er meine vierundfünfzig verschwitzten Kilo aus dem Kofferraum hebt. Zwei verrückte Sekunden lang möchte ich am liebsten, dass er mich weiter hält. Ich möchte mich in seinen überraschend muskulösen Armen zusammenrollen, meinen Kopf in die einladende Wölbung seiner Schulter schmiegen …

Meine schmerzenden Muskeln zittern, als sie sich strecken und ich wieder auf wackeligen Beinen stehe.

Coscarelli hält weiter einen Arm um mich, um mich zu stützen. Wir sind noch immer gleich groß – 1,73 –, aber irgendwie wirkt er größer.

«Habt ihr … ihn erwischt?», frage ich ängstlich.

«Das werden wir», sagt er bestimmt. Und die Art, wie er die Zähne zusammenpresst, verrät mir, dass er es ernst meint.

Ich glaube ihm.

Er mustert mich von oben bis unten. Um zu sehen, dass ich noch ganz bin.

«Hat er …?»

Bevor Coscarelli die Frage beenden kann, schüttele ich heftig den Kopf. «Er hat mich nicht angerührt.» Zumindest nicht so, wie der Detective meint.

«Woher wussten Sie, dass ich in dem Kofferraum eingesperrt

war?», frage ich, langsam mein Gleichgewicht und meine Fassung wiedergewinnend. Jedenfalls so weit, dass ich nur leicht enttäuscht bin, als Coscarelli mich loslässt.

«Wir haben vor einigen Minuten durch einen anonymen Anruf erfahren, wo der Taurus steht.»

Ein rascher Blick auf meine Uhr sagt mir, dass ich nur etwas länger als eine Stunde in dem Kofferraum war. Walsh hat also die Wahrheit gesagt, dass er mich nicht lange darin eingesperrt lassen würde.

«Anonym? Es kann doch nur Walsh gewesen sein. Wer sonst hätte wissen –»

«Es war eine Frauenstimme», sagt er.

«Vielleicht Christine.»

«Walshs Schwester?»

«Er hat sich bestimmt mit ihr in Verbindung gesetzt, und sie hat ihm die Informationen entlockt.» Klingt für mich einleuchtender, als dass er aus echten Gewissensbissen freiwillig sein Wort gehalten hätte.

«Ich hab meinen Partner und zwei Uniformierte zum Haus der Mutter in Natick geschickt. Mutter und Schwester behaupten steif und fest, sie hätten nichts von Walsh gehört.»

Ich bin zu erschöpft und erleichtert, um mir jetzt auf alles einen Reim zu machen. «Na egal, Hauptsache, sie hat angerufen, wer immer sie auch ist.»

Coscarelli wirkt sichtlich aufgewühlt. «Wir waren nicht sicher, ob wir Sie finden würden und den Taurus. Und falls ja, ob Sie...» Er lässt den Rest des Satzes unausgesprochen.

Mir wird klar, dass Coscarelli, als er den Kofferraum aufstemmte, sicherlich an die Möglichkeit gedacht hat, mich vielleicht in einem ähnlichen Zustand darin zu finden, in dem er Maggie gefunden hat.

Und dass ihn das, wenn dem so gewesen wäre, ziemlich aus der Fassung gebracht hätte.

Unversehens entdecke ich gewisse Vorteile darin, dass dieser Detective ein Anfänger ist. Er ist noch nicht so abgestumpft wie viele alte Hasen in dem Job, für die ein gewaltsamer Tod reine Routine geworden ist. Ich bin dankbar dafür, dass ihm, wie mir, persönlich etwas daran liegt, Maggies Mörder vor Gericht zu bringen.

Ich rufe von Coscarellis Autotelefon im Horizon House an. Hutch hebt ab. Als er meine Stimme hört, kriegt er vor Erleichterung kaum ein Wort heraus. Ich versichere ihm, dass es mir gut geht. Er versichert mir, dass er die Stellung hält.

«War Carlyle da?», frage ich nervös.

«Mach dir wegen dem keine Gedanken. Geh nach Hause und ruh dich erst mal richtig aus, Nat. Ach ja, und ruf Jack auf seinem Handy an.»

«Wo ist er?»

«Unterwegs, dich suchen.»

Und Walsh, denke ich. Gott steh ihm bei, wenn Jack ihn in die Finger kriegt.

17

Seit Ethan mich verlassen hat, fühle ich mich immer dann besonders einsam, wenn ich nach Hause komme, die Wohnung betrete, die einmal *unsere* war und die jetzt nur noch meine ist. Dann schlägt meine Wut in Verzweiflung um. Heute, nach allem, was passiert ist, senkt sie sich noch viel stärker als sonst auf mich herab, als ich den Schlüssel im Schloss drehe.

Doch die Verzweiflung weicht augenblicklich einer Furcht, die mein Herz zum Rasen bringt, als ich die Tür öffne. Es ist jemand in der Wohnung. Ich höre zwar kein Geräusch und kann es auch nicht richtig erklären, aber die Stille ist anders. Jetzt, da Ethan nicht mehr da ist, habe ich ein genaues Gespür dafür entwickelt, wie sich eine leere Wohnung anhört.

Ich hab die Schlüssel in der einen Hand, die andere Hand liegt auf dem Türknauf, und die Tür selbst ist nur einen Spaltbreit offen. Ein Schauer läuft mir den Rücken hinab, während ich dastehe und überlege, was ich tun soll. Meine Vernunft sagt mir, dass es da nichts zu überlegen gibt. Ich sollte auf dem Absatz kehrtmachen, schleunigst das Weite suchen, Coscarelli anrufen –

«Nat? Bist du das?», ruft eine Stimme aus dem Wohnzimmer.

Auf meine Erleichterung folgt sogleich Entrüstung. So viel zu Jacks Prophezeiung, was ich tun würde, wenn Ethan irgendwann bei mir vor der Tür stünde. Darüber muss ich mir jetzt kein Kopfzerbrechen mehr machen. Der verlorene Ehemann ist einfach munter bei mir reinspaziert.

Paradoxerweise bin ich es jetzt, die bei mir vor der Tür steht. Überlege, ob ich reingehen soll oder nicht.

Ethan kommt aus dem Wohnzimmer in meine lange, schmale Diele. «Ich bin so froh, dass es dir gut geht, Nat.»

Es ist absolut eigenartig, Ethan hier in der Wohnung zu sehen, wie üblich in seiner traditionellen Macho-Wochenendaufmachung – verwaschene, lässig auf den Hüften sitzende Jeans, knallenges schwarzes T-Shirt und seine Lieblingscowboystiefel aus Schlangenleder – ich hab ein dazu passendes Paar. Wir haben sie vor ein paar Jahren während eines Urlaubs in Santa Fe gekauft. Ich rieche den vertrauten Zitronenduft seines Aftershave von Yves Saint-Laurent, das er nimmt, seit ich ihm eine Flasche von dem Zeug zu unserem ersten gemeinsamen Weihnachten schenkte. Sein welliges, grau meliertes Haar ist offenbar vor kurzem geschnitten worden. Er mag es nicht, wenn es ihm bis zum Hemdkragen geht.

Ich beende meine Inventur. Alles an der äußeren Verpackung ist wie gehabt. Doch Ethan sieht fürchterlich aus. Und bei einem Mann, der Ähnlichkeit mit Sean Connery in seinen besten 007-Zeiten hat, will das schon was heißen.

Eine Flut von möglichen Erklärungen jagt mir durch den Kopf. Alles von einer tödlichen Krankheit bis zu einem jähen Anfall von Einsicht. *Ach Nat, wie konnte ich nur so idiotisch sein, dich zu verlassen. Wie konnte ich so einen schrecklichen Fehler machen…*

Ich trete ganz in meine Wohnung. Die Arme auf der Brust verschränkt, bedenke ich ihn mit einem vernichtenden Blick. «Was hast du hier zu suchen, Ethan?» Ich habe ihn in den letzten sechs Wochen nicht ein einziges Mal zu Gesicht bekommen. Ein paar Tage nachdem er sich verabschiedet hatte, rief er an und fragte, ob er vorbeikommen könne, um noch ein paar Sachen zu holen. Ich erwiderte, er solle am nächsten Tag kommen und *alles* mitnehmen, was ihm gehört, und ich sorgte dafür, dass ich nicht da war, als er kam.

«Ich bin hier, weil ich dich sehen wollte, das ist doch wohl klar.» Er schiebt seine Unterlippe ein kleines bisschen vor. Nicht ganz eine Schnute, das wäre unter seiner Würde. Aber unbestreitbar ein deutliches Zeichen, dass ich seine Gefühle verletzt habe.

Scheiß auf seine Gefühle!

«Ich meine, was hast du in meiner Wohnung zu suchen?»

«Ich muss mit dir reden, Nat. Bitte –» Er tritt näher auf mich zu, aber ich reiße eine Hand hoch. Eine Geste des Selbstschutzes. Ich habe im Moment ein so dringendes Bedürfnis nach Trost und Wärme, dass ich imstande wäre, etwas wirklich Dummes zu tun. Etwas, wofür ich sowohl mich als auch Ethan später hassen würde.

Er bleibt einen Schritt vor mir stehen. «Ich war wie vor den Kopf gestoßen, als ich das mit Maggie heute Morgen in den Nachrichten gehört hab. Einfach schrecklich. Unvorstellbar. Ich kann es immer noch nicht fassen. Ich hab bestimmt ein Dutzend Mal hier angerufen. Dann bei dir im Büro, aber dein Sekretär hat gesagt, du wärst schon nach Hause. Also hab ich es noch mal hier probiert, aber wieder vergeblich. Schließlich hab ich mir solche Sorgen gemacht, dass ich mich ins Auto gesetzt habe und hergekommen bin – und im Radio habe ich dann gehört, du bist von dem Häftling entführt worden, der sie umgebracht hat. Ich war völlig fertig… ich hab nicht gewusst, was ich machen sollte. Außer die Nachrichten weiterzuverfolgen. Und dann, eine Stunde später, hieß es, die Cops hätten dich im Kofferraum eines Wagens gefunden – Gott sei Dank, dass du wohlauf bist, Nat.»

Seine Stimme ist voller Sorge und Mitgefühl, aber ich bin nicht im Geringsten dafür empfänglich.

«Ich hoffe, du lässt den Wagen hier, wenn du gehst», sage ich bitter. «Das war unsere Abmachung. Du solltest dir eine andere Fahrgelegenheit besorgen –»

«Nat, bitte sei doch nicht so.» Sein gut aussehendes, markantes Gesicht nimmt einen gequälten Ausdruck an – seinen *Wie kannst du mir nur so wehtun*-Ausdruck.

Der Mann ist einfach unglaublich. «Ich kann jetzt nicht mit dir reden, Ethan», sage ich abweisend. «Ich stinke nach Benzin. Ich muss in die Wanne und dann schlafen. Ich habe nicht geschlafen seit…» Ich führe den Satz nicht zu Ende. Ich will nicht mehr sagen. Ich will nicht mehr denken. Nur durch reine

Willenskraft breche ich jetzt nicht zu einem hysterischen Häufchen zusammen.

«Ich mach dir einen Vorschlag, du ziehst dich aus, während ich dir ein Bad einlaufen lasse, und dann mach ich dir eine schöne Tasse heißen Tee –»

«Ich will keinen heißen Tee, verdammt noch mal. Ich will überhaupt nichts von dir. Kapierst du das nicht? Ich will, dass du mich in Frieden lässt. Ich will Maggie wiederhaben. Ich will, dass das alles bloß ein schrecklicher Alptraum ist.» Während ich tobe, überbrückt Ethan die Distanz zwischen uns und schlingt seine großen, starken Arme fest um mich. Und oh Gott, oh Gott, es tut so gut, gehalten zu werden. Von meinem Mann gehalten zu werden.

Zum Teufel mit meinem Selbstschutz.

Ich sinke bis zu den Schultern in das sprudelnde, heiße Badewasser. Ich rutsche nach vorn, lasse den Kopf nach hinten sinken, bis zuerst meine Haare und dann mein ganzer Kopf unter Wasser sind. Ich halte die Luft an, gebe mich den kräftigen Wasserstrahlen der Whirlpoolanlage hin, hoffe, dass ihr Dröhnen meine pochende Trauer, meine Selbstvorwürfe und meine entsetzlichen Sorgen ertränken wird. Sorgen, die ich nicht werde abstellen können, bis Walsh wieder hinter Schloss und Riegel ist. Und was, wenn er nicht geschnappt wird?

Als ich wieder auftauche, stoße ich ein erschrecktes Keuchen aus. Ethan steht in der offenen Badezimmertür. In seiner ausgestreckten Hand ist ein kanneliertes, kristallenes Kelchglas, das mit einer bernsteinfarbenen Flüssigkeit gefüllt ist. Das Glas gehört zu einem Set von acht Gläsern, ein Hochzeitsgeschenk von seiner Schwester. Als er ausgezogen ist, hat er alle unsere Hochzeitsgeschenke dagelassen. Ich bin sicher, er kam sich einfühlsam und rücksichtsvoll vor, aber für mich war es ein weiterer schmerzhafter Schlag ins Gesicht. Unsere Ehe bedeutete ihm so wenig, dass er nichts von ihr haben wollte. Außer meinem 97er Toyota Camry.

Ich habe noch immer keine Ahnung, warum er hier ist; worüber er mit mir reden will. Er bestand darauf zu warten, bis ich gebadet und mich ein wenig beruhigt hätte.

Aber Ethans Anwesenheit in meinem Badezimmer ist nicht gerade beruhigend. Ich liege hier nackt, und er sieht noch immer einfach verdammt gut aus.

«Der Tee zieht noch, aber ich dachte, ein Cognac könnte…» Er lächelt verlegen, schüchtern, wendet den Blick ab. «Ich… stell ihn… hier neben die Wanne.»

Er kommt durch den Raum, geht in die Knie – seine Gelenke machen ein vertrautes Knackgeräusch, weswegen ich ihn immer geneckt habe – und stellt das Glas auf den weiß-blau karierten Fliesenboden in meiner Reichweite. Sodass auch er in meiner Reichweite ist.

Was, wenn Ethan wirklich zu mir zurückkommen will? Was, wenn er heute Morgen aufgewacht ist, das von Maggies brutaler Ermordung gehört hat und durch die schockierende Nachricht irgendwie wieder zur Vernunft gekommen ist?

«Ich bin gleich fertig», sage ich möglichst ablehnend. Hoffentlich so wirkungsvoll, dass Ethan aufsteht, sich umdreht und aus dem Badezimmer geht. Weil ich nämlich nur haarscharf davon entfernt bin, ihn zu bitten, mir den Rücken einzuseifen.

Ich bin dir was schuldig, Jack. Wenn du auf Maggies Anrufbeantworter nicht diese Bemerkung über mich gemacht hättest, würde ich jetzt wahrscheinlich die letzten Reste Selbstachtung, die mir noch geblieben sind, in den Wind schießen.

«Übrigens, deine Schwester hat angerufen, nachdem ich gerade ein paar Minuten hier war», sagt Ethan, als ich mich auf das Sofa im Wohnzimmer setze, vom Hals bis zu den Füßen in meinem weißen Frotteebademantel eingepackt. Er lächelt verlegen, als er hinzufügt: «Sie war überrascht, als ich mich gemeldet hab.»

«Du hättest nicht rangehen sollen», entgegne ich barsch. Zum Teil wegen des Lächelns. Ein verlegenes Lächeln gehört nicht zu Ethans Repertoire. Er ist der geschliffenste, selbstsicherste Mann, der mir je begegnet ist. Zum Teil wegen dieser ganzen Zuvorkommenheit – *Ich lass dir ein Bad ein, mach dir einen Tee, bring dir einen Cognac.* Nicht Ethans Stil. Jedenfalls nicht bei mir.

Irgendwas ist im Busch. Ich bin sicher, dass Ethan heute nicht unangekündigt bei mir aufgekreuzt ist, um mich anzuflehen, dass

115

er zu mir zurückkommen darf. Es liegt nicht nur an seinem Mienenspiel und dem übertriebenen Eifer. Es ist irgendwas Unbestimmbares, es ist das Gefühl, mit jemandem zusammen zu sein, der etwas von mir will, nicht mit jemandem, der mir etwas geben will. Ethan wirft mir ein paar Krumen hin, damit ich zugänglicher bin für das, worauf er aus ist.

Ich stehe abrupt von der Couch auf, als er sich neben mich setzt. Ich ertrage es nicht, ihn so nah bei mir zu haben. Nicht, weil ich noch immer Mühe hätte, meine Hände von ihm zu lassen – außer vielleicht von seiner Gurgel.

«Es tut mir Leid, Nat.» Er nimmt den dampfenden Becher Tee von dem gekachelten Couchtisch und hält ihn mir hin. «Komm schon, trink das.»

Ich ignoriere sein Angebot. Gleich werd ich ihm sagen, was er mit seinen Krumen machen kann. «Was tut dir Leid, Ethan?»

Er runzelt die Stirn. «Dass ich ans Telefon gegangen bin. Das war wohl ... anmaßend, unter den gegebenen Umständen.»

«Die gegebenen Umstände sind die, dass du hier nicht mehr wohnst. Und du hattest kein Recht, diese Wohnung ungebeten zu betreten, mit einem Schlüssel, den du eigentlich nicht mehr haben dürftest –»

«Nat, ich möchte nicht, dass wir Feinde werden. Du glaubst das vielleicht nicht, aber ich habe nie aufgehört –»

«Dann hör jetzt auf.» Meine Stimme ist rasiermesserscharf. Der Mann hat aus meinem Leben einen Scherbenhaufen gemacht und besitzt auch noch die Frechheit, mir mit kitschigen Phrasen zu kommen. Ich schwöre, wenn er den Satz zu Ende spricht, verpasse ich ihm eine.

Ethan hält mir noch immer den Becher hin. Ich sehe, wie seine Hand anfängt zu zittern. Tee schwappt über den Rand. Er stellt den Becher rasch auf den Tisch. Dann fährt er sich mit den Fingern durchs Haar, den Kopf gesenkt. «Nat. Mein Gott, Nat, ich weiß, dass ich dir sehr wehgetan habe. Aber könntest du nicht einmal ... ein Auge zudrücken. Bitte. Nur dieses eine Mal. Ich muss mit dir reden. Ich brauche ... deine Hilfe. Ich stecke vielleicht ... in Schwierigkeiten. Es ist einfach verrückt. Ich kann es noch immer nicht glauben.»

«Was glaubst du nicht?», frage ich gleichgültig. Wie kann er nur so egoistisch und unsensibel sein, zu einem Zeitpunkt hier aufzutauchen und mich um Hilfe zu bitten, wo ich das Gefühl habe, dass es mich vor Trauer und Schmerz innerlich zerreißt?

«Ich kann nicht glauben, dass sie tot ist», antwortet er heiser, lässt den Kopf noch tiefer sinken, sodass sein Kinn praktisch auf seiner Brust liegt.

Und ich auf seine Schädeldecke starre. Und ich muss wirklich ganz schön neben der Rolle sein, denn obwohl ich weiß, dass Ethan Maggie meint und mir sagen will, dass Maggies Tod irgendwie damit zu tun hat, dass er in Schwierigkeiten steckt, ist mein erster Gedanke: *Scheiße, Ethan kriegt schütteres Haar.*

«Nat?» Ethan hebt den Kopf und blickt mich kläglich an.

Ich setze mich in den Clubsessel gegenüber der Couch. «Worum geht's, Ethan?»

«Hat dieser Häftling es getan, Nat? Dieser Walsh? In den Zeitungen steht –»

«Ich weiß nicht, ob er es war.»

«Du hast doch mit den Cops gesprochen, nicht? Die glauben, er ist ihr Mann, nicht?»

Ich beäuge Ethan argwöhnisch. «Was ist los, Ethan?»

Er lehnt sich schwer nach hinten ins Sofa, schließt die Augen. «Lass mich von Anfang an erzählen.»

«Ich fürchte, das dauert zu lange», sage ich beißend.

Ethan öffnet die Augen und wirft mir einen müden Blick zu. «Du kannst es nicht mal fünf Minuten vergessen, was?»

«Dreh hier nicht den Spieß um», warne ich ihn.

Er steht von der Couch auf. Eine Sekunde lang denke ich, er will es aufgeben und gehen. Doch er kommt zu mir und kniet sich vor mich hin. «Der Anfang liegt bloß ein paar Tage zurück. Als Jill und ich Maggie zufällig abends in einem Restaurant im North End getroffen haben.»

Jill und ich. Interessant, wie leicht und locker ihm das über die Lippen geht. *Jill und ich.*

«In welchem Restaurant?»

Er blinzelt mich verwirrt an. «Was –? Im Pomodoro.» Es dauert einen Moment, bis der schuldbewusste Blick erscheint.

Das Pomodoro ist ganz zufällig das Restaurant, wo wir unseren letzten Hochzeitstag gefeiert haben. Wenigstens erinnert er sich daran.

Er erhebt sich, faltet die Hände vor der Brust. «Nat, was erwartest du denn von mir? Dass ich jedes Restaurant, jedes Kino, jeden Laden meide, wo mir mal zusammen waren? Das ist nicht möglich. Oder sinnvoll.»

«Es würde genügen, wenn du gewisse Freunde meidest, Ethan. *Meine Freundinnen.*»

Ethan setzt sich wieder auf die Couch, lässt sich schwer hineinsacken. «Ich hab mich mit ihr getroffen. Mit Maggie, gestern.»

«Du hast dich mit ihr getroffen?» Meine Kehle zieht sich zusammen. Ich kriege nicht mehr als ein Flüstern zustande.

Er blickt mich vorwurfsvoll an. «Ich war zwanzig Minuten, höchstens eine halbe Stunde bei ihr. Sie hat mich richtig hinauskomplimentiert, weil sie jemanden erwartete, wie sie gesagt hat. Und dieser Jemand war offensichtlich –»

«Warum?»

«Warum? Keine Ahnung, warum er –»

«Warum warst *du* bei ihr?»

Schweigen. Ethan starrt auf seine Hände, die noch immer gefaltet sind. «Als wir uns in dem Restaurant begegnet sind, ist Jill ... schlecht geworden. Maggie ist ihr netterweise auf die Damentoilette nachgegangen, um nach ihr zu sehen.»

«In welcher Weise ‹schlecht›?»

Ethan öffnet die Hände und streckt sie mir beschwichtigend entgegen. «Wir haben das nicht geplant. Glaub mir, Nat, ein Baby kann ich zurzeit wirklich am allerwenigsten gebrauchen.»

Obwohl ich die Antwort wusste, dauert es ein paar Sekunden, bis der Schock nachlässt. Aber dann nicke ich langsam. Ich glaube ihm wirklich. Ich glaube, dass er genauso wenig ein Baby mit Jill will, wie er eins mit mir wollte. Und mit einem Schlag sehe ich die Wahrheit, die ich mir fast zwei Jahre lang nicht eingestehen wollte. Ethan Daniel Price möchte kein Vater sein, basta. All die Monate, in denen ich versuchte, schwanger zu werden, und Ethan mich jedes Mal tröstete, wenn ich weinte, weil ich meine Tage bekommen hatte, hat er insgeheim erleichtert aufgeatmet.

«Sie ist katholisch. Eine Abtreibung kommt für sie nicht in Frage.»

Ich stehe auf, gehe zum Couchtisch, nehme die Tasse Tee. Ich trinke ihn in einem Zug, als wäre er ein Stärkungselixier. Ich bekomme jedoch nur auf der Stelle Magenschmerzen.

«Willst du sie heiraten?»

Seine Augen suchen meine. Will er Verständnis? Mitgefühl? Mitleid? *Da sind Sie an der falschen Adresse, Mister.*

«Jill erwartet ein Kind von mir, Nat. Da ist es... doch wohl klar, dass ich sie heirate.»

Bei seiner Antwort dreht sich mir der bereits schmerzende Magen. «Was hat das alles mit Maggie zu tun?»

«Jill hat Maggie im Pomodoro erzählt, dass sie schwanger ist. Maggie hat mich Mittwoch im College angerufen. Ich habe sie angefleht, dir nichts zu erzählen. Ich wollte... es dir selbst sagen. Ich habe gewusst, dass du zornig werden würdest, verletzt wärst. Ich dachte, es wäre ganz gut, wenn ich vorher mit jemand anders drüber spreche. Jemand, der dir nahe steht. Ich hab Maggie gefragt, ob ich am Donnerstag oder Freitag auf einen Sprung bei ihr vorbeikommen könnte. Ich hatte gehofft, sie könnte mir ein paar Tipps geben –»

«Und sie hat zugestimmt? Maggie hat zugestimmt, dir einen Rat zu geben, wie du mir am besten beibringst, dass du deine kleine Freundin geschwängert hast?» Ich weiß nicht, auf wen ich wütender bin, Ethan oder Maggie.

«Du warst ihr wichtig, Nat. Sie hat dich geliebt. Nur deshalb hat sie sich bereit erklärt, mit mir zu reden. Und noch dazu widerwillig. Jedenfalls, sie hat gesagt, sie hätte den ganzen Donnerstag Seminare.» Er seufzt schwer. «Also ginge es erst am Freitag.» Ich sehe, wie sich sein muskulöser Brustkorb unter dem engen T-Shirt dehnt und wieder zusammenzieht. «Ich habe Angst, Nat.»

Ich weiß, er meint nicht die Angst vor seiner Heirat oder Vaterschaft. Zumindest ist das nicht seine größte Angst.

«Um wie viel Uhr warst du gestern bei ihr, Ethan?»

«Gegen Viertel vor zwölf. Ich kann höchstens zwanzig Minuten bei ihr gewesen sein. Ich war um halb eins wieder im College, weil ich einen Termin mit einer Studentin hatte. Und von Maggie bis zum College sind es gut fünfzehn Minuten mit dem Auto.»

«Was ist in den zwanzig Minuten passiert, Ethan?»

«Herrgott, Nat. Du hörst dich ja an wie eine Staatsanwältin. Was meinst du wohl, was passiert ist? Wir haben geredet. Das heißt, ich habe geredet. Maggie war irgendwie nicht bei der Sache. Hat ständig auf die Uhr gesehen. Ihr einziger Rat war, dass ich ehrlich zu dir sein soll. Sie hat mich regelrecht vor die Tür gesetzt. Hat gesagt, sie erwartet Besuch.»

«Von wem?»

«Hat sie nicht gesagt. Ich weiß nicht mal, ob es ein Mann oder eine Frau war. Aber Maggie war... ich weiß nicht, nicht gerade nervös, aber irgendwie kribbelig. Und ich hab ihr angemerkt, dass sie mich möglichst schnell wieder loswerden wollte. Ich hab gedacht, vielleicht war es ihr einfach unangenehm, mit mir über Jill und so weiter zu sprechen... Sie hat gesagt, sie würde dir erzählen müssen, was... Sache ist, wenn ich nicht bis Sonntagabend mit dir geredet hätte. Ich hab's ihr versprochen...» Er beugt sich vor. «So, wie ich das sehe, hat sie entweder diesen entlaufenen Häftling erwartet und die Sache ist aus dem Ruder gelaufen –»

«Die Sache?»

«Auf der Party, die du vor ein paar Monaten für sie gegeben hast, hat sie ununterbrochen von diesem genialen Gefängnisdichter geschwärmt. In den Nachrichten hieß es, dass er an einem Abendseminar von ihr teilgenommen hat. Er muss sie überredet haben, bei ihr vorbeikommen zu dürfen, um eins seiner Gedichte mit ihr durchzusprechen oder so. Aber ich denke, sie muss eine dunkle Ahnung gehabt haben, dass dieser miese Typ nicht nur Lyrik im Sinn hatte.» Er vergräbt den Kopf in den Händen. «Und sie hat Recht gehabt.»

«Für dich ist die Sache, scheint's, klar.»

Er hebt den Kopf. «Ja, aber für die Cops?»

Ethans Augen huschen von meinem Gesicht. «Meine Fingerabdrücke sind vielleicht in ihrer Wohnung, Nat. Ich hab einen Eisteee getrunken. Maggie ist womöglich nicht mehr dazu gekommen, das Glas zu spülen. Und meine Abdrücke sind in den Akten –»

Ich hatte fast vergessen, dass Ethan nach dem Studium auf die Boston Police Academy gegangen war und ein paar Monate bei der Polizei war, bevor ihm klar wurde, dass der Job nichts für ihn war. Er kündigte, machte seinen Doktor in Strafrecht und wurde College-Dozent.

«Lass mich jetzt nicht im Stich, Nat. Bitte. Wenn ich dich je gebraucht habe, dann –»

«Weiß Jill, dass du gestern bei Maggie warst?» Ich lasse meine Stimme nicht mehr ganz so gereizt klingen.

«Keiner weiß, dass ich da war. Keiner außer dir, Nat.»

«Es sei denn, jemand hat gesehen, wie du ihre Wohnung betreten oder verlassen hast. Oder das Gebäude. Ein Nachbar. Ein Lieferant. Der Postbote.» Ich halte inne, als ich Ethans betroffenen Blick sehe.

«Oh Gott… das ist möglich.»

«Weiß Jill, dass du hier bist?»

«Nein. Aber ich hab ihr gesagt, dass ich dich irgendwann an diesem Wochenende sehen würde.»

«Um mich um die Scheidung zu bitten?»

«Nat –»

«Du musst es den Cops sagen, Ethan. Sprich mit Detective Leo Coscarelli. Er leitet die Ermittlungen. Besser, du gehst zu ihm als umgekehrt. Erklär ihm alles genau so, wie du es mir erklärt hast –»

«Wenn ich doch bloß an irgendeinem anderen Tag zu ihr gegangen wäre – ich hatte gehofft, sie würden den Mörder schnell fassen und ich wäre aus dem Schneider.»

«Bist du aber nicht.»

Er beugt sich in meine Richtung. «Und wenn die denken… dass ich es war, Nat?», fragt er so kläglich, dass ich den Impuls verspüre, ihn in den Arm zu nehmen – «Kannst du dir vorstellen, wie schlimm das für Jill wäre?»

Mein Impuls verfliegt. Genau wie so viele Gefühle, die ich mit mir herumschleppe. Mit einem Mal sind sie nur noch emotionale Altlasten.

Mein Telefon klingelt, als ich endlich um kurz nach acht Uhr abends ins Bett kriechen will.

Das kann nur Jack sein.

Irrtum.

Leo Coscarellis Stimme klingt besonders finster, als er seinen Namen nennt.

«Ich habe eben eine Vermisstenmeldung auf den Schreibtisch bekommen.»

Das hatte ich nicht erwartet, daher brauche ich ein paar Sekunden, um die Worte des Detective zu verarbeiten.

«Wer?»

«Alison Cole. Sie wurde heute Morgen als vermisst gemeldet. Anscheinend hat die Mutter sie als Letzte gesehen. Und das war Donnerstag, gegen acht Uhr morgens, als sie Alisons Kinder abgeholt hat. Sie passt auf sie auf, während ihre Tochter als Empfangssekretärin in einer Bostoner Anwaltskanzlei arbeitet. Als Alison ihre Kinder nicht wie gewöhnlich um fünf bei ihr abgeholt hat, war Mrs. Cole zunächst nicht besorgt. Es kommt wohl öfter vor, dass ihre Tochter Überstunden machen muss. Als sie um sieben noch immer nicht da war, hat Mrs. Cole bei Alison im Büro angerufen, aber es ging keiner mehr ran. Sie hat den Kindern was zu essen gemacht und dann bei Alison zu Hause angerufen. Da lief aber nur der Anrufbeantworter. Kurz darauf hat Alisons Mann bei seiner Schwiegermutter angerufen und wollte seine Frau sprechen. Wahrscheinlich hat er gedacht, dass sie sich bei ihrer Mutter verquatscht hatte. Da beide keine Ahnung hatten, wo sie sein könnte, haben sie ein bisschen rumtelefoniert, aber ohne Erfolg. Der Ehemann hat dann noch am selben Abend gegen elf die Polizei angerufen, aber die haben ihm erklärt, dass eine Vermisstenmeldung erst nach mindestens vierundzwanzig Stunden aufgenommen werden kann. Das ist dann am Samstagmorgen geschehen. Leider hat es so lange gedauert, bis die Meldung auf meinem Schreibtisch gelandet ist, weil ihr Mann ihren Ehenamen angegeben hat, Alison Miller.»

Ich höre Coscarelli scharf einatmen. «Ich hab ihren Mann noch nicht erreicht, aber eben mit der Mutter gesprochen. Sie sagt, ihre Tochter hätte in letzter Zeit darüber geklagt, dass irgendwer zu jeder Tageszeit anrief, aber dann sofort wieder auflegte. Das hat vor zirka vier Wochen angefangen.»

Was, wie wir beide wissen, zeitlich mit dem Beginn von Walshs Entlassungsvorbereitungsprogramm zusammenfällt.

Mir wird fast übel, als mir die letzten Worte wieder einfallen, die Alison Cole in ihrer Aussage vor über acht Jahren zu Protokoll gegeben hat. *Ein Teil von mir wünscht sich wirklich, ich wäre tot. Verstehen Sie, nur damit Dean auf dem elektrischen Stuhl landet.*

Und jetzt bin ich es, die sich wünscht, dass Dean Thomas Walsh auf dem elektrischen Stuhl landet.

Hör zu, Schätzchen, auch wenn du
denkst, dass du beschissen dran bist, deine
Zellennachbarin ist mit großer Wahrscheinlichkeit noch beschissener dran...

P. W.
Häftling Nr. 217096

18

Sowohl Dean Thomas Walsh als auch Alison Cole Miller sind
nach wie vor verschwunden, als ich Sharon Johnson am Sonntag-
morgen anrufe und ihr sage, dass ich gern bei ihr zu Hause vorbeikommen würde, um mit ihr zu reden. Ihr Zögern irritiert
mich, aber es überrascht mich nicht.

«Weshalb wollen Sie mich sprechen?», sagt sie schließlich.
Argwöhnisch.

«Wegen Walsh», sage ich von meinem Handy in dem 97er
Camry aus, der heute Morgen vor meinem Apartmenthaus stand.
Ethan fand das sicherlich eine großzügige versöhnliche Geste.
Obwohl er ihn mir ohnehin überlassen wollte, als er mich sitzen
ließ.

«Wir könnten uns auch bei Ihnen in der Gegend treffen?»,
sagt Sharon. «Auf einen Kaffee oder so?»

«Ich bin ganz in Ihrer Nähe. Ich kann in ein paar Minuten da
sein.»

Ich höre ein unterdrücktes Aufseufzen durch die Leitung. Sharon müsste mich inzwischen gut genug kennen, um zu wissen,
dass ich mich nicht so leicht abwimmeln lasse.

Ich war noch nie bei Sharon Johnson zu Hause. Sie hat mich
nie zu sich eingeladen, und bislang gab es keinen Grund, mich in
ihr Privatleben zu drängen.

Wieso jetzt? Wir hätten uns wirklich in einem Café treffen

können, was ihr offensichtlich lieber gewesen wäre. Aber ich will nicht in der Öffentlichkeit über Dean Thomas Walsh reden. Außerdem fürchte ich, dass meine Berufsberaterin mir etwas vorenthält. Mein Bestehen darauf, zu ihr zu kommen, macht sie nervös. Das soll es auch. Ich hoffe, dass ich aus ihrem Unbehagen Kapital schlagen kann, wenn ich sie zu mehr Offenheit dränge, als sie mir freiwillig entgegenbringen würde.

Ich weiß nicht, was ich erwartet habe, aber als ich vor dem von Bäumen beschatteten Haus Nr. 17 auf der Perkins Street in Jamaica Plain parke, bin ich ganz schön überrascht. Sharon Johnson, Exhäftling und zurzeit Angestellte im öffentlichen Dienst, wohnt luxuriös. Selbst wenn sie in diesem vornehmen viktorianischen Haus aus rötlich braunem Sandstein nur ein Apartment hat, ist es eine gewaltige Verbesserung im Vergleich zu dem überwiegend von Schwarzen, überwiegend von armen Leuten bewohnten Roxbury, dem Viertel, in dem sie geboren wurde und aufwuchs und unzählige Male mit dem Gesetz in Konflikt geriet.

Richtig sprachlos bin ich, als ich vor der Haustür stehe und sehe, dass neben der einzigen Klingel nur ein einziger Briefkasten ist, auf dem nur JOHNSON/FORD steht.

Die große Eichentür öffnet sich, bevor ich klingeln kann. Es ist Sharon selbst. Sie trägt einen edlen bunten westafrikanischen Dashiki, dazu ein passendes Tuch, das sie sich um die Haare gewickelt hat. Sie sieht aristokratisch aus. Exotisch. Ich erkenne in ihr kaum die Frau von der Arbeit wieder, die stets nur schlichte, unscheinbare Kostüme trägt.

«Sie sind an der richtigen Adresse», sagt sie, mit einem vielsagend wissenden Lächeln auf den Lippen.

Es ist sinnlos, so zu tun, als hätte sie meine Gedanken falsch gedeutet, also stolpere ich stumm in die mit Marmor ausgelegte Diele, deren Wände in einem satten Braunton gestrichen und mit exotischen afrikanischen Masken und Batikbehängen dekoriert sind. Von dort, wo ich stehe, kann ich durch einen breiten Bogendurchgang zu meiner Linken ins Wohnzimmer sehen. Und was mir sogleich ins Auge springt, sind die großen, in leuchtenden Farben gemalten expressionistischen Gemälde, die fast jeden Zentimeter Wand bedecken. Das Haus selbst hat mich schon verblüfft, aber was ich in dem Zimmer sehe, verschlägt mir die Sprache. Mit ihrem mageren Gehalt kann Sharon bestimmt nicht die Miete oder die Hypothek für diesen Palast bezahlen.

«Möchten Sie was essen? Ray macht gerade Omeletts, und ich hab schon Kaffee aufgesetzt.»

Ich reiße den Blick von dem Wohnzimmer los. *Ray?* In diesen wenigen Minuten erfahre ich mehr über meine Berufsberaterin als in den sieben Monaten, die wir schon zusammenarbeiten.

«Ein Omelett wäre… genau das Richtige», murmele ich, obwohl ich nicht mal weiß, ob ich Hunger habe. Plötzlich fällt mir das noch unangetastete Dinner für zwei von Wasserman's Deli ein, das seit Freitagnachmittag in meinem Kühlschrank steht, und ich werde erneut von Trauer überwältigt. Ich kämpfe den Schmerz nieder, indem ich mich zwinge, ruhig zu atmen. Aber es entgeht Sharon nicht.

«Das mit Ihrer Freundin tut mir Leid.»

Ich nicke.

«Geht es Ihnen gut?»

«Nein, natürlich nicht», sage ich scharf, bedaure im selben Moment meinen schroffen Ton. Meine Wut und Frustration richten sich wirklich gegen die falsche Person. Ich muss aufpassen, dass ich sie nicht an jedem in meiner Umgebung auslasse.

Sharons dunkle Augen sind klug und aufmerksam. «Kommen Sie, wir gehen in die Küche», sagt sie, dreht sich um und geht voraus durch die schmale Diele.

Ich folge ihr an der Treppe vorbei zum rückwärtigen Teil des Hauses in die kleine, gemütliche Küche, die Walnussschränke bis zur Decke und einen gebeizten Holzboden hat. Eine große, umwerfend attraktive Frau mit ebenholzfarbener Haut – auch sie trägt ein prachtvolles afrikanisches Gewand – steht mit dem Gesicht zu mir an der Arbeitsfläche in der Mitte und streicht dick Butter auf, so duftet es zumindest, selbst gebackenes und frisch aus dem Ofen kommendes Brot.

«Falls Sie auf Ihr Cholesterin achten müssen, wir haben auch Margarine», sagt die Frau zur Begrüßung. Ich nehme flüchtig einen goldüberkronten Vorderzahn und den Anflug eines jamaikanischen Akzents wahr.

«Natalie, das ist Raylene Ford. Ray hat die Bilder gemalt, die Sie im Wohnzimmer angestarrt haben.»

«Nicht bloß angestarrt. Bewundert. Und wie. Sie sind eine wunderbare Künstlerin, Ray.» Ich plappere. Und fühle mich ein bisschen so wie Alice, nachdem sie ins Wunderland gepurzelt ist.

Ray zwinkert Sharon gespielt zu. «Da siehst du's, Sharona – es gibt noch Leute, die nicht nur meine exzellente Küche zu schätzen wissen.»

Weniger Rays neckisch liebevoller Ton als vielmehr das verlegene Lächeln, mit dem Sharon reagiert, sagen mir, dass die beiden Frauen mehr füreinander sind als nur Hausgenossinnen.

Es ist nach zehn, wir haben unseren Zichorienkaffee getrunken und köstliche Brie- und Pilzomeletts gegessen (ich hatte übrigens Hunger wie ein Wolf), Ray hat uns allein gelassen (beim Frühstück habe ich erfahren, dass diese sympathische Frau nicht nur eine begnadete Künstlerin ist, sondern eine enorm erfolgreiche noch dazu), und ich bin noch immer nicht zum Anlass meines Besuches gekommen. In Wahrheit habe ich diese kurze Verschnaufpause genossen. Ich möchte sie noch ein paar Minuten länger auskosten. Obwohl ich spüre, dass Sharon darauf wartet, dass ich endlich zur Sache komme. Oder es ist ihr vielleicht nur unangenehm, dass sie *geoutet* wurde.

«Ray ist eine tolle Frau», sage ich, in der Hoffnung, die Sorgen zu zerstreuen, die sie sich möglicherweise wegen Letzterem macht.

Sharon räumt das Geschirr klappernd in die Spüle. «Wir haben uns im Gefängnis kennen gelernt.»

Sie hält inne, wartet auf einen Kommentar von mir. Ich fühle mich verpflichtet, etwas zu sagen. «Ihr habt beide viel hinter euch.» Ich schaudere, weil es sich so geistlos anhört.

«Ray hat mich nicht im Knast verführt, falls Sie das denken. Das haben alle im Knast gedacht. Und wir wollten auch, dass sie das denken. Bevor ich mich mit Ray zusammengetan habe, wurde ich ständig angebaggert. Manchmal richtig unangenehm. Sobald ich Rays *Frau* war – oder was man so darunter verstand –, haben die Knastlesben mich klugerweise in Frieden gelassen, weil sie wussten, dass sie es sonst mit Ray zu tun kriegten. Ray hatte im Knast so einen gewissen Ruf. Sogar heute noch. Mit Ray legt man sich nicht an.» Sharon stockt und fügt dann hinzu: «In Wirklichkeit, obwohl es Sie nichts angeht, waren wir bloß befreundet, und das noch eine ganze Weile auch nach unserer Entlassung.»

Ich gehe zu ihr. «Sie haben Recht, Sharon, es geht mich nichts an. Aber ich möchte Ihnen sagen, was ich denke. Ich beneide jedes Paar, ganz gleich welcher sexuellen Orientierung, das eine so herzliche, liebevolle, fürsorgliche Beziehung führt. Sie beide können sich sehr glücklich schätzen.»

Sharon wirft mir einen Seitenblick zu, als traue sie mir nicht recht über den Weg.

«Nein, das stimmt nicht», sage ich, und Sharons Blick verfinstert sich, bis ich erklärend hinzufüge: «Glück allein reicht nicht. Eine gute Beziehung muss man sich hart erarbeiten.» So ganz allmählich stelle ich mich nämlich der nüchternen Erkenntnis, dass Ethan nicht der Einzige in unserer Beziehung war, der nicht hart genug gearbeitet hat. Ich habe mich nur darauf konzentriert, dass ich betrogen worden bin, und dadurch wunderbar vermieden, mich mit meinem Anteil am Scheitern unserer Ehe auseinander zu setzen.

Sharon lächelt wehmütig. «Na, na, loben Sie uns nicht zu sehr in den Himmel, Natalie. In den fünf Jahren, die wir zusammen sind, hatten Ray und ich ganz schöne Durststrecken. Ich zum Beispiel bin ziemlich verschlossen. War ich schon immer. Und Ray ist das genaue Gegenteil. Die Frau macht aus nichts einen Hehl. Auch nicht daraus, dass sie lesbisch ist. Es gibt praktisch keine Gruppe für Homosexuellenrechte, der sie nicht entweder angehört oder die sie leitet. Ray ist lesbisch, so weit sie zurückdenken kann. Hat noch nie was mit einem Mann gehabt. Früher hab ich oft zu ihr gesagt, Mädchen, wie kannst du dir denn dann so sicher sein, wenn du es kein einziges Mal mit einem Mann probiert hast?»

Sharons Lächeln wird sanfter. «Sie hat mich mit meinen eigenen Waffen geschlagen. Ray war die erste Frau, mit der ich je geschlafen habe.» Sie zögert. «Vielleicht ergibt das für Sie keinen Sinn, Natalie, aber ich betrachte mich noch immer nicht als lesbisch, bis heute. Es ist nämlich nicht so, dass ich mir nur noch vorstellen kann, mit einer Frau körperlich zusammen zu sein. Oder dass ich nur eine Frau lieben könnte. Für mich geht es darum… dass ich Raylene Ford liebe, den *Menschen*. Für mich geht es um ihre Güte, ihre Ehrlichkeit, ihre Zärtlichkeit. Es geht darum, dass ich wegen ihr besser sein möchte, freundlicher, liebevoller, aufrichtiger.»

Unvermittelt blickt Sharon weg und fängt an, sich mit dem Abwasch zu beschäftigen.

Ich strecke den Arm aus und drehe das Wasser ab. Der Zeitpunkt ist gekommen, Sharons Aufrichtigkeit auf die Probe zu stellen. «Es heißt, Sie haben gewusst, dass Walsh auf Rache aus war. Möchten Sie mir Näheres darüber erzählen?»

Sharon versucht gar nicht erst, mir vorzumachen, sie wüsste nicht, wovon ich rede. Sie stellt den gespülten Teller auf das Abtropfbrett. «Ich hätte niemals gedacht, dass er es auf Ihre Freundin abgesehen hat.»

«Auf wen dann?»

«Das eine hat mit dem anderen nichts zu tun.» Ein trotziger Unterton schleicht sich in ihre Stimme.

«Reden Sie mit mir, Sharon, bitte. Wenn noch jemand in Gefahr ist, dann schulden Sie es –»

«Ich schulde dem Scheißkerl absolut nichts.» Ihr hübsches Gesicht ist plötzlich hassverzerrt. «Wenn er nicht gewesen wäre, dann wäre ich nie…» Sie hält inne. Die Wut verfliegt. Sie lächelt wehmütig. «Das sagen wir Exhäftlinge wohl alle, was? Irgendwen müssen wir für den Schlamassel verantwortlich machen, in den wir geraten. Irgendwen, nur nicht uns selbst.»

«Ich dachte, Sie wären drüber weg», sage ich ruhig.

Sie geht wieder zum Tisch. Setzt sich. «Bin ich auch. Die meiste Zeit. Aber ich habe einen ziemlichen Rochus auf Owen.»

Sie blickt mir in die Augen, als ich mich zu ihr an den Tisch setze. «Owen King. Mein damaliger…» Sie zögert, bevor sie hinzufügt: «Freund. Er hat mit der Staatsanwaltschaft einen Deal ausgehandelt und mich verpfiffen, als sie ihn wegen Einbruch im South End drangekriegt haben. Owen hat achtzehn

Monate im County-Gefängnis gekriegt. Ich vier Jahre in Framingham.»

Mir sind die Einzelheiten von Sharons Inhaftierung durchaus bekannt. Der Einbruchdiebstahl, den sie erwähnt hat, war nur einer der Anklagepunkte. Der andere lautete auf schwere Körperverletzung. Sharon hatte damals als Prostituierte eine Gaunermasche abgezogen. Sie angelte sich einen Freier, der nach Geld aussah, brachte ihn dazu, sie mit zu sich nach Hause zu nehmen, und während sie mit ihm im Bett oder sonst wo zugange war, brach ihr Komplize in die Wohnung ein und raubte sie aus. Aber der letzte Freier bekam den Einbruch irgendwie mit und versuchte, den Komplizen zu stoppen. Stattdessen wurde er gestoppt. Mit einem gusseisernen Kaminschürhaken. Sharon wurde wegen Körperverletzung angeklagt, obwohl sie unter Eid schwor, dass ihr Partner das Opfer niedergeschlagen hatte. Den Namen ihres Komplizen hatte ich bis jetzt nicht mehr in Erinnerung. Owen King.

«Die einzige Genugtuung für mich war», unterbricht Sharon meine Gedanken, «dass Owen, keine zwei Wochen nachdem er wieder draußen war, wegen Körperverletzung hopsgenommen wurde. Und diesmal kriegte er sechs bis zehn Jahre in Norton.» Sie hebt die Augen gen Himmel. «Danke, Herr.»

Meine Antennen fahren augenblicklich aus. «King war zur selben Zeit in Norton wie Walsh.»

Sharon blickt mich wieder an, ihr Gesicht angespannt. «King bringt mich glatt um, wenn ich ...» Sie spricht nicht zu Ende.

Ich verstehe auch so. «King war Walshs *Daddy*.»

«Und sein Zuhälter», fügt Sharon unverblümt hinzu. «Owen hat den Jungen an seine Kumpels verschachert gegen Gras, Zigaretten, ein Messer, was er gerade brauchte. Walsh war nicht das einzige Pferdchen von Owen. Owen hatte einen ganzen Stall voll.»

«Woher wissen Sie das alles?»

Sharon seufzt. «Wenn du gerade anfängst zu glauben, du hättest deine elende Vergangenheit hinter dir, holt sie dich wieder ein und schlägt dir ins Gesicht. Als Owen vor einem Monat aus dem Knast kam, hat er mich aufgespürt. Er hat gesehen, dass es mir ganz gut geht, und sich gedacht, bei mir wäre was zu holen. Ich habe ihm unmissverständlich klargemacht, er soll sich zum Teufel scheren. Eine Weile hab ich dann nichts von ihm gehört, bis vor etwa einer Woche, da ruft er mich an. Er ist fuchsteufelswild und sagt, Walsh hätte ihn angerufen und ihm gedroht. Wenn das stimmt, was Owen sagt, ist der Junge richtig anschaulich geworden und hat gesagt – so hat Owen es mir erzählt –, er würde Owen den Schwanz abschneiden und ihn ihm in den Arsch stecken, dann würde er ihm die Eier abhacken und sie ihm in den Mund stopfen.» Sie schüttelt den Kopf. «Ehrlich gesagt, kann ich es Walsh nicht verdenken, dass er Vergeltung will. Es gab Zeiten, da hätte ich mit Owen King am liebsten das Gleiche und noch einiges mehr gemacht.»

«Ich möchte mit ihm reden, Sharon.»

«Mit Owen? Sind Sie verrückt? Er ist durch und durch hinterhältig. Außerdem würden Sie nichts aus ihm rauskriegen.»

«Vielleicht sucht Walsh noch immer nach ihm –»

«Ja, und Sie können Gift drauf nehmen, dass Owen auf ihn gefasst ist, wenn er auftaucht. Falls Owen Walsh nicht zuerst aufspürt.»

«Genau das denke ich auch. Auf die eine oder andere Art könnte Owen uns zu Walsh führen.»

Sharons Augen verengen sich. «Das ist nicht alles, was Sie denken. Sie denken, Owen könnte vielleicht ja auch was mit dem Mord an Ihrer Freundin zu tun haben. Zum Beispiel dass er Walsh die Sache anhängen will, damit sie ihn wieder einsperren und diesmal den Schlüssel wegwerfen.»

«Würden Sie King das nicht zutrauen?»

«Oh Gott, ich würde dem miesen Scheißkerl alles zutrauen. Ein Grund mehr, warum Sie sich von ihm fern halten sollten.»

«Aber genau das will ich nicht.»

19

«Mhmmmm. Zu meiner Zeit im Knast waren Superintendents
aber nicht so hübsch wie Sie.» Owen King versetzt dem Girlie
mit den wasserstoffblonden Haaren, das sich neben ihm am
Tisch lümmelt, einen unsanften Stoß mit dem Ellbogen. Sie
zuckt zusammen, fasst sich an den Brustkorb, steht aber ohne
Murren auf. King klopft auf den frei gewordenen Platz, möchte,
dass ich mich dort hinsetze, wo die Teenagerin gesessen hat.
Besser gesagt, *das Kind*.

Ich entscheide mich für die Sitzbank ihm gegenüber und sehe
dem jungen Mädchen nach, das Richtung Damentoilette wankt.
Das Lokal zählt zu den wenigen noch verbliebenen Strip-Bars in
Bostons immer kleiner werdendem schäbigem Rotlichtbezirk.
Auf einer winzigen Bühne wiegt sich eine verlebt aussehende
Oben-ohne-Tänzerin mit ausgeprägten Dehnstreifen an ihren
silikongeblähten Brüsten im Rhythmus der einfallslosen Musik,
die leeren Augen ausdruckslos ins Nichts starrend.

In dem dunklen, dumpfen Lokal sind an diesem sonnigen
Sonntagnachmittag noch fünf andere Gäste. Alles Männer, alle
auf Hockern über ihren Drinks an der Bar gebeugt, alle weit
über ihr Alkohollimit.

«Ist die Kleine eins von Ihren Mädchen?», frage ich, den Blick
wieder auf King gerichtet, dessen zusammengekniffene Augen

nicht von meinem Gesicht gewichen sind. Auch das hämische Grinsen liegt noch auf seinen Lippen. Obwohl er sitzt, ist nicht zu übersehen, dass dieser zweiundvierzigjährige Mann mit der Olivenhaut sehr groß und kräftig gebaut ist. Sicherlich hat er sich im Gefängnis mit Gewichtheben fit gehalten. Als würde er meine Gedanken lesen, spannt er einen tätowierten Bizeps an, als er nach seinem Bier greift.

Während er die Flasche an die Lippen führt, fixieren mich seine Augen weiter, amüsiert und bedrohlich zugleich. Er nimmt einen langen, gemächlichen Schluck, umschließt dann die Flasche mit beiden Händen. «Das ist meine Nichte.»

Wenn das Kind seine Nichte ist, bin ich seine Tante.

«Was darf's denn sein, *Super*-Girl?» King lallt. Er hört sich an, als hätte er weitaus mehr als nur Bier intus. Dem stumpfen Blick, vor allem den glasigen Augen nach tippe ich auf Crack.

«Ein paar Antworten», sage ich und hoffe, er ist noch nicht so beduselt, dass sich dieses Treffen als Zeitvergeudung erweist.

Er schiebt die Bierflasche über den angeschlagenen, verblichenen roten Resopaltisch bis zur Kante und beugt sich so weit vor, dass ich seinen säuerlichen Atem riechen kann. «Hier ist eine Antwort für dich. Ich bin durch und durch Mann, meine Schöne. Du brauchst es nur zu sagen, und ich beweis es dir. So, nun vergiss mal den Scheiß, den dieses Miststück von Lesbe über mich verbreitet.»

«Sharon Johnson hat mir nur erzählt, dass Walsh wegen irgendwas Zoff mit Ihnen hatte und dass Sie ihr erzählt haben, er hätte Sie angerufen und bedroht.»

Er mustert mich mit einem langen, eindringlichen Blick, während er überlegt, wie viel ich wohl von dem Zoff weiß. Männer wie Owen King betrachten ihre sexuellen Aktivitäten im Gefängnis zwar in keiner Weise als Zeichen für Homosexualität, doch sie sind sich darüber im Klaren, dass die Leute draußen nicht so ohne weiteres verstehen, wieso es im Knast als Zeichen von Männlichkeit gilt, schwächere Häftlinge zu zwingen, die Rolle von Frauen anzunehmen, um Bedürfnisse zu befriedigen, die in Freiheit von richtigen Frauen gestillt würden. Bei Vergewaltigung und Unterwerfung geht es jedoch immer – ob im Gefängnis oder draußen – eher um Gewalt, Kontrolle und Politik als um Sexualität oder Geschlechtszugehörigkeit.

«Sharon hat mir nicht erzählt, worum es zwischen Walsh und Ihnen ging, Mr. King. Und ehrlich gesagt, es ist mir auch egal», sage ich so überzeugend wie möglich. «Ich möchte nur wissen, ob Sie seit seiner Flucht am Freitag etwas von Dean Thomas Walsh gehört haben. Und ob Sie eine Ahnung haben, wo er sein könnte.»

King fährt sich mit einer Hand sacht über den glatt geschorenen Schädel. «Und wie viel zahlen Sie für die Information, Super-Girl?»

«Ich habe den Eindruck, dass Sie besonders davon profitieren würden, wenn er wieder geschnappt wird.»

«Sie denken, ich hab Schiss vor diesem Schlappschwanz?»

«Ich denke, Mr. King, Sie können sich keinen Ärger leisten. Sie sind auf Bewährung draußen», erinnere ich ihn. «Ich glaube kaum, dass Sie wieder in den Knast wollen.»

«Sie haben keinen Grund, mir zu drohen.»

«Ich bitte Sie um Ihre Kooperation.»

Er grinst verschlagen. «Ich würde liebend gern mit Ihnen ko-o-pe-rieren, Super-Girl.»

«Sagen Sie, Mr. King, haben Sie in Norton auch an Maggie Austins Kurs für kreatives Schreiben teilgenommen?»

Er brüllt auf vor Lachen, so laut, dass einer der Gäste an der Bar auf ihn aufmerksam wird. Er wendet aber sofort den Blick ab, als ich ihn ertappe, wie er in unsere Richtung sieht. Er ist nicht darauf aus, dass ein Schläger wie Owen King ihn für neugierig hält.

Aber King hat nichts gemerkt. «Super-Girl», lallt er, «ich hatte im Knast Besseres zu tun, als lesen und schreiben zu lernen.»

«Was Besseres, als zwei Stunden die Woche mit einer schönen, jungen Frau verbringen zu können?», frage ich provozierend und spüre einen Kloß im Hals, als ich mir einen Raum voller Häftlinge vorstelle, die lüstern meine schöne, ernsthaft engagierte Freundin beäugen. Wie viele von den Männern hatten wirklich auch nur das leiseste Interesse an kreativem Schreiben?

«Schön, hä? Kein Wunder, dass der jämmerliche kleine Waschlappen einen Dauerständer hatte.» Er lacht in sich hinein.

«Was wissen Sie über den Mord an Maggie Austin?»

Kings Lachen verklingt abrupt. Er beäugt mich mit kaum verhohlener Bedrohung, die so grimmig ist, dass sie seine Drogenträgheit aufhebt. «Wag es bloß nicht, mir irgendwas zu unterstellen, Mädchen», sagt er mit ausdrucksloser, harter Stimme.

«Warum so empfindlich?», entgegne ich.

Ich sehe, wie Kings Venen am Hals hervortreten. Ich bin besorgt, dass ich es vielleicht ein wenig zu weit getrieben habe. Meine Besorgnis wird noch größer, als sich die großen, fleischigen Hände des Exhäftlings zu Fäusten ballen, die Knöchel der beiden Hände geschmacklos blutrot tätowiert – die linke mit den Buchstaben S-A-T-A-N, die rechte mit D-E-A-T-H.

Während ich angestrengt nach einer Möglichkeit suche, die angespannte Situation zu entschärfen, beruhigt sich King erstaunlicherweise von selbst wieder. Er löst die Fäuste und droht mir mit dem Finger. «Du willst mich kirre machen, Super-Girl. Das ist wirklich nicht nett.»

«Maggie Austin war meine Freundin, Mr. King. Meine beste Freundin. Wenn Sie Informationen haben, die mir helfen können, wäre ich Ihnen sehr dankbar.» Da ich mit der harten Tour nicht weitergekommen bin, versuche ich es mit der weichen.

«Ich mag dankbare Frauen. Ja, wirklich, Super-Girl.» King leckt sich die Lippen, als könnte er mich schon schmecken.

So viel zum Thema weiche Tour. Ich hole meine Karte aus der Handtasche, lege sie vor King auf den Tisch und rutsche von der Sitzbank. «Wenn Sie mir was über Walsh oder den Mord an Maggie Austin zu sagen haben, rufen Sie mich an.»

Ich bin am Rand der Sitzbank, als er sagt: «Ja, ich hab von dem kleinen ausgebüxten Schleimscheißer gehört. Hat gestern Abend angerufen. Ausgerechnet, als ich und meine kleine Lady mitten in der heißesten Nummer waren.» Er lächelt geil, als ich mich wieder hinsetze.

«Von wo hat er angerufen?», frage ich, alles andere als überzeugt.

«Sie werden es nicht glauben, aber diesmal hat der kleine

Scheißer doch tatsächlich angerufen, um rumzuheulen und sich dafür zu entschuldigen, dass er mir gegenüber respektlos war, und um mich um Hilfe zu bitten.»

Ich bin noch skeptischer. Andererseits muss Walsh wirklich verzweifelt sein. Und Owen King war nun mal in Norton sein Beschützer, ganz gleich was für schreckliche Dinge er Walsh auch angetan haben mag.

King trinkt sein Bier mit einem langen Schluck aus und erhebt sich. «Ich hol mir noch eins. Sie müssen auch was trinken, wenn Sie noch mehr Neuigkeiten über *Deanna* hören wollen.» Sein Grinsen wird noch widerlicher, als er Deans Namen eine weibliche Form verpasst. Wurde er so im Gefängnis von den Häftlingen genannt, die ihn kauften? Ihn vergewaltigten? Erniedrigten? Plötzlich werde ich von einer Welle aus Entsetzen und Mitleid für den jungen Mann erfasst.

Als King zurückkommt, mit zwei Gläsern, in denen offenbar Hochprozentiges ist, rutscht er neben mich, bevor ich protestieren kann.

«Runter damit, Super-Girl», lallt er, als er mir das Glas an die Lippen setzt. Der Geruch von billigem Whiskey dringt mir unangenehm in die Nase. Ich stoße seine Hand weg. Der Drink spritzt über den Tisch.

«Nichts da, King. Entweder Sie setzen sich wieder da hin, wo Sie gesessen haben, oder ich gehe.» Mein Tonfall ist scharf, autoritär.

«Wir sind hier nicht in deinem Revier, Super-Girl. Sie sind in meinem. Und hier gebe ich Befehle.»

«Sie legen sich mit der falschen Frau an, King.» Es gelingt mir, ohne Beben in der Stimme zu sprechen, aber mir ist ganz schön beklommen zumute. Im nüchternen Zustand wäre King sicherlich vernünftiger gewesen. Aber wahrscheinlich ist er zu zugekokst.

Letzteres bestätigt sich, als er absichtlich noch ein bisschen näher rückt, mich in die Ecke der Sitzbank drängt. «Hier sieht die Sache anders aus, Super-Girl», lallt er, seine Lippen widerwärtig dicht an meinem Ohr.

Ich komme mir blöd vor und koche gleichzeitig vor Wut. Und

mir wird ernsthaft klar, dass es ein Riesenfehler war, allein hierher zu kommen. Selbst wenn ich mir die Lunge aus dem Hals schreie, könnte ich von Glück sagen, wenn einer von den Nieten in dieser Spelunke auch nur eine Augenbraue heben würde.

Bleib hart, sage ich mir. Zugekokst oder nicht, Owen King wird doch wohl nicht so dumm sein, sich ausgerechnet an eine Gefängnisdirektorin ranzumachen.

Doch noch während ich mein verschüchtertes Selbstbewusstsein anstachele, spüre ich, wie Kings Riesenhand meinen Oberschenkel hochgleitet. «Du hast Beine bis zum Hals. Mmmmm.» Seine Zunge schnellt heraus wie bei einer Schlange, und er leckt mir über die Schläfe. Mir wird speiübel vor Wut und Ekel.

«Sie sind ja wohl nicht mehr bei Trost, King», zische ich und reiße seine Hand weg, mit dem Ergebnis, dass er meine auf den Sitz drückt. Seine freie Hand wandert hoch zu meinem Hals, der von seinen großen Fingern leicht umfasst wird. «Einmal kräftig zugedrückt, Super-Girl, und es ist aus mit dir. Ich brauch mich nur rauszuschleichen, und keine Menschenseele wird sich dran erinnern, mich hier gesehen zu haben.»

«Sie vergessen Sharon Johnson», sage ich zwischen zusammengebissenen Zähnen. Vor allem, damit sie nicht klappern.

«Um die lesbische Schlampe kümmer ich mich schon noch, keine Sorge. Also, Super-Girl, was hast du mir anzubieten in unserem Deal?»

«Der Deal ist, dass du deine dreckigen Hände von mir nimmst.»

«Sie haben gehört, was die Lady gesagt hat, Owen.» Ein Klicken begleitet die nüchterne Stimme.

Meine Augen huschen zuerst zu der .38er Polizeidienstwaffe, die auf Owen Kings Schläfe gerichtet ist, und dann zu dem Mann, der sie in der Hand hält. Detective Leo Coscarelli. Wieder der Retter in der Not. Nicht, dass ich mich beklage, glauben Sie mir.

Der Druck des Laufs reißt King aus seiner Drogendumpfheit. Beide Hände schnellen in die Luft, und er stammelt: «He, Mann ... ist doch nichts passiert, Mann. Es ist nicht so, wie Sie –»

«Halten Sie die Schnauze, Owen», mahnt Coscarelli.

Staunend sehe ich zu, wie der knochige junge Detective diesen Schrank von einem Exknacki von der Sitzbank zerrt und Gesicht nach unten zu Boden drückt, ihm die muskelbepackten Arme auf den Rücken dreht und ihm Handschellen anlegt. Als wäre es für ihn ein Kinderspiel. *Nie wieder werde ich jemanden vorschnell nach seinem Äußeren beurteilen.*

20

«Hat er was gesagt?», frage ich, sobald der müde Detective sein Minibüro im 37. Revier auf der Harrison Street betritt.

«Ja», knurrt Coscarelli beißend, während er den engen Raum durchquert und sich auf den Stuhl hinter seinem überhäuften Schreibtisch sinken lässt. «Er will seinen Anwalt.»

«Ich denke, es kann wirklich sein, dass Walsh sich bei ihm gemeldet hat.»

Der Detective rückt seinen Stuhl vom Schreibtisch ab, kippt ihn gegen die Wand. Er bedenkt mich mit einem taxierenden Blick, der mich irgendwie an den Blick von Owen King in der Bar erinnert. Nur, dass Coscarelli stocknüchtern ist und mich nicht als potentielle Nummer fürs Bett taxiert.

«Ich weiß, was Sie denken», sage ich, ebenso gereizt wie bei King. Aber aus einem anderen Grund. Leo Coscarelli schafft es irgendwie, mich aus dem Konzept zu bringen. Ein Gefühl, das ich nicht leiden kann. «Okay, zugegeben, es war dumm von mir zu glauben, ich könnte mit dem Arschloch allein fertig werden. Ich hätte Ihnen Bescheid geben müssen. Sie haben bestimmt von Sharon Johnson erfahren, was ich vorhatte. Sie war, gelinde gesagt, nicht besonders angetan von meinem Vorhaben. Ich hab wohl gedacht, meine *Position* würde King dazu bringen, seine Zunge zu lösen. Ich denke noch immer, wir könnten ihn zum Reden bringen, wenn wir ihm einen Deal vorschlagen.»

Coscarellis Augen kleben weiter an meinem Gesicht, aber er

sagt kein Wort. Seine unergründliche Miene verrät nichts, aber ich würde darauf wetten, dass er innerlich kocht vor Wut.

«Glauben Sie mir», plappere ich weiter, weil sein Schweigen mich immer nervöser macht, «ich habe nicht vor, mich in Ihre Arbeit einzumischen, Detective. Aber Sie müssen verstehen, dass ich beruflich und… persönlich… involviert bin. Ich kann nicht einfach tatenlos zuschauen. Zuerst hab ich gedacht, King lügt mir was vor, als er gesagt hat, dass Walsh sich nach seiner Flucht bei ihm gemeldet hat, aber jetzt… macht das Sinn. An wen kann Walsh sich sonst wenden? Na ja, an seine Schwester vielleicht. Aber bei ihr könnte er nicht sicher sein, ob sie ihn nicht der Polizei meldet, weil sie denkt, es wäre am besten für ihn. Ich hab mir Folgendes überlegt. Wir bieten King an, dass wir ihn sachte anfassen, wenn er bereit ist, mit Walsh Kontakt aufzunehmen, ein Treffen vereinbart –»

Plötzlich geht Coscarellis Pager los, und wir zucken beide zusammen. Er wirft einen kurzen Blick darauf, runzelt die Stirn, greift dann nach dem Telefonhörer. Das Stirnrunzeln verstärkt sich, während er wählt.

Er wendet sich von mir ab. «Was ist?», höre ich ihn mit leiser, angespannter Stimme fragen.

Er lauscht aufmerksam der Person am anderen Ende der Leitung.

«Ist es schlimm?», fragt er und springt auf.

Ich spüre, wie sich meine Bauchmuskulatur zusammenzieht. Geht es um Walsh? Oder Alison Cole Miller?

«Im Boston Memorial? Ja, ja, ich bin schon unterwegs –» Er wirft den Hörer auf die Gabel. Auch ich bin aufgesprungen.

«Was ist passiert?», frage ich ängstlich, während Coscarelli schnurstracks zur Tür eilt und ich ihm auf den Fersen folge.

Er reißt die Tür auf, ohne zu antworten.

Verärgert darüber, dass ich von ihm auch jetzt nichts als Schweigen ernte, stürme ich hinter ihm her den Flur hinunter, fasse ihn am Jackettärmel, als er die Treppe zum Hauptausgang hinunterwill. «Nun sagen Sie schon, verdammt noch mal. Geht es um Walsh? Alison –?»

«Um meinen Sohn», stößt Coscarelli heftig hervor. *Seinen*

Sohn? Er sieht nicht mal so aus, als müsste er sich schon rasieren, erst recht nicht wie ein Vater. Doch mit einem Mal sehe ich im Gesicht dieses jungen Detective den verstört-besorgten Blick eines sehr erwachsenen Vaters.

«Ich fahre Sie hin», sage ich.

Ich brause den Storrow Drive hinunter, während Coscarelli auf dem Beifahrersitz neben mir über sein Handy endlich einen Arzt in der Notaufnahme an die Strippe bekommt. Alles, was er bisher weiß – und mir erzählt hat –, ist, dass sein Sohn auf dem Sofa herumgehopst ist, das Gleichgewicht verloren hat, gestürzt und mit dem Kopf auf die Couchtischkante geschlagen ist.

«Nein. Coscarelli. C-O-S-C-. Genau. Jacob. Ja. Ich will wissen –»

Ich werfe ihm einen Blick zu und sehe, dass seine Fingerknöchel an der Hand, mit der er das Handy umklammert, weiß sind.

«Wie viele?», fragt er.

Bei der Antwort zuckt er zusammen, als hätte er einen Schmerz verspürt. «Mein Gott. Wie geht's –»

Wieder muss der Arzt ihm ins Wort gefallen sein.

Ein langsames Lächeln macht sich im Gesicht des Detective breit. «Ja. Marie Coscarelli, genau. Sie kann eine ganz schöne Nervensäge sein.» Er blickt kurz aus dem Fenster, als ich in die Ausfahrt zum Boston Memorial biege. «Ich bin in ein paar Minuten da und hol sie beide ab. Danke, Doc. Vielen Dank.» Er legt auf, lehnt sich zurück und schließt die Augen.

«Geht's Ihrem Jungen gut?»

Er öffnet die Augen, atmet langsam aus, was er wahrscheinlich nicht mehr getan hat, seit er den Anruf in seinem Büro erhielt. «Sieben Stiche am Hinterkopf. Sie mussten ihm ein großes Stück Haare abrasieren. Aber er hat es besser verkraftet als –»

«Ihre Frau?» Mir ist schon aufgefallen, dass Coscarelli keinen Ehering trägt. Ethan hatte seinen Ring nicht mehr getragen, nachdem wir ein Jahr verheiratet waren. Angeblich weil er allergisch gegen Gold ist. Damals habe ich ihm geglaubt.

«Meine Mutter», berichtigt Coscarelli mich. «Sie war so hysterisch, dass der Arzt ihr ein Beruhigungsmittel geben musste.»

Er seufzt. «Es ist nicht leicht für sie, die ganze Zeit auf einen wilden Dreijährigen aufpassen zu müssen. Ich sage ihr dauernd, ich würde jemanden besorgen, der sie entlastet, aber sie will nichts davon hören. Und ehrlich gesagt, dränge ich auch nicht drauf. Jacob liebt seine Grandma über alles.»

«Was ist denn mit seiner Mutter?» Ich spüre, wie ich rot werde. «Ich meine, ist sie berufstätig?»

«Hier links», erinnert er mich, als ich fast die Zufahrt zum Krankenhaus verpasse. Ich biege so scharf ab, dass Coscarelli gegen mich fällt.

«Tut mir Leid», murmele ich, als er sich wieder gerade hinsetzt.

Wir fahren zum Haupteingang. Coscarellis Hand ist schon am Türgriff, noch bevor ich bremse. «Danke. Meine Mutter ist mit ihrem Wagen hier. Sie nimmt mich mit zurück.»

Ich nicke, und mir ist durchaus bewusst, dass der Detective meine Frage nach seiner Frau nicht beantwortet hat. Aber andererseits weiß ich inzwischen, dass Leo Coscarelli so einiges für sich behält.

Als ich nach Hause komme und meine Wohnungstür einen Spaltbreit offen stehen sehe, ist mein erster Gedanke, dass mein Mann wieder die Frechheit hatte, einfach so reinzugehen. Ich verfluche mich selbst, weil ich vergessen habe, ihm den Schlüssel abzunehmen, und nehme mir fest vor, so schnell wie möglich das Schloss austauschen zu lassen.

«Ethan?», rufe ich scharf, als ich in die Diele trete. Da Coscarelli nichts gesagt hat, wette ich, dass Ethan ihm noch immer nicht gestanden hat, dass er am Freitag in Maggies Wohnung war. Wahrscheinlich will er, dass ich mit ihm gehe. Händchen halte.

Kommt nicht in Frage.

Ich marschiere entschlossen in mein Wohnzimmer, bereit, Ethan Price gehörig den Marsch zu blasen.

Das Zimmer ist leer.

Ich rufe erneut, keine Antwort.

Ein Frösteln durchläuft mich. Wenn Ethan da wäre, hätte er doch bestimmt geantwortet.

Ich lasse den Blick durch den Raum schweifen, suche nach irgendwelchen Anzeichen von – was? Dass irgendwas in Unordnung gebracht wurde, vermute ich.

Alles ist wie immer. Vielleicht war Ethan es einfach irgendwann leid, auf mich zu warten.

Ich gehe in die Küche. Früher hat mein Mann mir immer irgendwelche Nachrichten an den Kühlschrank geheftet. Nachrichten, die ausnahmslos zum Inhalt hatten, dass er bis spät in der Uni bleiben würde. Er variierte die Entschuldigungen. Besprechungen. Forschungsarbeiten. Arbeit an seinem Buch. Niemals die Wahrheit. Nie – *Warte heute Abend nicht auf mich, Darling. Ich will noch meine Freundin bumsen.*

An der Kühlschranktür ist kein Zettel. Und auch in der Küche deutet nichts auf einen ungebetenen Besucher hin.

Vielleicht hatte ich die Wohnungstür ja nicht richtig zugezogen? Da sie ins Schloss fällt, muss ich den Schlüssel nicht benutzen, wenn ich die Wohnung verlasse. Nur wenn ich nach Hause komme.

Doch sobald ich ins Schlafzimmer gehe, weiß ich, dass ich mit meiner harmlosen Erklärung falsch lag. Dort, auf der Chenille-Tagesdecke meines ordentlich gemachten Bettes, liegt ein einzelnes Blatt liniertes Papier. Zuerst denke ich, es ist eine Nachricht von Ethan. Eine weitere Verführungsmasche, keine Nachrichten mehr am Kühlschrank, sondern auf *unserem* ehemaligen Bett?

Aber es ist keine Nachricht. Und als ich den Zettel in die Hand nehme, weiß ich im selben Moment, dass er nicht von Ethan ist.

Auf dem Blatt Papier steht ein Gedicht. Die feinen Härchen auf meinen Armen kribbeln, als ich es lese –

> *Hilflos im wimmelnden Chaos*
> *Kann ich keine Freiheit atmen.*
> *Nur Grauen dringt sengend durch meine Nasenlöcher.*
> *Tief in der Festung meines Herzens*
> *Ruht bodenlose Angst.*
> *Scham und Verzweiflung zersetzen,*
> *den Rest Menschsein, der mir blieb.*

Ich bin ein Monster
Ohne Seele
Ohne Herz
Ohne dich.

Es gibt nicht einen unter uns, der nicht gesündigt hat. Da könnt ihr über eure Titel reden, so viel ihr wollt. Ich dagegen sage: «Ich nenne eine Rose bei jedem anderen Namen...»

I. L.
Häftling Nr. 643028

21

«Ich dachte, Sie wären zu Hause bei Ihrem Jungen», sage ich zu Coscarelli, als er mich heute zum zweiten Mal in sein Büro führt.

«Ja, stimmt, aber als er glücklich mit einer Schüssel Schokoladeneis vor dem Fernseher saß und sich mit seiner Grandma ein Teletubbies-Video angesehen hat, konnte ich noch mal weg. Er ist munter wie ein Fisch im Wasser. Was machen Sie denn hier, wenn Sie gedacht haben, ich wäre zu Hause?»

Ich nehme das Gedicht aus meiner Handtasche. «Ich wollte das hier bei einem Ihrer Leute abgeben.»

Er wirf einen kurzen Blick auf das Blatt, nimmt es mir dann mit einer Pinzette aus der Hand. Nachdem er es rasch gelesen hat, blickt er mich fragend an.

«Es ist von Walsh. Ich kenne seinen Stil inzwischen. Warum er es bei mir hingelegt hat, ist eine andere Frage.» Ich zucke die Achseln.

«Wo hat er es hingelegt?»

«In meine Wohnung.» Ich weiß nicht, warum ich keine näheren Angaben mache. Vielleicht weil es in mir ein so beunruhigendes Gefühl ausgelöst hat, es auf meinem Bett gefunden zu haben. Zu wissen, dass Walsh in meinem Schlafzimmer war.

Coscarelli runzelt die Stirn. «Woher wissen Sie, dass *er* es in Ihre Wohnung gelegt hat?»

«Weil niemand die Tür aufgebrochen hat. Was bedeutet, dass jemand mit einem Schlüssel reingegangen ist. Und nur zwei Menschen haben einen Schlüssel zu meiner Wohnung. Mein Mann und ... Maggie.»

«Sie glauben, Walsh hat Ihren Schlüssel bei Ms. Austin mitgehen lassen?»

«Haben Sie meinen Schlüssel in ihrer Wohnung gefunden?»

Coscarelli schlägt ein schwarzes Ringbuch auf seinem Schreibtisch aus. Ich weiß, wie die Cops das Ringbuch nennen – *Mord*buch. Sämtliche schauerlichen Details der Ermittlungen in Maggies Mordfall stehen auf diesen Seiten. Das Gedicht, das Walsh für mich hinterlegt hat, wird sicherlich auch dort landen.

Coscarelli blättert, bis er die Seite gefunden hat, die er sucht. Ich sehe, wie sein Zeigefinger eine getippte Liste hinabfährt.

«In ihrer Wohnung wurden keine Schlüssel gefunden.»

«Walsh muss sie mitgenommen haben. Ich sehe keine andere Möglichkeit. Sie etwa?»

Coscarelli lehnt sich gegen die Schreibtischkante, verschränkt die Arme vor der Brust. Wieder dieses Schweigen. Der Detective geht mir langsam auf die Nerven.

«Hören Sie», sage ich bestimmt, «Walsh ist auf der verzweifelten Suche nach Hilfe. Zuerst ruft er King an, dann legt er für mich ein Gedicht hin, das vor Schuldgefühlen und Trauer nur so trieft –»

«Wieso sind Sie so sicher, dass Walsh das Gedicht in Ihre Wohnung gelegt hat?», fällt er mir ins Wort.

Seine Frage verblüfft mich. «Wer denn sonst?» Bin ich etwa plötzlich diejenige, die sich auf Walsh versteift, und Coscarelli hat seine Zweifel? Das ist wirklich ein Umschwung.

Sein Blick scheint zu sagen, dass ich das ebenso gut weiß wie er.

«Hat Ihnen schon mal jemand gesagt, dass Sie in der Analphase stecken geblieben sind? Ihre Frau zum Beispiel?», fahre ich ihn an, als er mich weiter so ansieht.

Statt einer Antwort bekomme ich eine weitere Frage. Eine, die mich völlig unvorbereitet trifft. «Was für eine Beziehung hatte Ihr Mann zu Maggie Austin?»

«Eine freundschaftliche. Wenn überhaupt. Sie waren eher gute Bekannte.» Ich weiß nicht, wieso er diese Frage stellt. Hat Ethan meinen Rat befolgt und sich mit dem Detective in Verbindung gesetzt? Ihm erzählt, dass er Freitag bei Maggie war? Oder sind Ethans Fingerabdrücke auf dem Glas Eistee gefunden worden? Oder weiß Coscarelli etwas, das ich nicht weiß?

«Setzen Sie sich doch.» Er deutet auf einen Holzstuhl mit gerader Lehne.

Ich bleibe stehen, verlagere das Gewicht von einem Bein aufs andere. Ich will mich nicht hinsetzen und über meinen Mann plaudern. Erst recht nicht, wo Coscarelli alle Karten in der Hand hat. «Ich bin eigentlich gekommen, um das Gedicht abzugeben und vielleicht mit Owen King zu reden.» Und in der Hoffnung, wie er sich bestimmt denken kann, dass er noch zu Hause bei seinem Sohn wäre und ich einen von den anderen Cops, die mit der Untersuchung betraut sind, zu mehr Kooperation bewegen könnte. «Ich denke, jetzt, wo King ein paar Stunden in der Zelle geschmort hat, ist er vielleicht eher bereit –»

Aber Coscarelli lässt sich nicht von mir ablenken. «Hatten Ethan und Maggie eine Affäre, Natalie?»

Er nennt mich beim Vornamen, aber was mich dabei stört, ist, dass es nicht im Geringsten persönlich klingt. «Nein», sage ich mit Nachdruck, «auf keinen Fall. Maggie mochte Ethan nicht einmal. Erst recht nicht, nachdem sie –» Ich bremse mich. Wie komme ich dazu, meine schmutzige Wäsche vor einem Mann zu waschen, der mir nicht mal sagen will, wo seine Frau arbeitet?

«Nachdem sie erfahren hatte, dass er Sie mit einer seiner Studentinnen betrügt?

«Wieso stellen Sie mir Fragen, auf die Sie die Antworten bereits kennen?», entgegne ich scharf und blicke ihn zornblitzend an.

Coscarelli hält meinem Blick stand und nimmt mein Verhalten gelassen hin. «Ihr Mann wohnt derzeit mit einem Mädchen namens Jill Bennett zusammen –»

«Sie ist kein *Mädchen*. Sie ist dreiundzwanzig Jahre alt. Und sie ist schwanger», stoße ich hervor und fühle mich im selben Moment durchsichtig, als könnte der Detective durch meinen

Schädel hindurch all die Seelenqualen und Erniedrigungen sehen, die ich mühevoll zu verbergen versuche.

Coscarelli besitzt so viel Anstand, ein paar Sekunden lang wegzuschauen, damit ich mich wieder fangen kann.

«Dann wäre da noch Karen Powell», sagt er leise.

Diesmal lache ich. «Ethan und Karen Powell? Mit den beiden würde garantiert nichts laufen. Karen ist absolut nicht Ethans Typ. Und umgekehrt.»

«Ich meinte eigentlich, dass Karen die Schlüssel aus Ms. Austins Wohnung hätte mitgehen lassen können.»

Ich runzele die Stirn. «Wieso sollte sie das Gedicht auf mein Bett legen?» Ich merke meinen Versprecher mit dem Bett, sobald er mir über die Lippen kommt. Ebenso Coscarelli. Aber er fragt nicht nach.

«Nehmen wir mal rein hypothetisch an, Walsh wäre unschuldig», sagt er mit der gleichen aufreizend gelassenen Stimme. «Schließlich will ich mir auf keinen Fall vorwerfen lassen, ich würde voreilige Schlüsse ziehen.»

«Zumal Sie sich bis auf die Knochen blamieren würden, wenn er nicht verurteilt wird», sage ich trocken.

Coscarelli lässt meine Unverschämtheit von sich abprallen und redet seelenruhig weiter. «Wie ich es sehe, haben wir im Moment außer Walsh noch mindestens vier weitere potentielle Verdächtige. Ich spreche jetzt nur von *Möglichkeiten*. Den Möglichkeiten, Maggie Austin zu ermorden, und den Möglichkeiten, Dean Thomas Walsh den Mord anzuhängen. Fangen wir mit Karen Powell an.»

«Sie glauben doch nicht ernsthaft, dass Karen Maggie gefesselt und vergewaltigt hat.»

«Es sind schon seltsamere Dinge passiert. Karen stand Maggie nahe. Und sie war sehr schnell bereit, Walsh zu beschuldigen.»

Jeder hat nichts Eiligeres zu tun, als Walsh zu beschuldigen.

«Es gibt keine Anzeichen für ein gewaltsames Eindringen in die Wohnung», fährt Coscarelli fort. «Entweder hat Maggie ihren Mörder oder ihre Mörderin hereingelassen, was darauf hindeuten könnte, dass es jemand war, dem sie vertraut hat. Oder der Mörder beziehungsweise die Mörderin ist mit einem Schlüssel in die Wohnung gelangt. Karen Powell hatte einen Schlüssel zu Maggies Wohnung. Und bei der Obduktion wurde kein Sperma gefunden. Was bedeutet, der Vergewaltiger hat ein Kondom getragen. Oder er brauchte keins.»

Er hält inne. «Kommen wir zu unserem zweiten möglichen Verdächtigen. Zu Ihrem Mann.»

Unwillkürlich schnappe ich nach Luft. «Das ist doch irre.»

«Ethan Price' Fingerabdrücke wurden auf einem Glas in Maggies Wohnung gefunden. Aber das wissen Sie ja bereits.»

Wieder mal erwischt. Ich spüre, wie mir die Hitze in die Wangen steigt, aber ich sage nichts.

«Mein Partner, Oates, hatte heute Nachmittag ein Gespräch mit Ihrem Mann. Ethan hat ihm einiges von dem erzählt, was er, wie er sagt, auch Ihnen schon erzählt hat.»

Da tue ich alles, um Ethan aus der Patsche zu helfen, und er reitet mich rein.

Coscarelli blickt eher enttäuscht als verärgert. Obwohl er allen Grund hätte, stinksauer zu sein. Schließlich habe ich mögliche Beweise in einem Mordfall zurückgehalten.

«Ich hab Ethan geraten, mit Ihnen zu reden. Ich vermute, er hatte Angst.»

«Das ist durchaus anzunehmen», sagt Leo.

«Ich will damit nicht sagen, dass er irgendwas mit dem Mord an Maggie zu tun hat. Das ist lächerlich. Ethan war bei Maggie, um sie um Rat zu fragen, wie er mir beibringen kann, dass Jill schwanger ist.»

«Ist das alles, was er Ihnen erzählt hat?»

Mir fällt noch etwas ein – etwas, das sehr wichtig sein könnte. «Maggie hat zu ihm gesagt, sie würde noch Besuch erwarten, und Ethan hatte das Gefühl, dass sie ihn möglichst schnell wieder loswerden wollte.»

Coscarelli scheint nicht sehr beeindruckt.

«Er meint, dass sie vielleicht Walsh erwartet hat», füge ich schneidend hinzu. «Aber wir haben keine Beweise –»

«Stimmt genau», sagt er. «Der einzige Beweis, den wir dafür haben, dass jemand am Freitag in ihrer Wohnung war, sind ein paar wunderbare Fingerabdrücke von Ihrem Mann.»

«Ethan mag ja alles Mögliche sein, aber er ist kein Mörder. Kein… Vergewaltiger.» Wieso verteidige ich ihn so leidenschaftlich? Wieso bestärke ich den Detective nicht in seinem Verdacht gegen meinen zukünftigen Exmann? Um es Ethan ein bisschen heimzuzahlen?

Liebe ich ihn noch immer? Die erbärmliche Möglichkeit erfüllt mich mit Scham.

«Sie haben von vier Leuten gesprochen», sage ich rasch. «Ich nehme an, Owen King ist Nummer drei. Schließlich hätte er nun wirklich ein Motiv, Walsh die Sache anhängen zu wollen. Walsh geht wegen Mordes lebenslänglich in den Knast. Und Owen King muss nicht weiter um seine nackte Haut fürchten», füge ich hinzu und erzähle ihm von meinem Gespräch mit Sharon.

Ich habe das Gefühl, auf der richtigen Spur zu sein. «King könnte sich irgendeinen lahmen Vorwand ausgedacht haben, um mit Maggie zu reden. Sie hätte Zeit für ihn erübrigt, da bin ich sicher. Und dann, nach…» Ich will nicht über den Mord reden – nicht dran denken. «Anschließend lässt er die Schlüssel mitgehen, findet eins von Walshs Gedichten auf ihrem Schreibtisch oder in ihrer Aktentasche und –»

«Vielleicht hat sie ihren Freund erwartet», schneidet Coscarelli mir wieder das Wort ab, mit noch ruhigerer Stimme. «Womit ich zum vierten potentiellen Verdächtigen komme.»

Ich schalte nicht sofort. Als der Groschen fällt, spüre ich, wie mir heiß im Gesicht wird. «Sie meinen doch wohl nicht Jack. Er war –»

«Ich weiß. Zu Hause, um eine Erkältung auszukurieren.»

Aus Coscarellis Mund klingt das wie ein dürftiges Alibi.

«Er hat Maggie geliebt. Der Mord hat ihn fix und fertig gemacht. Außerdem ist er kein gewalttätiger Mensch.» Ich sage das mit weniger Überzeugung, als mir lieb ist, weil ich an das Loch in meiner Bürowand denken muss, das Jack mit der Faust geschlagen hat. Eine Faust, die Walshs Kinn nur um Haaresbreite verfehlt hat.

«Wie gut kannten Sie Sally Weston?»

«Wen?» Aber natürlich weiß ich sehr wohl, wer Sally Weston ist. Ich will nur Zeit schinden, um mich wieder zu sammeln.

«Jack Dwyers Exfrau», sagt Coscarelli, nimmt wieder das Mordbuch und blättert es durch, bis er die Seite findet, die er sucht. «Wussten Sie, dass sie ihn im Laufe von fünf Monaten dreimal angezeigt hat? Weil er sie geschlagen hat. Oh, sie hat die Anzeigen jedes Mal zurückgezogen, aber ich habe hier ein Foto –»

Er dreht das Buch um, und ich sehe ein Polizeifoto von Sally, auf dem sie Abschürfungen am Hals und eine Prellung im Gesicht hat.

«Sie hat getrunken», murmele ich mit einem flauen Gefühl in der Magengegend. «Stark.»

Coscarelli fragt mich nicht nach Jacks Trinkgewohnheiten. Ich bin sicher, dass er das schon überprüft hat.

Das winzige, fensterlose, trist grüne Büro kommt mir plötzlich klaustrophobisch vor. Mir wird übel, unerträglich heiß. Ich will raus.

Ohne ein Wort drehe ich mich um und gehe zur Tür.

«Ich dachte, Sie wollten mit Owen King reden», sagt Coscarelli, als ich nach dem Türknauf greife.

King wirkt klarer im Kopf und noch feindseliger, als ich ihm gegenüber in dem kleinen quadratischen Vernehmungsraum Platz nehme. An der Wand links von mir befindet sich ein Spiegel, der von der anderen Seite her durchsichtig ist. Mir ist brennend bewusst, dass Coscarelli uns durch ihn hindurch beobachtet.

«Sie haben keinen Grund, mich in diesem Saustall festzuhalten», faucht King mich an. Entweder er weiß nicht, dass er beobachtet wird, oder es kümmert ihn nicht.

Ich falte die Hände auf dem ramponierten Holztisch, registriere, dass Kings Pupillen erheblich weniger geweitet sind. «Reden wir.» Ich bin in Kings Gegenwart jetzt wesentlich ruhiger als in der Bar. Vor allem, weil Owen King Hand- und Fußfesseln trägt.

Er funkelt mich wütend an, presst die vollen Lippen zusammen.

«Owen, Sie müssen den Knast ja wirklich vermissen.»

«Leck mich», formt er unhörbar mit dem Mund.

Ich stehe auf.

«Schlagen Sie mir einen ordentlichen Deal vor, und ich rede.»

Ich mach es mir wieder auf meinem Stuhl bequem. «Kommt drauf an, was Sie zu sagen haben.»

«Scheiße», flucht er diesmal laut. «Ich muss eine Absicherung haben.»

«Sie müssen – und zwar dringend – mich davon überzeugen, dass Sie etwas zu sagen haben, was mich zufrieden macht. Sonst landen Sie wieder für sehr lange Zeit im Knast.»

«Ich hab so allerhand, was Sie zufrieden machen könnte», sagt er grinsend. Er tippt sich an den Kopf. «Walsh hat mir eine Handy-Nummer gegeben, über die ich ihn erreichen kann. Ich hab sie hier oben gespeichert.»

Ich beuge mich vor. «Sie meinen, wenn Sie mir die Nummer geben und ich ihn anrufe, kommt er mit fliegenden Fahnen hierher ins Revier?»

«Ich weiß auch noch ein paar andere Sachen, die ich Ihnen verraten könnte. Und nicht nur über den Schlappschwanz Walsh.»

«Und warum sollte ich an jemand anderem interessiert sein?», sage ich.

King lächelt, wohl wissend, dass er meine Neugier erregt hat. «Weil Ihr Kleiner nicht der einzige armselige Arschkriecher im Knast war, der auf diese Lehrerin gestanden hat.»

«Klar, Mann. – Cool. – Aus und vergessen. – Schnee von gestern, Mann. He, dir haben sie ganz schön übel mitgespielt. Ich weiß. Du bringst doch keine Lady um, Mann. Was hältst du davon, wenn wir uns heute Abend noch treffen, Mann? Wo steckst du? – He, leck mich doch, Mann. Du weißt doch, dass die mich dafür drankriegen können, dass ich dir helfe. – Cash? Klar kann ich dir ein paar Hunderter pumpen, Mann. Gebongt. – Wo is'n das? – Ach ja, ja, kenn ich. Ich bin dann gegen zehn da. Mit Cash und einem schönen alten Eldorado, mit dem ich deinen süßen Arsch rumkutschieren kann, wohin du willst.»

King lässt den Hörer dramatisch auf die Gabel fallen, blickt von Coscarelli zu mir. «So, kann ich jetzt die Mücke machen, oder was?»

«Oder was», sagt Coscarelli.

King will von seinem Stuhl springen, doch die beiden uniformierten Polizisten links und rechts von ihm halten ihn fest.

«Wir hatten eine Abmachung, Sie verdammtes Miststück», faucht er mich an.

«Regen Sie sich ab, Owen», sage ich ruhig. «Falls Walsh kommt, wenn wir um zehn da sind, sind Sie aus dem Schneider. Diesmal.» Ich spüre, wie Coscarellis ärgerlicher Blick mich fixiert, obwohl ich es geflissentlich vermeide, ihm in die Augen zu sehen. Er ist ganz und gar nicht glücklich über den Handel, den ich mit King abgeschlossen habe.

«Tja, wie ich schon sagte, kann sein, dass Sie bei dem Weichei völlig falsch liegen.»

King sagt das lakonisch, aber in seinen Worten schwingt mit, dass er etwas weiß. Wie viel, das bleibt abzuwarten.

Ich blicke auf die beiden Namen, die King mir vorhin genannt hat. Keith Franklin und Carl Monroe. Franklin ist erst vor kurzem aus dem CCI Norton entlassen worden. Und Monroe ist dort Vollzugsbediensteter. Obwohl ich nicht genau weiß, wo ich sie hintun soll, kommen mir beide Namen bekannt vor.

Kleiner Tipp für alle Frauen, deren
Freund oder Ehemann wieder auf freiem
Fuß ist. Falls ihr ihn betrogen, vergessen,
verpfiffen oder bloß «nach Strich und Faden beschissen» habt, befolgt umgehend
einen der folgenden Ratschläge:
1. Verduftet aus der Stadt
2. Geht zu den Marines
3. Bietet ein hübsches Sümmchen als
   Entschuldigung an
4. Macht schon mal euer Testament

T. S.
Häftling Nr. 435694

22

«Du hast nicht mal zurückgerufen.»

Ich bin nicht überrascht über den gereizten Tonfall meiner
Schwester, aber ich bin überrascht über die Ängstlichkeit, die ich
aus ihrer Stimme heraushöre.

«Tut mir Leid, Rachel. Wirklich –»

«Stimmt das, dass Ethan zurückgekommen ist?»

«Ist er nicht. Glaub mir.»

Pause. «Es muss schrecklich für dich gewesen sein.»

Ich weiß nicht, ob sie Maggies Ermordung, meine Entführung
oder sonst was meint. Ich sage einfach: «Ja.» Schließlich war alles schrecklich.

«Ich dachte, du hättest vielleicht Lust, morgen Abend zum Essen zu kommen. Gary ist bis Dienstag auf Geschäftsreise, und
Hannah besucht mit den Kindern ein befreundetes Au-pair-
Mädchen, sie wollen zusammen zu Abend essen und ein Video
gucken, wir zwei beide wären also allein.»

Es sieht meiner Schwester gar nicht ähnlich, mich spontan

einzuladen, vor allem nicht zu einem Abendessen bei ihr, nur wir beide allein. Ich frage mich, ob sie es aus Pflichtgefühl, Schuldgefühl oder Mitleid tut. Wie ich schon erwähnt habe, meine Schwester und ich verstehen uns nicht sehr gut.

«Große Lust, Rachel, aber ich weiß nicht, wann ich morgen Feierabend machen kann. Die Stimmung im Horizon House ist ziemlich angespannt.» Ich erzähle ihr nicht, dass Carlyle eine Kampagne gestartet hat, um mich auszubooten. Bislang habe ich noch immer Russell Fisk auf meiner Seite. Und Fisk ist noch immer der Liebling des Commissioner. Also halte ich durch. Obwohl meine Kräfte langsam schwinden.

«Warum machst du das, Nat?», sagt Rachel. «Das ist masochistisch, echt. Kommen dir da nicht Zweifel, nach dem, was passiert ist?»

«Jede Menge», gebe ich zu. «Aber jetzt ist nicht der Zeitpunkt –»

«Weil du es nicht ertragen könntest, mal bei irgendwas zu scheitern», sagte Rachel leicht gereizt.

«Ich scheitere oft genug», entgegne ich, ebenso gereizt. Ich sehe auf die Uhr. Fast halb zehn. «Ich muss los, Rachel. Ich war schon fast zur Tür raus, als das Telefon klingelte.»

«Findest du's nicht ein bisschen spät, jetzt noch auszugehen?»

«Ich bin eine erwachsene Frau, Rachel.»

«Okay. Schön. Also dann … bis … irgendwann mal.»

Die Enttäuschung oder der Schmerz in ihrer Stimme ist unüberhörbar. Meine Schwester steckt heute Abend voller Überraschungen. «Okay. Ich versuche, es morgen zum Abendessen zu schaffen. Es kann aber sein, dass es nach acht wird.»

«Dann liest du den Kindern eben eine Gutenachtgeschichte vor, und wir essen, sobald sie im Bett sind.»

Ich lächele. Meine Schwester weiß, dass ich in ihre Kinder ganz vernarrt bin, obwohl ich sie seltener sehe, als ich gerne würde. «Klingt gut, Rachel, klingt sehr gut.»

«Schön», sagt sie. Ihre aufrichtige Freude ist eine weitere Überraschung. Aber ich will nicht abstreiten, dass auch ich mich nahezu lächerlich darüber freue.

Ein schwer bewaffneter Cop in Zivil hat sich auf dem Boden hinter dem Vordersitz von Owen Kings goldlackiertem 83er Cadillac Eldorado versteckt. Zwei Wagen dahinter folgen Coscarelli und sein Partner Mitchell Oates, ein schwarzer Detective, der gleichfalls zu jung für seinen Job wirkt, in einem 96er Ford. Ich erkenne in Oates den zweiten Detective von Freitagabend in Maggies Wohnung. Derjenige, der Coscarelli etwas gegeben hat, was meiner Vermutung nach ein Foto war. Ich kann nur raten, da Coscarelli es mir nicht gezeigt hat.

Ich sitze im Fond des Ford. Obwohl Coscarelli sich sträubte, konnte ich ihn überreden, mich mitfahren zu lassen. Unter der Bedingung, dass ich den Wagen auf keinen Fall verlasse, wenn und falls es brenzlig wird.

Der Treffpunkt, den King und Walsh vereinbart haben, ist Monte's Bar am Madison Place, eine schmale Nebenstraße vom Washington Boulevard im Herzen der Innenstadt. Es ist später Sonntagabend, und die Gegend wirkt wie ausgestorben, bis auf eine Hand voll Leute auf der Straße. Ich vermute, dass mindestens zwei von ihnen Cops sind.

Coscarelli bestätigt meine Vermutung, als er mit einem von ihnen über sein Walkie-Talkie Kontakt aufnimmt. Eine von statischem Rauschen begleitete Stimme erwidert: «Noch keine Spur von ihm.»

Der Cadillac hält direkt vor der Bar. Oates parkt seinen Wagen am Ende der Straße in einer Ladezone. Zu dieser späten Stunde ist wohl kaum mit irgendwelchen Lieferfahrzeugen zu rechnen.

Es ist fünf vor zehn. Seit ich vor zwanzig Minuten von zu Hause abgeholt wurde, habe ich noch kein Wort gesagt. Und auch keiner von den Detectives hat etwas zu mir gesagt. Wahrscheinlich versuchen sie, so zu tun, als wäre ich gar nicht da.

Oates wendet sich an seinen Partner. «Meinst du, er kommt?»

Im trüben Licht einer Straßenlaterne einige Meter entfernt kann ich sehen, wie Coscarelli mit den Schultern zuckt.

«Falls ja, wird er es Ihnen nicht leicht machen», sage ich.

Keiner der Männer erwidert etwas. Sie tun wirklich so, als wäre ich nicht da.

Ich werde nicht gern ignoriert. Außerdem behagt es mir nicht, dass ich immer nervöser werde. «Er hat mir geschworen, er bringt sich lieber um, als wieder ins Gefängnis zu gehen. Ich glaube, er meint es ernst.»

«Na, damit würde er es uns leicht machen», murmelt Coscarelli trocken.

Oates lacht. «Da ist was dran, Leo.»

«Jetzt ist mir klar, wieso man Sie beide zu Partnern gemacht hat», sage ich bissig.

Oates lacht erneut auf. Keine Reaktion von Coscarelli.

Zehn sehr lange, sehr stille Minuten verstreichen. Ich bin inzwischen ziemlich überzeugt, dass Walsh nicht auftauchen wird, als ich plötzlich eine Gestalt aus dem Schatten eines dunklen Gebäudes ein paar Türen von der Bar entfernt treten sehe.

«Unbekannte Person», zischelt eine Stimme über das Walkie-Talkie.

«Wir übernehmen», sagt Oates.

Coscarellis Hand ist am Türgriff. Meine Hand schnellt zu seiner Schulter. «Lassen Sie mich mit ihm reden, Leo. Vielleicht rettet das nicht nur sein Leben.»

Coscarelli wirft mir einen raschen Blick zu. «Wenn Sie sich von diesem Sitz rühren, lasse ich Sie wegen Behinderung der polizeilichen Arbeit einsperren. Habe ich mich klar ausgedrückt?»

«Er geht zu dem Cadillac», sagt Oates.

Ich sehe, wie Owen King aus dem Cadillac steigt und winkt.

«Showdown.» In Oates' Stimme schwingt Aufregung mit. Als er die Fahrertür öffnet, höre ich, wie der Hahn seiner Halbautomatik gespannt wird. Die beiden Detectives sprinten gleichzeitig los.

Ich weiß, dass Walsh bewaffnet ist, und ich habe fürchterliche Angst, dass er versuchen wird, sich den Weg aus dieser Falle freizuschießen, bevor er die Waffe gegen sich selbst richtet.

Ich sehe, wie die Gestalt keine zwei Schritte von dem Cadillac entfernt erstarrt, als ein halbes Dutzend Cops aus allen Richtungen angestürmt kommen. Owen King bringt sich hinter dem Wagen in Sicherheit.

Ich höre, wie Coscarelli Walsh auffordert, sich hinzulegen und die Arme auf den Rücken zu nehmen.

Walsh rührt sich nicht.

Ich halte es keine Sekunde länger aus. Ich springe aus dem Wagen und laufe die Straße hoch. «Dean, machen Sie keine Dummheiten», rufe ich verzweifelt. «Sie machen alles nur noch schlimmer.»

Walsh blickt in meine Richtung, wirbelt dann herum, als wollte er davonlaufen. Ein Schuss ertönt. Dann ein gellender Schrei.

Entsetzt sehe ich, wie Walsh in sich zusammensackt. Die Cops wollen sich schon auf den am Boden liegenden Mann stürzen, als Coscarelli ruft, sie sollen zurückbleiben. «Sie auch, Price», bellt er, ohne sich nach mir umzusehen.

Die Waffe im Anschlag nähert er sich vorsichtig dem Körper, der auf dem Pflaster liegt. Mir stockt der Atem. Vielleicht lebt Walsh ja noch. Vielleicht will er nicht allein in den Tod gehen. Vielleicht will er Leo Coscarelli mitnehmen.

Die anderen Cops halten ihre Waffen auf den noch immer reglosen Körper gerichtet, als Leo sich vorsichtig über ihn beugt, rasch, aber gründlich überprüft, ob der Mann bewaffnet ist, ihm dann den Puls fühlt.

«Notarzt!», ruft er. «Er lebt noch.» Er erhebt sich langsam, mit hängenden Schultern. Er blickt über die Schulter zu seinen Männern. Sieht mich nicht an. «Aber es ist nicht Walsh.»

Der Mann, der angeschossen worden war, kam zwei Stunden später im Boston City Hospital zu sich. Zum Glück stellte sich die Schusswunde als harmlos heraus. Er war bewusstlos geworden, weil er mit dem Kopf auf das Pflaster aufgeschlagen war. Über die Schmerzen in seinem Kopf und seiner Schulter fluchend, stellte er sich als Roy Sawyer vor, ein zweiunddreißig Jahre alter arbeitsloser Anstreicher. Er schwor Stein und Bein, dass er keine Ahnung hatte, wer Dean Thomas Walsh sei – und genauso lautstark schwor er, dass er das Boston Police Department auf eine Million Dollar verklagen würde, weil die Cops einen unschuldigen Mann angeschossen hatten.

«Also noch einmal», sagt Coscarelli ruhig, unbeirrt durch

die Drohungen. «Wie sind Sie mit Walsh in Kontakt gekommen?»

«Herrgott, wie oft wollen Sie das denn noch hören?» Und wieder erzählt Sawyer, dass er Walsh in einer Bar auf der Clark Street – ein paar Straßen vom Monte's entfernt – kennen gelernt hatte. Er betont erneut überdeutlich, dass er ihn zum ersten Mal in seinem Leben gesehen hatte. Sie haben sich bei ein paar Drinks unterhalten, und Walsh hat die Rechnung übernommen. Dann hat Walsh ihm hundert Dollar geboten, wenn er einem Kumpel von ihm um zehn Uhr eine Nachricht überbringen würde. Er sollte dem Typen sagen, dass Walsh nicht selbst kommen konnte, weil er noch woandershin musste.

«Und wohin?», fragt Coscarelli nach.

Sawyer zuckt die Achseln, verzieht dann vor Schmerz das Gesicht und fasst sich an die bandagierte Schulter. «Hat er nicht gesagt. Hat mich auch nicht interessiert.»

«Und Sie haben ja gesagt? Ohne Fragen zu stellen?»

«Hundert Dollar sind 'ne Menge Holz, wenn man nur noch zehn Dollar und siebzehn Cents in der Tasche hat. Außerdem war die Nachricht nur ein Zettel in einem Umschlag. Also keine Drogen oder sonst was, weswegen ich hätte Schwierigkeiten kriegen können.» Er stößt ein schwaches, aber raues Lachen aus.

Ich hatte gesehen, wie Coscarelli den Umschlag aus Sawyers Jackentasche zog, als der Mann noch bewusstlos auf der Straße lag. Ich habe gesehen, wie er ihn in seine Tasche steckte. Ich nehme an, er hat den Zettel gelesen, aber er hat mir nicht gesagt, was draufstand.

Ich weiß nicht genau, warum er mich immer noch mitkommen lässt. Vielleicht will er mich nur im Auge behalten. Aus Angst, ich könnte auf die Idee kommen, mit der Polizei zusammen die Gegend um die Washington Street nach Walsh zu durchkämmen. Coscarelli denkt hundertprozentig, dass ich Walsh nicht gewachsen bin und dass Walsh, falls es mir gelänge, ihn aus seinem Versteck zu locken, erst mich und dann sich selbst erschießen würde. Ich streite nicht ab, dass das durchaus im Bereich des Möglichen liegt. Wohl aus diesem Grund habe ich Coscarellis

Einladung angenommen, ihn zur Befragung von Sawyer ins Krankenhaus zu begleiten.

Coscarelli will erneut von Sawyer hören, was Walsh anhatte, als sie zusammen in der Bar waren.

Mittlerweile eher müde als verärgert, weil die Schmerzmittel die gewünschte Wirkung zeigen, erzählt Sawyer leicht nuschelnd, dass Walsh ein blaues Arbeitshemd, eine dunkle Hose und abgewetzte Stiefel getragen hat. Auf dem Hocker neben ihm lag eine grau-rote Windjacke. Sawyer nahm an, dass sie Walsh gehörte, weil Walsh den Umschlag gefaltet in einer der Taschen hatte.

«War es ein langärmeliges Hemd?», frage ich. Meine erste Frage an Sawyer.

Beide Männer blicken mich an. Sawyer nickt. «Ja, ich denke schon. Ja.»

«Haben Sie seine Handgelenke gesehen?»

Sawyers Miene verfinstert sich. «Sie meinen die Verbände. Ja, einer ist mir aufgefallen, als er nach dem Umschlag in seiner Windjacke gegriffen hat.»

«Hat er irgendwas dazu gesagt? Wie es passiert ist oder so?», hake ich nach.

«Nicht von sich aus, aber ich hab ihn gefragt. Er ist richtig weinerlich geworden – wahrscheinlich auch, weil er schon einiges intus hatte –, und er hat mir erzählt, seine Freundin hätte ihn irgendwie ganz übel betrogen und er wollte sich umbringen. Aber als er schon dabei war, ist ihm klar geworden, dass sie es nicht wert war, deshalb hat er nicht so tief geschnitten.»

«Ja, klar, jetzt lasst ihr mich laufen», höhnt Owen King. «Wo Walsh noch frei rumläuft und es sicher auf mich abgesehen hat, jetzt, wo er weiß, dass ich ihn reingelegt habe.»

«He, wenn Sie im Knast bleiben wollen, kein Problem», sagt Coscarelli zu ihm.

«Nein, danke.» King sieht ihn wütend an. «Aber eins garantier ich euch, ich werd nicht seelenruhig abwarten, wie dieser Schlappschwanz mich am Arsch kriegt.»

«Das wär doch mal ein Rollentausch, was?», kann ich mir nicht verkneifen zu sagen.

Verwirrung, Trauer, Depression, Wut,
veränderte Schlafgewohnheiten, all das
sind Symptome für Stressreaktionen ...
Dr. James Fenwick
Stressreduzierungsprogramm

23

Es ist kurz vor ein Uhr morgens, als Coscarelli mich nach Hause fährt. Diesmal erhebe ich keine Einwände, als er anbietet, mich bis an die Wohnungstür zu bringen.

«Die Kugel, die der Doc aus Sawyer rausgeholt hat, stammt nicht aus einer Polizeiwaffe», sagt er mir, als wir mit dem Aufzug nach oben fahren.

«Sie meinen, es war Walsh? Aber wieso –»

«Damit der arme Teufel nichts ausplaudert, schätze ich.»

Er klingt nicht überzeugt. Ich bin es auch nicht. Sawyer wusste so gut wie nichts. Es sei denn, er hat gelogen oder nicht die ganze Wahrheit gesagt.

Ich hole meine Schlüssel heraus, als wir zu meiner Etage kommen. «Der Hausverwalter tauscht morgen mein Schloss aus.»

«Gut. Legen Sie bis dahin die Kette vor.»

Ich öffne die Tür und schalte das Licht ein, merke, wie angespannt meine Muskeln sind, bis ich sehe, dass alles normal wirkt.

«Sehen Sie doch mal nach, ob irgendwo noch mehr Gedichte rumliegen», schlägt Coscarelli vor, als er hinter mir die Wohnung betritt. «Und vergessen Sie nicht, einen Blick unters Kopfkissen zu werfen.»

Ich spüre, wie mir ein leichter Schauer den Rücken hinabläuft.

«Soll ich nachsehen?», sagt er mit sanfterer Stimme.

«Nein, schon gut.» Ich gehe ins Schlafzimmer, will das

Schlimmste zuerst hinter mich bringen. Eine Minute später komme ich zurück, um ihm zu sagen, dass ich nichts gefunden habe. Coscarelli ist nicht da. Ich finde ihn in der Küche, wo er sich gerade ein Glas Milch eingießt.

«Tun Sie sich keinen Zwang an», sage ich.

«Das ist für Sie. Ich hab keinen Honig gefunden. Warme Milch mit Honig, und man kann wunderbar einschlafen.»

«Wieso meinen Sie, ich brauchte was zum Einschlafen?»

Ohne zu antworten, kramt er in meinem Gewürzschrank, holt schließlich eine kleine Dose hervor. «Die Geheimzutat. Eine kleine Prise Muskat.»

«Gibt Ihre Frau Ihnen das, wenn Sie nicht schlafen können?»

«Nein», sagt er knapp. Mit dem gleichen Frag-nicht-weiter-Tonfall, den ich selbst so gut beherrsche.

Seltsam, mal in der Position des Gegenübers zu sein. «Ich blicke bei Ihnen nicht durch, Leo. Sie verraten mir Ihr Geheimrezept für einen Schlaftrunk, aber Sie können nicht zugeben, dass Sie eine Frau haben. Was ist passiert? Haben Sie sich getrennt? Ist sie mit einem anderen auf und davon?»

«Ich habe keine Frau.»

Da ich spüre, dass er mehr erzählen wird, wenn ich den Mund halte, mache ich genau das. Es funktioniert.

«Jacobs Mutter ist im Gefängnis. Sie sitzt wegen Totschlag. Hat ihren Crackdealer umgebracht.»

Auch eine Methode, von Drogen loszukommen. Ich behalte den Gedanken für mich.

«Es ist eine lange, traurige Geschichte.» Coscarelli runzelt die Stirn. «So lang vielleicht auch wieder nicht. Sie ist erst vierundzwanzig. Aber in diesen vierundzwanzig Jahren hat sie viel erlebt.»

Er schweigt, doch ich sehe ihm an, dass sich die Gedanken in seinem Kopf überschlagen. Während er sich erinnert, grübelt, überlegt, was er sagen kann.

«Und Ihr Sohn?», hake ich nach.

Seinem Blick nach zu urteilen wird er gleich sagen, dass mich das nichts angeht. Ich habe das Gefühl, dass er diesen Blick häufig aufsetzt. Etwas, das wir gemein haben.

«He, ich will Ihnen nicht zu nahe treten», sage ich, mehr, um das Schweigen zu durchbrechen, als dass ich es meine.

Coscarelli lächelt. Gibt mir zu verstehen, dass er mich durchschaut.

«Jacob ist im Gefängnis auf die Welt gekommen», sagt er. «Ich habe das alleinige Sorgerecht übernommen, als er drei Wochen alt war.»

Ich zögere. «Ist er … Ihr Sohn? Ich meine … biologisch?»

«Sie meinen, ob ich mit einer Excrackerin gebumst und sie geschwängert habe? Ja. Schuldig in beiden Anklagepunkten», sagt er schroff. «Nur, ich fühle mich nicht schuldig. Wenn man einen Jungen wie Jacob hat, empfindet man nichts als Dankbarkeit. Er ist das Beste, das mir in meinem Leben widerfahren ist.» Und jetzt liegt in seiner Stimme so viel Zärtlichkeit und Liebe, dass ich merke, wie mir die Tränen kommen.

Ich wende mich ab, damit er es nicht mitkriegt, aber ich bin nicht schnell genug. «Und Sie, Natalie? Haben Sie und Ethan Kinder gewollt?»

«Einer von uns beiden», sage ich gedrückt und blicke ihn wieder an.

Obwohl ich nicht sage, wer, nickt Coscarelli. War ja auch nicht schwer zu erraten.

Das schrille Klingeln des Telefons weckt mich aus tiefem Schlaf. Ich taste blind nach dem Hörer und ächze ein: «Was?»

«Kann ich vorbeikommen?»

«Soll das ein Witz sein?», sage ich benommen.

«Nur für ein paar Minuten.»

Ich schiele auf das beleuchtete Zifferblatt meines Radioweckers. «Es ist kurz vor drei.»

«Bitte, Nat. Ich drehe noch durch hier. Ich muss mit dir reden. Lass mich dich nicht anflehen. Ich fühl mich schon beschissen genug, wenn ich nicht auf allen vieren angekrochen kommen muss. Außerdem muss ich dir was Wichtiges sagen.»

«Und das hat nicht Zeit?»

«Nein. Sonst … verlier ich vielleicht wieder den Mut.»

«Geht es um Maggie?»

«Ja. Um Maggie.»

Mittlerweile hellwach, schwinge ich die Beine aus dem Bett. Die jetzt leere Tasse Milch mit Honig steht auf meinem Nachttisch. Ich muss Coscarelli sagen, dass es gewirkt hat. Bis das Telefon klingelte.

«Na schön, Jack.»

Er sieht noch schlimmer aus als am Freitagabend. Aber er scheint nüchtern zu sein. Zum Glück, sonst hätte ich ihm die Tür gleich wieder vor der Nase zugeknallt.

«Wo warst du denn den ganzen Abend?», fragt er über die Schulter, als er vor mir her ins Wohnzimmer geht.

«Du kommst doch nicht um drei Uhr morgens zu mir, um mich zu fragen, wie ich den Abend verbracht habe, Jack», sage ich, der Frage bewusst ausweichend. Ich weiß nicht genau, warum ich Jack nichts von der missglückten Falle erzählen möchte, die wir Walsh gestellt haben, aber ich tue es nicht.

Er geht zur Couch, aber er setzt sich nicht. Plötzlich überlegt er es sich anders und geht zum Fenster. Meine Vorhänge sind zugezogen, doch er schiebt einen beiseite und starrt in die Dunkelheit.

«Ich kann nicht schlafen», murmelt er, noch immer mit dem Rücken zu mir.

«Was lässt dir denn keine Ruhe?»

«Maggie. Maggie lässt mir keine Ruhe.»

«Möchtest du etwas genauer werden?»

«Ich glaube, ich habe sie geliebt.»

Nichts Neues.

Er dreht sich langsam zu mir um. «Dieser Cop, Coscarelli, denkt, ich könnte es … getan haben.» Ich sehe, wie sein Adamsapfel hüpft, als er schluckt.

«Ich bin ziemlich sicher, dass Walsh noch immer ganz oben auf seiner Liste steht.»

Jack kneift die Augen zusammen. «Auf meiner auch.»

«Warst du am Freitag den ganzen Tag zu Hause, Jack?»

Meine Frage scheint ihm körperlich wehzutun – ein Vertrauensbruch –, und ich würde sie im selben Moment am liebsten zurücknehmen. Darum bin ich völlig geschockt, als er «Nein» antwortet.

Er geht zurück zur Couch, und diesmal setzt er sich hin. Ich bleibe neben dem Eingang zum Wohnzimmer stehen, obwohl mir die Knie ein wenig weich werden.

«Hast du Maggie am Freitag gesehen?», frage ich krächzend, mit plötzlich trockener Kehle.

Ich bekomme keine Antwort. Er scheint mich gar nicht zu hören.

«Sie war eine sehr komplizierte Frau. Was bestimmt eine Menge Leute überraschen würde.»

Er wirft mir einen Blick zu, als würde er auch mich zu diesen Leuten zählen. Ich spüre Groll in mir aufsteigen. Denke erneut, was bildet er sich eigentlich ein...

«Bei so vielen Dingen war sie richtig furchtlos. Aber sie hatte eine Scheißangst vor Nähe. Immer wenn ich sie darauf angesprochen habe, weißt du, was sie dann gemacht hat?»

Eindeutig eine rhetorische Frage, also schweige ich weiter.

«Sie hat mich verführt. Es wie wild mit mir getrieben, als wollte sie mir damit beweisen, dass ich falsch liege. Vielleicht wollte sie mich auch nur damit ablenken. Was ihr weiß Gott gelungen ist. Sie war gut. Die Beste. Beim Sex war Maggie mit Herz und Seele dabei. Sie hat mir mal gesagt, das wäre ihre Art, sich kreativ auszudrücken.»

Ich falte die Hände vor der Brust. «Ich möchte wirklich nichts von eurem Sexleben hören.»

«Ich denke, gerade weil sie Sex so genossen hat, hab ich mir irgendwie eingeredet, dass ich bestimmt nicht der Einzige war, mit dem sie sich *kreativ ausgedrückt* hat. Eines Abends, vor etwa einer Woche, hab ich ihr vorgeworfen, sie hätte was mit Walsh. Sie hat reagiert, als hätte ich sie geohrfeigt. Sie wollte, dass ich gehe. Und so, wie sie das gesagt hat... meinte sie gehen und nicht wiederkommen. Ich hab mich entschuldigt, mich fast überschlagen. Hab versucht, es zurückzunehmen. Mich als bescheuerten, eifersüchtigen Idioten bezeichnet.»

«Jack», sage ich gereizt, «worauf willst du hinaus?»

Eine weitere Pause, diesmal spannungsgeladen. «Ich bin am Freitag tatsächlich zu ihr gefahren.»

Inzwischen hab ich die Arme um mich geschlungen. «Du...
warst bei ihr?»

Er schüttelt heftig den Kopf. «Ich wusste, dass sie mit Walsh
zum Lunch verabredet war. Ich hab gesehen, dass sie seinen Namen in ihren Terminkalender eingetragen hatte.»

Hatte Jack ihr heimlich nachspioniert? Bei dem Gedanken gefriert mir das Blut in den Adern.

«Ich hab an dem Morgen nicht mehr klar denken können. Von
all den Medikamenten gegen meine Grippe. Ich hatte auch was
getrunken. Meine Phantasie ist mit mir durchgegangen. Ich hab
mir vorgestellt, wie sie oben in Maggies Wohnung sind. In ihrem
Bett. Hab mir Maggie beim Orgasmus vorgestellt. Was für ein
Anblick. Du kannst es dir nicht vorstellen. Ich bin ein bisschen
durchgedreht. Kann mich nicht mal mehr erinnern, dass ich zu
ihr hingefahren bin. Aber als ich dann vor ihrem Haus war, bin
ich... wieder zur Besinnung gekommen. Mir wurde klar, wenn
ich so bei ihr auftauchen würde, könnte sie mir meine Eifersucht
und mein Misstrauen am Gesicht ansehen und... das wär's dann
gewesen. Sie würde mir endgültig den Laufpass geben. Ohne
Wenn und Aber.»

Ich sehe, wie ihm Tränen leise übers Gesicht rinnen. «Ich hab
also gewendet und bin wieder nach Hause gefahren. Vielleicht
hat er sie da gerade vergewaltigt... umgebracht... als ich den
Wagen gewendet habe. Ich hätte sie... retten können. Und hätte
sie gleichzeitig verloren. Wenn das keine tragische Ironie des
Schicksals ist.»

Auch mir rollen Tränen übers Gesicht. Ohne nachzudenken, gehe ich zu Jack hinüber, lasse mich neben ihn auf das
Sofa sinken.

Ich weiß nicht, wer den ersten Schritt macht. Ich weiß nur, dass
wir einander halten. Uns aneinander klammern. Und dass unsere
Tränen, unser Schmerz, unsere Trauer ineinander fließen.

Man überschreitet eine Grenze, und es gibt kein Zurück mehr;
ein Augenblick vergeht, und er ist nicht mehr ungeschehen zu
machen. Aber die Grenze ist unsichtbar, daher weiß man nicht
genau, wann man sie überschritten hat. Und der Augenblick

kommt so unerwartet und verfliegt so schnell, dass man gar nicht spürt, dass er da ist, geschweige denn vergangen ist.

Wir halten einander noch immer, Jack und ich, obgleich wir nicht mehr weinen, als sich dieser Augenblick anbahnt. Seine Lippen gleiten zu meinem Hals, und sobald sie meine empfindsame Haut berühren, entweicht meinen Lippen unwillkürlich ein Stöhnen. Aktion. Reaktion. Simpel und komplex zugleich. Noch vor einem Augenblick waren wir bloß Freunde, die einander trösten. Einen Wimpernschlag – den Bruchteil einer Sekunde – später werden wir zu mehr.

Seine Lippen finden den Weg zu meinen. Sie schmecken nach Salz, Verlangen und Verzweiflung. Meine müssen für ihn genauso schmecken.

In diesem ersten Kuss liegt keine Zaghaftigkeit. Kein behutsames Vortasten. Ein Sprung ins abgrundtiefe Wasser. Das wissen wir beide. Wir könnten leicht darin ertrinken und werden doch schon von der Strömung mitgerissen.

Unser Kuss ist hart und wild und erotisch. Und seltsamerweise doch nicht leidenschaftlich. Eine Unterscheidung, die ich nicht erklären kann. Ich kann sie nur fühlen. So wie ich die Schwermut in der Luft fühle.

Seine Hände reißen meinen Pullover hoch, während unsere Münder aufeinander gepresst bleiben. Seine Finger öffnen geschickt meinen BH, bevor ich sie auch nur auf meinem nackten Rücken spüre. Ich weiche ein Stück zurück, um mich schnell beider Kleidungsstücke zu entledigen.

Wir rutschen von der Couch auf den Teppich. Er schiebt den Couchtisch weg, legt mich flach auf den Rücken und streift mir sofort die restlichen Sachen vom Körper. Und genauso schnell zieht er sich aus.

«Jack, was machen wir denn?» Eine dumme Frage. Und eine, bei der es, wie es in der Natur der Sache liegt, immer bereits zu spät ist, wenn sie gestellt wird. Außerdem, müsste die Frage nicht eigentlich *Warum?* lauten?

«Schschsch», flüstert Jack, drückt meine Knie auseinander und dringt mit einer einzigen raschen Bewegung tief und heftig in mich ein.

Es ist eher ein Akt der Befreiung als Sex.

Doch als es vorüber ist – sehr schnell, sehr laut und sehr wild –, fühle ich mich noch schuldiger, einsamer und bedürftiger als je zuvor.

Ich weiß es nicht und ich frage auch nicht, aber ich spüre, dass Jack das Gleiche empfindet.

Es ist kurz vor Tagesanbruch, Jack ist noch keine Stunde fort, als mein Telefon erneut klingelt. Diesmal bin ich hellwach, zu aufgewühlt, um schlafen zu können. Ich greife nach dem Hörer, sicher, dass es Jack ist. Sein Abschied war für uns beide so peinlich und unangenehm. Keiner wusste, was er sagen sollte. Ich weiß es immer noch nicht. Und ich bin nicht sicher, ob ich schon hören möchte, was Jack sich hat einfallen lassen.

«Jack, es ist spät», sage ich müde in den Hörer, in der Hoffnung, ihm zuvorzukommen.

«Sie haben mich reingelegt, Nat.»

Ich erstarre, als ich Dean Thomas Walshs Stimme erkenne. «Nein, hören Sie –»

«Ich hätte Ihnen wehtun können, Nat. Aber das habe ich nicht getan. Ich habe sogar meine Schwester dazu gebracht, den Cops zu sagen, wo sie Sie finden konnten, nachdem ich Sie in den Kofferraum gesperrt hatte. Ich hab Ihnen vertraut. Weil ich dachte, Sie wären außer Chrissie der einzige Mensch, der an mich glaubt.»

«Dean, je länger Sie auf der Flucht sind, desto schwieriger –»

«Ich höre nicht mehr auf Sie. Sie haben mich hintergangen. Sie und dieser Scheißkerl Owen King. Ich werd's euch beiden heimzahlen. Das nächste Mal –»

«Dean, wir treffen uns irgendwo und reden –»

Er lacht schroff. «Das nächste Mal, wenn wir uns sehen, Nat, rede ich nicht. Und Sie auch nicht.»

Die Leitung ist absolut still. Obwohl ich kein Klicken gehört habe, denke ich, er hat aufgelegt. Doch als ich ebenfalls auflegen will, ertönt Walshs Stimme in einem gequälten Flüsterton. «Sehen Sie, was ihr aus mir gemacht habt?»

Und dann höre ich das Klicken wirklich, und die Leitung ist tot.

Die Ausgangssperre sollte konstruktiv genutzt werden. Lesen, Lernen, Meditation und Sport werden wärmstens empfohlen...

Superintendent Natalie Price
Mitarbeiterrundschreiben

24

Am Montagmorgen bin ich ganz früh im Horizon House und diktiere meinem Sekretär ein Rundschreiben an alle Mitarbeiter mit Anweisungen für die Ausgangssperre, von der ich inständig hoffe, dass sie nur von kurzer Dauer sein wird. Bislang kein Sterbenswörtchen von «oben», dass der normale Betrieb wieder aufgenommen werden kann. Unter den Insassen ist man sich uneins, ob Walsh ein Mörder oder nur ein Ausbrecher ist. Für meine Mitarbeiter liegt der Fall offenbar klar auf der Hand. Sie scheinen einhellig der Meinung, dass Walsh in beiden Punkten schuldig ist. Trotz seines Drohanrufs bin ich nach wie vor hin- und hergerissen – ist er ein Mörder oder bloß ein Unschuldiger auf der Flucht, der panische Angst hat, wegen eines Verbrechens verurteilt zu werden, das er nicht begangen hat? Und dann fällt mir siedend heiß ein, dass Alison Cole verschwunden ist, und mir wird ganz schlecht vor lauter bösen Ahnungen.

«Soll ich es noch mal vorlesen? Damit Sie sehen, dass ich auch alles richtig mitgeschrieben habe?», fragt Paul Lamotte.

«Das haben Sie doch bisher immer.»

«Wir machen alle Fehler. Niemand ist unfehlbar, Super.»

Ich lächele gequält, signalisiere, dass ich verstanden habe, worauf er hinauswill.

Er steht langsam auf – ein Zeichen dafür, dass er wieder rasende Kopfschmerzen hat – und geht zur Tür.

«Paul?»

Er bleibt stehen. «Ja, Super?»

«Kann ich irgendwas für Sie tun?»

Er blickt mich an, bringt trotz seiner Schmerzen ein wehmütiges Lächeln zustande. «Manche Dinge müssen wir allein durchstehen. Aber es tut gut zu wissen, dass irgendwo da draußen ein freundliches, mitfühlendes Herz für uns schlägt, Super. Das gibt uns die Kraft weiterzumachen.» Er legt eine Hand aufs Herz. Ich ebenso.

Als die Tür zufällt, schließe ich die Augen, und Tränen quellen unter meinen geschlossenen Lidern hervor. Ich suche in meinem Innern nach irgendwelchen Kraftreserven, aber ich finde einfach keine mehr. Ich bin viel zu erschöpft. Und auch wenn ich es in den letzten Tagen geschafft habe, ein paar Stunden zu schlafen, dann haben mich die ständigen Alpträume eigentlich nur noch müder gemacht.

Dennoch, als ich die Augen wieder öffne, sehe ich erschrocken, dass fast eine Stunde vergangen ist. Meine Hand liegt auf der Walsh-Akte auf meinem Schreibtisch. Und das Merkwürdige ist, dass ich spüre, wie meine Handfläche pulsiert. Ein Vibrieren, das förmlich von der Akte auszugehen scheint. Entweder drehe ich wirklich durch oder bin noch immer im Halbschlaf, oder es ist ein Symptom für posttraumatischen Stress. Vermutlich eine Kombination von allen dreien.

Noch ehe ich die Akte aufschlage, fällt mir etwas ein. Ein Name kommt mir in den Sinn. Der Name des Vollzugsbediensteten, den Owen King gestern Abend genannt hat. Vor mich hin murmelnd, blättere ich die Akte durch, auf der Suche nach einer bestimmten Seite.

«Sagten Sie eben Monroe?»

Ich fahre zusammen und sehe Paul an der Tür stehen, der mich aufmerksam beobachtet. Ich hatte ihn gar nicht hereinkommen hören.

«Ja. Carl Monroe. Er ist ein –»

«Ich weiß, wer das ist», sagt Paul knapp. «Ich hab elf Jahre in Norton abgesessen. Und Monroe hat alles getan, um mir jedes einzelne Jahr zur Hölle zu machen. So miese Hunde wie der haben die Bezeichnung *Schließer* wirklich verdient.»

Es ist das erste Mal, dass ich meinen Sekretär abfällig über jemanden reden höre, vor allem über jemanden vom Personal.

Ich bedeute Paul, näher zu kommen und Platz zu nehmen. «Erzählen Sie mir von Monroe.»

Er zögert. «Haben Sie dafür einen Grund?»

«Ja.»

«Was genau hat Lamotte dir erzählt?»

«Du hältst doch sonst nicht so hinterm Berg?»

«Du kennst die Regeln, Nat. Monroe ist ein Kollege.»

«Was du hier sagst, bleibt unter uns.»

Hutch fährt sich mit der Hand über den Mund. «Such in seiner Akte, und du wirst es herausfinden.»

«Was herausfinden?»

«Ein paar Beschwerden gegen ihn wegen sexueller Belästigung. Wurden von Kolleginnen eingereicht. Keine ausreichenden Beweise. Das Übliche, Aussage gegen Aussage.»

«Nur dass es mehr als nur eine Kollegin war», werfe ich ein.

Hutch scheint sich unbehaglich zu fühlen. «Wie ich gesagt habe, ein paar.»

«Und was werde ich nicht in Monroes Akte finden?»

Wieder hebt er die Hand zum Mund. Fährt sich darüber, als hätte er gerade etwas Klebriges gegessen. Sein Widerstreben, über Monroe auszupacken, macht mich langsam sauer. «Was ist mit Vergewaltigung, Hutch? Hat eine von diesen Frauen ihn wegen Vergewaltigung angezeigt? Gibt es noch andere Frauen, die sich gemeldet hätten, wenn sie nicht eine Scheißangst vor ihm gehabt hätten?»

«Nun mach aber mal halblang, Nat. Eine Mücke ist kein Elefant –»

«Paul Lamotte war Augenzeuge bei einem von Monroes sexuellen Übergriffen gegen eine Kollegin. Das war, ein paar Monate nachdem Lamotte von Allendale ins Norton verlegt worden war. Er hat den Vorfall dem Deputy Superintendent gemeldet.»

«Und?» Jetzt ist Hutch derjenige, der mehr wissen will.

«Die Kollegin hat den Angriff abgestritten. Eine Woche später hat sie gekündigt. Und Monroe hat Lamotte das Leben schwer gemacht, bis er hierher verlegt wurde. Paul ist zwar nicht in die unappetitlichen Einzelheiten gegangen, aber sein Schweigen sprach Bände.»

Hutch nickt finster. «Ja, einen Typen wie Carl Monroe will man nicht zum Feind haben. Und übrigens auch nicht zum Freund», fügt er hinzu.

«Hutch macht sich Sorgen um dich», sagt Jack zu mir, als ich am späten Nachmittag in sein Büro gehe, weil ich ihm sagen will, dass ich wegmuss und er die Stellung halten soll.

«Hat er gesagt, weshalb?»

Statt zu antworten, sagt Jack: «Ich mach mir auch Sorgen um dich.» Seine Augen ruhen ein paar Sekunden zu lang auf meinem Gesicht.

«Ihr macht euch beide zu viele Sorgen», sage ich in einem bemüht heiteren Ton.

Jack lässt sich nichts vormachen. «Lass uns heute Abend zusammen essen gehen. Danach gucken wir uns irgendeine geistlose Komödie im Kino an.»

«Was, erst bumsen wir, und dann gehen wir zum ersten Mal zusammen aus?»

«Ich hab gewusst, dass du dir Vorwürfe machen würdest, weil das passiert ist», sagt Jack leise. Er kommt auf mich zu, aber ich trete zurück und hebe eine Hand, um ihm Einhalt zu gebieten.

«Es hätte nicht passieren dürfen. Das wissen wir beide», sage ich schneidend.

«Es ist passiert. Und das hat was zu bedeuten. Jedenfalls für mich.»

Jack steht noch auf derselben Stelle, doch jetzt gehe ich auf ihn zu. «Was hat es denn zu bedeuten, Jack? Und was hat es bedeutet, wenn du mit Maggie geschlafen hast? Dasselbe? Erinnerst du dich noch an Maggie, Jack? Die Frau, die du so leidenschaftlich geliebt hast?»

Jetzt macht er einen Schritt zurück. «Das ist unfair, Nat. Und grausam.»

«Ich will dir sagen, was unfair und grausam ist. Dass Maggie vergewaltigt und ermordet wurde.»

172

Wir starren uns ein paar Sekunden lang an. Ich wende den Blick als Erste ab. «Ich muss los.»

«Wohin denn? Was hast du vor?»

«Das geht dich nichts an.»

Er packt meine Schultern, aber es ist klar, dass er mich nicht umarmen will. «Spiel hier bloß nicht die kleine Privatdetektivin, Nat. Du könntest dich ernsthaft in Gefahr bringen.»

«Machst du dir Sorgen um meine Sicherheit? Oder um deine?»

«Noch so ein Schlag unter die Gürtellinie, Nat. Vielleicht war es ein Fehler, dass ich mich dir anvertraut habe.» Er lässt die Händen sinken, klingt eher verletzt als wütend.

Ich dagegen koche über vor Wut. «Ja, vielleicht war es das.»

Carl Monroe trägt lediglich ein Badehandtuch, als er mir die Tür seiner Wohnung im vierten Stock eines Hauses in Brighton öffnet. Er ist ein großer Mann, gut über eins achtzig. Die Statur eines Exfootballspielers, dessen Muskelmasse überwiegend zu Fett geworden ist. Wahrscheinlich hat er vor zwanzig Jahren in der Highschool-Mannschaft gespielt. Und seinem vernarbten Gesicht nach an Akne gelitten.

«Willst du was verkaufen, Schätzchen?», sagt er mit gespielt näselnder Cowboyaussprache, was mich noch mehr ärgert als die Frage oder der lüsterne Blick, mit dem er mich von oben bis unten mustert. Er erinnert mich auch an Owen King. Nicht zum ersten Mal denke ich, dass viele Mitarbeiter im Strafvollzug vieles mit den Straftätern gemein haben, die sie beaufsichtigen. Wie diese Häftlinge sind sie abgebrüht, hartgesotten, tough und potentiell gefährlich.

Ich sehe, dass sich auf Monroes haarloser Brust Gänsehaut bildet. Es ist wirklich kühl heute. Der Indian Summer verabschiedet sich.

«Ziehen Sie sich was an, Monroe. Ich will mit Ihnen reden.»

«Wer zum Teufel sind Sie?»

«Maggie Austins beste Freundin.»

«Hä?»

Carl Monroe überschlägt sich förmlich, seit er weiß, dass ich nicht nur Maggies Freundin, sondern auch noch Gefängnis-Superintendent bin. Mit seiner akkurat gebügelten schwarzen Hose, dem frischen weißen Oberhemd, den schwarzen Socken und rot-grauen Schuhen sieht er vom Scheitel bis zur Sohle wie ein Bilderbuchbeamter aus, als wir uns in seinem kleinen, quadratischen, mit billigen Möbeln eingerichteten Wohnzimmer gegenübersitzen. Wir haben uns beide für die dunklen Schaukelstühle aus astigem Kiefernholz mit orange-rot karierten Kissen entschieden, da die einzige Alternative das dazu passende Sofa gewesen wäre.

«Tut mir wirklich Leid, dass ich sie vorhin so blöd angemacht habe, Superintendent Price. Aber Sie sehen wirklich nicht aus wie –»

Ich hebe die Hand, der ewig gleiche Spruch langweilt mich langsam. «Ich möchte wissen, wie Ihre Beziehung zu Maggie Austin war, Monroe.»

Er blickt mich verdutzt an. «Was für eine Beziehung? Hat Ihnen da irgendwer einen Floh ins Ohr –»

«Maggie hat mir erzählt, Sie hätten sich an sie rangemacht», bluffe ich.

Monroe grinst. «Wunschdenken.»

«War es bei Ihren Kolleginnen, die Sie wegen sexueller Belästigung gemeldet haben, auch Wunschdenken? Oder bei Mary Lenox, die Sie nicht angezeigt hat, weil Sie sie in Angst und Schrecken versetzt haben?»

Sein Grinsen ist plötzlich wie weggewischt. «Ich weiß nicht, wo Sie den Schwachsinn herhaben, aber Sie haben nichts gegen mich in der Hand. Was Ihre Freundin angeht, es tut mir wirklich Leid, dass sie tot ist. Aber das ändert nichts daran, was war.»

«Verraten Sie mir, *was war*, Monroe.»

«Verraten Sie mir, warum ich Ihnen was sagen soll.»

«Ich unterstütze die Polizei bei den Untersuchungen des Mordes an Maggie Austin. Wenn Sie den leitenden Detective anrufen wollen, sein Name ist Leo Coscarelli.» Ich krame in meiner Handtasche herum und hole seine Karte heraus. Bete innerlich, dass Monroe auch auf diesen Bluff hereinfällt.

Er schielt auf die Karte, aber er greift nicht danach. «Die Cops wissen doch schon, wer es war. Was wollen Sie denn da noch von mir wissen?»

«Dean Thomas Walsh ist ein Verdächtiger im Mordfall Maggie Austin, aber derzeit wird er in erster Linie wegen Ausbruchs aus einem bundesstaatlichen Gefängnis gesucht.» Ich erwähne nicht, dass Walsh auch mit dem Verschwinden von Alison Cole Miller in Zusammenhang gebracht wird. Bislang hat die Polizei diese Neuigkeit noch geheim halten können, aber es ist nur eine Frage der Zeit, bis die Sache an die Öffentlichkeit dringt.

«Hören Sie, Monroe», versuche ich es weiter. «Ich dachte, ich könnte Ihnen Zeit und Unannehmlichkeiten im Polizeipräsidium ersparen. Aber wenn es Ihnen lieber ist, dass die Cops –»

Monroe schüttelt den Kopf, blickt von mir auf seine Hände, die er aneinander reibt, als wollte er mit ihnen Funken erzeugen. «Meine Mutter hat immer zu mir gesagt, ich soll nicht schlecht über Tote reden. Außerdem war sie, wie Sie sagen, Ihre Freundin.» Wieder reibt er sich die Hände. «Aber eines kann ich Ihnen sagen. Als ich sie zum ersten Mal gesehen hab, wusste ich sofort, dass es Schwierigkeiten geben würde. Oh, ich meine nicht... das, was passiert ist. Aber ich hab sie von Anfang an gewarnt, dass sie es selbst heraufbeschwört.»

«Was heraufbeschwört?» Jetzt habe ich Gänsehaut. Und die kommt nicht von der kühlen Herbstluft.

«Zunächst einmal war sie... nett anzusehen. Und das allein – Na ja, wenn Häftlinge eine tolle Frau nur sehen, geht denen doch schon einer ab. Mal krass formuliert.»

«Ist Ihnen auch einer abgegangen, Monroe? Mal krass formuliert?»

Er hört auf, sich die Hände zu reiben. «Ich muss nicht jeden Abend in eine winzige Zelle, wo ich mich nur mit der Hand oder einem anderen Häftling verlustieren kann, Superintendent. Ich hab eine Verlobte, die sich ganz phantastisch um meine Bedürfnisse kümmert. Aber die Häftlinge, vor allem Walsh und ein paar andere, sind doch nie ohne Ständer aus dem Kurs ihrer Freundin marschiert. Und Walsh – der hat doch sogar darüber geschrieben, wie sehr sie ihn angemacht hat.»

«Spielen Sie auf das Gedicht an, das Sie von einem Häftling namens Keith Franklin zugespielt bekommen haben, der auch bei Ms. Austin im Kurs war?»

Monroe nickt. «Ja, der arme Keith. Der hat sich total aufgeregt über den Dreck, den Walsh über seine Lehrerin verfasst hat. Wollte, dass Walsh aus dem Kurs geschmissen wird. 'türlich hätte jeder andere Knacki die Sache vielleicht selbst in die Hand genommen. Der hätte Walsh ordentlich eingeschüchtert. Ihm vielleicht ein paar Finger an der perversen Schreibhand gebrochen. Aber nicht Keith – der hatte im Knast doch schon eine Heidenangst vor seinem eigenen Schatten.»

«War er einer von den Häftlingen, die mit einem Ständer aus dem Kurs marschiert sind?»

«He, das war bildlich gesprochen. Ich hab im Dienst Besseres zu tun, als den Knackis auf den Schritt zu gucken. Aber ich kann Ihnen sagen, in diesem Kursraum ist das Testosteron geflossen wie bei einem Vulkan kurz vor dem Ausbruch, und Maggie Austin hat es in vollen Zügen genossen.»

«Und woher wissen Sie das, Monroe?»

Wieder dieses Grinsen. «Nach dem Kurs kam sie immer an meiner Wache vorbei. Mit gerötetem Gesicht, blitzenden großen braunen Augen und einem besonders ausgeprägten Hüftschwung.»

«Wie oft haben Sie sie angesprochen, wenn sie bei Ihnen vorbeikam? Wann haben Sie sie gewarnt, dass sie Ärger heraufbeschwören würde?»

«Ich hab sie gleich am ersten Tag gewarnt. Da hat sie mir dann eine richtige Moralpredigt gehalten. Aber ich bin nicht drauf reingefallen. Ich hab sie sofort durchschaut. Mit dieser Sorte Frauen hab ich im Knast alle naselang zu tun. Ehrenamtliche. Besucherinnen. Weltverbesserer. Sogar welche von den Kirchenladys, die unseren Knackis das Wort Gottes bringen wollen.» Er wirft mir einen Blick zu, der verrät, dass er mich insgeheim mit dazurechnet.

«Welche Sorte ist das?» Ich höre, wie aggressiv meine Stimme klingt, doch ich bemühe mich, mir nichts anmerken zu lassen.

«Die Sorte, die sich von geilen Häftlingen angemacht fühlt.

Vor allem von den hübschen, jungen Häftlingen, wie Walsh einer war.»

Ich beuge mich in dem blöden Schaukelstuhl vor. «Und hat es Sie sauer gemacht, dass Sie sie nicht angemacht haben? Dass Maggie nichts von Ihnen wissen wollte?»

Monroe macht auf cool. Lehnt sich in seinem Schaukelstuhl zurück, mit gelassener und gefasster Miene. «Oh, und ob sie was von mir wissen wollte. Mehr als einmal. Aber wie ich schon sagte, ich bin verlobt.»

Als wenn das je einen Mann davon abgehalten hätte, fremdzugehen – oder es zumindest zu versuchen, denke ich verbittert.

Hast du dir als Kind, unbekümmert
und rein,
Je vorgestellt, nicht mehr frei zu sein?
Hast du je an ein Leben hinter Gittern
gedacht?
Ein Leben ohne Sonne, ohne Sterne
in der Nacht?
Ein Leben, ohne neben deiner Frau
aufzuwachen?
Ein Leben ohne deiner Kinder fröhliches
Lachen?

K. F.
Häftling Nr. 694837

25

Zwei Überraschungen, als ich am Montag kurz vor Abendessens-
zeit in Keith Franklins Wohnung zwei Querstraßen südlich vom
Watertown Square auftauche. Erstens ist die Dreizimmerpar-
terrewohnung des Exhäftlings im Gegensatz zu dem herunter-
gekommenen Zustand des dreistöckigen Gebäudes frisch gestrichen, mit teuren, modernen Möbeln aus buttercremefarbenem
Leder, Chrom und Glas eingerichtet und blitzblank und auf-
geräumt. Zweitens, und das ist beunruhigender, treffe ich nicht
nur Keith und Terri Franklin an, sondern auch Leo Coscarelli.
Coscarelli scheint über mein Auftauchen keineswegs überrascht.
Allerdings wirkt er auch keineswegs erfreut. Das Gleiche gilt für
Terri Franklin, eine zierliche Brünette mit dünnen, besorgten
Lippen und vorzeitigen Stressfalten in ihrem abgespannten,
fünfundzwanzig Jahre alten Gesicht.

Wie auch immer Keith Franklins Gefühle sein mögen, er begrüßt mich jedenfalls anbiedernd freundlich. In seinem gut sit-
zenden dunkelblauen Sergeanzug, dem steif gestärkten weißen

Hemd, der marineblauen gerippten Krawatte erinnert er mich an den ernsten, jungen Bestattungsunternehmer, der vor zwei Jahren die Beerdigung meiner Mutter ausgerichtet hat. Aus Franklins Bewährungsunterlagen weiß ich, dass der dreiunddreißig Jahre alte frühere Wirtschaftsprüfer jetzt als Angestellter in einer kleinen Installationsfirma in Chelsea arbeitet. Ich bezweifle, dass in seinem derzeitigen Job ein so korrektes Outfit verlangt wird. Ich vermute, die Anzüge, wie auch die schicken Möbel, stammen noch aus seinem früheren, finanziell sorgloseren Leben, mit dem es steil bergab ging, als Franklin dabei erwischt wurde, dass er die Bücher einer angesehenen Bostoner Wirtschaftsprüfungsgesellschaft frisierte. Es ging um zweihunderttausend, die er sich im Laufe von sechs Monaten für heikle Aktiengeschäfte geliehen hatte und *verschwinden* lassen musste.

«Terri wollte gerade Kaffee aufsetzen, Superintendent. Oder hätten Sie lieber Tee –»

«Ich mach den Zwillingen mal was zu essen», fällt ihm Terri ins Wort und springt nervös aus ihrem Sessel auf. «Ach nein, ich kann mit ihnen auch zu McDonald's gehen.» Kaum hat sie das magische Wort ausgesprochen, fliegt auch schon eine Tür am anderen Ende des Raumes auf, und zwei flachshaarige Kinder, ein Junge und ein Mädchen, die um die sieben Jahre alt sein müssen, kommen hereingesprungen und bestürmen ihre Mutter.

«Ja, McDonald's, suuper!»

«Ich nehm das Happy Meal, aber ohne Käse.»

«Ich mit Käse, aber ohne Gurken. Und einen Schokoshake.»

«Können wir jeder einen haben, Mommy? Danny futtert mir immer alles weg –»

«Stimmt ja gar nicht.»

«Kinder», schimpft Keith Franklin. «Benehmt euch, wir haben Besuch.»

Danny und seine Schwester ignorieren die Ermahnung und streiten sich weiter.

«Wenn ihr euch nicht benehmen könnt, dürft ihr nicht zu McDonald's», sagt Keith. Jetzt im schärferen Ton.

Die Kinder ziehen ein finsteres Gesicht. «Du bist hier nicht der Boss», legt Danny los.

«Genau, Mommy kann mit uns hingehen, wo sie will!» Seine Zwillingsschwester stößt ins selbe Horn.

Keith wird rot. Ich bin nicht sicher, ob aus Verlegenheit oder Wut.

Terri packt beide Zwillinge an der Schulter. «Seid nicht so frech. Ihr entschuldigt euch sofort bei eurem Vater, sonst kriegt keiner von euch ein Happy Meal.»

Sie murmeln halbherzig «'tschuldigung» und sausen zur Tür, dicht gefolgt von Terri. Eine Frau, die es eilig hat, wegzukommen.

«Sie sind in einem schwierigen Alter», sagt Franklin verlegen. «Was ist mit dem Kaffee?»

Coscarelli und ich schütteln den Kopf.

Franklin wischt imaginäre Krümel von seinem cremefarbenen Ledersessel. «Für Kinder sind drei Jahre eine lange Zeit. Sie waren noch keine fünf, als ich... inhaftiert wurde. Waren gerade in den Kindergarten gekommen. Auch bei ihrer Einschulung war ich nicht dabei. Terri hat mir Fotos geschickt, aber –»

«Hat sie sie mal mitgebracht, wenn sie Sie besucht hat?», frage ich.

«Wir hielten es beide für besser, dass die Kinder nicht erfahren, wo ich bin.» Er zögert. «Sie hat ihnen erzählt, ich hätte auf Geschäftsreise gemusst. Eine Zeit lang haben sie noch gefragt, wann ich zurückkomme, aber irgendwann – Kinder in dem Alter... vergessen. Ich bin fast vier Monate wieder hier, und sie haben sich noch immer... nicht richtig dran gewöhnt, dass sie wieder einen Daddy haben. Auch ich muss mich wieder dran gewöhnen. Manchmal bin ich etwas barsch zu ihnen. Was Terri auf die Palme bringt. Sie sagt, ich muss Geduld haben. Ich versuche es.» Franklin lächelt matt. «Ich möchte wirklich ein guter Vater sein. Und ein guter Ehemann. Terri hätte nicht auf mich warten müssen, aber sie hat es getan. Und ich schwöre, ich werde tun, was ich kann, damit sie es nicht bereut.»

Irgendwas an seinem ernsten Vortrag wirkt nicht ganz echt. Wie für unsere Ohren geschönt.

«Hatten Sie nach Ihrer Entlassung Verbindung zu Maggie Austin, Mr. Franklin?», frage ich, um weiteren Beteuerungen vorzubeugen. Obwohl ich jeden Augenkontakt mit Coscarelli meide, spüre ich seinen missbilligenden Blick, weil ich mich schamlos in die Vernehmung einmische. Falls Franklin Coscarellis Verärgerung mitkriegt, lässt er es sich jedenfalls nicht anmerken.

«Wie ich Detective Coscarelli bereits sagte, bevor Sie gekommen sind, Superintendent Price, hatten wir keinen Kontakt mehr. Ich hab dem Detective auch gesagt», schiebt Franklin rasch hinterher, «dass ich am Freitag auf der Arbeit war, als sie –» Er lässt den Rest des Satzes unausgesprochen und schüttelt traurig den Kopf.

«Haben Sie Ihren Lunch in der Firma gegessen?», frage ich und sehe aus den Augenwinkeln, dass Coscarelli mir einen verstimmten Blick zuwirft.

«Nein. Ich bin zum Mittagessen nach Hause gekommen. Wie immer. Es sind nur zwei Stationen mit der U-Bahn.»

Und nur zehn Minuten mit dem Taxi zu Maggies Wohnung.

«Spart Geld», sagt Franklin. «Und Terris Küche ist um einiges besser als die in dem Imbiss gleich neben der Firma», fügt er mit einem kleinen Lächeln hinzu.

«Dann war Ihre Frau hier, als Sie zum Lunch nach Hause gekommen sind?»

Franklins Lächeln erlischt. «Also ... nein. Sie arbeitet stundenweise. Als Hilfslehrerin in der Schule der Zwillinge. Dienstags, donnerstags und freitags. Die Bezahlung ist nicht berauschend, aber Terri ist um drei zu Hause und wir ziehen wenigstens keine Schlüsselkinder groß, wie sie immer sagt.»

«Hat jemand Sie hier in der Mittagspause gesehen, Keith?», schaltet Coscarelli sich ein.

Franklins Miene verdüstert sich. «Ich verstehe nicht, was dieses Verhör soll. Sie haben doch wohl keinen Zweifel, wer Ms. Austin ermordet hat. Walsh war besessen von ihr. Das wusste jeder in dem Kurs. Es war nicht zu übersehen. Jedes Mal, wenn sie jemand anders als ihm ihre Aufmerksamkeit schenkte, konnte man förmlich sehen, wie er innerlich kochte. Einmal hat sie eine Short story vorgelesen, die ich geschrieben hatte. Ich fand sie nicht besonders gut, aber sie war ganz angetan und hat mich gelobt. Ich fühlte mich … geschmeichelt. Am Abend hat Walsh mich dann im Duschraum bedroht und mir ein Messer vorgehalten, vor …» Er wird knallrot und sieht nach unten auf seinen Schritt. «Hat gesagt, ich sollte mir bloß keine … geilen Gedanken in den Kopf setzen, sonst würde er mich … kastrieren.» Franklin blickt wieder uns an. «Ich habe nie mehr was abgegeben, was ich geschrieben hatte. Nie mehr im Kurs den Mund aufgemacht. Sogar möglichst jeden Blickkontakt mit ihr vermieden.»

«Aber obwohl Sie panische Angst vor Walsh hatten, haben Sie einem Vollzugsbediensteten ein Gedicht von Walsh gegeben, damit er aus dem Kurs geworfen wird», sage ich. «Haben Sie nicht befürchtet, dass er wütend auf Sie wird und seine Drohung wahr macht?»

«Er ist bestimmt wütend geworden. Deshalb hab ich ja so lange gewartet, bis ich auf Bewährung rauskam.» Ein Anflug von Furcht huscht über sein schmales Gesicht. «Ich sag Ihnen ehrlich, jetzt, wo er auf der Flucht ist, hab ich eine Heidenangst, dass er mich aufspürt. Um es mir heimzuzahlen.» Seine Gedanken scheinen kurz abzuschweifen. «Man sieht es ihm wirklich nicht an.»

«Was?», frage ich.

«Dass er richtig brutal werden kann.» Wieder gleitet er ab. «Sie … hat das nicht kapiert. Sie hat ihn völlig falsch eingeschätzt. Und jetzt …» Seine Stimme bebt. «Walsh hat sie umgebracht. Er hat sie umgebracht, so sicher wie das Amen in der Kirche.»

Coscarelli beugt sich jäh in seinem Sessel vor. «Wieso sind Sie sich da so sicher, Keith?»

«Entweder Franklin weiß mehr, als er sagt», brummt Coscarelli, «oder er ist ein Hellseher.»

«Oder er lügt», sage ich.

Wir gehen die Lowell Street zu unseren Autos hinunter. Zuerst kommen wir zu Coscarellis Zivilwagen.

«Sie hoffen wohl noch immer, dass es jemand war, der nichts mit dem Horizon House zu tun hat?»

Ich fühle mich schuldig. Und sehe wohl auch so aus, dem Blick nach zu urteilen, mit dem Coscarelli mich mustert. «Walsh hat sich heute Morgen ganz früh bei mir gemeldet.» Ich wiederhole ziemlich genau unser Telefongespräch. Bis auf die angedeutete Drohung. Obwohl Coscarelli klug genug ist, zwischen den Zeilen zu lesen. So allmählich wird mir nämlich klar, dass der Detective im Allgemeinen klüger ist, als ich ihm anfänglich zugetraut hätte.

«Und jetzt?», frage ich und mache mich auf eine Standpauke gefasst.

«Wir zapfen Ihr Telefon an.»

«Ich meine, wie geht's jetzt weiter?»

Coscarellis Rücken wird etwas steifer, und er verschränkt die Arme vor der Brust. Gleichzeitig legt er den Kopf leicht schräg und runzelt die Stirn. Ziemlich viel Körpersprache für eine einzige lumpige Frage. Aber wir wissen beide, dass die Frage sehr viel mehr impliziert.

Er legt eine Hand auf das Dach seines Wagens, trommelt mit den Fingern auf dem Blech. «Ich fahre jetzt zu Karen Powell. Hab ihr ein paar Fragen zu stellen.»

«Ich auch», sage ich.

«Es hat wohl keinen Sinn, Sie darauf hinzuweisen, dass die Polizei die Ermittlungen in diesem Fall durchführt und nicht Sie, Natalie.»

Mein Lächeln ist genauso offenherzig wie seins. «Absolut nicht, Leo.»

Das Stress erzeugende Ereignis führt bei der betreffenden Person zu physischen, psychologischen und verhaltensmäßigen Veränderungen...

Dr. Roger Harris
Experte für posttraumatischen Stress

26

Coscarelli hält im Parkverbot direkt vor einem Anfang des 19. Jahrhunderts erbauten Backsteingebäude auf der von Gaslaternen beleuchteten Joy Street im feudalen Bostoner Stadtteil Beacon Hill. Der Vorteil, mit einem Cop befreundet zu sein – obwohl ich unsere neu gefundene Kameraderie vielleicht überschätze –, ist der, dass auch ich dort parken kann. Coscarelli legt mir sogar einen offiziellen Parkausweis der Bostoner Polizei auf mein Armaturenbrett, damit ich meinen Wagen auf jeden Fall an derselben Stelle wiederfinde, wenn wir zurückkommen.

Kein Strategiegespräch, während wir zu dem Apartmenthaus gehen. Überhaupt kein Gespräch. Ich beobachte, wie Coscarellis Zeigefinger die Klingelleiste mit sechs Knöpfen neben der Eingangstür aus Eichenholz und Glas hinabfährt. Karen Powells Klingelknopf ist der zweite von unten. Coscarelli drückt ihn.

Es dauert gut dreißig Sekunden, bis Karen sich meldet. Und dann eine lange Pause, nachdem Coscarelli sich vorgestellt hat – er erwähnt nicht, dass ich bei ihm bin, sonst wäre die Pause wahrscheinlich noch länger.

«Einen Moment bitte, ja? Ich bin... nicht angezogen.» Und dann fügt sie nachträglich hinzu: «Ich hab ein Nickerchen gemacht.»

«Wieso ist sie so gut betucht?», fragt Coscarelli, während wir draußen unter dem kunstvollen Kupfervordach der Haustür stehen und darauf warten, dass der Summer ertönt.

«Ein Treuhandvermögen, nach dem, was Maggie mir erzählt hat. Genaueres hat Karen ihr aber nie erklärt. Maggie meinte, es wäre Karen peinlich, dass sie so gut situiert ist. Vermutlich hat sie deshalb auch nie vorgeschlagen, dass wir drei uns bei ihr treffen, wenn wir zusammen zu Abend essen wollten. Maggie gegenüber war es ihr wohl nicht besonders unangenehm, weil Maggie oft hier war.»

«Dann waren Sie also noch nie in Karens Wohnung?»

«Nur einmal, letzten Winter. Aber ich war nicht direkt eingeladen. Maggie und ich wollten an dem Abend was zusammen unternehmen, und sie hat mich gebeten, sie vor Karens Haus abzuholen. Ich war zu früh da.»

«Wie früh?»

«Es war früh und kalt genug, sodass es offensichtlich unhöflich gewesen wäre, mich draußen warten zu lassen. Sogar für Karen.»

Ich bemerke die Trauer in ihren dunklen Augen, bevor sie mich an der Tür sieht, da ich einen Schritt rechts von Coscarelli stehe. Sobald sie mich erspäht, wirkt sie sichtlich erschüttert und braucht einen Moment, um ihre Fassung wiederzugewinnen.

«Nat», sagt sie mit einer Mischung aus Verwirrung und gequälter Höflichkeit, als wir in eine halbrunde Diele mit hoher Decke und Marmorboden treten, die von einer skulpturartigen Glaslampe beleuchtet wird, deren warmes Licht auf die goldgerahmte, von Chagall signierte Radierung an der blassmauve verputzten Wand fällt.

Sie geht ins Wohnzimmer voraus. Die Zweizimmerwohnung ist klein, aber was ihr an Größe fehlt, macht sie durch aparte Eleganz wieder wett. Im Wohnzimmer mit dem großen Erkerfenster weicht der Marmorboden gebeizter Eiche, aber auch hier sind die Wände in Mauve gehalten, mit dunkel ockerfarbenen Akzenten an den Stuckverzierungen. Die wenigen Möbel, alle in unterschiedlichen Altholztönen, sind italienisch modern. Klare Linien. Glatt. Ursprünglich. Stählerne Kühle. Bis auf die abstrakte Tuschezeichnung von Kandinsky über dem Kamin-sims aus Travertin ist der Raum ohne jeglichen dekorativen Schnickschnack.

Mit den gleichen Worten könnte ich durchaus Karen Powell beschreiben, deren äußere Erscheinung so perfekt mit ihrer Wohnungseinrichtung harmoniert. Modisch schlank, unkom-plizierte blonde Kurzhaarfrisur, nie eine Spur von Make-up. Ihr Bekleidungsstil ist schlicht, maßgeschneidert, schmucklos. Sie steht auf Naturfasern. Wenn man es nicht besser wüsste, würde man sich fragen, wieso jemand ein Vermögen für so unauffällige und einfache Kleidung ausgibt. Ich weiß es besser. Maggie wuss-te es auch besser. Karens Designergarderobe – heute graue Baumwollhose und blassgrüne Seidenbluse – zeugt unüberseh-bar von Klasse.

Das Einzige, was sich mit Karens ansonsten aristokratischem Äußeren nicht ganz vereinbaren lässt, sind ihre großen, dunklen Augen. Maggie hatte die Theorie vertreten, dass es in Karens Ahnenreihe irgendwo einen Zigeuner gegeben haben muss. Es sind die Augen, die Karen Charakter verleihen. Die faszinieren. Die Hunger, Verlangen, Neugier, Eifersucht zum Ausdruck bringen. Wenn die Augen Spiegel der Seele sind, dann kann ich nur sagen, dass Karens Seele von schweren Emotionen über-fließt. Ich bezweifele, dass sie weiß, wie viel ihre Augen verraten.

Ich blicke zu Coscarelli hinüber, will sehen, ob er die todschi-cke Umgebung oder die todschicke Besitzerin bewundert, doch seine Augen schauen in Richtung von Karens Schlafzimmer. Zwar steht die Tür zum Schlafzimmer nur halb offen, doch es ist unschwer zu erkennen, dass das breite Bett gemacht ist. Und es sieht nicht so aus, als wäre es in aller Eile gemacht worden. Da keines der Zweisitzersofas aus weizenfarbenem Leder und Chrom im Wohnzimmer den Eindruck erweckt, als könnte man darauf ein bequemes Nickerchen halten, drängt sich die Frage nach dem Grund für Karens Verzögerungstaktik auf. Hatte sie vielleicht Besuch? Jemand, der zum Hinterausgang hinaus-geschlichen ist? Oder der sich noch immer irgendwo in der Wohnung versteckt hält, bis wir wieder gehen?

«Ich hab es einfach nicht fertig gebracht, heute in ihr Büro zu gehen, obwohl da noch jede Menge Arbeit wartet», sagt Karen händeringend. «Ihre Seminare sind für die ganze Woche abgesagt. Dauernd rufen mich Studenten von ihr an. Sie wollen an der Beerdigung teilnehmen.» Sie blickt Coscarelli durchdringend an. «Wann wird ihre Leiche freigegeben?»

«Das weiß ich noch nicht.»

«Ich habe mit Maggies Tante gesprochen. Sie ist völlig fertig und kann sich nicht um die Beerdigung kümmern, also hab ich mich angeboten.» Karen verkündet das, ohne auch nur einen Blick in meine Richtung zu werfen.

«Es war Maggies Wunsch, eingeäschert zu werden. Und sie wollte keinen Trauergottesdienst», sage ich knapp. Ich würde am liebsten noch sehr viel mehr sagen. Aber das würde die Schleusentore öffnen. Nicht nur meine, sondern sicherlich auch Karens.

«Wann hat sie dir das gesagt?» Karens Tonfall ist eisig.

«Als wir zusammen an der Uni waren», sage ich in ebenso unterkühltem Ton. «Und in den letzten dreizehn Jahren hat sie nie etwas anderes gesagt», betone ich, um die lange Dauer unserer engen Freundschaft klarzustellen.

«Tja, mir hat sie genau das Gegenteil erzählt.»

«Ach ja? Wann denn das?» Ich kann förmlich spüren, wie mein Mund verkniffener wird.

Karen streicht sich die dünnen, blonden Strähnen aus der Stirn. «Maggie und ich haben viel über persönliche Dinge gesprochen. Über das Leben. Den Tod. Wir haben spekuliert, wer wohl zu unserer Beerdigung kommen würde.»

«Ziemlich morbide, was?», schaltet Coscarelli sich ein.

Karen lächelt spröde. «Haben Sie sich das nie gefragt, Detective?»

«Hatte Maggie je das Gefühl, in irgendeiner tödlichen Gefahr zu sein?», fragt er in dem gleichen kühlen, bedächtigen Ton, den ich, wenn er ihn bei mir anwendet, so ärgerlich finde. Jetzt bin ich nicht ärgerlich. Aber Karen ist es.

Sie nimmt eine Packung Mentholzigaretten und ein Feuerzeug von dem Couchtisch aus grün getöntem Glas, klopft eine Zigarette heraus und zündet sie an. Ich habe Karen noch nie rauchen sehen. Aber sie zieht an der Zigarette wie eine Gewohnheitsraucherin. Wie jemand, der vor kurzem rückfällig geworden ist.

«Seit sie mit dem Kurs in dem verdammten Gefängnis angefangen hat, war sie in Gefahr. Das Schreckliche war nur, dass sie es nicht gewusst hat. Oder es nicht sehen wollte.» Sie nimmt wieder einen tiefen Zug, lässt langsam den Rauch aus dem Mund gleiten, als wollte sie sich nicht von ihm trennen. «Und dann hat sie sie auch noch ermutigt, an ihrem Seminar teilzunehmen, wenn sie rauskamen. Ich hab ihr immer gesagt, dass es eine Sache ist, in den Zoo zu gehen, aber etwas völlig anderes, den Tiger mit zu sich nach Hause zu nehmen.»

Derartige Kommentare lösen normalerweise bei mir den Reflex aus, darauf hinzuweisen, dass Häftlinge keine Tiere sind. Doch dann muss ich an Walsh denken.

Auch Leo denkt an ihn. «Wie oft war Dean Walsh bei ihr zu Hause?», fragt er Karen.

«Einmal zu oft», sagt sie mit tiefster Überzeugung, und aus ihren dunklen Augen blitzt unverhüllter Hass. Ein Teil davon richtet sich direkt gegen mich, das weiß ich. Sie gehört auch auf die Liste der Leute, die mich für Maggies Tod verantwortlich machen.

«Wer hat sie noch besucht?» Coscarelli bleibt unbeirrt auf Kurs.

«Jack Dwyer.»

In dem Augenblick, als sie seinen Namen ausspricht, fühle ich die Hitze in mein Gesicht steigen.

«Der kam dauernd vorbei. Weit öfter, als er eingeladen war», fügt Karen nach einem weiteren langen, tiefen Zug an der Zigarette hinzu.

«Was soll das heißen?», will ich wissen.

«Maggie hat mir mehr als einmal gesagt, dass sie ernsthaft daran dachte, mit Jack Schluss zu machen. Er war ihr zu besitzergreifend.»

Am liebsten würde ich sagen: *Warst du etwa nicht besitzergreifend, Karen?* Doch dann muss ich an Jacks Geständnis denken, dass er am Freitagnachmittag zu ihr gefahren ist. Ich denke an seine Eifersucht. Denke an Maggies latente Drohung, ihre Beziehung zu beenden, wenn er diese Eifersucht nicht beherrschen lernte.

Karen ist damit beschäftigt, ihre Zigarette in einem ansonsten makellosen Konfektschälchen aus Kristallglas auszudrücken. Leo ist damit beschäftigt, mich anzusehen. Als würde er meine Gedanken lesen. Wie stark verdächtigt er Jack? Wie wütend wird er sein, wenn er herausfindet, dass ich schon wieder potentielle Beweise zurückgehalten habe? Ich bezweifele, dass er noch einmal Milde walten lässt, wenn er erfährt, dass ich ihm Jacks Fahrt zu Maggies Haus am Freitag verschwiegen habe. Der Detective hätte allen Grund, mich wegen Unterschlagung von Beweismitteln, wegen Behinderung der Polizeiarbeit festzunehmen. Einzusperren. Und dennoch bringe ich es nicht über mich, ihm zu verraten, was Jack mir anvertraut hat. Kann nicht glauben, trotz all meiner berunruhigenden Gedanken, dass Jack Maggie ermordet hat.

Ich bin froh, als Leo sein Augenmerk wieder auf Karen richtet. Er fragt: «Gab es noch andere Besucher?»

Karen überlegt. «Ich weiß, dass ein paar Häftlinge sie vom Gefängnis aus angerufen haben. Walsh hat immer angerufen, bevor er Freigang hatte – und wenn er draußen war. Aber auch noch andere aus ihrem Kurs.»

«Wer?», frage ich, Leo zuvorkommend.

Sie zuckt die Achseln. «Das hat sie mir nie gesagt. Wahrscheinlich, weil sie wusste, dass mir die ganze Sache gehörig gegen den Strich ging», fügt sie hinzu, und diese ausdrucksvollen Augen sagen dabei: *im Gegensatz zu dir.*

«Sonst hat sie keiner von den Häftlingen nach seiner Entlassung angerufen?», fragt Leo weiter.

Erneutes Achselzucken. «Möglich, aber ich bezweifele, dass sie irgendeinen von den anderen zu sich eingeladen hat. Die Wahrheit ist, dass Maggie, obwohl sie eine Politik der offenen Tür vertrat, nur von denen angetörnt wurde, die Talent hatten. Und Dean Thomas Walsh hatte ihrer Meinung nach außergewöhnlich viel Talent.»

«Hat sie mit ihm geschlafen?» Coscarellis Frage kommt wie

ein unerwarteter linker Haken, der sowohl Karen als auch mich völlig überrumpelt.

Ich spüre einen zweiten Schlag, diesmal von rechts, als Karen – nachdem sie sich noch eine Zigarette angezündet hat – sagt: «Ich hab ihr gesagt, sie ist verrückt. Dass er vielleicht HIV-infiziert ist. Er hatte ihr alle möglichen grausigen Geschichten erzählt, dass er sich im Gefängnis hatte prostituieren müssen.»

Ich weiß nicht, welches Gefühl mich mehr beherrscht, Wut oder Ungläubigkeit. «Soll das heißen, du weißt genau, dass Maggie mit Walsh geschlafen hat?», sage ich herausfordernd.

Doch Karen nimmt den Fehdehandschuh nicht auf. Sie sagt lediglich, fast mitfühlend: «Du hast Maggie nie richtig gekannt.»

Das bringt mein Blut zum Kochen. «Und du hast sie gekannt?»

Karens Nasenflügel beben. «Maggie hat mir immer alles erzählt, weil sie wusste, dass ich sie, auch wenn ich vieles nicht gutgeheißen habe, was sie getan hat – und das hab ich weiß Gott nicht –, nie menschlich verurteilt habe.»

Entweder Leo will einen handfesten Streit im Keim ersticken oder einfach mit seiner Vernehmung fortfahren, denn er schaltet sich wieder ein, bevor ich auch nur ein Wort erwidern kann.

«Karen, ich möchte Ihnen ein paar Fotos zeigen. Vielleicht erkennen Sie ja jemanden darauf.» Und schon zieht er eine Hand voll Fotos aus der Innentasche seines Jacketts. Ich bin noch immer auf hundertachtzig, aber Karen nimmt die Fotos scheinbar ungerührt entgegen.

«Erkennen Sie den Mann?», höre ich Leo fragen, als sie das erste Foto betrachtet. Ich sehe, dass es ein Polizeifoto von Keith Franklin ist.

«Ich bin nicht sicher», sagt Karen, «aber irgendwie kommt er mir bekannt vor. War er einer von Maggies Kursteilnehmern?»

Coscarelli nickt.

Karen zuckt die Achseln. «Ich habe ihn nie mit ihr zusammen gesehen. Ich würde mich dran erinnern», sagt sie mit Nachdruck.

Ja, denke ich. Bestimmt würdest du dich an jeden erinnern, der vielleicht zu viel von Maggies Zeit hätte in Anspruch nehmen können. Ist es das? War Karen eifersüchtig auf Walsh und Jack, so wie sie immer auf mich eifersüchtig war?

«Wie heißt er?»

«Keith Franklin», sagt Coscarelli.

Sie kräuselt die Stirn. «Ich erinnere mich, dass sie mal von einem gewissen Keith angerufen worden ist. Vor ein paar Wochen. Ich bin dazugekommen, als sie gerade ein Telefonat mit ihm beendete. Ich hab gehört, wie sie gesagt hat – *Keith, ich halte das wirklich nicht für sinnvoll.* Ich weiß nicht, was er darauf erwidert hat, aber Maggie hat sich offensichtlich darüber geärgert. Sie hat das Gespräch gleich darauf beendet.»

«Und sie hat Ihnen anschließend nichts dazu erklärt?»

«Nein. Ich hab mir damals auch nichts dabei gedacht.»

Karen betrachtet das nächste Foto. Wieder ein Polizeifoto. Kein Gesicht, das ich kenne. Karen ebenfalls nicht. Sie geht die nächsten fünf durch – alles Häftlinge aus Maggies Kurs. Ich habe bereits festgestellt, dass Franklin der einzige ist, der inzwischen auf freiem Fuß ist. Falsch. Franklin und Dean Thomas Walsh.

Die letzte Aufnahme ist kein Polizeifoto. Und es ist ein Gesicht, das ich kenne.

Karen ebenfalls.

«Oh ja, den Widerling hab ich schon mal gesehen», sagt sie ohne Zögern. «Er hat die Frechheit besessen, Maggie anzubaggern, als wir vor zwei Wochen in einem kleinen italienischen Restaurant im North End essen waren.»

«Im Pomodoro?»

Sie blickt mich überrascht an. «Ja.» Ein kurze Pause – aber lang genug, sodass ich gekränkt sein kann, nicht auch eingeladen gewesen zu sein. «Woher weißt du das?» Also hat man mich bewusst ausgeschlossen. Ansonsten wäre sie davon ausgegangen, dass Maggie es mir erzählt hat.

Sie kommt von allein darauf. «Ach ja, Ethan hat es dir bestimmt erzählt.» Sie betrachtet mich aufmerksam. Versucht abzuschätzen, wie viel ich über die Begegnung weiß. Ob Maggie mir nicht vielleicht doch irgendwas gesagt hat. Ich blicke absichtlich ausdruckslos.

Leck mich, Karen.

Falls Leo neugierig ist, was sich da unausgesprochen zwischen uns abspielt, so lässt er es sich jedenfalls nicht anmerken. Er lenkt Karens Aufmerksamkeit wieder auf das Foto von Carl Monroe.

«Was ist da passiert?»

«Stellen Sie sich vor. Maggie erzählt mir, die Frau, die das Arschloch da bei sich hat, ist seine Verlobte. Er lässt seine Zukünftige allein am Tisch sitzen, kommt schnurstracks zu Maggie marschiert, hat die Dreistigkeit, ihr seinen Arm um die Schulter zu legen und sie um ein Rendezvous zu bitten.»

«Ein Rendezvous?», wiederholt Leo.

«Na ja, er hat gesagt, er würde Gedichte schreiben und gern mal abends bei ihr vorbeikommen und sie ihr zeigen.» Karen lacht rau auf. «Wenn der Gedichte schreibt, fress ich einen Besen.»

«Was hat Maggie gesagt?»

«Sie hat ihn höflich abblitzen lassen. Aber entscheidend ist nicht so sehr, was sie gesagt hat, sondern wie sie geguckt hat, als er endlich abgezogen ist.»

«Und wie hat sie geguckt?», fragt Leo.

«Verängstigt.»

«Werden Sie mit Monroe reden?», frage ich Coscarelli, als wir Karens Apartmenthaus verlassen.

«Heute Abend nicht mehr.» Er sieht auf seine Uhr. «Ich muss nach Hause, meinen Jungen ins Bett bringen.»

«Ich war heute Nachmittag bei Monroe», gestehe ich und erzähle Leo von dem Gespräch.

«Möchten Sie mir sonst noch was erzählen?», fragt er beißend, als ich fertig bin.

«Ich hab nichts ausgelassen, Leo.»

«Ich rede nicht von Monroe, Natalie.»

Ich weiche seinem Blick und seiner Bemerkung aus, indem ich auf meine Uhr sehe.

«Mist. Kurz vor acht. Ich müsste längst bei meiner Schwester in Weston sein.» Ich rufe sie besser an, denke ich. Schlage vielleicht einen anderen Abend vor. Mir geht so viel durch den Kopf. Mir ist nicht nach Small Talk mit Rachel. Obwohl sie sich wirklich so angehört hatte, als läge ihr was auf der Seele.

Na ja, ganz gleich, was es ist, es kann bestimmt noch ein paar Tage warten.

«Sie schienen nicht sehr überrascht, als Karen sagte, Maggie hätte darüber nachgedacht, mit Jack Schluss zu machen», unterbricht Leo meine Gedanken. «Maggie hat Ihnen das nicht gesagt. Sie hat Ihnen nicht mal gesagt, dass sie was mit Jack hatte. Also müssen Sie es von Jack erfahren haben.»

«Wie kommen Sie darauf, dass ich nicht überrascht war?», entgegne ich trotzig.

«Sie und Jack stehen sich nahe.»

Ich blickte ihn durchdringend an. Lässt er etwa meine Wohnung überwachen? Oder Jacks? «So nah nun auch wieder nicht.» Eine Aussage, die genauso viel Wahrheit wie Lüge enthält.

«Er redet mit Ihnen über Persönliches.»

«Hören Sie, ich muss los –» Wieder versuche ich, etwas Zeit und Distanz herauszuschlagen. Wünschte, Jack hätte sich mir nicht anvertraut. Wünschte, wir hätten diese verdammte Grenze nicht überschritten. Ich will diese Lasten nicht tragen. Ich kann weiß Gott gut darauf verzichten.

«Wir haben eine Zeugin, die Jack Dwyer am Freitag kurz vor ein Uhr nachmittags vor Maggies Apartmenthaus gesehen hat. Sie kam vom Friseur. Hatte es eilig, weil ihre Lieblingsserie um eins anfing. Deshalb ist sie sich bei der Uhrzeit ganz sicher.»

«Er ist nicht zu ihr hochgegangen.» Jetzt ist klar, dass ich Bescheid wusste. Ich könnte auch gleich meine Arme ausstrecken, damit Leo mir Handschellen anlegen kann.

Statt mich festzunehmen, hält er mir die Standpauke, mit der ich vorhin gerechnet habe. «Sie helfen Jack nicht, indem Sie Beweise zurückhalten, Natalie. Genauso wie Sie Ihrem Mann nicht geholfen haben.»

«Ich bin nicht die Einzige, die was zurückhält, Leo», kontere ich, um den Spieß möglichst umzudrehen.

«Was soll das heißen?»

«Es gibt da ein Foto, das Sie Karen nicht gezeigt haben. Und mir auch nicht. Das Foto, das Sie in Maggies Wohnung gefunden haben.»

Coscarelli legt die Hand auf die Motorhaube meines Wagens, aber er blickt mir direkt in die Augen. «Das stimmt.»

«Warum die Geheimnistuerei? Ich weiß zwar, dass Sie nicht verpflichtet sind, mir Beweismittel zu verraten –»

«Das ist nicht der Grund», unterbricht er mich. «Obwohl es Grund genug wäre.»

«Warum dann?»

«Es würde ... Sie aus der Fassung bringen.»

«Ist es ein Foto von Maggie?»

Er nickt ernst.

«Und sie ist nicht allein?»

Er nickt erneut.

Ich spüre, wie mir die Tränen kommen. Toll. Ich habe das Foto nicht mal gesehen, und schon verliere ich die Fassung. «Als Sie mich gefragt haben, Freitagabend, ob Maggie auf ... harten Sex gestanden hat» – Ich spüre, wie der Druck in den Schläfen größer wird – «hatte die Frage was mit dem Foto zu tun, das Sie gefunden haben?»

«Lassen Sie's gut sein, Natalie.» Er nimmt seine Hand vom Wagen und legt sie mir auf die Schulter.

«Wer ist mit ihr auf dem Foto, Leo?»

Ich halte den Atem an, rechne damit, dass er Jack sagt. Wenn es Walsh wäre, hätte er es mir bestimmt schon gesagt. Es wäre ein weiterer Beweis für dessen Schuld.

«Das ist nicht zu erkennen. Von der zweiten Person ist auf dem Foto nur ein kleiner Ausschnitt zu sehen. Derjenige, der das Foto gemacht hat, war offenbar mehr an Maggie interessiert. Von ihrem Partner kann man nur den Kopf sehen, was auch nichts bringt, weil er eine schwarze Ledermaske trägt, die den ganzen Kopf und das Gesicht bedeckt.»

«Eine Maske?»

«Eine von den Requisiten, die man in Sexshops kriegt», sagt er leise.

Ich habe Mühe, das alles zu begreifen. Es ist so absurd. «Und wer ... hat das Foto gemacht?»

«Da kann ich auch nur raten.» Eine kurze Pause, bevor er hinzufügt: «Vielleicht raten Sie ja besser.»

«Sie glauben doch nicht etwa, dass Jack es gemacht hat.»

«Vielleicht hat er es gemacht. Vielleicht ist er die zweite Person auf dem Foto. Sagen Sie's mir.»

«Ich kann mir noch nicht vorstellen, dass Maggie auf dem Foto ist. Dass sie –» Ich bereue zutiefst, ihn überhaupt auf das Foto angesprochen zu haben, das sich als eine extrem obszöne Aufnahme von meiner toten Freundin entpuppt hat.

«Offenbar bringen Sie die Leute aber dazu, Sie ins Vertrauen zu ziehen.»

«Aber bisher hat mir keiner anvertraut, dass er ein voyeuristischer Fotonarr ist oder auf besonders abartigen Sex steht.» Auch Maggie nicht. Ich breite hilflos die Arme aus. «Sie haben alle meine Geheimnisse gelüftet, Leo.»

«Das bezweifele ich, Natalie.»

Ich könnte schwören, der Mann weiß, dass ich mit Jack geschlafen habe. Hat er Überwachungskameras in meiner Wohnung versteckt? Oder ist mein Gesicht, ist mein Verhalten ein offenes Buch?

Leo trommelt auf dem Wagendach. «Sie sollten jetzt losfahren, sonst macht Ihre Schwester sich noch Sorgen.» Er wendet sich ab und geht zu seinem Wagen.

«Ich will das Foto sehen, Leo.»

Er geht weiter. «Ich hab es nicht bei mir.»

«Morgen.»

Keine Antwort.

Mein Handy klingelt, als ich gerade in meiner Handtasche danach krame, weil ich Rachel anrufen will, um abzusagen.

Als ich es in der Hand halte, denke ich automatisch: *Das ist bestimmt Maggie…*

Der Augenblick vergeht, hinterlässt ein dunkles Loch.

«Hallo.»

Schweigen am anderen Ende.

Ich verkrampfe mich vor Nervosität, denke, es ist wieder Walsh, der mir noch einmal drohen will.

«Hallo», wiederhole ich.

Weiteres Schweigen. Mein Herz rast.

«Ich … muss mit Ihnen reden.»

Die Stimme ist so leise, dass ich meine ganze Konzentration aufbieten muss, um die Worte zu verstehen. Wem die Stimme gehört, kann ich beim besten Willen nicht sagen. Aber ich höre die Dringlichkeit und Aufregung heraus. Spüre, dass ich die Person am anderen Ende der Leitung mit Fragen nur abschrecken könnte.

«Wann?»

«Ich … weiß nicht –»

«Wir können uns jetzt gleich treffen», sage ich rasch.

Und genauso rasch höre ich: «415 Jordan Street. Cambridge. Apartment 8.

Die ersten Monate sind für entlassene
Häftlinge am schwersten. Es ist mit er-
höhter Paranoia, Verwirrung und Erregung zu rechnen. Zudem können Anzeichen für sexuelle Dysfunktion auftreten…
*(Auszug aus einem Schreiben
des Bewährungsausschusses
an Angehörige von auf
Bewährung Entlassenen)*

27

Ein korpulenter Mann mit schütterem Haar, das er durch ge-
schicktes Kämmen zu tarnen versucht, und mit Bauchansatz, den
auch das übergroße Sweatshirt nicht verhüllen kann, macht mir
die Tür auf. Ich habe ihn noch nie gesehen, aber er erwartet mich
offenbar. Was nicht heißen soll, dass er ausgesprochen freundlich ist. Mit einer Kopfbewegung fordert er mich auf einzutreten.
Er macht zwei schlurfende Schritte zur Seite. Doch seine füllige
Gestalt nimmt noch immer so viel Platz in Anspruch, dass ich
mich behutsam um ihn herummanövrieren muss, um nicht mit
ihm in Berührung zu kommen.

Die Wohnungstür führt direkt in ein enges, aber aufgeräum-
tes Wohnzimmer. Auf dem Fußboden liegt ein orangefarbener
zotteliger Wollteppich, die Möbel sind alt, die Couch ist mit
einem beige-grün karierten Überwurf bedeckt, die zusammen-
gewürfelten Sessel orientieren sich auf den einzigen richtig teuren Gegenstand im Raum hin, den großen Farbfernseher. Der
Fernseher läuft – eine Nachrichtensendung –, aber der Ton ist
abgedreht.

Mein *Gastgeber* ist an der offenen Tür stehen geblieben. «Ich
geh dann jetzt», ruft er.

Einen Moment denke ich, die Ankündigung richtet sich an mich – als ginge er davon aus, dass ich schlecht höre –, doch dann öffnet sich die Tür zu meiner Rechten, und eine Frau kommt aus dem Raum, der, wie ich vermute, das Schlafzimmer ist.

«Danke, dass Sie... so schnell gekommen sind», sagte sie, mit nervös entschuldigendem Unterton.

Jetzt erkenne ich auch die Stimme am Telefon.

«Es hat sich wichtig angehört, Terri.»

«Keith weiß nicht, dass ich hier bin. Ich meine, er weiß nicht... dass wir uns treffen. Meine Schwester wohnt hier. Sie hat Spätdienst. Sie ist Krankenschwester im Mercy. Keith weiß nicht, dass sie in die Spätschicht gewechselt ist. Manchmal sage ich ihm, ich würde abends Jen besuchen gehen. Nicht allzu oft. Und ich bleibe nie lange. Vielleicht zwei Stunden. Keith passt auf die Zwillinge auf. Es gefällt ihnen nicht. Für sie ist er nach wie vor... Na, Sie haben's ja erlebt. Es ist schwer. Für uns alle. Schwerer, als ich... gedacht habe.»

Terri Franklin holt ganz tief Luft. Und atmet nur ein wenig aus. «Bitte... setzen Sie sich doch. Möchten Sie was trinken? Ich könnte einen Kaffee machen. Aber nur koffeinfreien. Jen trinkt nur noch koffeinfrei. Sie sagt, von Koffein ist sie immer so aufgekratzt. Manchmal bringe ich Kaffee von zu Hause mit. Ich kann koffeinfreien nicht ausstehen. Wozu Kaffee trinken, wenn er einen nicht auf Touren bringt? Aber... aber heute Abend habe ich keinen mitgebracht. Tut mir Leid. Natürlich trinken viele Leute abends keinen koffeinhaltigen. Dann können sie nicht schlafen. Hab ich aber keine Probleme mit. Noch nie gehabt. Mich halten... andere Sachen wach.» Sie hält abrupt inne. Als wäre die ganze Luft aus ihr raus. Sie wirkt sogar zusammengefallen. Fast genauso, wie sie heute am späten Nachmittag auf mich gewirkt hat.

Bevor ich Platz nehme, schalte ich den Fernseher aus. Ich möchte nicht, dass sie durch die Bilder von einem Flugzeugabsturz abgelenkt wird, die gerade gezeigt werden.

Sie setzt sich nicht richtig, sondern hockt sich wie ein Vogel vorn auf die Kante des anderen Sessels. Sie versucht, die Hände auf dem Schoß still zu halten, aber sie gehorchen nicht, ihre Finger zucken nervös. Um dagegenzusteuern, presst sie die Hände fest zusammen. Ich sehe, wie ihre Knöchel von dem Druck weiß werden. «Das vorhin war Mike, der Ihnen die Tür aufgemacht hat. Er ist ein ... Freund.»

«Von Ihnen?», frage ich ruhig.

Sie hebt ratlos die knochigen Schultern. «Auch von Jen.» Sie wird puterrot. «Oh, ich meine nicht ...» Sie weicht meinem Blick aus. «Jen hat uns miteinander bekannt gemacht. Mike ist Koch im Krankenhaus.»

Ich nicke nur, weil ich weiß, dass mein Schweigen Terris Nervosität verstärken wird und sie dann hoffentlich weiterredet.

Terri setzt sich gerade hin, löst ihre Hände voneinander, faltet sie dann geziert auf dem Schoß. Wie eine Schülerin, die ihrer Lehrerin zeigen will, wie brav sie ist. Nur ihr Gesicht straft das Bild Lügen, das sie zu vermitteln versucht. Auf ihrem Gesicht liegt ihr Schuldgefühl wie ein dunkler Schatten.

«Ich war so einsam, als Keith ... eingesperrt war. Ich habe Jen nichts davon gesagt, aber sie hat es mir wohl angemerkt. Verstehen Sie, ich hab mich so geschämt. Nachdem Keith verhaftet worden war, haben unsere so genannten Freunde uns fallen lassen wie eine heiße Kartoffel. Das hat schon wehgetan, aber noch schlimmer war, dass die Freunde der Kinder ...»

Ihr Schultern sinken herab. «Keith hat sich die ganze Zeit, die er eingesperrt war, nur selbst schrecklich Leid getan. Er hat nicht ein einziges Mal gefragt, wie ich damit zurechtkam. Wie die Kinder zurechtkamen. Ich sage ja nicht, dass es für ihn nicht viel schwerer war. Es muss schrecklich gewesen sein. Er tat mir ehrlich Leid. Aber er hätte –» Sie bricht ab, die Hände erneut zusammengepresst.

«Ich spreche oft mit Angehörigen von Häftlingen, Terri. Viele von ihnen – vor allem die Frauen und Kinder – machen eine sehr harte Zeit durch. Wir haben im Horizon House sogar eine Selbsthilfegruppe für die Familienangehörigen von Häftlingen gegründet. Damit sie über ihre Gefühle sprechen können und Hilfe bekommen.»

«Mike hat mich unterstützt», sagte Terri, mustert mich rasch, um zu sehen, ob ich Zeichen von Missbilligung zeige. Als sie nichts dergleichen in meinem Gesicht sieht, fügt sie hinzu: «Er tut es noch.»

«Wir alle brauchen einen Menschen, der unser Leiden verstehen kann», sage ich ruhig.

«Ich habe Mike nichts vorgemacht. Das mit uns ist nichts Ernstes. Wir ... schlafen nicht mal mehr miteinander, seit Keith wieder da ist. Aber Mike ist lieb. Er ist ganz anders als Keith. Oh, ich will damit nicht sagen, dass Keith gemein ist oder so. Ich glaube, er könnte keiner Fliege was zuleide tun. Ehrlich.»

Die Beteuerungen sind ein wenig zu emphatisch. Will sie mich oder sich selbst überzeugen?

«Ich meine ... sie sind unterschiedlich, Mike und Keith, vom Aussehen her, bildungsmäßig und ... so», redet Terri nervös weiter. «Mike war nicht auf dem College oder so. Er hat keine ... hochfliegenden Ambitionen. Keith hatte immer ... tausend Pläne und Träume. Wir beide. Wir kommen beide nicht aus wohlhabenden Familien. Und ich habe gerade mal den Highschool-Abschluss. Ich kann Ihnen sagen, meine Eltern waren hin und weg, dass ein Mann mit College-Abschluss und einem richtig guten Job ihre Tochter heiraten wollte. Natürlich wussten sie nicht, dass ich schon schwanger von ihm war. Keith war nicht der Erste, mit dem ich ... geschlafen habe. Aber der erste, den ich geliebt habe. Und ich habe geglaubt, er würde mich auch lieben.»

«Und das glauben Sie jetzt nicht mehr?»

Terri ignoriert meine Frage. «Ein paar Jahre lang war Keith richtig erfolgreich, und wir haben in Saus und Braus gelebt. Ich sage nicht, dass das nicht schön war. Das war es. Besonders Sachen für die Kinder kaufen. Spielzeug, teure Kleidung, schicke Kinderwagen, eine große Schaukel für den Garten. Sie hätten all das Zeug sehen sollen, das sich unter unserem Weihnachtsbaum türmte, in dem Jahr, bevor er ... ins Gefängnis musste. Für meine Familie tue ich alles, hat er immer gesagt.»

Sie blickt auf den Fußboden. «Nur, die Kinder erinnern sich nicht mehr, wie das war. Wie großzügig ihr Daddy war. Wie liebevoll ...»

«Und jetzt?»

Terri presst die Lippen zusammen. «Er würde den Kindern niemals wehtun. Auch mir nicht. Nicht… körperlich. Er hat nie die Hand gegen uns erhoben. Aber manchmal ist er… aufbrausend. Was gar nicht seine Art ist. Zumindest war er früher nicht so. Aber das stört mich eigentlich weniger. Schlimmer finde ich, dass ich das Gefühl habe, er… spielt eine Rolle aus der Erinnerung.»

Sie blickt kurz zu mir herüber, um sich zu vergewissern, dass ich verstehe, was sie sagen will. Mein Nicken scheint sie zufrieden zu stellen.

«Er ist oft geistesabwesend. Ich rede mit ihm oder eins der Kinder will ihm was sagen, und man merkt ihm an, dass er gar nicht richtig zuhört. Und… er ist oft weg. Manchmal stehe ich nachts auf, sogar spät in der Nacht, und er ist nicht da. Nicht im Bett. Nicht in der Wohnung. Wenn ich ihn dann am nächsten Morgen danach frage, sagt er nur, er konnte nicht schlafen und ist mit dem Auto herumgefahren. Er hat den alten Pontiac von seinem Bruder. Der Wagen ist ein richtiger Benzinfresser, und wir haben nicht das Geld, um ihn zu unterhalten. Aber ich sage nichts. Ich will nicht, dass er denkt, ich bin… unsensibel.»

«Wissen Sie, wohin er fährt, wenn er nachts mit dem Wagen unterwegs ist?»

Terri schüttelt den Kopf. «Wenn ich ihn frage, warum er nachts einfach so abhaut, sagt er, wegen der ganzen Zeit, die er eingesperrt war. Er hat irgendwie das Bedürfnis, sich zu beweisen, dass er einfach aufstehen und wegkann, egal, zu welcher Zeit. – Aber er macht es immer mitten in der Nacht. Die Nächte sind für Keith am schwersten. Er hat Alpträume. Manchmal wimmert er im Schlaf oder schreit sogar.»

«Spricht er über seine Alpträume?»

«Nie. Aber ich hab ihn auch nie gefragt. Ich versuche, ihn aus der Reserve zu locken, aber er baut eine Mauer zwischen uns auf, sobald ich nur –» Erneutes Achselzucken. «Keiths Bewährungshelfer hat mich besucht, kurz bevor Keith rauskam. Er hat mir gesagt, dass Keith wahrscheinlich… anders sein würde als früher. Dass er sehr wahrscheinlich nicht über seine Zeit im Gefängnis sprechen würde. Dass er versuchen würde, das alles zu vergessen. Das würde ihm zwar nicht gelingen, aber mit der Zeit würde er zu seinen Erlebnissen im Gefängnis Abstand gewinnen. So hat der Bewährungshelfer sich ausgedrückt. Als ich ihn gefragt habe, was er mit Erlebnissen meint, hat er bloß gesagt, das Leben hinter Gittern sei kein Honigschlecken.»

Sie zögert, und ich sehe, dass ihre Hände zittern. «Man liest ja so einiges. Sieht so manches im Fernsehen oder im Kino. Ich… ich gebe zu, dass ich große Angst davor hatte… mit Keith… zu schlafen. Es wäre ja möglich gewesen… oh Gott, ich wollte, dass er einen Aids-Test machen lässt, aber ich wusste nicht, wie ich… ihn darum bitten sollte. Aber dann kam mir die Idee, ihm zu sagen, ich hätte die Pille absetzen müssen und ein Diaphragma wäre mir zu unsicher und er müsste Kondome benutzen.»

Sie wirft mir einen unglücklichen Blick zu. «Aber ich hätte mich gar nicht verrückt zu machen brauchen. Wir schlafen nämlich so gut wie nie miteinander. Keith scheint einfach… kein Interesse zu haben.» Wieder zögert sie, bevor sie hinzufügt: «Jedenfalls nicht an mir.»

Ich muss an die letzten Monate mit Ethan denken und an sein nachlassendes Interesse, mit mir zu schlafen. Und daran, dass ich mich abgelehnt und nicht begehrenswert gefühlt habe. An die immer neuen Begründungen für sein *Ich bin heute Abend einfach nicht in Stimmung, Schatz.*

Gesprächsfetzen fallen mir plötzlich wieder ein. Franklin, wie er etwas über eine von ihm geschriebene Geschichte sagt, die von Maggie sehr gelobt wurde. Karen, die betont, dass Maggie sich nur richtig für Häftlinge interessierte, die in ihren Augen Talent hatten. Hatte Keith sich nachts aus dem Haus geschlichen, um zu Maggie zu fahren?

War das Franklins Stimme auf Maggies Anrufbeantworter gewesen? Die Stimme des Mannes, die ich am Freitagabend nicht erkannt hatte? Seine Stimme klang heute Nachmittag anders, aber da war er auch in einer ganz anderen seelischen Verfassung gewesen.

Hatte Franklin es satt gehabt, dass sie ihm aus dem Weg ging? War er am Freitag in der Mittagspause in seinem alten Pontiac zu Maggies Wohnung gefahren, um sie zur Rede zu stellen? Hatte er sie vergewaltigt und ermordet, als er mit seinen Versöhnungsversuchen bei ihr gescheitert war?

«Möchten Sie wirklich nichts trinken?», fragt Terri.

Ich schüttele den Kopf, obwohl ich spüre, dass mein Hals wie ausgetrocknet ist. «Wissen Sie, warum Detective Coscarelli und ich heute Nachmittag bei Ihrem Mann waren?»

Terris Gesicht verzieht sich gequält, und ihre Augen werden feucht. «Keith hatte ein Foto von ihr in dem Gedichtbändchen, das er sich gekauft hat. Gedichte. Bevor er ins Gefängnis musste, hat er Krimis und Science-fiction gelesen. Gedichte? Nie. Das paßte einfach nicht zu ihm. Heute hat er ganze Regale voll mit Gedichtbänden.»

«Ein Foto von Maggie Austin?» Augenblicklich muss ich an das obszöne Foto von Maggie und ihrem maskierten Liebhaber denken.

«Es ist nicht mehr da. Ich hab nachgesehen. Es ist weg.»

«Was war das für ein Foto? War noch jemand auf dem Foto?»

Terri sieht mich verständnislos an. «Es war ein ganz normales Foto. Und sie war allein drauf. Es sah aus wie so ein Foto, das man beim Fotografen machen lässt.» Ihre Mundwinkel zucken nach unten. «Sie war wunderschön.»

«Hat Keith Ihnen irgendwas von Maggie erzählt?»

«Er hat mir nicht mal gesagt, dass er in ihrem Lyrikkurs im Gefängnis war. Ich habe ihn die ganze Zeit, die er inhaftiert war, zwei-, dreimal im Monat besucht, und er hat nicht ein einziges Wort von seiner Lehrerin erzählt.»

«Haben Sie ihn gefragt, wer das auf dem Foto ist, als Sie es entdeckt haben?»

«Nein. Ich ... ich weiß auch nicht, warum. Ich ... hab einfach gedacht –» Sie bricht ab.

«Was haben Sie gedacht, Terri?»

«Zuerst hab ich gedacht, es wäre bloß ein Foto. Ich meine, niemand, den er kannte. Wie ... wie eine Phantasiefrau. Weil sie einfach nicht so aussah wie eine Frau, die sich ... für Keith interessieren würde.» Die Tränen laufen ihr jetzt über die Wangen.

Ich berühre ihre Hand. «Mein Mann hat mich vor kurzem wegen einer anderen Frau verlassen, Terri.»

Sie blickt mir in die Augen, und einen Moment lang verbindet uns Mitgefühl und Verständnis füreinander. Erstaunt stelle ich fest, dass mir dieser Augenblick genauso viel bedeutet wie offenbar Terri.

«Ein paarmal, wenn ich dachte, er wäre nicht zu Hause, hab ich gehört, wie er mit ihr telefoniert hat. Einmal hat er gesagt... ‹Ich liebe dich, Maggie. Und ich werde dich immer lieben, egal, was du sagst oder tust.›»

Terri wischt sich vergeblich mit dem Handrücken die Tränen ab. «Schlimm für mich war nicht einmal so sehr, was er gesagt hat, sondern wie er es gesagt hat. So... hat er mir nie gesagt, dass er mich liebt. Mit so viel... Leidenschaft.»

Ich nehme zwei saubere Papiertaschentücher aus meiner Handtasche, reiche ihr eins und merke, dass ich selbst eins brauche. Trotz der Unterschiede zwischen uns, verbindet uns jene besondere Art von Schmerz, die aus Ablehnung und Verrat erwächst.

Terri wischt sich die Augen und putzt sich die Nase. Ich ebenfalls. Wir sitzen einige Sekunden schweigend da, aber ohne jede Anspannung. Nur zwei verlassene Frauen, die ein Weilchen brauchen, um die Fassung wiederzufinden.

«Erzählen Sie mir von letztem Freitag, Terri.»

Sie erstarrt, und meine Frage zerreißt augenblicklich die Verbindung zwischen uns.

«Ich... war in der Schule. Ich arbeite in der Grundschule meiner Kinder.»

«Und Keith?»

«Er war auf der Arbeit.» Sie schnieft, wiederholt dann mit mehr Nachdruck: «Er war auf der Arbeit.»

«Was haben Sie ihm an dem Tag zum Lunch vorbereitet?»

Sie wirkt weder überrascht noch verdutzt über die Frage. Sie wirkt verängstigt. Obwohl sie ihr Bestes tut, es sich nicht anmerken zu lassen.

«Hackbraten. Sein Lieblingsessen. Er hat immer gesagt, meiner würde besser schmecken als der seiner Mutter.» Ihre getrockneten Tränen haben Furchen in ihr Make-up gegraben. Die Wimperntusche ist schwarz verschmiert. Hatte sie sich für mich oder für Mike geschminkt? Stimmte es wirklich, dass sie nichts mehr mit ihm hatte, oder hatte sie Angst zuzugeben, dass ihre Affäre noch nicht zu Ende war, obwohl Keith wieder zu Hause war? Wer könnte es den beiden verübeln? Gott, wie ich Terri darum beneiden würde, wenn sie jemanden hätte, der ihr das Gefühl gibt, attraktiv zu sein. Der sie begehrt, wenn ihr Mann sich von ihr abwendet, im wörtlichen wie im übertragenen Sinne.

Vielleicht ist das der Grund, warum ich mit Jack geschlafen habe. Ich wollte begehrt werden. Nur bin ich nicht sicher, dass Jack mich begehrt hat. Ich werde das Gefühl nicht los, dass ich nichts als ein dürftiger Ersatz für die Frau war, die er nicht mehr besitzen konnte.

Ich merke plötzlich, dass ich meine Gedanken wieder habe schweifen lassen. «Hackbraten?»

Terri runzelt die Stirn. «Als ich an dem Abend nach dem Essen den Tisch abgeräumt habe... hab ich gesehen, dass alles im Mülleimer lag. Der Hackbraten, der Bohnensalat, der Krautsalat. Alles, was er so gerne isst. Oder gerne gegessen hat. Ich weiß nicht, warum, aber da... bin ich wütend geworden. Es war wie ein Schlag ins Gesicht. Als würde er mich jetzt nicht nur im Schlafzimmer, sondern auch noch in der Küche ablehnen. Ich bin vollkommen ausgerastet. Ich hab ihn angeschrien, auf ihn eingeschlagen.» Ihr Gesicht wird rot. «Ich hab geschrien, wie frustriert ich bin und dass ich mich so allein fühle und dass das alles seine Schuld ist. Dass überhaupt alles nur seine Schuld ist.» Wieder kommen Terri die Tränen.

«Und wie hat Keith reagiert?»

«Er ist zusammengebrochen und hat geweint wie ein kleines Kind. Am Küchentisch. Und alles – meine Schreierei und Keiths Weinen – spielte sich vor den Kindern ab. Sie haben Angst gekriegt.»

«Hatten Sie Angst, Terri?»

«Nein... da nicht.»

Ich warte, dass sie weiterredet, während sich mein Magen zusammenzieht, mein Puls mir bis in den Kopf dröhnt.

Aber es kommt nichts mehr. Terris Augen sind geschlossen, und noch mehr Tränen quellen hervor.

«Wann denn? Als Sie hörten, dass Maggie ermordet worden ist?» Ich bemühe mich, meine Stimme nicht bedrohlich klingen zu lassen, aber wir spüren beide, dass die Bedrohung in der Luft hängt wie ein bleischweres Gewicht. Denn im Grunde frage ich sie, ob sie es für möglich hält, dass ihr Mann, der Vater ihrer Kinder, Maggie Austin vergewaltigt und ermordet hat.

Terri Franklin gibt keine Antwort.

> ... wenn dich so richtig die blanke Ver-
> zweiflung packt, kannst du wieder Kraft
> gewinnen, indem du an die Menschen
> denkst, die draußen auf dich warten, weil
> du weißt, dass du eines Tages wieder bei
> ihnen sein wirst und dass dann alles, was
> du jetzt durchmachst, nur noch ein böser
> Alptraum ist...
>
> *T. C.*
> *Häftling Nr. 957693*

28

Als ich die dunkle, menschenleere Straße hinunter zu meinem Wagen eile, den ich nicht weit von der Wohnung von Terris Schwester geparkt habe, bricht der Regen los, der sich den ganzen Tag schon angekündigt hat. Im Nu klebt mir mein schwarzer Hosenanzug am Körper, und ich trete in ebenso viele Pfützen, wie ich ausweichen kann, sodass meine schwarzen Lederpumps klatschnass werden und bei jedem Schritt quietschen.

Den Kopf voller Gedanken daran, dass Franklin als Hauptverdächtiger in Frage kommt, zutiefst erleichtert, mich auf Franklin konzentrieren zu können statt auf Walsh – oder Jack –, und darauf bedacht, möglichst schnell aus dem Regen zu kommen, werfe ich nur einen flüchtigen Blick nach links und rechts, um mich zu vergewissern, dass keine Autos kommen, bevor ich vom Bürgersteig auf die Straße trete. Ich habe die Straße halb überquert, als plötzlich der blendende Lichtstrahl von Scheinwerfern auf mich fällt, die keine zwanzig Meter von mir entfernt sind.

Verdammt, wo kommt das Auto auf einmal her? Aus dem Nichts?

Für wenige Sekunden, die mir wie eine Ewigkeit vorkommen, stehe ich wie erstarrt im Fernlicht des Wagens, unschlüssig, ob ich vor- oder zurücklaufen soll.

Es ist weniger eine bewusste Entscheidung als vielmehr der Restschwung meiner Vorwärtsbewegung, der mich veranlasst geradeaus zu rennen, doch nach nur wenigen Schritten bleibe ich mit dem Absatz im Gitter eines Gullis hängen. Ohne eine Chance, die Balance zu halten, schieße ich kopfüber nach vorne.

Ich knalle so hart aufs Pflaster, dass mir die Luft wegbleibt.

Ich habe gehört, dass man, bevor man stirbt, noch mal das ganze Leben im Eiltempo an sich vorbeiziehen sieht. Ich sehe nur diese verdammten Scheinwerfer. Die auf mich zurasen. Als würde der Fahrer mich nicht sehen. Aber er muss gesehen haben, wie ich gestolpert und hingefallen bin, wenn er nicht hinterm Lenkrad eingeschlafen ist. Oder so betrunken, dass er nicht mehr gerade gucken kann.

Der Wagen ist so nahe – fast zum Greifen nahe –, dass ich den kräftigen, beißenden Geruch seiner Auspuffgase riechen kann, die er in die Luft bläst.

Ich kann gerade rechtzeitig wieder Atem schöpfen, um noch in die leere Nacht hinauszuschreien. Der Klang wird von dem dröhnenden Motor des Wagens übertönt. Ich schließe die Augen. Rechne damit, zu Tode gequetscht zu werden, denn es gibt absolut kein Entrinnen mehr.

Erstaunlicherweise fühle ich nur den harten Schwall Regenwasser, der von den wirbelnden Rädern abspritzt, als der Wagen an mir vorbeirast. Er verfehlt mich nur um Zentimeter. Und absurderweise hätte er mich wohl erwischt, wenn ich nicht gestolpert und gefallen wäre.

Ich rappele mich schwankend hoch, zittrig und wütend, warte, dass der Wagen anhält. Aber der mit Vollgas fahrende Wagen bremst nur kurz ab, bevor er um die Ecke biegt. Unfallflucht.

Nur dass ich um Haaresbreite noch mal einem Unfall entgangen bin.

Aber mir tut alles weh.

«Was soll das heißen, du wärst beinahe von einem Betrunkenen überfahren worden?» Aus der Frage spricht purer Unglaube.

«Was gibt es denn da nicht zu verstehen, Rachel», sage ich gereizt in mein Handy, als ich wieder in meinem Wagen sitze. «Jedenfalls, ich bin gestürzt, als ich ihm ausweichen wollte, und ich bin ziemlich lädiert. Und sehe aus wie eine ertrunkene Ratte. Außerdem ist es jetzt zu spät, um noch zu dir zu fahren.» Die Uhr an meinem Armaturenbrett zeigt Viertel nach neun.

«So spät ist es doch noch nicht. Ich hab einen Erste-Hilfe-Kasten. Ich … kann mich ja mal zur Abwechslung um dich kümmern, Nat.»

In ihrer Stimme liegt so viel Dringlichkeit, dass ich es nicht über mich bringe, ihr zu widersprechen. «Du wirst mir eins deiner Armani-Outfits leihen müssen. Meine Klamotten sind hinüber.»

Sie lacht, und ich höre ihre Erleichterung. «Such dir aus, was du möchtest.»

«Hast du das Kennzeichen gesehen? Oder die Automarke?»

Wir sitzen an der polierten Granittheke in Rachels frisch renovierter, mit allen Schikanen ausgestatteter Küche und essen Spargelquiche und Endiviensalat. Das heißt, eigentlich stochern wir nur in unserem Essen herum, obwohl es wirklich köstlich schmeckt. Ich weiß, warum *ich* keinen Appetit habe. Bei Rachel bin ich mir nicht sicher.

Ich nehme einen Schluck gekühlten Chardonnay. «Es war zu dunkel, und der Wagen zu schnell. Ich weiß nur, dass es ein großer war.» Und dann erinnere ich mich an noch etwas. Etwas, das mir bis jetzt nicht richtig ins Bewusstsein gedrungen war. Ich stelle mir vor, wie der Wagen um die Kurve biegt. «Moment mal. Eins von den Bremslichtern war kaputt. Auf der Fahrerseite.»

«Mensch, damit kann die Polizei bestimmt was anfangen.»

«Oh ja, sicher. Was meinst du wohl, wie viele Autos in Boston und Umgebung mit einem kaputten Bremslicht rumfahren. Außerdem habe ich für heute die Nase voll von der Polizei.» Ich trinke meinen Wein aus und will mir nachschenken, als ich sehe, dass die Flasche leer ist. Wir haben zu zweit eine Flasche getrunken. Kein Wunder, dass ich so beduselt bin.

«Ich hol eine neue.» Rachel ist schon halb von ihrem Hocker.

«Nein. Ich bin schon überm Limit.»

«Was bedeutet, dass du heute Nacht nicht nach Hause fahren kannst. Also können wir beide uns einen picheln.»

«Seit wann pichelst du dir gern einen?», frage ich. Obwohl Rachel ihr Leben lang geleugnet hat, dass unser Vater ein echter Trinker war, ist sie im Umgang mit Alkohol immer sehr vorsichtig gewesen. Bis zu ihrer Heirat hat sie nicht mal einen Tropfen getrunken.

Ich selbst bin zwar nicht völlig abstinent, doch ich achte sehr wohl darauf, wie viel ich trinke. Meistens.

Rachel stellt eine neue Flasche gekühlten Chardonnay auf die Theke. «Hier, mach sie schon mal auf, ich bezieh das Bett im Gästezimmer.»

Ich hab noch nie bei Rachel übernachtet. Ich kann mich kaum erinnern, ihr Gästezimmer überhaupt schon mal gesehen zu haben. Und trotzdem spricht sie so beiläufig und normal davon, dass ich bei ihr übernachte, dass es mir fast schon selbst so vorkommt. Sicher hängt es zum Teil mit meinem leicht angetrunkenen Zustand zusammen. Und Rachels Einladung ist bestimmt darauf zurückzuführen, dass sie einen ähnlichen Alkoholpegel hat. Obwohl ich mich zu erinnern meine, dass ich mindestens zwei Gläser getrunken habe, wenn sie eins getrunken hat.

«Du hast die Flasche ja nicht aufgemacht», sagt sie leicht tadelnd, als sie wiederkommt.

Ich spüre, dass ich langsam ärgerlich werde. Das ist nicht die Rachel, die ich kenne. «Was ist eigentlich los, Rachel?»

Sie schiebt sich auf ihren Hocker, gibt endlich die aufgesetzte Heiterkeit auf. Sie wirft mir einen erschöpften Blick zu, macht sich dann daran, den Wein zu entkorken. Während sie damit herumhantiert, murmelt sie: «Du bist schließlich meine ganze Familie, Nat.»

«Du hast einen Mann und drei Kinder», erinnere ich sie ein wenig zynisch. Vielleicht bin ich wütend, dass sie das jetzt erst zu merken scheint. Oder vielleicht bin ich einfach nur eifersüchtig, dass sie eine eigene intakte Familie hat. Ich bin diejenige, die jetzt niemanden mehr hat außer ihr.

«Verdammt», knurrt sie, als der Korken abbricht. «Ich hole eine andere Flasche.»

«Tut mir Leid», sage ich. «Ich hatte einen schlechten Tag. Viele schlechte Tage.»

«Schon gut», sagt Rachel und setzt ein strahlendes Lächeln auf, das unverkennbar falsch ist.

«Irgendwas stimmt nicht.» Ich formuliere das als Feststellung einer Tatsache, damit sie sich nicht so leicht herauswinden kann.

Rachels Augen gleiten von meinem Gesicht ab, und sie starrt zu dem inzwischen dunkel gewordenen Fenster über der Spüle rechts von ihr hinaus. Sie sagt nichts, aber ich spüre die Anspannung, die von ihrem Körper ausgeht. Ich weiß, dass es etwas Schlimmes sein muss, weil ich genau weiß, wie geschickt meine Schwester darin ist, Dinge zu überspielen. Zu verdrängen. Zumindest mir gegenüber. Und doch hat sie mich gebeten – praktisch angefleht –, heute Abend zu ihr zu kommen.

«Sprich mit mir, Rachel», sage ich sanft, nehme ihre Hand. Spüre, wie sie sie fest drückt.

Es dauert ein paar Sekunden, bis sie den Mut aufbringt zu antworten. «Ich habe Fotos gefunden. In Garys Aktentasche.»

Alarmglocken schrillen in meinem Kopf los. «Was für Fotos?»

Ihre Unterlippe bebt. «Jungen. Kleine Jungen. Sie waren… nackt.» Sie presst die Lippen fest zusammen, schüttelt den Kopf, als wollte sie die Erinnerung auslöschen.

«Rachel», sage ich leise, zu geschockt, um mehr zu sagen.

«Es ist bestimmt… ein Irrtum.» Sie zieht ihre Hand weg, versucht zu lächeln, aber erfolglos. Ihre Stimme klingt gequält.

«Hast du mit Gary gesprochen?»

«Nein. Nein. Ich… ich kann nicht. Ich will, dass nichts gewesen ist, Nat. Ich will vergessen, dass ich… sie gefunden habe.»

«Keine Frau vergisst, dass sie Pornofotos von kleinen Jungs im Besitz ihres Mannes gefunden hat.»

Rachel presst sich die Hände auf die Augen. Eine Geste aus ihrer Kindheit, wenn sie etwas, das ihr Angst machte, ausblenden wollte.

Aber sie ist kein Kind mehr.

Sachte ziehe ich ihr die Hände herunter, halte sie fest. Spüre, wie sie zittern.

«Warum? Warum sollte er...? Er war doch immer ein perfekter Ehemann. Wir haben nie Streit. Auch... im Bett klappt es bei uns... sehr gut. Gary hat sich nie... beklagt. Ich versteh das nicht.»

«Es ist eine Krankheit, Rachel.» Meine Stimme ist ruhig und besänftigend, aber innerlich tobe ich über Rachels *perfekten* Ehemann.

«Es sind Kinder, Nat. Ein paar von diesen Jungs waren kaum älter als Tommy. Unser eigener Sohn. Tommy duscht zusammen mit seinem Daddy. Sie schwimmen zusammen nackt im See.»

«Hast du Angst, dass Gary Tommy missbraucht?»

Sie reißt ihre Hände aus meinen und starrt mich entsetzt an. «Was redest du denn da? Natürlich nicht. Um Himmels willen, niemals. Nie im Leben.» Und sofort schlägt das Entsetzen in Empörung um. «Es ist doch immer das Gleiche mit dir, Nat. Immer musst du alles aufbauschen. Schlimmer machen, als es ist. Es waren nur Fotos, verdammt noch mal. Wie kannst du nur denken –? Gary würde nie – niemals.»

Ich lege meine Hand auf Rachels Schulter, aber sie schüttelt sie ab. «Vergiss einfach, was ich gesagt habe. Es hat nichts zu bedeuten.»

«Hör auf, Rachel. Und ob es was zu bedeuten hat. Wir reden hier von Kinderpornographie. Pädophilie. Mindestens.» Selbst wenn Gary sich nicht an seinem Sohn vergriffen hat, dann möglicherweise an anderen Kindern.

«Er begeht ein Verbrechen, Rachel. Dafür könnte Gary vor Gericht kommen. Ins Gefängnis.» Es gibt etliche Verbrechen, die mich mehr anwidern, als ich überhaupt sagen kann. Und dieses hier gehört hundertprozentig dazu.

Sie hat die Augen fest zugekniffen, die Hände auf die Ohren gelegt – will nichts sehen, nichts hören –, aber natürlich hat sie jedes Wort gehört.

Als sie die Augen wieder öffnet, sind sie vorwurfsvoll. «Erst sagst du, es ist eine Krankheit, jetzt ist es auf einmal ein Verbrechen.»

«Es ist beides, Rachel. Und das weißt du so gut wie ich.»

«Und? Was willst du jetzt machen? Ihn anzeigen? Schande über meine ganze Familie bringen? Mich und die Kinder einem schmutzigen Prozess aussetzen?» Und dann die Krönung. «Mein Vertrauen missbrauchen?»

«Rachel, darum geht –»

«Ich hab sie weggeworfen. Die schmutzigen Fotos in tausend Stücke zerrissen und im Klo runtergespült. Sie sind weg. Es gibt keine Beweise.»

Aber ich denke nicht an Beweise. Ich denke an Rachels Sicherheit. «Dann weiß Gary, dass du sie gefunden hast. Spätestens dann, wenn er sie das nächste Mal sucht.»

Sie steht von ihrem Hocker auf, geht zum Fenster. Wenn sie eine Situation nicht mehr erträgt, geht sie zuerst mal auf Distanz. In dieser Hinsicht sind wir uns sehr ähnlich.

«Und wenn er merkt, was ich getan habe, wird er wieder zur Vernunft kommen», sagt Rachel, dreht sich zur Spüle und lässt geistesabwesend Wasser über einen bereits gespülten Teller laufen. «Er wird mich nicht darauf ansprechen, und ich ihn auch nicht. Aber er wird sich gedemütigt fühlen und sich zutiefst schämen, ganz sicher. Und dann ist Schluss damit.»

Ich befürchte das genaue Gegenteil. Dass er, wenn er weiß, dass er aufgeflogen ist, in Panik geraten und gewalttätig werden könnte. Gewalttätig gegen Rachel. Aber wenn ich meiner Schwester das sage, wird sie rundweg abstreiten, dass Gary ihr je etwas antun könnte. Und sie würde es noch mehr bereuen, dass sie sich mir anvertraut hat. Mehr denn je möchte ich jetzt nicht, dass sie sich von mir zurückzieht. Außerdem ist sie im Augenblick eindeutig an ihre Grenze gestoßen. Ich kann nur ahnen, wie viel Überwindung es sie gekostet hat, mir von ihrer scheußlichen Entdeckung zu erzählen.

«Ich liebe dich, Rachel», sage ich leise, Worte, die ich schon sehr lange nicht mehr ausgesprochen habe.

Rachel dreht sich zu mir um, nickt, wendet sich dann wieder der Spüle zu. Das Wasser läuft noch immer, aber sie starrt zum Fenster hinaus.

«Vielleicht fahr ich jetzt doch besser nach Hause.» Ich bin

bestimmt wieder nüchtern genug, um mich hinters Steuer zu setzen. Und irgendwie habe ich das Gefühl, dass es meiner Schwester lieber wäre, wenn ich gehe.

Aber Rachel hört nicht zu. Ihre Aufmerksamkeit ist auf die dunkle Straße vor dem Fenster gerichtet.

«Nat. Komm mal her. Schnell.»

«Was?»

«Beeil dich.»

Ich gehe zu ihr.

«Zu spät. Er ist weg.»

«Wer ist weg?» Ich stehe neben ihr am Fenster und blicke auf die dunkle Straße.

«Der Wagen.» Sie dreht sich langsam zu mir um, das Gesicht voller Besorgnis. «Er ist langsamer geworden, als er am Haus vorbeifuhr. Und als er um die Ecke bog, habe ich die Bremslichter aufleuchten sehen. Das heißt nur ein Bremslicht. Das auf der Fahrerseite war kaputt.»

Ich spüre, wie sich die Härchen auf meinen Armen aufrichten. «Mach das Licht aus, Rachel. Mal sehen, ob er noch mal vorbeifährt.»

«Ich finde, wir sollten die Polizei verständigen, Nat.» Es tut gut zu erleben, dass meine Schwester um meine Sicherheit besorgt ist.

«Ich ruf die Polizei an, wenn er wiederkommt», verspreche ich und gehe das Licht selbst ausmachen.

Wir stehen im Dunkeln am Küchenfenster, meine Schwester und ich. Ich lege ihr meinen Arm um die Taille. Diesmal weicht sie nicht zurück.

Das Auto kommt nicht wieder.

Siebenundneunzig Prozent aller derzeitigen Gefängnisinsassen werden irgendwann entlassen. Umso wichtiger sind
Rehabilitierungsmaßnahmen in unseren
Haftanstalten ...

MCI Deputy Commissioner

29

«Herrgott, wo warst du denn letzte Nacht? Und heute Morgen?
Ich hab mindestens ein Dutzend Mal angerufen. Ich hab mir
schreckliche Sorgen gemacht.»

Jack wirkt tatsächlich blass und aufgewühlt. Ich frage mich, ob
er wieder zur Flasche gegriffen hat. Aber ich sollte schön still
sein, schließlich habe ich mit Rachel gestern Abend auch noch
die zweite Flasche Chardonnay geleert.

Ich ziehe ihn in mein Büro und schließe fest die Tür. «Ich denke, Walsh ist vielleicht unschuldig, Jack.»

Er sieht mich argwöhnisch an. Als wollte ich ihn doch noch
offen des Mordes an Maggie bezichtigen.

Ich erzähle ihm rasch von meinem Treffen mit Terri Franklin
gestern Abend und dass ich fast von einem Auto überfahren worden wäre, dessen Fahrer anschließend das Weite gesucht hat.
«Aber ich glaube nicht an einen Unfall, Jack. Ich glaube, Keith
Franklin ist Terri zur Wohnung ihrer Schwester gefolgt, hat
mich kommen sehen, Angst gekriegt, Terri hätte ihn verraten,
und hat dann versucht, mich über den Haufen zu fahren. Nachdem er davongebraust war, muss er angehalten und gewartet
haben. Als er mich vorbeifahren sah, ist er mir zum Haus meiner Schwester gefolgt. Wenn ich nicht bei ihr übernachtet
hätte –» Ich schaudere bei dem Gedanken, dass er es noch einmal

215

versucht hätte. Diesmal vielleicht mit Erfolg. Und wer kann schon sagen, dass es nicht noch mehr Versuche geben wird?

«Hast du den Fahrer erkennen können?»

«Nein. Aber es passt alles zusammen, Jack. Ich wette mit dir, dass an Franklins Wagen das Bremslicht auf der Fahrerseite kaputt ist. Und ich wette mit dir, dass es Franklin war, der neulich in meine Wohnung geschlichen ist und das Gedicht von Walsh dort deponiert hat. Er hat es bestimmt aus Maggies –»

«Du hast mir nichts davon erzählt, dass du ein Gedicht gefunden hast. Wieso nicht?»

Noch bevor ich antworten kann, nickt er verächtlich. «Weil du gedacht hast, ich könnte es gewesen sein –»

«Nein, Jack. Das hab ich nie gedacht.» Wir wissen beide, dass ich lüge, und ich erzähle rasch weiter, um das Thema nicht auszuweiten. «Als Coscarelli und ich mit Franklin gesprochen haben –»

«Was? Du und der Detective? Seid ihr beide jetzt ein Team?» Diesmal fällt Jack mir ins Wort, und er klingt ein wenig paranoid und ein wenig eifersüchtig.

«Nein, wir sind kein Team. Und ich versuche dir klarzumachen, dass Franklin ausführlich darüber geredet hat, dass Walsh von Maggie besessen war, dabei war er doch der Besessene.»

«Von einer Frau können mehrere Männer gleichzeitig besessen sein, Nat.»

Bevor ich mir überlegen kann, ob Jack von Walsh redet oder von sich selbst, geht meine Tür auf und Hutch kommt herein. Er blickt düster, ein Ausdruck, der auf seinem Gesicht allmählich ein vertrauter Anblick wird. «Hast du es ihr gesagt?», fragt er Jack.

Ich blicke argwöhnisch von einem Mann zum anderen. «Was gesagt?»

Jacks Miene wird noch düsterer als Hutchs. Und das will was heißen.

«Was gesagt?», wiederhole ich, spüre die Anspannung in der Magengrube.

«Der Commissioner meint, es wäre ganz gut, wenn du Urlaub nimmst, Nat», sagt Jack schließlich.

Meine Augen verengen sich. «Urlaub? Du meinst, er will mich weghaben.»

«Es ist nur vorübergehend, Nat. Bis sich alles –» Hutch zuckt traurig mit den Achseln.

«Und wenn ich keine Lust habe, Urlaub zu nehmen?»

«Besser, du machst es freiwillig, Nat», sagt Hutch. «Dann bleibt deine Personalakte sauber.»

«Meine Personalakte ist sauber, verdammt.»

«Beruhige dich, Nat. Es geht um das Bild in der Öffentlichkeit. Das weißt du doch», sagt Jack.

«Du meinst, die Öffentlichkeit braucht ein Opferlamm, und da bin ich die perfekte Kandidatin. Und was, wenn alle sich irren? Was, wenn Walsh unschuldig ist, wie er behauptet? Er hat schließlich nicht versucht, mich zu überfahren.»

Hutch klappt der Unterkiefer herunter. «Dich zu überfahren? Wer zum Teufel –»

«Wir wissen nicht, ob Walsh nicht doch hinter dem Steuer gesessen hat, Nat», sagt Jack. «Aber wir wissen nur zu gut, dass der Typ komplett durchgeknallt ist. Vielleicht ist er auf einem Rachefeldzug, will es allen Frauen heimzahlen, die ihn aufs Kreuz gelegt haben. In beiden übertragenen Bedeutungen.»

Ich bin es leid, gegen Jacks Beharren auf Walshs Schuld anzureden. «Dann wirst du mich wohl vertreten?»

Jack wirft mir einen müden Blick zu. «Vorläufig», sagt er. «Wer weiß? Während du Urlaub machst, hängt man mir vielleicht den Mord an. Coscarelli hat dir doch bestimmt erzählt, wo ihr beiden so dicke miteinander seid, dass er eine Zeugin hat, die mich am Freitag vor Maggies Haus gesehen hat.»

Ich rufe Coscarelli von meinem Wagen aus an. «Keith Franklin hat einen alten Pontiac. Ich muss wissen –» Leo lässt mich den Satz nicht beenden.

«Wir haben Alison Cole Miller gefunden.»

Ich hole scharf Luft. Seiner Stimme höre ich an, dass es keine gute Nachricht ist. Und die verzweifelte Hoffnung, dass sie sich irgendwo versteckt gehalten hat, löst sich in Luft auf.

«Tot?», frage ich, obwohl ich die Antwort bereits kenne.

«Seit mindestens vier Tagen. Sehr wahrscheinlich fünf. Damit wären wir bei letztem Donnerstag, dem Tag, an dem sie verschwunden ist. Wir wissen, dass sie bis vier auf der Arbeit war, früher gegangen ist, weil sie sich nicht wohl fühlte, wie sie gesagt hat, und vermutlich auf direktem Weg nach Hause gefahren ist. Dort müsste sie kurz vor fünf angekommen sein.»

«Wo hat man sie gefunden?»

«Ein Typ hat mit dem Wagen angehalten, weil er mal pinkeln musste, und die Leiche in einem Waldstück etwas über eine Meile von ihrem Haus entfernt entdeckt. Ich wollte gerade nach Newton, um mit ihrem Mann zu reden.» Kurze Pause. «Ich warte hier fünf Minuten, falls Sie mitkommen wollen. Sie können mir ja unterwegs erzählen, warum Sie sich für Franklins Pontiac interessieren.»

Alisons Ehemann, Richard Miller, ist groß, gut aussehend und etwa Ende zwanzig. Er hat die Eingangstür seines kleinen Bungalows geöffnet und blickt uns mit ängstlicher Erwartung entgegen, als wir den mit Schieferplatten ausgelegten Weg hochkommen.

«Haben Sie sie gefunden? Geht es ihr gut?» Miller hofft noch immer, was wir alle gehofft haben, doch ich sehe in seinem abgespannten Gesicht, dass er selbst nicht so richtig daran geglaubt hat.

Coscarelli schlägt vor, dass wir ins Haus gehen, und Miller führt uns fast roboterhaft durch eine schmale Diele in ein sonniges Wohnzimmer, das mit Spielzeug übersät ist. Durch die Fenster kann man in einen kleinen Garten sehen, der von einem Planschbecken und einem Metallgerüst mit Schaukeln eingenommen wird. Ich bin froh, dass die Kinder nicht im Zimmer sind, und ich sehe sie auch nicht im Garten. Coscarelli fragt, ob sie im Haus sind.

Miller schüttelt den Kopf. «Sie sind bei Jean. Alis Mom.» Er blickt uns flehentlich an. «Bitte. Sagen... Sie schon. Ich kann nicht schlafen, nicht zur Arbeit gehen, kann nichts essen, nichts mehr machen... seit Donnerstag.»

Coscarelli bringt ihm die Nachricht schonend bei.

«Ich hab's gewusst», stöhnt Miller und sinkt in die Ecke des

L-förmigen, denimbezogenen Sofas. «Ich wusste, der Mistkerl würde sich rächen.» Sein sonst attraktives Gesicht gerinnt zu einer Mischung aus Schmerz und Wut. «Wenn Sie Walsh nicht erwischen und diesmal für immer einsperren, spüre ich ihn selbst auf und knall ihn ab.»

Noch einer, der Walsh am liebst tot sähe.

«Hat Ihre Frau Ihnen irgendwas davon erzählt, dass Walsh sie angerufen hat? Oder dass sie sich mit ihm getroffen hat?», fragt Leo.

«Was? Sie glauben, sie hätten wieder ein Rendezvous gehabt?», entgegnet Miller zynisch.

«Wieder?», sage ich.

Ein kühles Lächeln macht Millers Lippen schmal, was ihn entschieden weniger attraktiv aussehen lässt. «Damals, an dem Abend, als es passiert ist, dachte sie, sie hätte ein Rendezvous mit ihm. Schönes Rendezvous, was?»

«Hat er hier angerufen?», wiederhole ich Leos Frage.

«Ali hat erzählt, in den letzten Wochen hätte öfter jemand angerufen und wieder aufgelegt. Das hat sie nervös gemacht.»

«Hat sie gedacht, es wäre Walsh?», fragt Leo.

«Wer sonst?»

«Wieso hat sie nicht die Polizei verständigt? Oder Superintendent Price hier vom Entlassungsvorbereitungszentrum –»

«Ali konnte doch nicht beweisen, dass er es war. Es hätte auch irgendein Spinner sein können. Sie hatte es … einfach im Gefühl. Weibliche Intuition, wissen Sie.»

«Ist mal einer von den Anrufen gekommen, während Sie zu Hause waren?», frage ich.

Miller wischt sich mit dem Handrücken über die Lippen. Er zögert ein paar Sekunden, bevor er antwortet. «Ich war in den letzten Wochen nicht viel hier.»

«Ach nein?», sagt Coscarelli.

Auch ich horche auf. Wir warten beide, dass Alisons Mann ausführlicher wird.

Miller hebt müde die Schultern. «Meine Schwiegermutter erzählt es Ihnen sowieso, wenn sie es nicht schon getan hat. Ali und ich hatten ein paar Eheprobleme.»

Davon gibt's reichlich, denke ich bei mir.

«Aber Jean hat mir Mut gemacht. Sie hat gesagt, Ali würde sich schon wieder einkriegen. Und sie hatte Recht. Noch wenige Tage bevor… bevor sie…» Er blickt weg. «Wir haben darüber gesprochen, es noch mal miteinander zu versuchen.»

«Was für Eheprobleme?», fragt Leo.

«Wie sie alle Paare schon mal haben», sagt er ausweichend. «Jedenfalls, wie ich schon sagte, wir wollten es noch einmal versuchen. Und das hätten wir auch, wenn –» Miller schüttelt den Kopf, als wollte er den Rest des Gedankens abschütteln. «Genau wie Jean gesagt hat, Ali war dabei, sich wieder einzukriegen.»

Er vergräbt das Gesicht in den Händen. «Wir hätten es geschafft. Ganz bestimmt. Wenn bloß –»

Ich weiß nicht, warum, aber ich frage mich plötzlich, ob das, was Miller über die Versöhnung mit seiner Frau sagt, tatsächlich stimmt oder nur Wunschdenken ist, sowohl bei ihm als auch bei seiner Schwiegermutter.

Millers Hände sinken von seinem Gesicht, und die Trauer, die ihm eben noch anzusehen war, hat sich in blanke Wut verwandelt. «Ihr seid schuld, ihr hättet den Scheißkerl nie aus dem Gefängnis lassen dürfen», sagt er in meine Richtung, in einem unüberhörbar vorwurfsvollen, ja feindseligen Tonfall.

«Ist doch merkwürdig, finden Sie nicht, dass Ihre Frau keine Einwände gegen Walshs Entlassungsvorbereitungsplan geäußert hat», sagt Leo und zieht Millers Blick wieder auf sich.

Miller lacht höhnisch auf. «Was hätte das denn gebracht?»

«Wollen Sie damit sagen, sie hatte Einwände?», hake ich nach.

«Ich will damit sagen, dass sie verdammt naiv war, naiver, als es für sie gut war.»

«Dann hatten *Sie* also Einwände», sage ich.

Millers Augen verdunkeln sich vor Abscheu. «Und ob ich die hatte, nach dem, was dieses Tier meiner Frau angetan hat!»

«War das einer der Konfliktpunkte zwischen Ihnen und Ihrer Frau?», frage ich.

«Ich wüsste nicht, was Sie das angeht.»

«Ihre Frau ist ermordet worden, Mr. Miller», sagt Leo schonungslos. «Also beantworten Sie bitte die Frage.»

Miller wird rot. «Ja, wir haben uns ein wenig darüber gestritten. Wenn er Ihrer Frau das angetan hätte, was er meiner angetan hat, würden Sie dann nicht wollen, dass das Schwein so lange wie möglich hinter Schloss und Riegel bleibt?», sagt er herausfordernd.

«Haben Sie Walsh gesehen, seit er in der Entlassungsvorbereitung war?», fragt Leo.

«Wenn er hier aufgetaucht wäre, hätte Ali es mir erzählt. Wenn… sie noch die Chance gehabt hätte, es mir zu erzählen.» Millers Augen werden feucht.

«Ich meine, sind Sie zu ihm gegangen? Ihre Frau wurde schriftlich darüber informiert, wo Walsh untergebracht ist und in welcher Firma er arbeitet. Sie hätten ihn leicht finden können. Ihn zur Rede stellen können. Ihn warnen können, dass er sich von Ihrer Frau fern halten soll. Ich an Ihrer Stelle –»

«Diesen Brief hat Ali mir nie gezeigt. Wahrscheinlich aus Angst, ich könnte diesem Hund was antun, wenn ich wüsste, wo er zu finden ist.»

«War ihre Angst berechtigt?», frage ich.

Miller springt abrupt auf. «Es reicht jetzt. Ich muss mich um die Beerdigung kümmern. Und zwei Kindern sagen, dass ihre Mutter tot ist. Rutschen Sie mir mit Ihren Fragen den Buckel runter.»

Interessant, dass Miller ausgerechnet in dem Moment den Siedepunkt erreicht, als ich ihn frage, ob seine Frau mit Recht befürchtet hat, er könne gewalttätig gegen Walsh werden. Ich würde zu gern wissen, was für Eheprobleme Miller und seine Frau miteinander hatten. Hatte Alison Grund zu der Befürchtung, das jähzornige Naturell ihres Mannes könne sich auch noch woanders entladen?

Ich bin sicher, Leo würde mir vorwerfen, dass ich den Mord an Alison Cole ihrem Mann anhängen will. Genau, wie ich Maggies Ermordung Keith Franklin anhängen will. Erst recht jetzt, wo ich praktisch vom Dienst suspendiert worden bin, weil ich zugelassen habe, dass *ein Mörder frei herumläuft*.

Leo läge mit seinen Vorwürfen gar nicht falsch. Aber sosehr ich mir wünsche, dass Walsh von jedem Verdacht befreit wird –

natürlich auch, um mich selbst zu entlasten –, es ist schwer, eine schlüssige Theorie zu entwickeln, warum Miller nicht nur seine Frau ermorden sollte, sondern auch Maggie Austin, eine Frau, der er nie im Leben begegnet ist. So wie Alison Cole Miller Keith Franklin völlig unbekannt war. Es gibt nur einen einzigen Mann, der mit beiden Frauen in Verbindung gebracht werden kann.

Ich muss mich wohl oder übel mit der offenbar unbestreitbaren Tatsache abfinden. Dean Thomas Walsh ist ein zweifacher Mörder. Und ich werde bis ans Ende meiner Tage mit der ebenso unbestreitbaren Tatsache leben müssen, dass ich ihm unabsichtlich Beihilfe zu diesen entsetzlichen Verbrechen geleistet habe.

«Haben Sie noch mal mit Alisons Mutter gesprochen?», frage ich Leo auf dem Weg zu seinem Wagen.

«Ich hab zweimal mit ihr gesprochen, nachdem sie ihre Tochter als vermisst gemeldet hatte. Oates müsste jetzt bei ihr sein, um ihr die traurige Nachricht zu überbringen.»

«Dann wussten Sie also schon von der Trennung?»

«Ja, Alisons Mom hat es mir erzählt, als ich das zweite Mal mit ihr gesprochen habe. Ich wollte nur sehen, wie Miller reagiert.»

«Was hat Mrs. Cole erzählt?», hake ich nach, verärgert, dass er mir nichts davon gesagt hatte.

«Ich hatte den Eindruck, dass sie und ihre Tochter sich nicht besonders nahe standen. Ich hatte das deutliche Gefühl, dass Mrs. Cole ihren Schwiegersohn sehr mag. Sie hat jedenfalls keineswegs schlecht über ihn geredet. Er sei ein guter Ehemann und Vater, würde hart arbeiten und sei ehrlich. In ihren Augen eine gute Partie. Dauerte ein Weilchen, bis sie damit rausrückte, dass das Paar vorübergehend getrennt lebte, aber sie hat im Großen und Ganzen das Gleiche erzählt wie Miller. Dass sich alle Paare mal kabbeln.»

«Wenn seine Frau ihn rausgeschmissen hat, dann war das mehr als eine Kabbelei», sage ich. Leo weiß, ich spreche aus persönlicher Erfahrung.

«Sie haben sicher schon gehört, dass ich suspendiert bin.»

Leo lässt seinen Dienstwagen an. «Ich hab gehört, Sie hätten Urlaub genommen.»

«So kann man's auch nennen», knurre ich.

Bevor er losfährt, berührt Leo mich so leicht und so kurz an der Wange, dass ich meinen könnte, es war reine Einbildung, wenn da nicht das elektrisierte Prickeln auf meiner Haut wäre, das seine Berührung zurücklässt.

Meine Reaktion auf seine Geste, die kaum mehr als eine freundliche Mitleidsbekundung war, ist mir peinlich, und ich komme mir ein bisschen jämmerlich vor.

Wir fahren ein paar Minuten, als ich merke, dass wir nicht zurück in Richtung Polizeirevier fahren, das östlich von Newton liegt. Leo fährt auf der Route 9 nach Westen.

«Zum Haus der Walshs», sage ich, als wir an einem Schild vorbeikommen, auf dem Natick steht, und ich zwei und zwei zusammenziehe.

«Wenn jemand weiß, wo Walsh sich versteckt hält, dann seine Schwester.»

«Wahrscheinlich haben Sie Recht, aber ich bezweifle, dass sie ihn verrät», sage ich. «Sie ist überzeugt, dass er unschuldig ist. Dass ihm wieder jemand ein Verbrechen in die Schuhe schieben will.»

«Ja, mal sehen, was sie glaubt, wenn wir ihr von dem Mord an Alison Cole Miller erzählen. Ich möchte sie damit konfrontieren, bevor sie es um zwölf aus den Nachrichten erfährt.»

Ich sehe auf meine Uhr. Es ist kurz nach halb elf. «Arbeitet sie nicht um diese Zeit?»

«Sie ist heute nicht zur Arbeit gegangen. Hat sich krankgemeldet.»

«Und Sie sind sicher, dass sie zu Hause ist?»

«Wir überwachen noch immer das Haus und hören das Telefon ab. Christine und ihre Mutter wissen, dass wir da draußen sind, und rühren sich kaum von der Stelle. Und Mrs. Walsh hat eine Woche Urlaub genommen. Ich kann verstehen, dass sie die Öffentlichkeit meidet.»

«Ich wette, sie amüsiert sich in ihrem Urlaub genauso wie ich mich in meinem», sage ich trocken.

So, wie ich das sehe, ist jede Gefängnisstrafe eine Todesstrafe. Weil du, ganz
egal ob du nun lange sitzt oder kurz, irgendwie dafür sorgen musst, überhaupt
am Leben zu bleiben, solange du drin bist.
Und eins kann ich dir sagen, das ist verdammt nicht einfach ...

H. B.
Häftling Nr. 348528

30

Das Haus der Walshs liegt nicht weit vom alten Zentrum von
Natick entfernt, wo müde, alte Läden die Straßen säumen, deren
frühere Kundschaft inzwischen überwiegend in den endlosen
Malls auf beiden Seiten der Route 9 einkaufen geht.

Hausnummer 712 auf der Lincoln Road ist ein kleines, rotes
Haus im Kolonialstil – eins von acht Häusern, die halbkreisför-
mig eine Sackgasse säumen. Sie alle haben eine angebaute Gara-
ge, stehen auf einem rund tausend Quadratmeter großen Grund-
stück und unterscheiden sich nur durch den Außenanstrich
voneinander. Eine nette, ruhige, ehrbare Mittelschichtsgegend,
wo jeder seinen Rasen mäht, seine Hecken stutzt und seine Müll-
tonne dezent vor den Blicken der Nachbarn versteckt hält. Ich
frage mich, was die Nachbarn wohl davon halten, dass vor Hausnummer 712 ein Zivilstreifenwagen steht.

Marion Walsh kommt gleich beim ersten Klingeln an die Tür.
Entweder hat sie uns vorfahren gesehen, oder sie war auf dem
Weg nach draußen. Sie ist eine große, gepflegte Frau mit kas-
tanienbraunem Haar, das von zahllosen grauen Fäden durch-
zogen ist. Es liegt nicht nur an ihrem Alter, dass sie längst nicht
so attraktiv wirkt wie ihr Sohn oder auch ihre Tochter. Sie strahlt

eine Härte aus, die vor allem in den stahlblauen Augen und in der strengen Linie ihres Mundes zum Ausdruck kommt. Mit ihrem beigefarbenen Leinenkostüm, der schwarzen Seidenbluse und der Perlenkette um den Hals ist sie nicht wie jemand gekleidet, der gerade Urlaub hat.

«Ich bin auf dem Sprung.» Sie faucht Leo die Worte praktisch ins Gesicht. Blickt nicht einmal in meine Richtung. «Und zwar zu meinem Anwalt, genauer gesagt, um gegen die Polizei Anzeige wegen Belästigung zu erstatten.»

Leo tritt wortlos beiseite, lässt sie vorbeigehen. Ich stehe ohnehin ein Stück von der Tür weg.

Marion Walsh überlegt es sich anders, dreht sich abrupt um und schreitet zurück durch den schmalen Flur, um dann nach rechts in das Wohnzimmer abzubiegen, das wegen der geschlossenen Jalousien dämmerig ist. Leo folgt ihr in den Raum. Ich folge Leo.

Marion bietet uns nicht an, Platz zu nehmen, und setzt sich auch selbst nicht. Die Arme in die Seiten gestemmt, steht sie vor dem gemauerten Kamin, dessen Feuerstelle so makellos ist, dass sie wohl noch nie einen einzigen brennenden Scheit gesehen hat.

«Es reicht mir jetzt», sagt sie knapp. «Ich will, dass diese Polizisten vor meinem Haus verschwinden. Mein Sohn schleicht sich bestimmt nicht zurück nach Hause, schon allein deshalb, weil er weiß, dass ich ihn auf der Stelle der Polizei ausliefern würde. Er hat mir nichts als Schande und Demütigung gebracht. Ich weiß nicht, wie ich meinen Nachbarn je wieder unter die Augen treten soll. Oder meinen Kollegen. Wie lange wollen Sie uns denn noch hier festhalten, praktisch wie Gefangene? Wir sind nicht die Verbrecher, Detective. Und Sie und Ihre Leute da draußen im Auto, die Tag und Nacht Kaffee trinken und Donuts essen, sollten lieber nach meinem Sohn suchen. Ich versichere Ihnen, wenn er hier auftaucht, bin ich die Erste, die Sie verständigt.»

Sie klingt sehr überzeugend, und ich glaube ihr, dass sie ihren Sohn tatsächlich der Polizei übergeben würde. Oder aber sie ist eine verdammt gute Schauspielerin.

«Warum sind Sie hier?», will sie wissen und schenkt mir jetzt einen Funken Beachtung.

«Wir möchten mit Christine sprechen.»

«Meine Tochter fühlt sich nicht gut», sagt sie abweisend.

«Ist schon gut, Mom.» Christine steht am Bogendurchgang zum Wohnzimmer. Sie trägt einen alten Frotteebademantel. Ihre Füße sind nackt, und ihr Gesicht, ungeschminkt, wirkt fahl und abgespannt.

«Ich hab eine Kopfgrippe», sagt sie und betritt den Raum. Nickt zur Begrüßung in meine Richtung. Schenkt mir ein dünnes, künstliches Lächeln.

«Du sollst doch im Bett bleiben, Chris.» Zum ersten Mal höre ich so etwas wie Wärme in Marion Walshs Stimme anklingen.

«Es geht mir schon etwas besser.»

Leo und ich wechseln Blicke, bevor er zu ihr sagt: «Ich fürchte, Sie werden sich nicht lange besser fühlen. Es hat eine neue Entwicklung gegeben.»

Christines Gesichtsfarbe wird aschfahl. Marion erstarrt, als machte sie sich auf einen körperlichen Angriff gefasst.

Ich weiß, dass Leo absichtlich innegehalten hat, um die stärkstmögliche Wirkung zu erzielen, doch da ich die offensichtlichen Qualen, die die beiden durchmachen, nicht länger ertragen kann, platze ich heraus: «Alison Coles Leiche ist gefunden worden.»

Überraschenderweise bricht nicht Christine zusammen, sondern ihre Mutter. Sie sinkt gegen den Kamin und schluchzt herzzerreißend ohne irgendwelche Anstalten zu machen, ihre Tränen vor uns zu verbergen. Es ist, als wären wir gar nicht da.

Christine geht nicht zu ihrer Mutter, um sie zu trösten. Sie steht nur da und starrt sie an, verblüfft über den Ausbruch. Ich vermute, Christine ist es nicht gewohnt, ihre Mutter in einer emotional derart aufgeladenen Verfassung zu sehen.

Schließlich geht Leo zu Marion und führt sie sachte zum Sofa. Er holt sogar ein frisch gewaschenes Taschentuch aus seiner Jackettinnentasche und hält es ihr hin.

Marion nimmt das Taschentuch und hält es krampfhaft fest, während ihr Schluchzen langsam nachlässt. Sie blickt Leo flehentlich an. «Womit hab ich das bloß verdient?»

Leo fasst das als eine rhetorische Frage auf, oder er hat ganz einfach keine Antwort.

Mein Blick wandert hinüber zu Christine, die jetzt zu Boden schaut, als könnte sie den quälenden Anblick ihrer leidenden Mutter nicht mehr ertragen.

«Sie helfen Ihrem Bruder nicht, Christine», sage ich ruhig.

Christine blickt nicht auf.

Marion erhebt sich und muss sich zunächst einen Moment an der Armlehne das Sofas abstützen. Als sie wieder sicher auf den Beinen ist, geht sie zielstrebig auf ihre Tochter zu. Sie packt Christines Schulter genauso krampfhaft, wie sie eben noch Leos Taschentuch festgehalten hat.

«Weißt du, wo Dean ist?», fragt sie mit brüchiger Stimme.

Christine hält den Kopf gesenkt und schüttelt ihn langsam.

«Sag es mir, Christine.» Marions Stimme wird ein wenig stärker. Kräftiger.

«Ich weiß nicht, wo er ist», murmelt sie.

«Er hat zwei junge Frauen ermordet, Christine.»

«Nein.»

«Glaubst du, ich wünschte nichts sehnlicher, als dass es nicht so wäre?», schreit Marion. «Mein Sohn ein Mörder. Weißt du, was das für mich bedeutet, Chrissie? Glaubst du, ich würde Dean nicht lieben? Aber ein Kind, einen Sohn zu lieben bedeutet nicht, sich vor der Wahrheit zu verschließen, was er ist. Er ist ein Mörder, Chrissie. Er gehört ins Gefängnis. Bevor er noch mehr Schaden anrichtet.»

«Nein», kreischt Christine. «Das ist nicht wahr. Er hat niemandem was zuleide getan. Das glaube ich nicht. Das will ich nicht glauben.» Sie reißt sich von ihrer Mutter los, flieht aus dem Zimmer und rennt die Treppe hinauf.

Marion schaut ihr hinterher und sagt in gequältem Flüsterton: «Sie waren sich immer sehr nah.» Geistesabwesend spielt sie mit ihrer Perlenkette. «Geben Sie uns etwas Zeit. Ich sag Ihnen Bescheid, falls ich –» Sie winkt ab, bevor sie den Satz beendet, und verlässt ebenfalls den Raum.

Auf dem Weg zur Tür sehe ich Christines Tasche in der Diele stehen. Ich stecke meine Karte hinein. Auf ihr stehen die Nummer von meinem Büro, meine Privatnummer und meine Handynummer. Für alle Fälle.

«Machen Sie sich manchmal Sorgen, was wohl aus Ihrem Sohn wird?», frage ich Leo, als wir zurück nach Boston fahren.

«Wegen seiner Mutter?», fragt er sofort offensiv zurück.

«Nein, ich –»

«Zum Beispiel, dass er zwangsläufig irgendwann Drogen nimmt, weil seine Mutter Crackerin war?»

«Das hab ich nicht –»

«Sie war schon fast sechs Monate clean, als sie schwanger wurde. Und sie ist die ganze Schwangerschaft über clean geblieben. Es war nicht leicht für sie. Aber Nicki hat es geschafft. Unser Sohn wurde clean geboren. Gesund wie ein kleiner Ochse.» Seine Gesichtszüge werden weicher, und er lächelt bei der Erinnerung.

«Was ist denn dann falsch gelaufen? Mit Nicki, meine ich.»

Sein Lächeln erstirbt. «Es war alles zu viel für sie. Einen Tag nachdem sie aus dem Krankenhaus kam, ist sie abgehauen.»

«Mit Ihrem Sohn?»

«Sie hat Jacob bei meiner Mutter gelassen. Hat gesagt, sie brauchte etwas Zeit für sich. Mom hat versucht, sie zum Bleiben zu überreden, aber wenn Nicki sich mal was in den Kopf gesetzt hatte – ob nun gut oder schlecht –, war sie nicht mehr davon abzubringen.»

Wir halten an einer Ampel. Leo starrt geradeaus auf die Straße. «Meine Mutter hat mit Nicki im Drogenentzug gearbeitet. Es gab immer welche, bei denen meine Mom das Gefühl hatte, sie retten zu können. Nicki war eine davon. Sie war klug, hübsch, und sie wollte ihr Leben unbedingt ändern. Meine Mutter hat ihr in jeder Hinsicht geholfen und ihr Mut gemacht, und als Nicki aus der Klinik kam, hat sie sie dazu gebracht, sich wieder um ihre College-Ausbildung zu kümmern, und ihr sogar eine Wohnung besorgt. Dann hat sie mich überredet, Nicki an zwei Abenden in der Woche Nachhilfe in Algebra und Englisch zu geben.»

Die Ampel wird grün. Leo fährt verzögert los und wird von dem Fahrer hinter uns angehupt. «Ich sollte dem Idioten einen Strafzettel verpassen», knurrt er und fährt absichtlich im Schneckentempo weiter.

«Und ihr habt euch verliebt?», frage ich, als er endlich beschleunigt.

«Wir sind irgendwann zusammen im Bett gelandet», sagt er offen heraus. «Ein einziges Mal. Wir hatten beide schon seit Wochen diese körperliche Anziehung empfunden, aber dagegen angekämpft. Nicki genauso wie ich. Ich habe mich oft gefragt, was an dem betreffenden Abend so anders war, dass ich meinen Widerstand aufgegeben habe.»

Die gleiche Frage habe ich mir wegen neulich Abend mit Jack gestellt. Mir sind viele falsche Antworten eingefallen. Zumindest Anworten, die mir nicht gefallen.

«War es die Art, wie sie ihr Haar getragen hat?», sinniert Leo vor sich hin. «Ein neues Parfüm? Irgendwas besonders Liebenswertes, das sie gesagt hat? Egal, jedenfalls haben wir beide an diesem Abend nicht mehr die erforderliche Energie aufbringen können, um unseren Abstand zu wahren.»

Er hält inne, blickt mich von der Seite an. «Ich möchte nicht, dass Sie denken, wir wären leichtsinnig gewesen. Ich habe ein Kondom benutzt. Aber es war defekt.»

«Ich hab immer gedacht, so was passiert eigentlich nicht.»

Er lacht trocken. «Ich auch.» Sein Lachen verstummt augenblicklich. «Nicki meinte, wir würden für unsere Sünden bestraft. So hat sie ihre Schwangerschaft gesehen», sagt er. «Als Strafe.»

Wie traurig, denke ich. Monatelang habe ich mit Ethan versucht, schwanger zu werden, geradezu darum gebetet, geglaubt, es wäre für mich das größte Geschenk. Und Leo schwängert eine Frau gleich beim ersten Mal. Noch dazu mit einem defekten Kondom. Und für sie ist es ein Unglück. Das Leben ist nicht fair, wie ich sehr wohl weiß. Trotzdem, manchmal geht mir diese Erkenntnis an die Nieren. Wie jetzt.

«Wir waren nicht bloß scharf aufeinander», sagt Leo, als fürchte er, dass ich genau das denken könnte. «Ich mochte sie sehr gern. Und ich glaube, sie mochte mich auch. Für kurze Zeit habe ich sogar gedacht, es könnte mit uns klappen. Aber Nicki hat das nie gedacht. Sie wollte eine Abtreibung, bis ich ihr gesagt habe, dass ich das Kind wollte und es allein großziehen würde. Ohne was von ihr zu verlangen.»

«Das ist doch üblicherweise die Rolle der Mutter.»

«An Nicki Holden ist alles unüblich. Jedenfalls, Nicki war einverstanden, machte sich aus dem Staub, sobald sie ihren Teil der Abmachung erfüllt hatte, und war binnen eines Monats wieder auf Crack. Eines Abends wollte ihr Dealer sie verprügeln, weil sie sich weigerte, auf den Strich zu gehen, um ihre Schulden zu bezahlen, und Nicki hat ihn durch eine Fensterscheibe gestoßen. Leider aus dem zweiten Stock. Wenn sie nicht auf Drogen gewesen wäre, hätte sie vermutlich erfolgreich auf Notwehr plädieren können. Aber die Geschworenen waren nicht sonderlich verständnisvoll, da sie völlig zugedröhnt war. Zum Glück waren ein paar Männer unter den Geschworenen. Nicki ist eine richtige Schönheit, besonders wenn sie clean ist – was sie zum Zeitpunkt der Verhandlung war. Ich bin sicher, dass sie deshalb mit Totschlag davongekommen ist, statt wegen Mordes verurteilt zu werden, wie die Staatsanwaltschaft gefordert hatte. Und natürlich auch, weil wohl niemand im Gerichtssaal über den Tod eines Zuhälters und Dealers Tränen vergossen hat.»

Er jagt inzwischen den Southeast Expressway hinunter, weit über dem Tempolimit. Als würde er von Dämonen gejagt.

«Besuchen Sie sie im Gefängnis?», frage ich, weil ich gern wissen würde, wie seine Beziehung zu Nicki jetzt ist. Weil ich gern wissen würde, wie nah sie sich stehen. Und ich würde gern wissen, warum ich das gern wissen würde.

«In den ersten zwei Monaten hab ich sie besucht – zusammen mit meiner Mutter und Jacob –, aber sie hat mich gebeten, nicht mehr zu kommen. Es hatte sich herumgesprochen, dass ich ein Cop bin, und einige Leute im Knast fingen an, sie deswegen zu schikanieren.»

Leo fährt von der Schnellstraße ab. «Meine Mutter besucht sie noch immer treu und brav einmal die Woche. Mit Jacob, obwohl er nicht wissen soll, dass Nicki seine Mutter ist. Sie möchte nicht, dass er sich ihretwegen schämt. Schlimmer noch, dass er Mitleid mit ihr hat. Meine Mutter bearbeitet sie aber gehörig. Sie sagt Nicki immer wieder, dass es nichts Schlimmeres gibt, als sein Kind zu belügen. Es die Wahrheit allein herausfinden zu lassen.»

«Ihre Mutter scheint eine tolle Frau zu sein», sage ich mit einem ehrlichen Anflug von Neid.

«Das ist sie wirklich», sagt Leo ohne jede Einschränkung.

«Arbeitet sie noch im Drogenentzug?»

«Nein. Das hat sie nur ehrenamtlich gemacht, aber jetzt ist sie Vollzeitgroßmutter. Sie hat ihr Haus verkauft, ist zu uns in meine Wohnung gezogen und kümmert sich um Jacob, während ich auf Mörderjagd bin.»

Womit sich der Kreis schließt und wir wieder bei Dean Thomas Walsh wären.

«Meinen Sie, Christine Walsh erzählt ihrer Mutter, wo ihr Bruder sich versteckt hält?», frage ich.

«Ich hoffe es», sagt Leo ernst. «Bevor noch jemand zu Schaden kommt.» Er bedenkt mich mit einem vielsagenden Blick – ein Blick, der besagt, dass ich dieser Jemand sein könnte.

Selbst nach Feierabend findet man keinen richtigen Abstand. Die Geräusche, die Gerüche – die bleiben an einem haften wie schlechte Luft. Man kommt nach Hause, nimmt eine heiße Dusche und sagt sich, dass man doch alles Menschenmögliche tut. Doch weder die Dusche noch die flotten Sprüche sind eine große Hilfe...

Superintendent Morris Rice
MCI Norton
(Auszug aus einem Radiointerview)

31

Als wir uns dem Stadtzentrum nähern, kommt ein Anruf von Oates. Leo stellt auf Freisprechanlage, damit ich mithören kann, was sein Partner über sein Gespräch mit Jean Cole, der Mutter von Alison Cole Miller, zu berichten hat.

«Die Mutter ist natürlich völlig fertig, obwohl sie es hat kommen sehen. Sie hat gut zwanzig Minuten lang geweint und getobt, dass wir alle für den Mord an ihrer Tochter verantwortlich sind. Wir müssen damit rechnen, dass sie sich an die Medien wendet und sich darüber auslässt, dass wir Vergewaltiger und Mörder wie Walsh frei herumlaufen lassen, damit sie noch mehr Unheil anrichten können und so weiter, und so weiter.»

Ich stöhne so laut auf, dass Oates es mitkriegt. «Ist jemand bei dir, Leo?»

«Ja, Natalie Price. Hatte die Mutter noch mehr zu sagen?»

Es entsteht eine kurze Pause. Ich habe das Gefühl, Oates ist nicht sonderlich begeistert darüber, dass ich noch immer mit seinem Partner unterwegs bin. «Nicht wirklich», sagt er schließlich.

«Nicht wirklich klingt wie ja», hakt Leo nach. Weder Oates noch ich müssen großartig zwischen den Zeilen lesen, um zu kapieren, dass Leo mich nicht außen vor lassen will. Ich bin froh, aber Oates ist es bestimmt nicht.

«Na ja, sie hat einen Anruf von ihrem Schwiegersohn bekommen, während ich da war», sagt Oates widerwillig. «Und ich hab mitbekommen, dass Ms. Price' Name ein paarmal gefallen ist.»

«Ich vermute, nicht unbedingt in einem positiven Zusammenhang», sagt Leo trocken.

«Das würde ich auch so sagen. Der Gatte war anscheinend nicht davon angetan, dass sie ihm alle möglichen persönlichen Fragen gestellt hat.»

«Sicher nicht», sagt Leo.

«Und es könnte sein, dass ich noch mehr Fragen an ihn habe, bevor die Sache zu Ende ist», füge ich hinzu.

Leo hält vor meinem geparkten Wagen auf dem Besucherparkplatz des Präsidiums. Er lässt den Motor laufen und blickt mich an, als hätte er noch etwas auf dem Herzen. Eine noch deutlichere Warnung?

«Schon Pläne zum Lunch?»

Ich habe nicht mit der Frage gerechnet und nuschele irgendwas, das eine umständliche Formulierung von Nein ist.

«Mögen Sie italienisch?» Auch er nuschelt ein wenig.

«Essen?», frage ich etwas dümmlich. Und unerkärlicherweise ist dieses verdammte Prickeln wieder da.

«Ich weiß, wo man hier in der Nähe die beste Lasagne der Stadt kriegt. Nicht dieses vegetarische Zeug *à la nouvelle cuisine*. Sondern richtige Lasagne. Mit Wurst und erstklassigem Hackfleisch. Selbst gemachte Sauce aus richtigen Eiertomaten, die einen halb Tag lang auf kleiner Flamme vor sich hin geköchelt hat. Sogar der Mozzarella ist selbst gemacht.»

Mir knurrt der Magen.

Wir müssen beide lachen.

Zehn Minuten später fahren wir auf einen Parkplatz mit einem Schild *Nur für Anwohner* an einer schmalen Seitenstraße von der

Hanover Street in Bostons italienischem North End. Statt zurück zur Hanover Street zu gehen, die von *ristoranti* gesäumt ist, überqueren wir die ruhige Seitenstraße und steuern auf ein altes, fünfstöckiges Haus zu, an dem noch die verwitterten Buchstaben CARUSO ELEVATORS zu lesen sind. Obwohl das Äußere des Gebäudes sorgfältig erhalten ist, schließe ich angesichts der großen, modernen Fenster zur Straße hin, dass es schon eine ganze Weile her ist, seit hier Fahrstühle gebaut wurden.

Ich habe eine etwas lange Leitung, und erst als ich das Klimpern von Leos Schlüsseln höre, fällt der Groschen. Er nimmt mich zum Lunch mit zu sich *nach Hause*. Um seinen Sohn kennen zu lernen. Und seine Mutter.

Er merkt, dass ich etwas zögerlich nachkomme, als er seinen Schlüssel ins Schloss steckt.

«Was ist los? Mögen Sie doch keine Lasagne?»

«Nein. Ich meine, ich liebe Lasagne. Aber –»

Er hat die Tür geöffnet, und er wartet, dass ich in die Eingangshalle trete.

«Ihre Mutter rechnet doch nicht mit mir. Vielleicht ist nicht genug zu essen da», murmele ich nervös.

«Nicht genug zu essen? In einem italienischen Haushalt? Soll das ein Witz sein?»

Dennoch zögere ich. «Sind Sie sicher, dass Sie das wollen, Leo?»

«Es ist nur ein Mittagessen, Natalie.»

Ich erwarte eine dralle, grauhaarige italienische *mamma* mit Baumwollkleid und Schürze. Stattdessen begrüßt mich eine kleine, gertenschlanke Frau – sie kann unmöglich viel von ihren eigenen Köstlichkeiten essen – in einer kirschroten Seidenbluse, die Ärmel bis zu den Ellbogen hochgerollt, und eng geschnittenen Jeans. Wie Leo hat sie dunkelbraunes Haar, das sie salopp und modisch kurz trägt. Sie muss Ende vierzig, Anfang fünfzig sein, aber sie sieht keinen Tag älter als vierzig aus.

Sie hält einen Finger an die Lippen gepresst, als wir die Wohnung betreten. «Psst. Er hält noch sein Schläfchen.»

Leo gibt seiner Mutter einen Kuss auf die Wange. «Natalie,

darf ich vorstellen, meine Mutter Anna. Ma, das ist Natalie. Sie ist ganz wild auf Lasagne.»

Seine Mutter mustert mich mit einem herzlichen Lächeln. «Nur auf Lasagne?»

Sie mag zwar nicht wie eine typische *mamma* aussehen, aber der Schein kann trügen. Ich spüre, wie mein Gesicht vor Verlegenheit anfängt zu glühen. Und unwillkürlich stecke ich die linke Hand in meine Jackentasche. Damit sie meinen Ehering nicht sieht. Mich nicht für eine potentielle Ehebrecherin hält. Ich wiederhole Leos Satz im Kopf. *Es ist nur ein Mittagessen, Natalie.*

Falls Leo die zweideutige Bemerkung seiner Mutter peinlich oder ärgerlich findet, so lässt er es sich nicht anmerken. Vielleicht ist er solche Bemerkungen von ihr gewohnt. Also wie viele Frauen hat er vor mir schon mit nach Hause gebracht, damit sie sich an *mammas* Kochkünsten erfreuen? Eine bessere Frage wäre, was interessiert mich das?

Anna Coscarelli stupst uns in Richtung Wohnzimmer. «Los, setzt euch. Ich mache einen Salat. Mögen Sie Endivien, Natalie?» Sie hat ihre eigene Mahnung vergessen, leise zu sprechen. Gut. Ich hoffe, Jacob hört sie sprechen und wacht auf. Dann richtet sich die Aufmerksamkeit auf ihn statt auf mich.

«Bitte machen Sie sich meinetwegen keine Umstände.»

Leo führt mich in ein geräumiges, sonnendurchflutetes Wohnzimmer. Als Erstes fällt mir ein Kindertisch, flankiert von zwei passenden Kinderstühlen, auf, der mit Puzzles und Kinderbüchern bedeckt ist. Neben dem Tisch ist ein langes, niedriges Bücherregal voller Drahtkörbe, die von Legosteinen, Spielzeugautos, Holzklötzen und einer riesigen Sammlung Star-Wars-Figuren nur so überquellen. Abgesehen von der Kinderecke ist der übrige Raum sehr erwachsen und sehr schön. Herrliche freiliegende Balken, die bestimmt noch aus der einstigen Fahrstuhlfabrik stammen, verlaufen vertikal an der hohen, weißen Decke. Die alten Eichendielen sind abgeschliffen und gebeizt worden. Der Wandverputz ist in einem blassen Terracotta-Ton gehalten. Die modernen hellen Holzmöbel sind nicht üppig, aber alles andere als ungemütlich. Zwei Tweedsofas flankieren einen Kamin, über dem eine weiße Marmorplatte als Sims dient. Auf dem Sims stehen mindestens ein Dutzend gerahmter Familienfotos.

Das ist eindeutig keine typische Polizistenwohnung. Zum einen kann ich mir nicht vorstellen, wie ein Cop sich so eine Wohnung leisten könnte. Zum anderen ist sie um einiges schicker, als ich es bei einem Mann erwartet hätte, der aussieht, als würde er seine Klamotten in Secondhandshops kaufen. Und als wäre es ihm egal, ob sie gut sitzen.

«Sie sind überrascht», sagt Leo.

«Sehr», gebe ich zu. «Aber angenehm», schiebe ich rasch nach.

«Und Sie würden für Ihr Leben gern wissen, wie ich sie mir leisten konnte.»

«*Für mein Leben gern* ist etwas übertrieben.»

Er grinst. «Ich bin jedenfalls nicht durch ehrliche Arbeit an die Wohnung gekommen.»

Sein Grinsen wird breiter, als er meine überraschte Miene sieht.

«Keine Bange, ich bin nicht korrupt. Ich meinte damit bloß, dass ich nicht für die Wohnung gearbeitet habe. Mein Vater hat mir etwas Geld hinterlassen, als er starb. Ich habe diese Wohnung gleich gekauft, nachdem das Gebäude vor sieben Jahren umgebaut worden ist. Dachte, es wäre eine gute Investition.»

«Die Einrichtung ist wunderschön.»

«Eine Freundin hat mir dabei geholfen.»

Eine Freundin? Aber natürlich wird Leo mal wieder nicht genauer.

Ich gehe zum Kaminsims und sehe mir die Fotos an. Die meisten sind von Leos Sohn, vom Babyalter bis zur Gegenwart. Er ist ein süßes Kind mit dunklen, lockigen Haaren und dunklen Augen. Auf mehreren Fotos von Jacob ist Leo mit seiner Mutter oder nur Leos Mutter zu sehen. Auf keinem ist Jacobs Mutter, doch ich entdecke ein goldgerahmtes Foto von einer auffallend hübschen jungen Frau – eigentlich ein junges Mädchen – in einem weißen Rüschenkleid. Sie blickt direkt in die Kamera, und obwohl sie lächelt, wirkt das Lächeln nicht fröhlich. Und ihre großen, weit auseinander stehenden Augen sind ernst, fast seelenvoll. Ich weiß nicht, warum, aber ich empfinde eine gewisse Traurigkeit, als ich das Foto betrachte.

«Nicki?», frage ich und drehe mich zu Leo um.

Er schüttelt den Kopf, sagt aber nichts.

Eine piepsende Stimme ertönt vom anderen Ende des Raumes. «Das ist meine Tante Marie. Sie ist tot», verkündet sie sachlich und mit deutlichem Lispeln.

Ich drehe mich um und sehe das gleiche strahlende, hellwache Gesicht, das ich auf den zahlreichen Fotos auf dem Kaminsims gesehen habe. Jacob Coscarelli kommt ins Zimmer gewackelt, eine abgewetzte Decke hinter sich herschleifend. Seine dunklen Haare stehen in alle Himmelsrichtungen, und seine rechte Wange ist rosiger als die linke, weil er auf ihr geschlafen hat. Er trägt ein Boston-Red-Sox-Hemd und einen Overall. Er beäugt mich weiter fröhlich und sagt: «Spielst du mit mir?»

«He, Jakey», mischt Leo sich ein, geht in die Hocke und streckt die Arme aus. «Wann krieg ich meinen Kuss?»

«Wann willst du denn?», fragt der Kleine verschmitzt kichernd. Dann, ohne auf eine Antwort zu warten, wirft Jacob sich in die wartenden Arme seines Daddys, und sie geben sich einen schmatzenden Kuss. Leo erhebt sich, mitsamt Kind und Decke. Jakey schlingt seine rundlichen Arme um den Hals seines Vaters, und so stehen sie da. Leos Gesicht, das so wenig verrät, wenn er will, strahlt vor Freude. Es ist ein rührender und beneidenswerter Anblick.

«Jakey, sag hi zu Natalie.»

«Hi, Natalie. Baust du mit mir eine Burg?»

«Ich wüsste nicht, was ich lieber täte», sage ich und merke, dass das mein voller Ernst ist.

Jake windet sich aus Leos Armen. «Das geht schwer mit Legosteinen. Aber ich zeig's dir.»

«Nach dem Essen, kleiner Mann», sagt Anna Coscarelli, die ins Zimmer kommt. «Die Suppe ist fertig.»

Jake kichert wieder. «Suppe stimmt gar nicht. Das ist Lasagne.» Statt Suppe sagt er *Ffuppe*, statt Lasagne *Laffanje*.

Ohne zu zögern, kommt Jake zu mir und schiebt seine warme, kleine Hand in meine. Die Berührung durch Leos Kind löst ein anderes Prickeln bei mir aus. Ein schmerzlich mütterliches. «Du sitzt neben mir, Natalie.»

«Da kann man mal sehen, wie gut Ihnen eine schöne, warme Mahlzeit tut», sagt Leo, als wir gut zwei Stunden, zwei Portionen Lasagne und eine sehr komplizierte Lego-Burg später zum Polizeirevier zurückfahren.

«Soll das ein indirektes Kompliment sein?»

«Ja», sagt er einfach. Für einen Mann mit einem solchen Talent zum Ausweichen kann Detective Leo Coscarelli verblüffend offen sein, wenn er will.

«Es war sehr schön. Und ich bin froh, dass man es mir ansieht. Jakey ist richtig süß. Ihre Mutter auch. Und sie macht die beste Lasagne, die ich je gegessen habe.» Ich blicke ihn an. «Sie sind ein Glückspilz, Leo.»

«Sie hätte Ihnen bestimmt das Rezept gegeben.»

«Ich meine nicht –»

«Ich weiß, was Sie meinen. Sie haben Recht. Ich bin ein Glückspilz.»

«Ich verstehe gar nicht, dass Ihre Mutter nicht wieder geheiratet hat. Sie sieht toll aus. Ich kann kaum glauben, dass sie siebenundfünfzig ist. Sie könnte ohne weiteres für fünfundvierzig durchgehen.» Ebenso wenig hätte ich gedacht, dass Leo sechsunddreißig wird. Was gäbe ich nicht für die Gene der Coscarellis!

«Man sieht es ihr vielleicht nicht an», sagt Leo ernst, «aber sie hat es in den letzten Jahren ziemlich schwer gehabt. Einen anderen Mann zu finden hat sie überhaupt nicht interessiert.»

Mir fällt Jacobs Erklärung ein, dass seine Tante Marie tot ist, und ich habe das Gefühl, Leo spielt nicht nur darauf an, dass seine Mutter sich rund um die Uhr um seinen Sohn kümmern muss.

Ich überlege, ob ich die nächste Frage stellen soll oder nicht. Wie immer komme ich gegen meine Neugier nicht an. Keine Sensationsgier, sondern das wachsende Verlangen, mehr über diesen rätselhaften Detective zu erfahren. *Verlangen*. Hmm. Was würde Freud wohl dazu sagen?

«Das Foto von Ihrer Schwester –», setze ich an und bemerke

sogleich, dass Leos Finger das Lenkrad fester umfassen. «Sie war sehr schön.»

Seine Kiefermuskulatur verkrampft sich. Den Anzeichen nach müsste ich das Thema fallen lassen. Ich ignoriere sie.

«Woran ist sie gestorben?»

Er antwortet einige Sekunden lang nicht, und ich weiß, dass ich wieder mal eine unsichtbare Grenze überschritten habe. Doch Leo überrascht mich, indem er doch noch antwortet, und zwar mit einer seltsam grimmigen Sachlichkeit.

«Sie ist an einer Überdosis gestorben. Da war sie zwanzig. Das Foto auf dem Kamin ist von ihrem Abschlussball an der Highschool. Vor zehn Jahren. Sie hatte ein Stipendium für die Boston State bekommen. Im zweiten Semester hat sie unsere Eltern überredet, sie mit zwei Kommilitoninnen in eine Wohnung außerhalb des Campus ziehen zu lassen. Meine Mutter war nicht sonderlich begeistert von der Idee. Sie mochte die beiden Frauen nicht. Hielt sie für zu zügellos. Aber mein Vater war ein Softie. Marie konnte ihn immer um den Finger wickeln. Zwei Monate nachdem er seine Unterschrift unter den Mietvertrag gesetzt hatte, war sie tot. Vor Ende des Jahres starb mein Vater an einem Schlaganfall. Aber wenn Sie meine Mutter fragen, wird sie sagen, er ist an gebrochenem Herzen gestorben.»

«Oh Leo, es tut mir Leid.»

Wir blicken uns einen Moment lang in die Augen. Die kühle Sachlichkeit ist verschwunden. Ebenso der grimmige Ausdruck in seinem Gesicht. Was ich jetzt sehe, ist ein Mann voller Kummer und Verzweiflung. Emotionen, die ich nur allzu gut nachvollziehen kann.

Leos Augen wenden sich wieder der Straße zu. «Man sollte nicht glauben, dass intelligente Studentinnen mit etwas so Dummem und Gefährlichem wie Heroin herumspielen. Aber wahrscheinlichen fanden sie das schick. Nur zwei Monate. Und sie hing an der Nadel. Und brachte sich damit um.»

Jetzt verstehe ich, warum Leos Mutter sich in einem Drogenentzugszentrum sozial engagiert hatte. Und warum sie gewisse junge Frauen unter die Fittiche genommen hatte, um sie zu retten. Junge Frauen wie Nicki. Hatten sie alle sie am Ende enttäuscht?

Betrachtet die Versuchsperson ihre Tat
als kriminellen Akt?
Durchschaut die Versuchsperson die
Gründe, warum sie die Tat begangen hat?
Erkennt die Versuchsperson die Auswir-
kungen ihres Verbrechens?
Kann die Versuchsperson darlegen, wie
sie sich in der gleichen Situation anders
verhalten würde?
Lässt die Versuchsperson ein hohes Maß
an Impulsivität erkennen?
Ist die Versuchsperson unauthentisch?
Provokant? Kokett?

Auszug aus einem Kriminalitätsfragebogen
Doktorarbeit vorgelegt am
Commonwealth Community College

32

Mein Anrufbeantworter blinkt, als ich am Nachmittag kurz
nach drei wieder in meine Wohnung komme, und zeigt vier
neue Nachrichten an. Die erste ist ein Anruf, bei dem sofort
wieder aufgelegt wird. Die zweite ist von Ethan – *Ich bin's. Ruf
mich mal im Büro zurück.* Das klingt fast wie ein Befehl, was
mich so ärgert, dass ich mir vornehme, nicht zurückzurufen.
Ich frage mich, ob dieser Vorsatz nicht zumindest ein bisschen
auf die letzten beiden Stunden zurückzuführen ist, die ich so
angenehm mit der Familie Coscarelli verbracht habe, besonders
mit Detective Coscarelli.

Die nächste Nachricht ist von meiner Schwester. Eine ziemlich angespannte Stimme bittet mich, *den ganzen Kram zu vergessen*, von dem sie gestern Abend geredet hat. *Gary und ich haben
alles geklärt.* Ich bezweifle das stark und fürchte, dass meine

Schwester sich angesichts eines gravierenden Problems wieder einmal in Verdrängung flüchtet. *Und er wäre sehr ärgerlich, wenn er wüsste, dass ich dir was davon gesagt habe*, fügt sie hinzu. Das kann ich mir vorstellen.

Ich überlege noch krampfhaft, ob ich etwas unternehmen und damit eine erneute Entfremdung zwischen meiner Schwester und mir riskieren soll oder nicht, als die letzte Nachricht beginnt. Sie ist von Jack. Und sie hat schlagartig meine ungeteilte Aufmerksamkeit. *Kann sein, dass du auf der richtigen Spur warst, Nat. Keith Franklins Auto hat ein kaputtes Rücklicht auf der Fahrerseite. Bitte sei von jetzt an vorsichtig, wenn du über die Straße gehst. Ich komme nach der Arbeit bei dir vorbei und möchte dich zum Essen einladen.*

«Du hast mich nicht zurückgerufen.»

Ich finde Ethans vorwurfsvollen Ton äußerst unerquicklich. Am liebsten würde ich direkt wieder auflegen.

«Was willst du, Ethan?»

«Ich will wissen, was dieser Cop davon hält, was ich ihm neulich erzählt habe. Ich könnte durchdrehen, wenn ich mir vorstelle, dass die noch mal bei mir zu Hause oder im Büro auftauchen und mich wieder in die Mangel nehmen, Nat. Oder noch schlimmer, dass sie mich aufs Revier schleifen und mich vernehmen wie irgendeinen dahergelaufenen Kriminellen. Zum Glück war Jill nicht zu Hause, als sie am Sonntag hier aufgetaucht sind. Deshalb ist es mir auch bis jetzt geglückt, ihr diese ganze schreckliche Geschichte zu verheimlichen.»

«Meinst du wirklich, es wäre ihr lieber, dass du sie so im Unklaren lässt?», frage ich ironisch.

Ethan entgeht mein sarkastischer Unterton. «Die Schwangerschaft macht ihr zurzeit ziemlich zu schaffen. Ich hab immer gedacht, Schwangere hätten nur morgens mit Übelkeit zu kämpfen. Aber sie verbringt neuerdings mehr Zeit auf der Toilette als im –» Ethan bricht unvermittelt ab. Als ob ich die Leerstelle nicht selbst füllen könnte. War er schon immer so unsensibel? So egozentrisch? Eines weiß ich jedenfalls. Durch sein derzeitiges Verhalten fällt mir unsere Trennung immer leichter.

«Ich muss los, Ethan. Ich bin in genau fünfzehn Minuten zum

Essen verabredet.» In Wahrheit habe ich noch über eine Stunde Zeit, aber ich will das Gespräch beenden.

«Ach», sagt er leicht verblüfft. «Mit einem Mann?»

«Ethan, du bist unmöglich.»

«Okay, ich weiß ja, es geht mich nichts an. Aber ist es denn wirklich so schwer nachzuvollziehen, dass ich mir wünsche, dass du glücklich bist, Nat? Und seien wir ehrlich. Du bist schon lange nicht mehr richtig glücklich gewesen. Lange bevor ich … gegangen bin.»

«Redest du dir das ein? Fühlst du dich dann weniger schuldig? Also, dann hör mal gut zu, Ethan. Ich war glücklich. Ich war verdammt glücklich. Bevor ich dahinter kam, dass du mich betrogen hast. Erst das hat mich unglücklich gemacht, Ethan. Unglücklich, wütend, und es hat mich angewidert –»

«Ich hab dich nie für jemanden gehalten, der sich selbst was vormacht, Nat. Du hast Dinge von mir erwartet, die ich dir nicht geben konnte. Und ich weiß, dass dir das wehgetan hat.»

«Falls du mit *Dinge* Kinder meinst, ja, da hab ich wohl naiverweise gedacht, du würdest … dich noch überzeugen lassen. Und das hast du ja auch. Nur nicht von mir.»

«Lass uns nicht wieder davon anfangen, Nat. Ich hab nicht gewollt, dass Jill schwanger wird. Es ist einfach passiert.»

«Okay, gut. Ich will auch nicht wieder davon anfangen. Ich muss los, Ethan.»

«Moment noch. Bitte. Hat Coscarelli dir irgendwas gesagt? Glaubt er meine Aussage?»

«Hast du die Wahrheit gesagt?»

«Wie bitte? Natürlich hab ich die Wahrheit gesagt. Herrgott, Nat, warum sollte ich denn lügen?»

Warum? Weil er was zu verheimlichen hatte, deshalb. So, wie er seine Affäre mit Jill all die Monate verheimlicht hatte. Die traurige Wahrheit ist, je länger ich über die Erklärung nachgedacht habe, die Ethan mir und der Polizei für seinen Besuch bei Maggie am Freitag geliefert hat, desto weniger kann ich sie glauben. Wenn er bloß einen Rat von ihr haben wollte, wie er mir Jills Schwangerschaft schonend beibringen könne, dann hätte dafür auch ein kurzer Telefonanruf gereicht.

Was, wenn Ethan was mit Maggie hatte? Er könnte vielleicht sogar der maskierte Mann auf diesem abartigen Foto sein. Was, wenn er in Wirklichkeit zu Maggie gegangen ist, um sie anzuflehen, Jill nichts von ihrer perversen Affäre zu erzählen? Ich bezweifle, dass Ethan um meine Gefühle besorgt war. Aber Jill war etwas anderes. Seit Maggies Tod hab ich von ihm bloß immer gehört, wie ungeheuer wichtig es ihm ist, die zukünftige Mutter seines Kindes zu schützen, seine zukünftige Frau. Zu verhindern, dass sie von seinen Kontakten zu Maggie Austin erfährt.

Bis zum letzten Freitag hätte ich vielleicht nicht ausgeschlossen, dass Ethan versucht haben könnte, Maggie anzumachen, aber ich hätte es als völlig absurd abgetan, dass Maggie etwas mit dem Mann ihrer besten Freundin gehabt haben könnte. Doch ich fange an zu begreifen, dass Maggie, wenn es um Sex ging, ein ernstes Problem mit Impulskontrolle hatte.

Ich beschließe, Leo zu bedrängen, dass er mir das Foto zeigt. Er kann den maskierten Mann bei Maggie nicht erkennen, aber vielleicht kann ich es ja.

«Nat? Nat, bist du noch dran?»

«Ja.»

«Himmel, denken das auch die Cops? Dass ich lüge? Warum zum Teufel hätte ich sie denn besuchen sollen?»

«Sag du's mir, Ethan.»

Seine Stimme klingt plötzlich so düster, wie ich sie noch nie gehört habe. «Du erzählst diesem Detective doch nicht etwa Lügen über mich, oder, Nat? Um es mir heimzuzahlen? Ich sage dir, wenn du das machst –» Wieder überlässt er es mir, die Leerstelle auszufüllen. Nur diesmal bin ich mir nicht sicher, womit ich sie füllen soll.

Jack hat schon seinen dritten Scotch vor sich, und er tut noch nicht mal so, als würde er sein Steak essen. Es liegt noch unberührt auf seinem Teller. Meinem gegrillten Lachs ergeht es auch nicht viel besser. Wir hätten Geld sparen können, wenn wir zu Hause *nichts* gegessen hätten, aber mit Jack ist mir an einem öffentlichen Ort wohler. Keine Ahnung, ob er denkt, unsere sexuelle Beziehung hätte gerade erst angefangen, aber ich bin fest entschlossen, ihm klarzumachen, dass es ein einmaliger Ausrutscher war. Ein Fehler.

«Wieso hast du Franklins Wagen überhaupt überprüft?», frage ich. «Ich dachte, du hältst das Ganze für ein Hirngespinst.»

Jack legt die Hände um sein Glas. «Ich hab gehofft, dass du Recht hast und ich Unrecht.» Damit räumt er zum ersten Mal die Möglichkeit ein, dass Dean Thomas Walsh vielleicht nicht Maggies Mörder ist.

Er starrt seinen Scotch an. «Ich muss ein bisschen kürzer treten mit der Sauferei.» Entschlossen stellt er das halb leere Glas hin. Ich bin erleichtert, dass er sich doch noch einigermaßen unter Kontrolle hat. Für wie lange, ist eine andere Frage.

Er nimmt ein Radieschen vom Teller, das so zurechtgeschnitten wurde, dass es wie eine Rose aussieht, und studiert es nachdenklich. Als könnten ihm die nachgemachten Blütenblätter eine Antwort geben. «Ich halte es immer noch für ziemlich unwahrscheinlich. Aber nicht mehr für so abwegig, wie ich anfangs dachte. Besonders, nachdem ich Franklin heute verfolgt habe, als er Feierabend gemacht hat. Er ist nicht direkt nach Hause gefahren.»

Mein Dinner, das langsam auf dem Teller erkaltet, ist nun restlos vergessen. «Wo ist er hin?»

«Er ist zu Maggies Apartmenthaus gefahren.» Jacks Augen richten sich erneut auf den Scotch, aber er greift nicht danach. Er blickt nur sehnsüchtig. «Er hat vor dem Haus geparkt und etwa fünfzehn Minuten hoch zu ihrem Fenster geschaut, dann hat er den Kopf aufs Lenkrad gelegt. Ich war so nah dran, dass ich sehen konnte, wie es ihn geschüttelt hat.»

«Es ist ziemlich klar, dass Keith Franklin in Maggie vernarrt war, und deshalb kann ich mir erst recht nicht vorstellen, warum er sie hätte umbringen wollen.» Ich spiele den Advocatus Diaboli. Will eines Besseren belehrt werden. Und Jack tut mir den Gefallen.

«Es sei denn, er war wütend, weil Maggie sexuelle Beziehungen zu einem anderen hatte. Noch dazu mit einem Häftling. Mit einem Häftling, der gedroht hatte, ihn zu kastrieren.» Ich registriere das schwache Zucken in seinem Gesicht, offenbar das Ergebnis von Jacks Eingeständnis, dass Maggie eine Affäre mit Dean Thomas Walsh hatte.

«Warum hätte er Maggie töten sollen und nicht Walsh?», frage ich.

«Ich weiß nicht. Vielleicht ist Walsh als Nächster dran. Falls Franklin ihn findet. Oder vielleicht hat er sich gedacht, *wenn ich sie nicht haben kann, dann auch kein anderer*. Womit alle anderen, die sie geliebt haben, mit dem Verlust leben müssen.» Sein guter Vorsatz scheint verflogen, und Jack schüttet den restlichen Scotch in einem Zug in sich hinein.

«Du vergisst Alison Cole», sage ich. «Mag ja sein, dass wir für Maggie ein Motiv finden können, aber –»

«Ich vergesse diese Cole nicht. Was ihr damals, 92, passiert ist, ist allgemein bekannt.» Jack beugt sich vor. «Nachdem ich Franklin bis nach Hause gefolgt war, bin ich mal kurz in die Stadtbibliothek gegangen. Ich hab mir eine halbe Stunde lang alte *Tribune*-Ausgaben auf Mikrofilm angesehen und die Artikel über die Vergewaltigung von Alison Cole und Walshs Prozess gelesen. Über beides ist ausführlich berichtet worden. Entgegen dem Rat ihrer Anwälte hat Cole einige Interviews gegeben. Sie hat den Angriff auf sie recht detailliert beschrieben und Walsh wüst beschimpft.»

«Na und?», frage ich ungeduldig. Doch noch bevor Jack antworten kann, kommt mir die Antwort schon von selbst. «Du denkst, Franklin hat das auch gelesen. Und Alison Cole ganz gezielt gesucht und ermordet, damit nach seinem Mord an Maggie alle glauben sollten, beide Morde gingen auf Walshs Konto? Das würde aber ganz schön viel Berechnung voraussetzen, Jack.» Ich schüttele skeptisch den Kopf.

«Stimmt», gibt er zu, «es ist ein bisschen weit hergeholt.»

«Andererseits», sage ich langsam und nachdenklich, «hast du Recht damit, dass der Mord an Alison Cole fast jeden anderen möglichen Verdächtigen für den Mord an Maggie ausschließt.»

Jack betrachtet mich aufmerksam. «Du siehst jetzt weniger gequält aus, wenn du über ihre Ermordung sprichst, und du klingst auch so. Du hast das Gefühl, dass Maggie dich verraten hat.» Enttäuschung liegt in seiner Stimme und Schmerz. Und noch etwas anderes. Etwas, das ich nicht richtig benennen kann. Aber es macht mich beklommen.

«Nein, das stimmt nicht», beteuere ich, aber noch während ich es abstreite, muss ich mir eingestehen, dass sich etwas verändert hat. Ich habe wirklich das Gefühl, verraten worden zu sein. Und ich weiß nicht mal, wie weit dieser Verrat geht. Wenn Maggie doch nur offener zu mir gewesen wäre. Ehrlicher. Aber das Problem ist, ich kann nicht mal sagen, wie ich reagiert hätte, wenn sie es tatsächlich gewesen wäre.

«Und was ist mit dir, Jack? Du glaubst, dass sie ein Verhältnis mit Walsh hatte. Was bedeutet, dass sie auch dich betrogen hat.» Was außerdem bedeutet, aber das sage ich nicht laut, dass Jack dasselbe Mordmotiv gehabt hätte wie Franklin.

Jack antwortet nicht. Er greift bloß nach seinem Glas und kippt die Neige runter.

Ich spüre, wie sich meine Muskulatur allmählich verkrampft. Das dumpfe Pochen einer Migräne deutet sich an. Und wieder frage ich mich – ist Jack Dwyer fähig, einen Mord zu begehen?

Der Kellner tritt an unseren Tisch. Er schielt auf unsere unberührten Teller. Bevor er fragen kann, ob etwas nicht in Ordnung war, sagt Jack, das Essen sei «ganz phantastisch» gewesen, und bittet ihn, abzuräumen und uns zwei Kaffee zu bringen.

Der Kellner blickt fragend auf Jacks leeres Glas, und Jack schüttelt widerwillig den Kopf. Ich bin froh, dass er keinen Scotch mehr bestellt, sondern stattdessen zu Kaffee übergeht. Trotz seiner drei Drinks – und wer weiß, wie viel er schon getrunken hatte, bevor er kam – sieht Jack bemerkenswert nüchtern aus. Bestimmte Themen sind nun mal ernüchternd.

Er scheint dem Kellner nachzusehen, aber ich bemerke einen verträumten Blick in seinen Augen. Er schweigt eine Weile. «Maggie war das erotischste Wesen, dem ich je begegnet bin.»

Na toll, vielen Dank, möchte ich sagen, aber ich will mich nicht noch mehr demütigen, als ich es schon getan habe, indem ich überhaupt mit ihm geschlafen habe.

«Hattest du den Verdacht, dass sie noch andere Liebhaber hatte außer dir und Walsh?»

Er wendet sich mir zu und blinzelt, als trete er aus einem

dunklen Raum in grelles Licht. «Hast *du* den Verdacht, dass sie noch andere Liebhaber hatte, Nat?»

Ich spüre, wie meine Kehle plötzlich trocken wird. «Franklin, möglicherweise.»

Jack reißt geistesabwesend kleine Stückchen von der feuchten Cocktailserviette, rollt sie zwischen Daumen und Zeigefinger zu kleinen Kügelchen und schnippt sie weg. «Vor einigen Wochen war ich nachts bei Maggie, als sie einen Anruf bekam. Es war ein oder zwei Uhr morgens, und wir waren schon halb eingeschlafen. Als ihr Anrufbeantworter ansprang und sie hörte, wer sich da meldete, war sie schlagartig hellwach, sprang aus dem Bett und nahm das Gespräch im Nebenzimmer an. Ganz offensichtlich wollte sie nicht, dass ich mithörte.»

«Was sofort deine Neugier geweckt hat.»

Ein schwaches Lächeln. «Meine Eifersucht, Nat. Es hat meine Eifersucht geweckt.»

«Mit wem hat sie gesprochen?»

«Es war ein Gespräch wie mit einem Liebhaber. Ob einem aktuellen oder verflossenen, kann ich nicht sagen.»

Jack lässt mich nicht aus den Augen. Er ist jetzt todernst. «Ich hab seine Stimme erkannt, Nat.»

Und plötzlich begreife ich. Die Bestätigung, die ich gefürchtet hatte, rast auf mich zu wie jener mörderische Wagen mitten in der Nacht.

Jack sieht meinem Gesichtsausdruck an, dass ich ihn verstanden habe.»

«Es tut mir Leid, Nat.»

«Warum hast du mir das nicht gesagt... warum?» Aber natürlich weiß ich, warum. Damit hätte er zugeben müssen, dass nicht nur mein Mann, sondern auch er eine Affäre mit Maggie hatte.

Diesen Grund gesteht Jack nicht ein. Er sagt bloß: «Ethan hatte dich da schon wegen Barbie-Püppchen verlassen. Ich fand, dass du schon genug durchzustehen hattest.» Er zieht eine Augenbraue hoch. «Du wirkst nicht allzu überrascht.»

«Bin ich auch nicht, glaub ich», bringe ich heraus. Dass ich vor weniger als zwei Stunden Ethan relativ deutlich beschuldigt habe, eine Affäre mit Maggie gehabt zu haben, sage ich allerdings nicht.

«Da ist noch etwas.» Er stockt. «Ein paarmal hab ich ... Blutergüsse auf Maggies Körper gesehen.»

Es dauert einige Sekunden, bis ich Jacks Worte verarbeitet habe. «Was willst du damit ...?»

«An Stellen, wo man normalerweise keine Blutergüsse bekommt, es sei denn –» Jack schließt die Augen, und seine Muskeln an Hals und Unterkiefer treten hervor.

Mir wird richtig schlecht bei der Vorstellung, dass Ethan diese Blutergüsse hinterlassen haben könnte. Aber das passt nicht zusammen. Ethan ist bei mir niemals auch nur ansatzweise brutal geworden. Aber andererseits habe ich diese Seite bei ihm ja vielleicht nie geweckt.

Es ist verrückt, aber dieser Gedanke hinterlässt bei mir noch stärker ein Gefühl sexueller Unzulänglichkeit.

Natürlich könnte auch Walsh diese Blutergüsse verursacht haben. Oder Franklin. Oder Gott weiß wer noch alles.

«Was war mit dir und Maggie, Jack? Habt ihr beide je harten Sex praktiziert?»

«Willst du mich jetzt beschuldigen, Nat?» Der argwöhnische Beiklang in seiner Stimme ist nicht zu überhören.

Ich weiß nicht, wieso, aber ich will Jack noch nichts von diesem obszönen Sadomaso-Foto erzählen, das Leo in Maggies Wohnung gefunden hat. Ich rede mir selbst ein, dass ich es mir zuerst einmal ansehen muss.

Der Kaffee kommt. Zusammen mit einer Dessertauswahl, die der Kellner geschickt auf einem großen Tablett balanciert.

Jack betrachtet mich nachdenklich, als ich den Kellner bitte, jedes einzelne Dessert genau zu beschreiben. Er weiß genau, dass ich nur Zeit schinden will. Um seiner Frage auszuweichen. Nachdem ich für jede exotische Beschreibung brennendes Interesse geheuchelt habe, fühle ich mich verpflichtet, irgendwas zu bestellen, und entscheide mich für die kleinste Portion, ein winziges Blaubeertörtchen.

Ich rühre etwas Milch in meinen Kaffee. Jack sieht mir zu, als ich die Tasse an die Lippen führe. Seine Miene ist weicher geworden, obwohl ich nicht die blasseste Ahnung habe, wieso.

Das Törtchen wird serviert, und wir teilen es uns. Ich beantworte Jacks Frage nicht, und das Thema harter Sex wird nicht wieder aufgegriffen.

Jack zahlt die Rechnung, will nicht, dass ich die Hälfte übernehme. Wir gehen gemeinsam nach draußen. Er bringt mich zu meinem Wagen. Ich rechne nervös damit, dass er vorschlägt, ich soll hinter ihm her zu ihm nach Hause fahren oder er hinter mir her zu mir. Stattdessen gibt er mir ein onkelhaftes Küsschen auf die Wange, verabschiedet sich gänzlich unromantisch und geht zu seinem Wagen, der weiter weg parkt.

Als ich hinter das Lenkrad gleite und losfahre – allein –, beschließe ich, gar nicht erst den Versuch zu machen, herauszufinden, warum ich mich enttäuscht fühle und zurückgewiesen.

Der sexuelle Akt ist nur ein kleiner Teil
der sexuellen Begegnung. Die meisten
Partner haben das Bedürfnis nach Nähe,
Zärtlichkeit, Berührung, Zuwendung, das
heißt nach einem Ausweg aus der Einsamkeit...

Dr. Simon Moore
Sexualwissenschaftler

33

Ich bin nicht überrascht, Leo noch im Polizeirevier anzutreffen,
obwohl es schon kurz vor zehn Uhr abends ist. Er dagegen ist
überrascht, mich zu sehen.

«Ich war essen... mit einem Bekannten», sage ich ausweichend. «Nicht weit von hier.» Na ja, wie man's nimmt.

Leo bleibt hinter seinem Schreibtisch sitzen, wartet darauf,
dass ich meinen unerwarteten spätabendlichen Besuch erkläre.
Vielleicht meint er ja, ich bin nur gekommen, um ihn zu sehen.

Da ich ihm diese Idee schnell ausreden will, platze ich mit der
Tür ins Haus. «Ich will das Foto sehen, Leo.»

Er deutet auf einen Holzstuhl vor dem Schreibtisch. Als ich
mich gerade setze, geht hinter mir die Tür auf. Es ist Leos Partner, Mitchell Oates. Wir begrüßen uns mit einem verhaltenen
Nicken, dann blickt Oates an mir vorbei zu Leo hinüber.

«Kann ich dich mal kurz draußen sprechen?»

Leos Stuhl schabt über den Boden, als er sich erhebt. Ich beobachte, dass er eine schwarze Mappe mit losen Blättern zu-
klappt, die auf seinem Tisch lag, und sie in eine Schublade
schiebt. Ich bin sicher, dass das fragliche Foto darin ist. So allmählich entwickle ich die fixe Idee, dass ich den maskierten
Mann auf dem Bild bestimmt identifizieren kann.

«Bleiben Sie sitzen», sagt Leo und streicht im Vorbeigehen leicht mit der flachen Hand über meine Schulter.

Erleichtert stelle ich fest, dass seine Berührung diesmal kein elektrisiertes Prickeln bei mir auslöst. Ich hab schon genug um die Ohren, ohne gegen erotische Gefühle ankämpfen zu müssen, die ich keinesfalls ausleben werde. Ein dummer Fehler in diesem Bereich war schon ein dummer Fehler zu viel.

Durch die Glasfenster, die das Minibüro mit den zwei Schreibtischen von dem großen Gemeinschaftsbüro der Mordkommission abtrennen, kann ich sehen, wie Oates und Leo sich beraten. Ein paarmal blickt Leo kurz in meine Richtung, aber ich kann seine Mimik nicht deuten. Sie bleiben mehrere Minuten draußen, dann geht Oates weg und Leo kommt wieder ins Büro.

Sein Verhalten ist nicht sichtlich anders, aber ich spüre deutlich eine Veränderung. Irgendwas ist passiert. Etwas Gutes? Etwas Schlechtes?

«Was ist?», frage ich nervös. Und bete, dass es etwas Gutes ist.

«Vor etwa einer Stunde hat sich eine Obdachlose auf dem 35. Revier in Cambridge gemeldet. Sie wollte wissen, ob für Informationen über einen Gesuchten eine Belohnung ausgesetzt ist.»

«Walsh?»

Leo nickt.

«Weiß sie, wo er sich versteckt?»

Leo schüttelt den Kopf. «Sie sagt, dass sie sich letzten Freitagnachmittag in Cambridge eine Parkbank mit ihm geteilt hat. Um die Mittagszeit. Oates fährt jetzt rüber, um sie zu vernehmen. Wir wollen wissen, warum sie sich erst jetzt gemeldet hat.»

Meine Pulsfrequenz beschleunigt sich. «Sie könnte ihm ein Alibi –»

Leo hebt eine Hand. «Immer eins nach dem anderen. Walsh wird nach wie vor gesucht, Nat. Er ist ein entflohener Sträfling, und er wird noch immer gesucht, damit er wegen der Morde an Maggie Austin *und* Alison Cole Miller vernommen werden kann.»

Leos Art, mich daran zu erinnern, dass Dean Thomas Walsh mit einem Alibi noch immer nicht aus dem Schneider ist. Trotzdem, das ist doch schon was. Oder könnte zumindest was sein.

Hastig erzähle ich Leo von meinem Treffen mit Franklins Frau, von dem Wagen, der mich beinahe überfahren hätte, und von der Entdeckung, dass Franklins Auto ein kaputtes Rücklicht hat. Dann lege ich ihm Jacks Theorie dar, welches Motiv Franklin gehabt haben könnte, beide Frauen zu töten. Allerdings ohne ihm zu sagen, dass die Theorie von meinem Stellvertreter stammt. Leo hat Jack bestimmt noch immer auf seiner Verdächtigenliste. Und ich will nicht, dass Leo denkt, Jack hätte sich diese Theorie ausgedacht, um den Verdacht von sich auf Franklin zu lenken.

«Warum zum Donnerwetter haben Sie mir das nicht schon früher erzählt?», schnauzt Leo mich an. Jetzt ist sein Gesichtsausdruck leicht zu deuten. Er kocht vor Wut.

Ich weiß nicht, auf welchen Teil meiner kleinen Rede er sich bezieht, deshalb entscheide ich mich für ein uneindeutiges Achselzucken.

«Sie werden beinahe überfahren und sagen mir kein Wort davon?» In seiner Stimme schwingt nicht nur Zorn, sondern auch Verletztheit mit. «Deshalb wollten Sie, dass wir Franklins Wagen überprüfen.»

«Zuerst hab ich gedacht, es wäre bloß ein Betrunkener gewesen. Ich hab mir nichts dabei gedacht, bis derselbe Wagen später an dem Abend am Haus meiner Schwester vorbeifuhr. Zumindest glaube ich, dass es derselbe Wagen war. Wegen des kaputten Rücklichts.» Mir ist klar, dass ich mich mit dieser Erklärung noch mehr in Schwierigkeiten bringe.

«Wie haben Sie rausgefunden, dass Franklins Auto ein kaputtes Rücklicht hat?»

«Ich ... ich bin zu der Firma gefahren, wo er arbeitet. Ich hab gesehen, wie er nach Feierabend in seinen Wagen stieg.» Ich zögere kurz, doch dann denke ich mir, egal, auf eine Lüge mehr oder weniger kommt es auch nicht mehr an. Ich erzähle ihm, dass Franklin zu Maggies Fenster hochgestarrt hat und dann zusammengebrochen ist. Ich erzähle ihm bloß nicht, dass ich das aus zweiter Hand erfahren habe.

«Also, zuerst denken Sie, dass Franklin versucht hat, Sie über den Haufen zu fahren, und dann haben Sie den genialen Einfall, ihn zu beobachten. Damit er noch mehr Gründe hat, Sie aus dem Weg räumen zu wollen.»

«Er… hat nicht gesehen, dass ich ihm gefolgt bin.» Wenigstens das ist wahr.

«Hören Sie, Natalie, ich weiß nicht, ob Keith Franklin etwas mit dem Mord an Maggie Austin zu tun hat. Und ich bin noch skeptischer, was sein Motiv angeht, das Sie sich für den Mord an Alison Cole ausgedacht haben. Aber ich werde Ihnen sagen, was ich weiß. Und das sollten Sie eigentlich auch wissen. Dass nämlich Keith Franklin ein entlassener Häftling ist, der Riesenprobleme hat, die Überreste seines alten Lebens wieder zusammenzubringen. Seine Ehe geht vor die Hunde. Seine Kinder behandeln ihn wie einen lästigen Eindringling. Er ist beruflich degradiert worden, man hat ihn gedemütigt, und seine alten Freunde meiden ihn. Niemand kann sagen – aber Sie und ich können es uns bestimmt vorstellen –, wie das Leben im Gefängnis für ihn gewesen sein muss. Wenn er es auch nur im Entferntesten für möglich hält, dass Sie ihm einen Mord anhängen wollen, dass er vielleicht wieder hinter Gitter muss, könnte ihn das sehr wohl zu Kurzschlusshandlungen veranlassen. Wenn das nicht schon passiert ist.»

Ich schlage die Beine übereinander und fange an, nervös mit dem Fuß zu wippen, während ich die unausgesprochene Warnung in Leos Tirade abwäge. Aber er ist noch nicht zu Ende.

«Und Keith Franklin ist nicht der Einzige, der Ihnen nicht gerade wohlgesinnt ist. An Ihrer Stelle würde ich mich hüten, Owen King auf einer dunklen, menschenleeren Straße zu begegnen. Und nach der fehlgeschlagenen Falle ist Walsh auch nicht unbedingt gut auf Sie zu sprechen, Natalie. Übrigens ebensowenig wie Carl Monroe.»

Officer Carl Monroe hätte ich fast vergessen. Mir wird regelrecht übel bei dem Gedanken, dass Maggie auch mit ihm geschlafen haben könnte. Vielleicht war er es, der sie so brutal behandelt hat. Und deshalb hatte sie an jenem Abend im Pomodoro Angst vor ihm, als er an ihren Tisch kam.

«Haben Sie mit Monroe gesprochen?»

«Wir haben ihn heute Nachmittag hier vernommen, und ich

will es mal so ausdrücken: Er hatte nicht viel Gutes über Sie zu berichten.»

«Danke gleichfalls», sage ich leise.

«Fest steht jedenfalls, Natalie, dass Sie sich ziemlich viele Feinde gemacht haben. Einer davon ist ein Killer. Aber alle haben ein starkes Gewaltpotential, wenn man ihnen Anlass dazu gibt. Und glauben Sie mir, auch nur der Gedanke, dass Sie einen von ihnen des Mordes beschuldigen, ist schon Anlass genug.»

Leo kommt näher und setzt sich auf den Holzstuhl mir gegenüber. Sein Zorn scheint ein wenig nachzulassen.

«Haben Sie mich verstanden, Natalie?»

«Laut und deutlich.»

Er scheint nicht überzeugt. «Wie wär's mit einem richtigen Urlaub? Cape Cod ist um diese Jahreszeit einfach herrlich. Jake und ich haben im letzten Herbst genau um diese Zeit eine wunderschöne Woche da verbracht. Die Touristenmassen sind weg, aber das Wetter ist noch mild, und die Strände sind leer –»

«Wenn Sie je bei der Polizei aufhören, sollten Sie ein Reisebüro aufmachen.»

«Im Ernst, Natalie –»

«Ich möchte noch immer das Foto sehen, Leo.»

Er wirft entnervt beide Hände hoch. «Sie könnten mich glatt dazu bringen, wieder mit dem Rauchen anzufangen, wissen Sie das?»

«Gut, dass Sie aufgehört haben. Sie wollen doch Ihrem Sohn kein schlechtes Vorbild sein. Ganz zu schweigen davon, dass er ständig passiv mitrauchen müsste –»

«Ich will mir nicht auch noch um Sie Sorgen machen müssen, Natalie.»

«Machen Sie sich als Polizist Sorgen oder als ... Freund?»

«Ich schließe nicht schnell Freundschaften.»

«Ich auch nicht.»

Ein verlegenes Schweigen entsteht, und keiner von uns weiß, wie es jetzt weitergehen soll. Ich denke, das ist letzten Endes der Hauptgrund, warum Leo aufsteht und das Foto holt, dessentwegen dem ich gekommen bin.

Ich halte die 9 x 13 große Aufnahme in den Händen, aber ich hab sie mir noch nicht angesehen. Was ich jetzt dringend brauche, ist Mut, den ich einfach noch nicht aufbringen kann.

Ich will nicht, dass der Mann auf dem Foto Ethan ist oder Jack. Oder Dean Thomas Walsh.

Aber da ist noch mehr als nur Angst davor, den Liebhaber mit der schwarzen Maske identifizieren zu können. Ich will Maggie nicht so sehen, wie sie auf diesem Foto abgelichtet ist. Ich will nicht gezwungen sein, dieses schauerliche Bild von ihr in Erinnerung zu behalten.

Meine Gefühle für Maggie sind so widersprüchlich. Obwohl sie mein Vertrauen missbraucht hat, obwohl sie mir so vieles von ihrem Sexualleben verheimlicht hat, ich kann nicht vergessen, wie viel sie mir in all den Jahren bedeutet hat. Es hat in meinem Leben nur sehr wenige Menschen gegeben, die ich mir erlaubt habe zu lieben.

«Natalie.» Leo sagt sanft meinen Namen.

Langsam zwinge ich meinen Blick nach unten auf das Foto.

Ich muss mehrmals blinzeln, bevor ich klar sehen kann. Und selbst als meine Augen fokussiert sind und das Schwarzweißbild deutlich erkennbar ist, brauche ich noch einige Sekunden länger, um das, was sich mir offenbart, im Kopf zu verarbeiten.

Eines steht außer Frage. Das Foto ist reine Pornographie, wie in den Sadomaso-Heftchen, die unter dem Ladentisch gehandelt werden. Ich verkrafte es nur, indem ich mir einrede, die Frau auf dem Bild ist eine Fremde. Diese Fremde ist nackt, sie kniet, ist an Händen und Füßen gefesselt, und die Arme sind straff hinter ihren durchgedrückten Rücken gezogen. Um den Hals trägt sie ein schwarzes, nietenbesetztes Hundehalsband, das an einer Metallkette befestigt ist.

Die Kette wird von ihrem Liebhaber gehalten, der hinter ihr steht und sich leicht über sie beugt. Das Foto ist in einem solchen Winkel aufgenommen, dass der Mann größtenteils verdeckt ist. Ich kann bloß seine behandschuhte Hand sehen, die fest an der Kette zerrt, und seinen Kopf, der in einer von diesen grotesken SM-Masken steckt, die Kopf und Gesicht vollständig bedecken, mit kleinen Löchern für Augen und Nase.

Maggies Gesicht – ja, als ich zu dem Gesicht komme, kann ich beim besten Willen nicht mehr so tun, als hätte ich eine Fremde vor Augen – ist in einem seltsamen Winkel zur Kamera gedreht – wenngleich ich nicht sagen kann, ob sie oder ihr Liebhaber weiß, dass da ein Kamera ist –, die linke Wange auf den Boden gepresst. Ich sehe ein Bett im Hintergrund. Es könnte irgendein Bett in irgendeinem Zimmer sein, aber ich erkenne den Quilt, der halb über das Fußende hängt.

Mein Blick wandert zurück zu ihrem Gesicht. Was ich da in Maggies Miene sehe, stößt mich ab und fasziniert mich zugleich. Falls sie irgendwelche psychischen oder physischen Schmerzen leidet, so sehe ich es nicht. Ich sehe reinste Ekstase.

Ich kann es nicht ertragen, ihr Gesicht zu sehen. Ich reiße mich davon los und konzentriere mich auf das Wenige, das von der schwarz maskierten Gestalt zu erkennen ist. Das einzige sichtbare bisschen Haut ist das Stück zwischen Hals und Schulter. Wie soll ich den Mann so identifizieren? Ich kann noch nicht mal die Größe abschätzen, weil er sich vorbeugt. Und weil er im Profil zu sehen ist, habe ich keine Möglichkeit, seine Gesichtsform auszumachen.

Lange Zeit starre ich auf die Halslinie des Mannes, als ob er sich zu erkennen geben würde, wenn ich nur geduldig genug bin.

Und in gewisser Weise passiert genau das.

Ich merke gar nicht, dass meine Hände zittern oder dass ich den Atem anhalte, bis Leos Stimme in meine Gedanken eindringt.

«Was ist los, Natalie?»

Mit einem leisen Keuchen stoße ich die Luft aus. «Da ist… etwas. Glaube ich. Hier.» Leo beugt sich vor, betrachtet den winzigen Fleck knapp unter der Stelle, wo der Hals in die Schulter übergeht. Ich sehe ihm an, dass er nicht weiß, was er damit anfangen soll. Dass er nicht begreift. Wie sollte er auch?

«Was –?»

«Wir müssen das vergrößern lasen.» Ich höre das Zittern in meiner Stimme. Spüre das Blut, das mir durch die Adern rauscht.

Ich kann mich noch sehr genau an den Tag vor etwas mehr als

einem Monat erinnern. Ein heißer, schwüler Sonntag im August, die Luftfeuchtigkeit so hoch, dass man das Gefühl hatte, Nässe einzuatmen.

«Ein prima Tag für den Strand», verkündet Maggie fröhlich, als wir über die Route 1 fahren. Sie ist es auch, die diesen Ausflug nach Rockport geplant hat, ein malerisches, aber von Touristen überlaufenes Künstlerörtchen direkt am Meer. Ich sitze neben Maggie auf dem Beifahrersitz ihres schwarzen Jetta. Karen Powell sitzt auf der Rückbank, und neben ihr türmen sich Badetücher, eine Picknickdecke, ein Proviantkorb, Thermosflaschen und sonstiges Allerlei.

«Ich hoffe bloß, eine von euch hat dran gedacht, Sonnencreme mitzunehmen», sagt Karen, die förmlich brüllen muss, um sich bei den mit voller Lautstärke aus dem Kassettenrecorder erschallenden Beach Boys verständlich zu machen. Karen mag weder die Beach Boys noch andere Popgruppen. Wenn es nach ihr gegangen wäre, hätten wir uns schwitzend ein Chopin- oder Brahms-Matineekonzert angehört, anstatt uns in die blauen Fluten des Atlantiks zu stürzen.

Ich freue mich wie ein Kind auf den Strand, aber ich bin nicht gerade glücklich darüber, dass Karen mitkommt. Als Maggie den Ausflug irgendwann in der Woche vorschlug, war nicht die Rede davon, dass wir zu dritt sein würden. Aber das war ja nichts Neues. Maggie hatte die Angewohnheit, mich mit Karen zu überrumpeln. Ich glaube, sie überrumpelte Karen auch mit mir. Jedenfalls hatte Karen offensichtlich nicht damit gerechnet, mich auf dem Beifahrersitz zu sehen, als wir sie abholten. Und sie wirkte auch nicht begeistert darüber, auf den Rücksitz verbannt zu werden.

Karen war oft mürrisch, zumindest wenn ich dabei war. Aber heute ist sie ganz besonders mürrisch. Beklagt sich, dass die kühle Luft der Klimaanlage nicht bis zu ihr nach hinten kommt, dass Maggie zu schnell fährt, dass der Krach von den Beach Boys sie wahnsinnig macht.

Ihr Gejammer geht auch am Strand weiter. Maggie hat vergessen, den Sonnenschirm in den Kofferraum zu packen, also gibt es keinen Schatten. Und die Sonnencreme hat einen zu kleinen

257

Lichtschutzfaktor. Karen besteht darauf, ihre Bluse anzubehalten, weil sie angeblich ihre Haut schützen muss.

Mir geht Karens Gemecker auf die Nerven, und ich bin kurz davor, ihr die Meinung zu sagen, aber bei Maggie scheinen ihre Klagen zum einen Ohr rein- und zum anderen wieder rauszufliegen. Bis Karen sich weigert, ihre Bluse auszuziehen und ins Wasser zu kommen.

«Nun sieh sie dir an, Nat», schimpft Maggie. «Sie hat den schönsten Körper von uns dreien, und dann schämt sie sich, ihn zu zeigen.»

Karen wirft Maggie einen Blick zu. «Lass mich in Ruhe, ja? Du hast schließlich die falsche Sonnencreme mitgebracht. Soll ich mich hier verbrutzeln lassen?»

«Ach, komm schon, Karen», neckt Maggie, «so ein kleiner Sonnenbrand ist doch nicht schlimm. Wenn's ein bisschen wehtut, wird's erst richtig schön. Das weißt du doch.»

«Sei still, Maggie», zischt Karen.

«Sei doch nicht so verklemmt, Karen.» Ich gebe meinen Senf dazu, weil ich genau weiß, dass es Karen nur noch mehr ärgern wird. Wahrscheinlich hoffe ich, dass sie sich schließlich verzieht und irgendwo weiter unten am Strand vor sich hin schmollt.

Karen sieht mich wütend an, antwortet aber nicht.

«Du stellst dich bloß wegen dieses blöden Muttermals auf deiner Schulter so an, nicht?», sagt Maggie noch immer neckend, aber jetzt sanfter. «Deshalb trägst du auch nie was Ärmelloses. Deshalb willst du nie schwimmen gehen.»

Jetzt blickt Karen auch noch Maggie wütend an und verzieht sich tatsächlich.

Maggie rennt ihr nach.

Damals bin ich gar nicht auf den Gedanken gekommen, mich zu fragen, woher Maggie von diesem Muttermal wissen konnte, wenn Karen es doch immer so gut verborgen hielt.

«Alles in Ordnung mit Ihnen?», fragt Leo, als ich auf die Vergrößerung starre.

Ich nicke. «Neulich, als wir Karens Wohnung verließen, haben Sie sich schon so was gedacht, nicht?»

«Nicht ganz. Ich war mir ziemlich sicher, dass Karen auf Frauen steht, aber bei Maggie wusste ich nicht so recht.»

«Aber Sie haben sich gedacht, dass Maggie bisexuell sein könnte? Wieso?»

«Berufliche Intuition, denke ich.»

«Eigentlich müsste ich mir jetzt ziemlich unattraktiv vorkommen, weil Maggie nie versucht hat, mich anzumachen», sage ich eher zu mir selbst.

«Sie haben nicht den geringsten Grund, sich unattraktiv zu fühlen, glauben Sie mir», sagt Leo. Er lächelt schwach. «Und dieses Kompliment ist absolut direkt gemeint.»

Ich lege das Foto aus der Hand. «Was passiert jetzt?»

Leos Lächeln wird breiter.

«Wegen Karen», sage ich und mustere den Detective von der Seite. «Ich hätte nicht gedacht, dass Sie so schamlos flirten können, Leo.»

«Ach nein?», fragt er ausweichend zurück.

Es klopft an der Tür. Oates steckt den Kopf herein, signalisiert Leo, er soll wieder rauskommen. Es ist fast Mitternacht, und er ist vor gut über einer Stunde nach Cambridge gefahren, um die obdachlose Frau zu vernehmen. Diesmal winkt Leo ihm, reinzukommen. Oates zögert kurz und gesellt sich dann zu uns.

«Könnte sein, dass wir hier was Interessantes haben», sagt Leo.

«Damit wären wir schon zwei», erwidert Oates.

«Schieß du zuerst los.»

Oates schielt kurz zu mir herüber, zuckt dann die Achseln. «Die Frau heißt Elinor Cray. Sie sagt, sie ist einundfünfzig, aber sie sieht aus wie weit über sechzig. Sie hat mit ihrer Tochter in der Madison-Sozialbausiedlung gewohnt, aber vor ungefähr sechs Monaten ist die Tochter mit ihrem Freund verschwunden. Ein paar Wochen später wurde der Mutter gekündigt, weil sie die Miete nicht mehr zahlen konnte. Anscheinend hat die Tochter alles mitgehen lassen.»

«Keine Arbeit?», fragt Leo.

«Sie hat hier und da mal irgendwelche Gelegenheitsjobs, aber nichts Regelmäßiges. Sie sagt, bei dem, was sie verdient, ist nicht mehr drin als ab und an mal eine Nacht im Obdachlosenasyl. Außerdem bleibt sie sowieso lieber auf der Straße, sagt sie, zumindest bis es richtig kalt wird. Sie findet es sicherer.»

«Trinkt sie?»

Oates lächelt und zeigt dabei gleichmäßige weiße Zähne. «Sie bezeichnet sich als Gelegenheitstrinkerin.»

«War sie heute Abend betrunken?»

«Nein. Entweder hatte sie kein Geld dafür, oder sie hat bewusst gewartet, bis sie wieder nüchtern war, bevor sie ins Revier kam.»

Leo seufzt. «Okay, also was hatte sie über letzten Freitagnachmittag zu erzählen?»

Oates zieht einen kleinen Notizblock aus seiner Jacketttasche. Im Gegensatz zu Leo ist sein Partner sehr schick gekleidet. Sein taubengrauer Anzug könnte aus Kaschmir sein und ist perfekt auf seine kräftige Statur zugeschnitten.

Er schlägt den Block auf und wirft einen kurzen Blick auf seine Notizen. «Sie hat sich seit letzten Dienstag im Comden Park rumgetrieben. Hatte sich da eine kleine etwas abgelegene Ecke gesucht, wo sie ungestört schlafen konnte.»

Oates blickt wieder auf seinen Block. «Ach ja, sie sagt, sie mag diesen Park vor allem, weil viele Berufstätige aus der Gegend dort ihre Mittagspause verbringen und meistens einiges von ihrem Lunch liegen lassen. Außerdem sind da noch die Zeitschriften.»

«Zeitschriften?»

«Sie hat mir erzählt, dass sie sich gerne auf dem Laufenden hält. *Time*, *Newsweek*, *People*. So ziemlich alles, was sie aus den Abfallkörben fischen oder sich von einer Parkbank schnappen kann.»

Leo nickt. Ich sitze ruhig da, lausche aufmerksam.

«Also sie sagt jedenfalls, dass sie sich an einen Mann erinnern kann, auf den Walshs Beschreibung passt, der letzten Freitag in den Park kam und sich auf eine Bank genau ihr gegenüber gesetzt hat. Sie sagt, sie weiß, dass es kurz nach zwölf Uhr war, weil sie die Kirchenuhr zwölfmal schlagen gehört hat, genau die Zeit, zu der sie sich für gewöhnlich auf die Suche nach was Essbarem macht.»

«Und wieso ist ihr Walsh besonders aufgefallen?»

«Sie sagt, sie erinnert sich aus drei Gründen an ihn. Erstens, weil sie fand, dass er wie ein Filmstar aussah. Hat sie an James Dean erinnert.»

«Jaja, und was noch?», fragt Leo ungeduldig.

«Zweitens, er hat ein großes Sandwich mit Salami und allem Drum und Dran gegessen, und sie ist ganz scharf auf Salami. Sie hat gehofft, bei seiner Figur und so, dass er kein großer Esser ist und dass noch ein schöner leckerer Lunch für sie abfallen könnte, wenn er weg ist. Tatsächlich hat er gut die Hälfte von seinem Sandwich übrig gelassen, bloß dass er es wieder auf die Papiertüte neben sich gelegt hat. Und anstatt endlich zu gehen, wie sie gehofft hatte, hat er eine Zeitschrift rausgeholt und angefangen zu lesen. Was uns zu dem dritten Grund bringt, weshalb sie sich an ihn erinnert. Die Zeitschrift war *Entertainment Weekly*, und auf dem Umschlag war das Foto von einer Schauspielerin, die in irgendeiner Fernsehserie mitspielt. Zufällig ist Mrs. Cray ein großer Fan dieser speziellen Serie – sie hat mir erzählt, dass sie an mindestens zwei Nachmittagen pro Woche in einen Waschsalon in der Nähe gegangen ist, wo ein Fernseher läuft. Sie hat so getan, als wartete sie darauf, dass ihre Wäsche trocknet, damit sie sich die Serie angucken konnte. Aber irgendwann ist ihr der Betreiber des Waschsalons auf die Schliche gekommen und hat sie rausgeschmissen.»

«Zurück zu dem Freitagnachmittag», sagt Leo noch ungeduldiger.

Oates redet ungerührt weiter. «Angeblich hat der Mann, den sie als Walsh identifiziert hat, gesehen, wie sie die Zeitschrift beäugte. Er hat sie gefragt, ob sie sie haben wollte, weil er sie ausgelesen hätte und zurück zur Arbeit müsste. Das Sandwich hat er ihr nicht angeboten. Sie meint, weil er sie nicht in Verlegenheit bringen wollte. Aber er hat es nicht in den Mülleimer geworfen, sondern einfach auf der Parkbank liegen lassen. Sie sagt, sie hat den ganzen Nachmittag da gesessen, jeden einzelnen Bissen von dem Sandwich und jede einzelne Seite der Zeitschrift genossen.»

Leo nimmt einen Bleistift vom Schreibtisch und klopft sich damit in die flache Hand. «Kann sie sich erinnern, wann er den Park verlassen hat?»

«Sie weiß noch, dass die Kirchenuhr eins schlug, genau in dem Moment, als sie sich auf das Sandwich stürzte. Sie sagt, da ging Walsh gerade durchs Parktor. Sie hatte gewartet, bis er weit genug weg war, bevor sie sich ihren Leckerbissen schnappte.»

Ich blicke Leo aufgeregt an. «Das stimmt mit dem überein, was Walsh sagt. Er war von zwölf bis eins im Park.»

«Falls es Walsh war», sagt Leo, der angesichts dieser Informationen nicht sonderlich begeistert wirkt.

«Wir haben ihr ein Dutzend Fotos von Männern ungefähr im selben Alter, mit der gleichen Statur, Augen- und Haarfarbe wie Walsh gezeigt. Sie hat ihn, ohne auch nur eine Sekunde zu zögern, rausgepickt. Es sieht ziemlich überzeugend aus, Leo», sagt Oates.

Leo ist noch immer nicht überzeugt. «Und warum hat sie so lange gewartet, bis sie sich gemeldet hat?»

«Da wollte sie nicht so recht mit der Sprache rausrücken. Hat irgendwas erzählt, sie hätte warten wollen, bis in der Zeitung was von einer Belohnung steht. Wenn du mich fragst, würde ich sagen, sie hat das ganze Wochenende gesoffen und war nicht ganz auf der Höhe der Zeit. Wahrscheinlich ist sie erst wieder halbwegs nüchtern geworden, als das Geld für den Schnaps alle war, und dann hat sie die Schlagzeilen gelesen oder in irgendeiner Bar heute Nachmittag was im Fernsehen mitbekommen.»

«Lass sie überprüfen.»

«Ist schon in der Mache. Und was habt ihr für mich?», fragt Oates.

Leo hält die Vergrößerung hoch. «Könnte sein, dass dieser *Er* eine *Sie* ist. Namens Karen Powell.»

«Wer hätte das gedacht», sagt Oates leise und reibt sich über den kantigen Unterkiefer.

Leo sieht auf die Uhr. «Ruf sie sofort an und bestell sie für morgen früh zur Vernehmung her.»

Oates zieht eine buschige Augenbraue hoch. «Dann meinst du also, wir haben noch einen Verdächtigen mehr.»

«Oder zwei», sagt Leo und reicht ihm meine offizielle Aussage, die ich zu Keith Franklin gemacht habe, während wir auf die Vergrößerung aus dem Labor warteten.

Oates nimmt das Blatt Papier, und als er es rasch überfliegt, wandert auch seine zweite Braue in die Höhe.

«Den sollten wir uns ein zweites Mal vornehmen», sagt Leo.

Ohne uns Kriminelle würden viele Leute
arbeitslos – Cops, Anwälte, Gefängnis-
bedienstete. Wenn man mal richtig drüber nachdenkt, müssten sie uns eigentlich
dankbar sein ...

C. T.
Häftling Nr. 854929

34

Es ist nach Mitternacht, aber als Leo mich auf einen Drink
einlädt, bevor er mich nach Hause fährt, sage ich ohne Zögern
ja. Eigentlich will ich gar nichts trinken, aber ich will auch
noch nicht nach Hause. Was ich will, ist dieses Bild von Maggie und Karen aus meinem Kopf verbannen. Vielleicht helfen
da ja ein oder zwei Whiskey. Leo hat Recht. Ich brauche mal
eine Erholungspause.

Wir gehen in einen Irish Pub in der Nähe des Polizeireviers.
Es ist ein fröhliches Lokal, das sich um authentisches Flair bemüht, bis hin zur Dartscheibe und der irischen Musik, die aus
strategisch gut platzierten Boxen dudelt. An der kupferbeschla-
genen alten Theke stehen nur noch ein paar späte Zecher. Als
Leo mit mir an der Theke vorbeigeht und auf eine Sitznische
weiter hinten zusteuert, bestellt er bei dem stämmigen, rotge-
sichtigen Barkeeper zwei Whiskey und zwei Bier für uns.

«Ich mag kein Bier», sage ich halblaut.

«Sie müssen es ja nicht trinken.»

«Ich brauche Ihre Erlaubnis nicht», fauche ich.

«Was brauchen Sie dann, Natalie?»

Seine vielsagende Frage macht mich nur noch schnippischer.
«Jedenfalls keine Gespräche.»

«Okay», sagt er mit einem verbindlichen Lächeln. Aber er hält meinen Blick fest. Mir ist das zu verständnisvoll. Jetzt fühle ich mich gereizt und unsicher zugleich. Ich will nicht verstanden werden. Nicht von Leo. Und auch von sonst keinem – nicht von meinen Eltern, meiner Schwester, Maggie, Ethan. Auch wenn ich mir mein Leben lang das Gegenteil eingeredet habe, es war doch gelogen. Selbstbetrug. Ich habe panische Angst davor, verstanden zu werden. Vor dem, was andere dabei zutage fördern werden. Die Kleingeistigkeit. Die Gemeinheit. Die vielen Unzulänglichkeiten. Ich war so geschickt darin, sie zu verbergen. Sogar vor mir selbst. Aber Maggies Tod und alles, was danach passiert ist, haben mir langsam und unaufhaltsam eine Schutzschicht nach der anderen abgestreift.

Die Getränke kommen. Ich kippe den Whiskey runter und trinke das Bier hinterher, vergesse, dass ich Bier nicht mag. Aber ich schmecke es ja auch nicht richtig. Ich will mich bloß wieder abschirmen.

Leo hat seinen Whiskey getrunken, lässt sich aber mit dem Bier Zeit. «Wenn ich Sie nach Hause fahren darf, bestelle ich noch eine Runde», bietet er an.

«Nein. Ich fahre selbst.»

«Na schön.»

Ich greife nach meiner Tasche.

«Warum so eilig?», fragt er.

Darauf hätte ich viele Antworten. Aber damit würde ich vielleicht die Büchse der Pandora öffnen. Und das will ich nicht riskieren.

Also bleibe ich sitzen.

Eine weitere irische Melodie klingt durch den Raum. Leo lehnt sich zurück, scheint sich mit unserem Schweigen und der Atmosphäre wohl zu fühlen.

«Ich hab gedacht, Italiener und Iren kommen nicht gut miteinander aus.»

Er hat wieder dieses Lächeln. «Ich versuche, mit allen auszukommen.»

«Gelingt es Ihnen?»

Sein Lächeln vertieft sich. «Mein Ruf ist nicht schlecht», sagt er mit einem gespielten irischen Akzent, und ich muss lachen.

Als Leo mich bei mir zu Hause absetzt, hat sich meine Stimmung dank Whiskey und Bier erheblich verbessert. Während ich mich noch im Fahrstuhl wieder innerlich auf meine stille, einsame Wohnung vorbereite, denke ich plötzlich, dass ich mir einen Hund anschaffen sollte. Eine liebe, große, freundliche Töle. Es wäre so schön, nach Hause zu kommen und mit offenen Armen – na ja, offenen Pfoten – von einem bedingungslos liebenden Wesen empfangen zu werden.

Als Kinder wollten Rachel und ich immer einen Hund haben, aber mein Vater war strikt dagegen. Erst als ich schon fast zwanzig war, gestand er mir, dass wir tatsächlich einen Hund gehabt hatten, als ich noch ein Baby war. Den Hund meines Vaters. Einen Golden Retriever namens Bucko. Er hatte Bucko schon, lange bevor er und meine Mutter heirateten. Als Mom ihm ihr Jawort gab, war klar, dass sie mit meinem Vater auch Bucko bekam. Was mein Vater damals nicht wusste, war, dass er mit meiner Mutter auch ihre psychische Krankheit bekam. Eine Krankheit, die angeblich erst dann zutage trat, als ich das Licht der Welt erblickte. Sie äußerte sich zunächst in einer Post-partum-Depression. Doch schon wenige Monate nach meiner Geburt begann Mom zu halluzinieren.

Angeblich erkannte mein Dad noch eine ganze Weile nicht, was los war. Ihr psychischer Verfall wurde ihm erst an dem Tag richtig bewusst, als er von der Arbeit nach Hause kam und Bucko tot im Vorgarten fand. Zuerst sah es so aus, als wäre er an Herzversagen gestorben und einfach umgekippt. Aber dann sah Dad die Würgemale an seinem Hals.

Mom gab zwar nie zu, Bucko getötet zu haben, aber bald danach gestand sie meinem Dad, dass es so besser war, weil sie glaubte, dass der Hund verhext war. Dad sagte, dass er da erst gemerkt hatte, wie krank sie wirklich war. Danach, so sagte er, fing er stärker an zu trinken. Es war einfach alles zu viel für ihn – zuerst Vietnam und dann eine geistesgestörte Frau –, sagte er müde. Wütend und verstört schrie ich ihn an – und was ist mit mir? Wie sollte ich mit einer geisteskranken Mutter fertig werden? Was wäre passiert, wenn sie irgendwann beschlossen hätte, dass ich auch verhext war? Oder Rachel? Was, wenn er eines Tages nach Hause gekommen wäre und hätte mich oder Rachel erdrosselt im Bett gefunden?

Mein Vater, der schon betrunken war, hatte darauf keine Antwort. Nur rührselige Tränen, die rasch vom haltlosen Schluchzen eines schuldgeplagten Alkoholikers abgelöst wurden. Ich weiß noch, dass ich ihn in die Arme nahm. Ihm sagte, es sei schon gut. Ich sei ihm nicht böse. Ihn anflehte, er solle aufhören zu weinen. Immer diejenige, die tröstet, nie diejenige, die getröstet wird.

Als Ethan und ich heirateten, schlug ich vor, uns einen Hund anzuschaffen. Ethan war entsetzt. Hunde machen Dreck und Unordnung. Hunde beanspruchen viel Zeit. Hunde sind eine Verpflichtung. So ziemlich dieselbe Einstellung, so erkannte ich später, die er auch Kindern gegenüber hatte. Ob er das immer noch so sehen würde, wenn Jill sein Kind zur Welt gebracht hatte? Kann der Mensch aus seiner Haut heraus?

Der Fahrstuhl hält in meinem Stockwerk, und ich vertreibe alle Gedanken an Ethan, Jill, meine Eltern. Ich bin kein Kind mehr. Und ich muss nicht mehr auf die Vorlieben und Abneigungen meines Mannes Rücksicht nehmen. Wenn ich einen Hund haben will, schaffe ich mir einen Hund an.

Als ich meine Wohnungstür erreiche, denke ich schon über Rasse, Größe, Charakter nach, habe sogar schon eine Eingebung, wie ich meinen Welpen nennen werde – *Ollie, wenn's ein Junge ist, Hannah, wenn's ein Mädchen ist.*

Ich schließe die Tür auf und stelle mir vor, wie Ollie oder Hannah auf mich zugesprungen kommen, bellen, freudig an mir hochspringen, mir das Gesicht mit einer langen, nassen Zunge abschlabbern...

Ich werde tatsächlich begrüßt, als ich in meine Wohnung trete. Aber nicht von einem Hund. Etwas Hartes schnellt aus der Dunkelheit auf mich zu. Und es trifft mich seitlich am Kopf. Bevor ich die Besinnung verliere, spüre ich einen Arm, der sich wie eine Schraubzwinge um meine Taille legt. Und ich höre ein heiser geflüstertes *«Fotze»*, als ich weggezerrt werde...

Ich bin in der Hölle, bestimmt. Die entsetzliche Hitze, der beißende Geruch, der allgegenwärtige Rauch. Ich will die Augen aufschlagen, muss sie aber rasch wieder schließen, weil der Qualm so brennt.

Momma hat immer gesagt, dass ich in die Hölle komme. *Dafür kommst du in die Hölle, junge Dame. Und da ist es schrecklich. Überall Feuer. Und es gibt keinen Ausweg. In alle Ewigkeit nicht.*

Warum soll ich dann versuchen rauszukommen? Ich bin verdammt. Wegen meiner Sünden.

Was hab ich denn Böses getan?

Oh Gott, ich weiß. Ich weiß, warum ich zu Höllenqualen verdammt bin.

Maggie, es tut mir so Leid. Alison, es tut mir so Leid. Es ist alles meine Schuld.

Ich spüre heiße Tränen auf meinem Gesicht.

Können Tote weinen?

Ich hebe den Kopf. Ein stechender Schmerz schießt mir durch den Schädel.

Und dieser Schmerz bringt mich wieder zur Besinnung. Zu dem Bewusstsein, wo ich bin.

Nicht in der Hölle.

Lebendig, in meinem Bett.

Mein Schlafzimmer ist von beißendem Rauch erfüllt.

Zuerst begreife ich nicht. Kann mir nicht erklären, wo der viele Rauch herkommt.

Und dann sehe ich die Flammen an der hübschen Paisley-Rüschenumrandung meines Bettes züngeln, sehe Funken auf meine Decke fliegen. Ich schlage die Decke zurück und springe aus dem Bett. Der Schmerz in meinem Kopf lässt mich aufkeuchen, und dann muss ich erneut keuchen, weil ich ein Brennen in der Brust spüre, als ich Qualm einatme.

Ich muss unten bleiben. Muss hier' rauskriechen. Muss den Atem anhalten.

Ich schiebe mich über den Boden. Desorientiert, Rauch in den brennenden Augen, komme ich nicht an meiner Tür an, sondern an meinem Wandschrank.

Verzweiflung packt mich. Kostbare Zeit vertan.

Ich reiße mich zusammen. Muss mich umdrehen und das ganze Stück auf die andere Seite des Zimmers kriechen. Das Feuer breitet sich rasch aus. Und mit ihm der dichte Rauch. Ich halte die Luft an. Darf meine Lungen nicht mit Rauch füllen, sonst sterbe ich wirklich. Und komme höchstwahrscheinlich in die Hölle.

Aber der Husten ist unbezähmbar. Und er zwingt mich, Rauch einzuatmen. Was weiteren Husten auslöst. Noch mehr eingeatmeten Rauch. Ein Teufelskreis.

Muss mich schneller bewegen. Schneller.

Endlich spüre ich einen dünnen Strahl Frischluft durch den schmalen Spalt zwischen Boden und Schlafzimmertür dringen. Das bedeutet, dass das Feuer noch nicht auf das Wohnzimmer übergegriffen hat. Da draußen bin ich in Sicherheit. So gut wie gerettet. Erleichterung übermannt mich.

Ich halte den Kopf unten und greife nach oben zum Türknauf.

Das Metall ist heiß. Instinktiv ziehe ich die Hand zurück.

Doch dann wappne ich mich gegen die Hitze und fasse erneut zu. Drehe den Knauf.

Nichts passiert. Die Tür lässt sich nicht bewegen.

Ich ziehe fester. Ohne jeden Erfolg.

Abgeschlossen? Das kann nicht sein. Sie klemmt nur. Zieh etwas fester. Reiß dran. Mit aller Kraft. Denk nicht an die Hitze, den Rauch, die Flammen, die dein Bett in ein Inferno verwandeln.

Z-i-e-h-f-e-s-t-e-r –

H-ö-l-l-e –

Meine Augen flackern, und ich sehe ein Gesicht über mir schweben. Ich blinzele mehrmals.

«Ethan?» Meine Stimme ist bloß ein Krächzen. Die Anstrengung, dieses eine Wort herauszubringen, löst einen Hustenkrampf aus.

«Ganz ruhig, Nat. Alles wird gut.»

Ich will mich umsehen, aber mein Kopf dröhnt zu sehr. «Wo bin...?»

«Im Boston City Hospital. Ich hab dich mitten in der Nacht hergebracht. Der Arzt meint, du hast eine leichte Rauchvergiftung –»

«Feuer...»

«Das ist aus. Unser Schlafzimmer ist so ziemlich hinüber. Aber die Feuerwehr war da, bevor das Feuer die übrige Wohnung erfasst hat. Keine Sorge. Wir haben eine Feuerversicherung, die den Schaden übernimmt. In ein paar Wochen ist alles vergessen.»

Ich schließe die Augen, versuche, die einzelnen Teile zu sortieren, aber ich bin eindeutig nicht in der Verfassung, ein Puzzle zusammenzusetzen.

Ich spüre eine Hand leicht über meine Stirn streicheln. Die Berührung ist vertraut. Tröstlich. Tränen rinnen mir über die Wangen.

«Du hast außerdem eine ziemlich dicke Beule am Kopf, Nat. Du musst hingefallen sein –»

«Nein. Geschlagen», röchele ich. «Das... Feuer. Hat... jemand... gelegt...»

«Nein, Nat. Es war ein Unfall. Nach dem, was der Brandmeister sagt, sieht es so aus, dass du im Schlafzimmer eine Kerze angezündet hast und eingeschlafen bist. Dann hast du mit der Bettdecke die Kerze umgestoßen, die ist neben dem Bett auf den Boden gefallen und hat das Bettzeug in Brand gesetzt –»

«Nein! Nein!»

«Schschsch. Reg dich nicht auf, Nat. Morgen findest du das bestimmt auch ganz einleuchtend. Dann ist dein Kopf wieder klar, und du wirst dich erinnern –»

«Ich... erinnere... mich.»

Ethans Streicheln ist jetzt lästig. Schwach wische ich seine Hand weg. «Du hast mich gefunden?»

«Ich bin wirklich im letzten Augenblick gekommen.»

«Wieso...? Warum...?»

Ethan seufzt. «Ehrlich gesagt, Nat, unser Telefongespräch gestern Nachmittag hat mich richtig wütend gemacht. Ich konnte nicht schlafen. Ich hatte das Gefühl, wir müssten miteinander reden. Dinge klären. Ich wusste ja, dass du abends was vorhattest, und hab mir gedacht, dass du spät nach Hause kommst. Ich hab mir überlegt, zu dir zu fahren und nachzusehen, ob noch Licht an war. Wenn nicht, hätte ich gewartet, bis du kommst. Als ich ankam, hab ich das Flackern gesehen und gedacht, im Schlafzimmer brenne noch Licht. Und dann ist mir klar geworden...» Ein Beben durchläuft ihn. «Ich bin hochgerannt und in die Wohnung und hab dich bewusstlos direkt hinter der Schlafzimmertür gefunden.»

«Die Tür war abgeschlossen. Ich... ich konnte nicht raus.» Wieder erfasst mich Panik, als ich mich an mein Entsetzen erinnere. An das sichere Gefühl, dass ich in diesem Zimmer verbrennen würde.

«Was? Die Schlafzimmertür? Nein, war sie nicht. Wahrscheinlich hattest du nicht mehr die Kraft, sie zu öffnen. Jedenfalls hab ich dich aufgehoben und raus auf den Flur getragen, dann bin ich wieder rein und wollte die Feuerwehr verständigen. Als ich gerade angefangen hatte zu wählen, hab ich schon die Sirenen gehört. Da hatte wohl schon jemand anders angerufen. Ich wusste nicht, wie schlimm es um dich stand, also hab ich keine Zeit damit verloren, auf einen Krankenwagen zu warten, sondern hab dich einfach so schnell es ging hierher gebracht.»

Ich versuche, Ethans Worten zu folgen. Sie zu verstehen, aber es ist einfach zu anstrengend.

Leo steht am Fußende meines Bettes und betrachtet mein Krankenblatt. Es ist Donnerstagmorgen, sieben Uhr früh. Ich bin seit über vierundzwanzig Stunden im Krankenhaus und habe den größten Teil des Mittwochs in einem betäubungsähnlichen Schlaf verbracht. Ich habe eine vage Erinnerung daran, dass Jack mich irgendwann im Laufe des Tages besucht hat, aber ich weiß absolut nicht mehr, worüber wir geredet haben. Falls wir geredet haben.

Heute Morgen bin ich hellwach und habe bereits ein Frühstück, bestehend aus lauwarmem Porridge und fadem Tee, bekommen und wieder zurückgehen lassen, man hat mir den Blutdruck gemessen und Blut abgenommen, und ein junger Assistenzarzt mit trüben Augen, der aussah, als sei er am Ende einer sechsunddreißigstündigen Schicht angelangt, hat meine Lunge abgehört.

Leos Augen wandern von dem Krankenblatt zu mir. «Wie fühlen Sie sich?»

«So, dass ich hier rauswill.» Meine Kehle ist noch wund, meine Stimme noch rau. «Ich hasse Krankenhäuser.»

«Dann sind wir schon zwei», sagt Leo und lässt das mit einer Kette am Bett befestigte Klemmbrett los, sodass es gegen die Metallstreben des Bettgestells scheppert. Er hat ein leichtes Reiseköfferchen dabei, das er nun aufs Bett legt. «Ein paar Sachen für Sie», murmelt er. «Ziehen Sie sich an. Sie dürfen raus.»

Die Neuigkeit begeistert mich derart, dass ich die weiße Decke zurückschlage, um dann jedoch feststellen zu müssen, dass ich darunter bloß ein knappes Krankenhaushemd trage, das mir ziemlich hochgerutscht ist. Leo bemerkt es auch.

«Ich… warte dann… draußen», brummt er und geht zur Tür.

Ich ziehe mir rasch die Jeans und einen weichen grauen Rollkragenpullover an und versuche, nicht darüber nachzudenken, wessen Kleidung ich da trage. Nickis? Die von Leos Schwester Maria? Zumindest die Unterwäsche ist neu. Socken, hellblauer Slip und farblich passender BH für alle Größen, an allem sind noch die Preisschildchen. Ich finde sogar ein Paar neu aussehende schwarze Slipper, Größe 39, meine Größe. Gut geschätzt? Oder hat Leo sich schlau gemacht?

Erst als ich mir die Haare kämme und die dicke Beule spüre, die noch immer empfindlich auf Berührung reagiert, fällt mir ein, dass Ethan hier war, mir das Haar aus dem Gesicht gestrichen hat.

Plötzlich erinnere ich mich wieder. Ethans Geschichte, ich hätte auf dem Nachttisch eine Kerze angezündet, wäre dann eingeschlafen, hätte sie umgestoßen und so mein Bett in Brand gesteckt. Und dass ich mir den Kopf gestoßen haben muss, als ich versuchte, aus meinem Schlafzimmer rauszukommen.

Einfach absurd. Das letzte Mal, dass ich in diesem Schlafzimmer eine Kerze angemacht habe, war an Ethans und meinem ersten Abend nach unserem Einzug in die Wohnung. Ich wollte eine romantische Atmosphäre für unsere erste Liebesnacht im neuen Heim schaffen. Aber Ethan pustete die Kerze aus und sagte, er wolle kein Licht dabei haben. Ich hab ihn geneckt und gesagt, normalerweise wäre die Frau ein bisschen gehemmt. Ethan nahm mir die Bemerkung übel. Am Ende verbrachten wir die Nacht im Dunkeln und ohne miteinander zu schlafen.

Ich frage mich, ob Ethan gestern gedacht hat, ich hätte meinen Begleiter mit nach Hause genommen und die Kerze angezündet, weil wir miteinander schlafen wollten.

Und dann fällt mir noch etwas ein, das Ethan gesagt hat. Dass meine Schlafzimmertür nicht abgeschlossen war.

Aber sie war abgeschlossen. Da bin ich mir ganz sicher.

Warum sollte Ethan die Unwahrheit sagen?

«Einen Hund?»

Leo wirft mir vom Fahrersitz einen raschen Blick zu.

«Haben Sie was gegen Hunde?»

Er lächelt. «Gegen den besten Freund des Menschen? Ist das Ihr Ernst? Ich liebe Hunde. Hab selbst vor, uns einen anzuschaffen. Ich warte nur noch, bis Jakey ein bisschen älter ist, damit meine arme Mutter sich nicht gleichzeitig um ein Kind und einen Hund kümmern muss, die noch nicht stubenrein sind.»

«An welche Rasse haben Sie gedacht?»

«Golden Retriever», sagte er, ohne zu zögern. «Und Sie?»

«Nach Dienstagnacht am besten einen Pitbull», sage ich sarkastisch.

«Die ersten Untersuchungen haben ergeben, dass es anscheinend ein Unfall war. Eine brennende Kerze –»

«Verdammt, ich hab keine Kerze angemacht. Und falls Ethan die Theorie vertritt, dass ich einen Liebhaber bei mir zu Hause hatte, dann liegt er falsch.»

«Keinen Liebhaber? Oder nur Montagabend keinen?»

«Zur ersten Frage: Das geht Sie nichts an. Zur zweiten: nein. Leo, glauben Sie mir. Ich war kaum durch die Tür, da hat mir jemand eins über den Kopf gegeben und ich hab das Bewusstsein verloren. Er muss mich ins Schlafzimmer geschleift, diese kleine Kerzennummer inszeniert, mich eingeschlossen haben und dann verschwunden sein, damit ich da drin ...» An dieser Stelle stocke ich. Wer außer Ethan könnte von meiner Vorliebe für zärtliche Stunden bei Kerzenschein wissen? Keiner. Und soll ich ihm wirklich diese Geschichte abkaufen, dass er nicht schlafen konnte und mitten in der Nacht zu mir gefahren ist, um mit mir zu reden? Was hätte er denn Jill erzählen wollen, wenn sie aufgewacht wäre und gemerkt hätte, dass er weg war? Musste er nicht völlig verzweifelt sein, um so ein Risiko einzugehen?

«Ein Glück für Sie, dass Ihr Mann noch gerade rechtzeitig gekommen ist.» Leo wirft mir einen Seitenblick zu. «Merkwürdig, dass er zu nachtschlafender Zeit bei Ihnen aufkreuzt. Oder nicht?»

«Sehr merkwürdig», sage ich mit Bestimmtheit und erzähle, womit Ethan seine Anwesenheit in meiner Wohnung erklärt hat. Es laut auszusprechen lässt das Ganze noch unwahrscheinlicher erscheinen.

«Wie schlimm war denn der Streit, den Sie beide hatten?»

«Nicht so schlimm, dass er mir hätte etwas antun wollen.»

Aber glaube ich das wirklich? Was, wenn Ethan meinen Tod will? Was, wenn er Maggie ermordet hat und dann durchgedreht ist, weil er merkte, dass ich ihn verdächtige?

Aber wieso sollte er mich dann retten? Hat er im letzten Moment doch noch kalte Füße bekommen? Oder hat irgendwer das Feuer zu früh gemeldet, und Ethan fürchtete, dass ich noch lebend gefunden würde? Hinter einer verschlossenen Tür? Dann hätte man Brandstiftung vermutet. Also rennt er zurück, schließt die Tür auf, trägt mich in Sicherheit und steht als mein Retter da anstatt als mein gescheiterter Mörder.

Ich sage mir selbst, dass ich verrückt bin. Ethan mag ja ein Lügner und ein betrügerischer Ehemann sein. Aber ein Mörder?

Ich blicke aus dem Fenster, versuche, mich mit dem Alltagsgetriebe der Großstadt abzulenken, und merke, dass wir nicht auf dem Weg zu meiner Wohnung sind.

«Wohin fahren wir?»

«Sie können nicht zu sich nach Hause. Da haben die Handwerker einiges zu tun. Ihr Mann sorgt schon für –»

«Hören Sie auf, ihn meinen Mann zu nennen. Ich weiß, dass wir noch nicht geschieden sind, aber das ist nur noch eine Formalität.»

«Wie soll ich ihn dann nennen?»

«Arschloch.»

Wir müssen beide lachen. Allmählich fühle ich mich etwas besser.

«Ich hab gedacht, Sie könnten bei uns wohnen. Mom schläft bei Jake, und Sie könnten ihr Zimmer haben.»

«Das kann ich nicht machen, Leo.» In meiner Stimme liegt nicht nur höfliche Ablehnung, sondern Panik. Ich weiß nicht, warum mich sein gastfreundliches Angebot derart verstört, aber das tut es. Auch Leo merkt das.

«Wo dann? Bei Ihrer Schwester –»

«Nein.» Eine noch schlechtere Alternative. Ich kann unmöglich mit Gary unter einem Dach wohnen, ohne ihn wegen seiner perversen Fotosammlung zur Rede zu stellen. Ich kann meiner Schwester natürlich nicht versprechen, dass das Thema vom Tisch ist. Mir wäre nur lieber, wenn sie einsehen könnte, wie schwerwiegend die Perversionen ihres Mannes sind, ohne dass ich diejenige sein muss, die sie dazu zwingt.

Wir fahren noch immer Richtung North End. «Sie haben noch Zeit, sich zu überlegen, wo Sie hinwollen», sagt Leo, als wir vor einer Ampel halten. «In der Zwischenzeit kocht meine Mom eine Minestrone extra für Sie. Jüdische Mütter glauben, dass Hühnersuppe alle Krankheiten heilt. Bei italienischen Mammas ist es Minestrone.»

Er blickt lächelnd zu mir herüber. Bis er sieht, dass mir Tränen in die Augen steigen.

«Sagen Sie jetzt nicht, es ist doch bloß eine Suppe», krächze ich. «Ich kann mich an kein einziges Mal erinnern, dass meine Mutter nur für mich eine Suppe oder sonst irgendwas gemacht hätte. Und ganz sicher nicht, damit *ich* wieder gesund werde.»

Leo streckt die Hand aus und legt sie auf meine. Seine Berührung öffnet die Schleusen für die Tränen, die ich so tapfer niedergekämpft hatte.

«Es ist nicht so, wie Sie denken», murmele ich und wische mir übers Gesicht, bis Leo mir ein frisches, gebügeltes Taschentuch reicht.

«Was denke ich denn, Natalie?»

«Ich tue Ihnen Leid.»

«Putzen Sie sich die Nase.»

«Ich bin neulich Nacht fast gestorben, Leo. Wollen Sie denn nicht wissen, was wirklich passiert ist?» Ich putze mir die Nase.

«Jemand hat Sie niedergeschlagen, in Ihrem Schlafzimmer Feuer gelegt und Sie eingeschlossen.»

«Sie glauben mir?» Und dann fällt mir plötzlich noch etwas ein. «Er hat mich Fotze genannt. Der Angreifer. Direkt nachdem er mir eins über den Kopf gegeben hatte. Kurz bevor ich ohnmächtig wurde.» Ich runzele die Stirn. «Das hab ich noch nie aus Ethans Mund gehört. Es gehört einfach nicht zu seinem Wortschatz. Selbst wenn er wütend war.» Ich fühle mich ein klein bisschen erleichtert.

«Sind Sie sicher, dass es ein Er war?»

«Wie meinen Sie –? Karen? Denken Sie an Karen?»

«Sie war Dienstagabend stinksauer, als Oates sie angerufen und sie gebeten hat, Mittwochmorgen vorbeizukommen, um über ein Foto von ihr und Maggie zu sprechen, das uns vorliegt. Sie hat beteuert, sie wisse nicht, wovon er überhaupt redet. Also hat Oates es ihr beschrieben. Sie hat aufgelegt.»

«Wieso sollte sie mich deshalb umbringen wollen?»

«Als wir sie gestern vernommen haben, hat sie beteuert, sie hätte keine Ahnung, dass dieses Foto gemacht wurde.»

«Sie haben es ihr gezeigt?»

Leo nickt.

«Und sie hat nicht geleugnet, dass sie es ist?»

«Sie hat nicht nur nicht geleugnet, dass sie und Maggie eine sexuelle Beziehung hatten. Sie hat sogar behauptet, dass sie die Einzige war, die Maggie je sexuell und emotional wirklich befriedigen konnte.»

«Das kann sie leicht sagen, jetzt, wo Maggie nicht mehr da ist, um es zu bestätigen.» Und das bringt meine Gedanken in die genau entgegengesetzte Richtung. Was, wenn Karen Angst gehabt hatte, Walsh könnte ihr Maggie wegnehmen, die sich körperlich und emotional von ihm angezogen fühlte? Wie weit wäre Karen gegangen, um ihre Geliebte zu halten?

«Und wenn Karen lügt? Sie könnte eine Kamera aufgebaut haben, um das Foto zu machen, und dann hat sie es Maggie gezeigt, weil sie eifersüchtig war und Angst hatte, sie zu verlieren.

Vielleicht hat sie gedroht, es anderen zu zeigen. Dem Dekan am College. Mir. Jack –»

«Bis jetzt bleibt Karen bei ihrer Version, dass sie nichts von dem Foto gewusst hat.»

«Maggie muss davon gewusst haben. Ihr habt es in ihrer Wohnung gefunden.»

«Es könnte dort zurückgelassen worden sein. Hinterher.»

«Von ihrem Mörder. Oh Gott.»

«Aus irgendeinem Grund hat Karen sich in den Kopf gesetzt, dass Sie die Aufnahme gemacht haben.»

«Ich?» Ich blicke ihn verblüfft an. «Das ist doch absurd.»

«Sie sagt, Sie hätten eine Kamera mit Teleobjektiv. Karen denkt, dass Sie ihnen nachspioniert haben. Dass Sie auf die Feuerleiter vor Maggies Schlafzimmerfenster geklettert sind und Fotos gemacht haben –»

«Das ist absurd und widerlich. Haben Sie Karen gefragt, ob Sie nicht auch eine Kamera mit Teleobjektiv hat?», widerspreche ich wütend.

«Sie sagt nein.»

«Und Sie glauben ihr?»

«Das mit der Kamera?»

«Alles?»

«Ich glaube eines.»

«Und das wäre?»

«Dass sie Sie hasst. Eine ihrer letzten Bemerkungen gestern war, dass Maggie noch am Leben wäre, wenn Sie nicht wären.»

Da ich mir das seit dem Mord selbst schon hundertmal gesagt habe, kann ich darauf nichts erwidern.

«Das Telefongespräch zwischen Oates und Karen am Dienstagabend endete ziemlich genau um die Zeit, als wir unsere erste Runde getrunken haben. Sie hatte also mehr als genug Zeit, in Ihre Wohnung zu gelangen, bevor Sie nach Hause kamen.»

«Auch aus ihrem Mund habe ich noch nie das Wort *Fotze* gehört. Aber irgendwie kann ich mir das bei ihr vorstellen.»

«Da ist noch etwas.» Leo zögert. «Karen wusste auch von Maggie und Ihrem Mann. Sie hat Oates erzählt, dass sie die beiden mal überrascht hat.»

Vielleicht liegt es an der Pause, bevor er die Bombe platzen lässt, oder daran, dass er den Blickkontakt meidet, aber irgendwas sagt mir, dass Karen ihm diese Information schon vor einiger Zeit geliefert haben muss. Ich will ihm schon Vorhaltungen machen, weil er es mir verschwiegen hat, doch dann denke ich – wozu?

«Indem sie Ihnen Vorwürfe macht – und uns davon überzeugen will, dass Walsh Maggie ermordet hat –, lenkt sie den Verdacht von sich ab», sagt Leo.

«Und, funktioniert es?»

«Wir haben sie noch nicht von unserer Liste gestrichen.»

Ich stelle mir diese Liste vor. Karen, Walsh, Jack, Ethan, Keith Franklin. Jeder von ihnen könnte Maggie getötet haben. Und wenn ich Alison noch dazunehme, gibt ihr Ehemann auch einen prima Verdächtigen ab. Und jeder von ihnen könnte versucht haben, mich aus Wut, Angst, Hass zu ermorden.

«Ich war gestern zusammen mit den Brandexperten in Ihrer Wohnung. Es gab keine Anzeichen für einen Einbruch. Hatte Ihr Hausmeister schon das Schloss in der Wohnungstür ausgewechselt?»

Ich schüttele mit schlechtem Gewissen den Kopf. «Er war ein paar Tage krank, und ich hab mich nicht richtig drum gekümmert. Er sollte es am Mittwoch machen.» Ich überlege und begreife nach ein paar Sekunden, dass Mittwoch gestern war. Nach dem Brand.

«Das bedeutet also, dass Ihr Mann einen Schlüssel hatte. Und dann wäre da noch der Schlüssel, den Maggie hatte – der vermutlich von dem Mörder mitgenommen wurde.»

Mir läuft es eiskalt den Rücken herunter.

«Ich sorge dafür, dass Sie ein neues Schloss bekommen, bevor Sie wieder einziehen.»

Ich frage mich, ob ich überhaupt wieder in die Wohnung einziehen will. Ob ich je wieder in diesem Schlafzimmer schlafen kann, ohne Alpträume von einem brennenden Inferno zu bekommen.

«Ob Pate, ob Penner, irgendwann tanzt
jeder mit dem Sensenmann.»

R. A. H.
Zum Tode Verurteilter
(1992 in der Gaskammer hingerichtet)

35

Leos Mutter schöpft die nächste Portion Minestrone auf meinen
Teller. «Er mag Sie. Das wissen Sie.»

Zumindest ist Leo nicht in der Nähe, um den Kommentar seiner Mutter zu hören. Er hat mich abgesetzt und ist gleich wieder
zurück aufs Revier gefahren.

«Wer mag Natalie, Granny?», fragt Jake, nachdem er lautstark einen Löffel Suppe geschlürft hat.

Anna zerzaust ihm das Haar. «Du.»

«Daddy auch», erklärt er. Kindermund.

Ich spüre, wie ich rot werde. «Also ich mag euch alle drei.»

«Baust du ein Raumschiff mit mir?»

«Jetzt nicht, Jakey», sagt Anna. «Natalie muss noch etwas
Suppe essen und sich dann ein bisschen ausruhen.»

«Sie kann ja in meinem Bett schlafen. Früher war das ein Kinderbett, aber jetzt nicht mehr. Ich bin schon viel zu groß für ein
Kinderbett.»

«O ja, Jakey, das sieht man auch.»

Er kletterte stolzgeschwellt von seinem Stuhl. «Ich weiß. Ich
bau jetzt ein Raumschiff, und du kannst hinterher damit spielen,
wenn du geschlafen hast.»

Jakey trollt sich ins Wohnzimmer, und Anna nimmt mir gegenüber Platz. «Wollen Sie wirklich nicht ein oder zwei Nächte
hier schlafen? Wir haben reichlich Platz.»

«Vielen Dank für das Angebot, aber –»

Anna hebt eine Hand. «Sie müssen es nicht erklären. Ich versteh schon.»

Ich esse ein paar Löffel Minestrone. «War Leo eigentlich wieder mit jemandem zusammen, seit –?»

«Seit Nicki? Kommt drauf an, was Sie mit *zusammen sein* meinen. Leo ist kein Mönch. Es ist ein paarmal vorgekommen – nicht oft, aber ein paarmal –, dass er abends ausgegangen ist und erst am nächsten Morgen nach Hause kam. Vielleicht war es manchmal dieselbe Frau, vielleicht auch nicht. Er ist nicht sehr gesprächig, wenn es um diese Dinge geht. Aber eins kann ich Ihnen sagen, Natalie. Sie sind die erste Frau, die Leo mit nach Hause gebracht hat. Die erste, die er Jakey vorgestellt hat. Und der Junge bedeutet ihm alles.»

«Ich weiß.»

«Leo hat mir erzählt, dass Sie und Ihr Mann getrennt leben. Vielleicht besteht ja die Möglichkeit, dass ihr wieder zusammenkommt.» Sie formuliert es nicht als Frage, aber ich bin sicher, dass sie es so meint.

«Ausgeschlossen. Ich reiche die Scheidung ein.» Diese Ankündigung verblüfft mich selbst. Bis jetzt hatte ich die Auflösung unserer Ehe nur passiv über mich ergehen lassen. Aber ab sofort würde ich in meinem eigenen Interesse handeln. Und das bedeutete zum Beispiel, dass ich nicht abwarten würde, bis Ethan die Scheidung einreichte. Ich würde es selbst tun. Und zwar umgehend.

Anna betrachtet mich mit dem gleichen Blick, den ich manchmal bei Leo bemerke.

«Sie haben es nicht leicht gehabt, Natalie.»

Diese Wahrheit berührt mich schmerzlich. «Sie auch nicht. Ihre Tochter und Ihren Mann zu verlieren –»

«Kennen Sie den Satz: Es ist besser geliebt und getrauert zu haben, als nie geliebt zu haben? Ein Kind zu verlieren, das ist der schlimmste Schmerz, den es gibt, Natalie. Trotzdem, ich habe meine wunderschöne Marie gehabt und durfte sie lieben, wenn auch nur kurze Zeit...» Tränen glänzen in ihren Augen. «Wenn man tief und bedingungslos liebt, dann akzeptiert man auch, dass man dadurch verletzbar wird. Aber das ist es wert. Bei allem Schmerz. Es ist es trotzdem wert.»

Ich nicke langsam, aber eher reflexartig denn aus Überzeugung. Ein Teil von mir hat noch immer das Gefühl, es wäre besser gewesen, wenn ich mich nie in Ethan Price verliebt hätte.

«Danke fürs Abholen, Hutch», sage ich, als ich in seinen roten Ford Taurus steige.

Hutch mustert mich. «Du zitterst ja. Soll ich die Heizung anstellen?»

«Nein, mir geht's gut.» Der Pullover, den Leo mir ins Krankenhaus gebracht hatte, ist warm genug für die milden Herbsttemperaturen. An meinem Frösteln sind böse Erinnerungen schuld, nicht das Wetter.

Hutch dreht dennoch die Heizung an.

«Geht das wirklich in Ordnung, dass ihr mich ein paar Tage bei euch aufnehmt? Hat Rosie auch nichts dagegen?», frage ich.

«Du kannst ein paar Tage bleiben, ein paar Monate, solange du willst. Das weißt du. Rosie freut sich, wenn sie Gesellschaft hat.»

Ich lasse ein paar Minuten schweigend verstreichen, bevor ich frage: «Wie stehen die Aktien im Horizon House?»

«So allmählich machen die da oben weniger Druck. Die totale Ausgangssperre ist zu Ende. Etwa ein Drittel der Häftlinge darf noch immer nicht raus. Alle, die wegen Gewaltverbrechen verurteilt wurden. Wir mussten ihre Akten zur Neubewertung rüberschicken. Wahrscheinlich müssen ein paar von ihnen zurück in den Knast. Die übrigen haben die Erlaubnis, wieder ihrer Arbeit nachzugehen. Aber ansonsten gibt es keinerlei Aktivitäten oder Angebote mehr außerhalb. Muss alles im Haus passieren. Die Stichprobenkontrollen an den Arbeitsplätzen sind erhöht worden. Außerdem gibt es mehr telefonische Überprüfungen. Alle zwei Stunden. Was unser Personal ganz schön ins Schwitzen bringt. Aber wir halten die Stellung.»

«Und Jack?»

«Der ist wirklich fix und fertig wegen dieser Brandgeschichte, Nat. Und ehrlich gesagt, ich auch. Tu mir einen Gefallen. Keine Kerzen mehr, ja?»

Ich habe ein schlechtes Gewissen, weil ich Jack und Hutch

nicht erzählt habe, dass der Brand kein Unfall war, aber Leo wollte es so. Zu meinem eigenen Schutz. Ethan weiß natürlich, dass ich nicht an einen Unfall glaube, aber es ist unwahrscheinlich, dass er mit Hutch oder Jack redet. Außerdem ist er zu sehr damit beschäftigt, mich und die Polizei davon zu überzeugen, dass es ein Unfall war.

«Jack hat mir von diesem Schwein Franklin erzählt. Wenn ihr einen Wagen mit einem kaputten Bremslicht bei uns in der Gegend rumkurven seht, ruft ihr sofort die Polizei. Und bleibt im Haus. Rosie wird dich im Auge behalten und aufpassen, dass du dir keinen Ärger mehr einhandelst.»

«Ich brauche keinen Aufpasser», sträube ich mich. «Und Rosie ist nicht für mein Wohlergehen verantwortlich. Vielleicht ist es doch keine so gute Idee, dass ich bei euch –»

«Wir wissen alle, dass du hart im Nehmen bist. Und stur.»

«He, offiziell bin ich noch immer deine Vorgesetzte, Hutch.»

Er lacht trocken. «Erzähl ich dir da irgendwas Neues?»

«Nein», gebe ich zu. «Außerdem bin ich ja vielleicht nicht mehr lange deine Vorgesetzte.»

«Du kommst wieder, Nat. Das heißt, falls du zurückkommen willst.»

«Wie macht Jack sich?»

«Er heimst nicht gerade Preise ein. Meckert viel rum. Will, dass du zurückkommst, genau wie wir anderen. Er sagt, er könnte gut auf die Kopfschmerzen verzichten.»

«Da steckt mehr dahinter.»

Hutch wirft mir einen misstrauischen Blick zu. «Als da wäre?»

«Dieser Aufstand im Oak Ridge, zum Beispiel. Ich weiß nicht, was da wirklich passiert ist, aber es hat Jack davon abgehalten, die Stelle als Superintendent im Horizon House anzunehmen, richtig? Und genau das versteh ich nicht. Nach allem, was ich höre, war Jack doch der Held des Tages. Er hat den Aufstand praktisch im Alleingang unter Kontrolle gebracht.»

«Das stimmt.»

«Also, erklär's mir, Hutch.»

Er seufzt. «Die Beamtin, die bei dem Aufstand umgekommen

ist. Sie hieß Louise Ryder.» Er stockt. «Sie haben sie nicht gleich auf der Stelle umgebracht.»

Mir läuft es kalt den Rücken runter. «Vergewaltigt?»

Hutch nickt ernst, die Augen geradeaus gerichtet. «Sie war sechsundzwanzig Jahre alt. Hatte einen Mann und zwei Kinder.» Wieder stockt er, aber jetzt sieht er mir in die Augen. «Und einen Liebhaber.»

«Jack?»

«Er hat sich die Schuld gegeben für das, was ihr passiert ist. Sie hatte extra ihre Schicht mit einem anderen Officer getauscht, damit sie und Jack –» Er zuckt die Achseln. «Jack ist ein großartiger Bursche, aber manchmal trifft er seine Entscheidungen mehr mit dem Schwanz als mit dem Kopf. Wie bei Louise. Wie bei Sally.»

«Wie bei Maggie?» *Wie bei mir?*

Hutch legt die Stirn in Falten. «Was spielt das jetzt noch für eine Rolle?»

«Ich bin mir nicht sicher. Du etwa?»

Hutch setzt mich neben meinem Wagen ab, der immer noch auf dem Parkplatz des Polizeireviers steht. Er hupt ein Mal und kurbelt die Scheibe runter, als ich die Fahrertür öffne. «Ich fahr bis zu mir nach Hause vor.»

«Ich weiß, wo du wohnst, Hutch.»

«Okay, dann fahr ich dir nach.»

Ich zucke die Achseln, weil ich weiß, dass es keinen Sinn hat, mich mit ihm zu streiten. Er ist fest entschlossen, dafür zu sorgen, dass ich da ankomme, wo ich hinsoll. Und zwar sicher.

Vor der Tür ihres kleinen grünen Bungalows aus den 50er Jahren übergibt Hutch mich an Rosie. Das Häuschen, das sie vor neunzehn Jahren gekauft haben, als ihre Tochter Elizabeth gerade zur Welt gekommen war, liegt an einer gewundenen Sackgasse, die zu einem kleinen Teich führt. Etwa ein halbes Dutzend Häuser säumen die Straße. Dem Bungalow gegenüber steht ein altes Schulgebäude, das gerade zu einem Wohnhaus umgebaut wird. Bauarbeiter arbeiten eifrig an einem großen Anbau, und Rosie, eine kleine, adrette, fast völlig ergraute Frau Ende fünfzig mit einer altmodischen Pagenkopffrisur, die ihr schmales Gesicht umrahmt, entschuldigt sich für den Krach.

«Um vier Uhr machen sie schon Feierabend, und morgens fangen sie erst um sieben an, also ist es nicht ganz so schlimm.» Sie muss die Stimme heben, über das Hämmern und Sägen hinweg.

Meinen Arm fest im Griff – sie ist erstaunlich kräftig für eine so kleine Frau – führt sie mich in das gemütliche Wohnzimmer und winkt Hutch gleichzeitig zu, er soll sich verabschieden.

«Bis heute Abend zum Essen, Gordy.» Wenn irgendjemand anders als seine Frau es wagen würde, Gordon Hutchins Gordy zu nennen, er würde ihm den Kopf abreißen. Bei Rosie brummt er nur.

«Du brauchst bestimmt ein paar Sachen zum Anziehen», sagt sie, während sie die Haustür schließt. «Meine Libby hat ungefähr deine Größe gehabt, als sie zum Smith College ging. Geh einfach mal ihren Schrank und die Kommode durch, such dir aus, was du willst. Sie trägt nichts mehr davon. Hat ordentlich zugenommen, seit sie fort ist. Nicht, dass ich ihr das sagen würde, wenn sie zu Besuch kommt. Und wenn Gordy den Mund aufmacht, sag ich ihm, er soll sich einen Socken reinschieben. Sie hat Gordys Körperbau, also kann sie nichts dafür. Und überhaupt, wenn hier wer ein paar Pfund abnehmen sollte, dann ist das Gordy, nicht Libby. Weißt du eigentlich, wie viele Strafvollzugsbeamte einen Herzinfarkt kriegen? Er hat in den letzten Jahren schon drei Freunde verloren. Und kennt noch etliche andere, die mit einem blauen Auge davongekommen sind. Zwei mussten in Frührente gehen.»

«Hat Hutch denn irgendwelche… Herzprobleme?», frage ich besorgt.

Rosie legt ihre kühle Hand auf meine. «Nein, der Mann ist gesund wie eine Ochse. Aber er schleppt viel mit sich rum. Auch im übertragenen Sinne. Er ist vor Sorge um dich schon ganz krank, Natty.» Es versteht sich von selbst, dass Rosie der einzige Mensch ist, der mich Natty nennt. Und damit auch noch durchkommt.

«Möchtest du was essen?»

«Nein, ich hab schon zu Mittag gegessen, bei...» Ich stocke, weil ich meine aufkeimende Freundschaft zu der Familie Coscarelli nicht näher erläutern möchte. «Aber eine Tasse Tee wäre jetzt genau richtig.» Ich hoffe, dass Rosie dann ein Weilchen beschäftigt ist und ich ein paar Minuten Zeit habe, Atem zu schöpfen.

Es sind nur ein paar Sekunden. Kaum ist Rosie in der Küche verschwunden, da klingelt mein Handy.

«Christine Walsh. Sie haben gesagt, ich könnte Sie anrufen...»

«Natürlich, Christine. Ich wollte Sie auch schon anrufen. Ich habe großartige Neuigkeiten. Die Polizei hat jemanden, der Ihrem Bruder ein Alibi für den Zeitraum liefern kann, in dem Maggie Austin ermordet wurde.»

«Wirklich? Ich... kann es kaum glauben. Ich meine... Ich hab nie daran gezweifelt, dass er unschuldig ist. Ich kann bloß nicht fassen, dass es wirklich jemanden gibt, der das bestätigen kann.»

«Christine, ich muss mit ihm reden.»

«Deshalb rufe ich auch an. Meine Mutter bedrängt mich, seit Sie und der Detective hier waren. Ich hab wirklich nicht gelogen, als ich gesagt habe, dass ich nicht weiß, wo er ist. Aber...»

«Ja?», hake ich nach, als sie zögert.

«Er ruft mich an. Nicht zu Hause. Ich hab eine Freundin im Büro. Die hat ein Handy. Ich will sie nicht in Schwierigkeiten bringen. Sie weiß nicht, dass Dean mich anruft. Sie denkt, es wäre mein Verlobter.»

«Wann ruft er das nächste Mal an?»

«Um vier.»

Ich blicke rasch auf die Uhr. Es ist zehn nach drei.

«Christine, sagen Sie ihm, dass er von dem Mord an Maggie entlastet ist.»

«Was ist mit Alison Cole?»

«Lassen Sie mich mit Dean über Alison reden.»

«Er hat sie nicht ermordet. Er hat es mir geschworen –»

«Wir müssen rausfinden, wo er Donnerstag war. Vielleicht hat er ja ein gutes Alibi –»

«*Wir?* Meinen Sie die Polizei? Niemals.»

«Dean soll mich bloß anrufen. Ich werde der Polizei noch nichts sagen. Versprochen.»

«Ich glaube nicht, dass er das macht. Er traut Ihnen nicht mehr. Können Sie ihm das verübeln?»

Rosie kommt mit einer dampfenden Tasse Tee hereinspaziert und runzelt die Stirn, als sie sieht, dass ich telefoniere. Ich drücke heimlich auf die Aus-Taste und sage dann: «Kein Problem, Rachel. Ich bin schon unterwegs.»

Ich drücke noch mal auf Aus, diesmal der Glaubwürdigkeit halber. «Meine Schwester. Sie sitzt in der Klemme, weil sie um vier zum Arzt muss und ihr Babysitter gerade abgesagt hat. Ich hab gesagt, dass ich rüberkomme.»

Rosie blickt noch immer finster, und ihre klugen Augen fixieren mein Gesicht. «Trink zuerst noch deinen Tee.»

«Keine Zeit. Tut mir Leid. Heb ihn mir auf, ja? Ich mach ihn mir in der Mikrowelle warm, wenn ich zurück bin. Spätestens um sechs.»

Ich bin zur Tür hinaus, bevor sie irgendwelche Einwände erheben kann.

Die Versicherungsgesellschaft, bei der Christine arbeitet, hat ihre Büros direkt an der Route 9 zwischen Natick und Framingham. Ich kämpfe mich durch den Verkehr, beschleunige bei jeder sich bietenden Gelegenheit und schaffe es, um fünf vor vier die Lewis Rice Agency zu betreten.

Eine junge blonde Frau sitzt am Empfang, hinter dem sich ein langer, schmaler Raum auftut, in dem acht Schreibtische untergebracht sind, vier auf jeder Seite des Ganges. An jedem Schreibtisch sitzt ein Sachbearbeiter, nur der zweite links ist unbesetzt. Und Christine Walsh ist nirgends zu sehen.

«Was kann ich für Sie tun?», fragt die Empfangssekretärin ohne große Begeisterung.

Meine Augen suchen den Raum ab und entdecken ganz hinten eine Tür mit der Aufschrift PERSONAL. Ich öffne das niedrige Türchen zwischen Empfangsbereich und Büro, murmele etwas vor mich hin und zeige auf einen Sachbearbeiter, sodass die Empfangsserkretärin denken muss, ich habe einen Termin mit ihm.

Sie widerspricht nicht, als ich das *Allerheiligste* betrete, da es ziemlich sinnlos wäre, mich telefonisch anzukündigen, schließlich können mich alle gut sehen. Außerdem klingelt das Telefon auf ihrem Schreibtisch, und ihr ohnehin schon geringes Interesse an meiner Person löst sich schlagartig in Luft auf.

Erst als ich zwischen den letzten Schreibtischen hindurchgehe, wird den beiden Sachbearbeiterinnen dahinter klar, dass ich keine von beiden sprechen will.

«Da können Sie nicht rein», sagt die mittelaltrige Frau auf der rechten Seite, als ich die PERSONAL-Tür öffne.

«Ich bin eine Freundin von Christine», rufe ich und betrete einen kleinen Lagerraum, in dem Kisten mit Versicherungsformularen und Ähnlichem gestapelt sind. An der hinteren Wand steht eine kleine Couch. Christine fährt hoch und blickt nervös zur Tür, die ich gerade hinter mir zuziehe. Sie hat ein Handy am Ohr. Ihr Gesichtsausdruck bestätigt, dass sie mit Dean spricht.

Ich gehe hastig auf sie zu.

«Dean, hör mal –», kann sie gerade noch sagen, bevor ich ihr das Telefon aus der Hand nehme.

«Dean, hier spricht Natalie Price. Bitte legen Sie nicht auf. Ich muss mit Ihnen reden. Hat Ihre Schwester Ihnen gesagt, dass sich jemand gemeldet hat, der Sie im Park gesehen hat –?»

«Dann glauben Sie mir jetzt?» Deans Stimme klingt angespannt, aber nicht annähernd so feindselig, wie ich erwartet hatte.

«Ja.»

«Und Alison?»

«Sprechen Sie mit mir über sie, Dean. Haben Sie sie angerufen und gleich wieder aufgelegt?»

«Nein.»

«Haben Sie sie gesehen, seit Sie im Horizon House untergebracht waren?»

«Nein.»

«Haben Sie sich irgendwie mit ihr in Verbindung gesetzt –»

«Das hatten wir doch alles schon mal, Nat.»

«Okay», sage ich und weiß nicht recht, wie es nun weitergehen soll.

«Falls Sie mich dazu bringen wollen, dass ich mich stelle, vergessen Sie's.»

«Es wäre jedenfalls sehr viel besser für Sie, als wenn Sie abwarten, bis die Polizei Sie findet.»

«Das hatten wir auch schon. Die finden mich nicht. Und falls doch, lasse ich mich nicht mehr mitnehmen.»

«Das hatten wir auch schon, Dean.»

«Es ist trotzdem wahr», sagt er grimmig.

«Können wir uns treffen? Nur wir beide. Ich schwöre, es wird keine Polizei dabei sein.»

«Finden Sie Alisons Mörder, Nat. Dann können wir vielleicht zusammenkommen und ein bisschen plaudern. Ich muss Schluss machen. Sagen Sie Christine, dass wir es schon fast geschafft haben. Und dass ich sie liebe.» Diesmal höre ich ein deutliches Klicken und weiß, dass die Leitung unterbrochen ist.

«Will er sich mit Ihnen treffen?»

Ich nicke langsam, um ein paar Sekunden zu gewinnen und meine Stimme glaubwürdig klingen zu lassen, wenn ich jetzt lüge. «Wenn Sie mitkommen. Er sagt, das ist die einzige Möglichkeit. Und er sagt, dass es sofort sein muss. Sonst könnte ich die Polizei verständigen.»

«Aber die beobachten das Gebäude. Folgen mir überallhin.»

Damit ist schon mal klar, dass Christine doch weiß, wo ihr Bruder sich versteckt hält. So richtig daran gezweifelt hatte ich eigentlich nie.

«Mein Wagen parkt hinter dem Lebensmittelgeschäft am Ende der Ladenzeile.» Weil ich wusste, dass ein Polizeiwagen vor der Versicherungsagentur steht, und ich nicht wollte, dass mein Wagen entdeckt wird, habe ich ihn absichtlich hinter dem Supermarkt abgestellt. «Wir könnten uns durch die Hintertür rausschleichen, und die Cops würden nichts merken.» Während ich rede, manövriere ich Christine schon zum Ausgang.

«Ich muss meinem Chef Bescheid sagen, dass ich früher gehe…»

«Rufen Sie ihn von meinem Handy aus an. Sie könnten sagen, dass es um eine dringende Familienangelegenheit geht.»

Was käme der Wahrheit näher als das?

Keiner von euch kapiert das. *Ich* bin hier das Opfer. Sie haben meinen Körper genommen, meine Seele. Was jetzt noch von mir übrig ist, behalte ich ...

D. T. W
Häftling Nr. 209782

36

«Was wollen Sie machen, wenn er sich nicht stellt?», fragt Christine nervös, als wir losfahren.

«Es liegt an uns beiden, wir müssen ihn überzeugen», sage ich fest. «Rechts oder links?»

«Links», antwortet sie automatisch.

Wir fahren auf der Route 9 in westlicher Richtung. Weg von Natick. Weg von Boston.

«Er kann nicht noch mal fünf Jahre absitzen. So viel würde er nämlich schon allein für seine Flucht kriegen, selbst wenn nachgewiesen ist, dass er Alison und Maggie Austin nicht ermordet hat.»

Ich schaue kurz zu Christine hinüber. «Haben Sie Alison Cole gekannt?»

Sie zögert. «Eigentlich ... nicht.»

Mir fällt Leos Antwort ein, als sein Partner das Gleiche zum ihm sagte, und ich sage dasselbe zu Christine. «Eigentlich nicht klingt wie ja.»

«Sie war ... bei der Verhandlung dabei. Als Zeugin.»

«Haben Sie während des Prozesses mit ihr gesprochen?»

Christine schüttelt den Kopf.

«Davor?»

«Sie hat Dean doch kaum gekannt. Ich wollte ihr begreiflich machen, warum er niemals so ... etwas getan hätte. Verstehen

Sie, ich hab ein paar von den Mädchen, mit denen er gegangen ist, gekannt. Eine war sogar eine gute Freundin von mir. Und wir haben... darüber geredet.»

Ich bemerke eine plötzliche Röte auf Christines Wangen. «Dean würde sich zu Tode schämen, wenn er wüsste, dass Kelly und ich über ihn geredet haben. Über ihr... Sexualleben.»

Das Rot in ihrem Gesicht wird kräftiger. «Dean war ein sehr... sanfter Liebhaber. Fast zu sanft – wie Kelly gemeint hat. Dauernd hat er sie gefragt, ob sie es... es so mochte. Er wollte sich immer vergewissern, dass es ihr gefiel, wissen Sie?»

Ich nicke. «Immer geradeaus?»

«Ja. Bis Shrewsbury. Er wohnt in einer Wohnung, die dem Bruder meines Verlobten gehört. Marty, so heißt Peters Bruder, ist bei einer Computerfirma. Und er musste beruflich für einen Monat nach Arizona. Peter hat einen Schlüssel zu Martys Wohnung und... er hat ihn mir geschickt.» Christine zwirbelt sich nervös einen Faden, der sich aus ihrem Rock gelöst hat, um den Zeigefinger. «Peter kriegt doch hoffentlich keinen Ärger deswegen, oder? Er ist bei der Air Force. Bis Dezember noch in South Carolina stationiert. Dann wollen wir heiraten. Ich meine... Peter hat es nur mir zuliebe getan. Und Marty weiß nicht mal, dass Dean da wohnt.»

Ich werde dieser verängstigten, argwöhnischen jungen Frau nicht sagen, dass sie und ihr Verlobter sich strafbar gemacht haben. Andererseits kann ich mich auch nicht dazu überwinden, sie anzulügen. «Falls Dean sich stellt, muss die Polizei gar nicht erfahren, dass Sie oder Peter je in die Sache verwickelt war.»

«Es ist nicht fair. Selbst wenn er Alibis für beide Morde vorbringen kann, hat er immer noch fünf Jahre vor sich, für ein Verbrechen, das er gar nicht begangen hat. Sie müssen doch etwas tun können.»

Ich habe keine Lösung parat und bitte sie daher, mir von ihrem Treffen mit Alison Cole zu erzählen.

«Ihre Mutter wollte mich nicht reinlassen. Sie hat gedroht, sie würde die Polizei rufen und mich wegen Belästigung anzeigen. Aber ich wusste, wo Alison und ihre Clique sich öfter trafen – ein Café in der Nähe der Highschool –, und da hab ich sie gefunden.»

Tränen glänzen in Christines Augen. «Ich hab mich total zum Narren gemacht. Hab losgeplappert und von Dean und Kelly erzählt. Dass er eine Frau niemals grob behandeln, ihr erst recht nicht so etwas Entsetzliches antun würde.»

«Was hat Alison gesagt?»

«Sie hat gesagt ... ‹Du warst nicht dabei. Ich schon.› Und dann hat sie angefangen, meinen Bruder aufs Übelste zu beschimpfen.» Christine legt die Hände vors Gesicht. «Ich hab alles nur noch schlimmer für ihn gemacht. Der Staatsanwalt hat Kelly in den Zeugenstand gerufen, und ... na ja, inzwischen hatte sie mit Dean Schluss gemacht, wegen dem, was angeblich mit Alison passiert war, daher war sie nicht unbedingt auf seiner Seite. Sie hat dann ausgesagt, dass Dean doch hin und wieder etwas grob geworden ist. Und dass sie unanständige Zeitschriften in seinem Zimmer gefunden hat, und es hat alles so geklungen, als hätte er ...» Christine lässt die Hände sinken, und ich sehe in ihren Augen das qualvolle Gefühl, verraten worden zu sein. «Es war nicht wahr.»

«Wollen Sie damit sagen, dass Kelly unter Eid gelogen hat?»

«Es war die Art, wie der Staatsanwalt die Fragen gestellt hat. Und Deans Pflichtverteidiger war ein totaler Versager. Er hat Kelly noch nicht mal erläutern lassen, was sie mit grob meinte. Der hatte Dean doch schon abgeschrieben und nicht mal mehr versucht, ihn rauszuhauen. Er wollte es bloß schnell hinter sich bringen.»

Ich sehe das Ortsschild von Shrewsbury. «Sie sagen Bescheid, wenn ich abbiegen muss, ja?»

«An der nächsten Ampel rechts», antwortet sie automatisch.

«Wie lange hat die Verhandlung gedauert?», frage ich.

«Drei Tage. Und die Geschworenen brauchten keine zwei Stunden, um sich zu beraten. Dean hatte einfach keine Chance.»

«Und Berufungen waren erfolglos?»

«Berufungen kosten Geld. Meine Mom war nicht bereit, wieder eine Hypothek auf das Haus aufzunehmen. Dean hat etliche Briefe geschrieben, und wir beide haben versucht, einen günstigen Anwalt zu finden, aber wir hatten kein Glück.»

Ich halte an der roten Ampel und setze den Blinker nach

rechts. Als ich anfahre und das Lenkrad drehe, kann ich Christines wachsende Anspannung körperlich spüren. «Ich weiß nicht, ob das gut ist», murmelt sie zu sich selbst.

«Bleiben Sie doch einfach hier im Auto und setzen sich hinters Steuer. Und wenn sich die Polizei blicken lässt, hupen Sie, und Dean und ich kommen zum Wagen gerannt.» Noch bevor sie Zeit hat, sich das genauer zu überlegen, frage ich nach der Hausnummer.

«240.» Sie zeigt auf ein graues dreigeschossiges Haus, das vorletzte vor der nächsten Querstraße. Ich sehe einen Parkplatz auf der anderen Straßenseite und biege rasch ein. Bei laufendem Motor öffne ich die Fahrertür.

«Wohnungsnummer?» Ich hab schon einen Fuß auf dem Bürgersteig.

«3A.» Als ich die Tür schließe, höre ich Christine noch sagen: «Er hat eine Pistole.»

Auf dem ganzen Weg bis zu seiner Tür sage ich mir, dass ich verrückt bin. Walsh könnte mich erschießen, noch bevor ich auch nur einen Schritt über die Türschwelle mache.

Aber wenn er unschuldig ist, wie er behauptet – und wie ich aufgrund der Aussage der Obdachlosen auch allmählich glaube –, würde er mich da kaltblütig niederschießen?

Trotz meines aufkeimenden Vertrauens trete ich neben die Tür, als ich klingele. Halte den Atem an. Rechne fast damit, dass ein Kugelhagel die Holztür wie ein Stück Pappe durchsiebt.

Stille.

Ich klopfe, versuche, das offensichtliche Zittern meiner Hand zu ignorieren. Hand? Von wegen. Mein ganzer Körper ist ein einziges großes Beben.

«Dean? Ich bin es, Natalie Price. Ich weiß, dass Sie da drin sind. Ich bin allein», flüstere ich gegen die Tür und hoffe, dass die Nachbarn nichts mitbekommen. Sie ahnen bestimmt nicht, dass sich ein entflohener Häftling in ihrer Mitte versteckt hält.

«Ihre Schwester ist unten. In meinem Wagen. Sie passt auf, dass ich mein Versprechen halte: keine Polizei. Die wissen nicht, dass Sie hier sind. Ich schwöre es. Dean, bitte lassen Sie mich rein. Ich will Ihnen helfen.»

Kein Laut zu hören. Ist er vielleicht gar nicht da? Ist er abgehauen, weil er sich gedacht hat, dass ich Christine irgendwie dazu bringen würde, mich hierher zu führen?

Ich bin so damit beschäftigt, mir verschiedene Möglichkeiten zu überlegen, dass ich gar nicht bemerke, wie die Tür sich einen Spalt öffnet. Als ich es dann merke, blicke ich auch schon in die dunkle Mündung einer Pistole.

Und erstarre.

Die Tür geht etwas weiter auf.

«Sie müssen einen heimlichen Todeswunsch haben, Nat.» Walshs Stimme klingt eher müde als drohend.

«Ich hoffe nur, dass Sie den Wunsch haben zu leben, Dean.» Das ist das Einzige, was mir einfällt. Aber es genügt anscheinend, um ihn dazu zu bewegen, die Tür ganz zu öffnen. Es genügt allerdings nicht, ihn dazu zu bewegen, die Pistole nicht weiter auf meine Brust gerichtet zu halten. Er winkt mich nur einmal kurz damit rein.

Ich trete in eine kleine Diele, die mit einem unaufdringlichen, aber auch langweiligen beigefarbenen Teppichboden ausgelegt ist. Rechts davon liegt das Wohnzimmer und links das Esszimmer. An das Esszimmer grenzt die Küche. Genau vor uns ist die halb offene Badezimmertür, und die verschlossene Tür daneben führt vermutlich ins Schlafzimmer. Jeder sichtbare Bereich der Wohnung ist so ordentlich, dass er schon unbewohnt wirkt. Vielleicht hat sich Walsh einfach an die im Gefängnis verlangte extreme Ordnung so gewöhnt, dass er sie nun auch in der Außenwelt beibehält.

Ich richte meine Aufmerksamkeit von der Wohnung auf den entflohenen Häftling – obwohl man aufgrund seines Aussehens kaum vermuten würde, dass er einer ist. Walsh ist glatt rasiert und adrett gekleidet. Braune Hose mit Bügelfalten und schwarzer Rollkragenpullover. Ob die Sachen dem Bruder seines zukünftigen Schwagers gehören, oder hat seine Schwester sie ihm besorgt? Ich sehe die dunklen Ringe um seine Augen und weiß, dass er in der letzten Zeit schlecht geschlafen hat.

Im Gegensatz zu meinen Händen sind seine jedoch ganz ruhig, vor allem die Hand, die den Pistolenknauf umfasst hält.

Abgesehen davon, dass er mich mit unverhohlener Abneigung betrachtet, tut er nichts. Ich glaube auch nicht, dass er darauf wartet, was ich zu sagen habe. Wahrscheinlich wägt er lediglich ab, wie er mit dem unerwarteten Besuch verfahren soll.

Anscheinend ist mein Überlebenswille doch stärker als mein Todeswunsch. «Hören Sie, Dean, ich denke –»

«Es interessiert mich einen Scheißdreck, was Sie denken», fährt Walsh mir verächtlich ins Wort, bevor ich auch nur die Chance habe, ihm mehr von der Zeugin zu erzählen, die sein Alibi untermauert. «Ich sage Ihnen jetzt, was ich *weiß*. Ich habe niemanden getötet. Wieso sollte ich? Ich habe Maggie geliebt. Und was Alison angeht, ganz egal, was in dieser Nacht vor acht Jahren passiert ist, ich gebe ihr nicht die Schuld. Ich denke nicht, dass sie gelogen hat. Ich denke bloß, dass sie genauso weggetreten war wie ich, und dass wir es nicht mal gemerkt hätten, wenn sie ein Außerirdischer vergewaltigt hätte.»

«Glauben Sie an Außerirdische, Dean?»

«Wozu verschwende ich eigentlich meine Zeit? Sie glauben mir genauso, wie *Sie* an Außerirdische glauben.»

«Das ist nicht wahr.»

«Ich hab was über Sie in der Zeitung gelesen, Nat. Sie sind suspendiert, wegen mir.» Er lehnt sich an die Wand rechts neben dem Durchgang zum Wohnzimmer. Seine Beine mögen ja müde sein, aber seine Pistolenhand bleibt bemerkenswert ruhig, während er die Waffe unverwandt auf mich gerichtet hält.

«Auch das ist nicht wahr», sage ich müde. Ich würde mich gern gegen die Wohnungstür lehnen, weil meine Beine ausgesprochen weich geworden sind, aber ich habe Angst, irgendeine Bewegung zu machen, die Walshs Abzugsfinger reizen könnte.

«Sie würden die Wahrheit nicht erkennen», lacht er hämisch auf, «wenn Sie Ihnen ins Gesicht gerammt würde. Für Sie und Ihresgleichen war ich vor acht Jahren schuldig. Und ich bin jetzt schuldig. *Déjà vu*, alles schon da gewesen.» Er lächelt, aber in diesem Lächeln steckt so viel Wärme wie in einem Eisberg.

«Wissen Sie was, ich hab tatsächlich für kurze Zeit geglaubt, dass ich meine Zeit abgesessen hatte, ob nun unschuldig oder nicht, und endlich die Gelegenheit haben würde, alles hinter mir zu lassen.» Ein trauriger Sprung tut sich in der harten Schale auf, die sich über sein attraktives Gesicht gelegt hat. «Maggie hat mich dazu gebracht, das zu glauben. Maggie hat mir Hoffnung gegeben. Sie hat mich glauben lassen, dass ich eine Zukunft hatte.» Er schließt eine Sekunde lang die Augen, aber die Pistole gerät nicht ins Wanken. Als er die Augen wieder öffnet, blickt er irgendwo über meine rechte Schulter. Ich sehe einen Tränenschimmer am unteren Lidrand.

«Ich hab ihr schließlich alles erzählt. Ich hab eine Weile gebraucht, um mich ihr öffnen zu können. Nach allem, was ich erlebt habe, fällt es mir nicht gerade leicht, zu jemandem Vertrauen zu fassen. Aber Maggie hat sich nicht entmutigen lassen. Sie hat gesehen, dass in meinen Gedichten viel Wahrheit steckte, aber sie hat mir immer wieder gesagt, dass ich dagegen ankämpfte und dass es meine Schriftstellerei negativ beeinflussen würde, wenn mich verschließen würde.» Seine Augen wandern langsam wieder zurück zu mir.

«Als ich ihr das erste Mal gesagt habe, dass ich sie liebe, hat sie geantwortet, ich könne sie gar nicht lieben, wenn ich mich nicht selbst liebe. Und da bin ich zusammengebrochen. Ich hab bestimmt eine halbe Stunde lang nur geflennt, und Maggie hat mich die ganze Zeit im Arm gehalten. Kein Wort gesagt. Mich nur festgehalten, während ich geheult habe wie ein Baby.» Vereinzelte Tränen quellen über den Lidrand und rinnen ungehindert über seine Wangen.

«Ich hab ihr gesagt, dass ich mich hasse. Sie hat gefragt, warum. Ich hab ihr entgegengeschleudert, weil ich ein unbeschreiblicher Feigling bin. Weil ich mich vom ersten bis zum allerletzten Tag im Gefängnis habe… benutzen lassen.»

Er sieht mich nicht mehr an, aber ich kann seinen tiefen und ohnmächtigen Zorn aus jedem Wort heraushören.

«Ich weiß von Owen King, Dean», sage ich leise.

Er wirft mir einen Blick zu, in dem reiner Hass liegt. So, dass er fast hässlich aussieht. «Ich hätte ihn umbringen sollen. Dafür hätte ich lebenslänglich bekommen, aber zumindest hätte mich nie wieder einer... angefasst.» Seine Stimme kippt. «Das sind Alternativen, was? Tägliche Vergewaltigung oder lebenslänglich.»

«Haben Sie sich je an die zuständigen Stellen gewandt?»

Er lacht mich aus. «Als ob ihr nicht alle verdammt gut wüsstet, was da vor sich geht. Bestenfalls schaut ihr in die andere Richtung. Schlimmstenfalls geilt ihr euch beim Zusehen auf. Oder beim Mitmachen.»

«Sagen Sie mir, wer zugesehen hat», sage ich, und meine Stimme klingt dünn vor lauter Wut und Ekel. «Sagen Sie mir, wer mitgemacht hat. Ich verspreche Ihnen, dass diejenigen sofort entlassen werden. Und wenn möglich vor Gericht gestellt und verurteilt werden.»

Er lächelt mich verbittert an. «Dann würden die es mal am eigenen Leibe erfahren. Das wäre schön. Fast ein Grund, doch wieder zurückzugehen, um es mitzuerleben.» Kurzes Schweigen. «Fast», wiederholt er.

«War Carl Monroe einer von diesen Officern?»

Die Farbe weicht aus Walshs Gesicht. «Er hat mir oft damit gedroht, Maggie zu erzählen, ich wäre schwul. Als ob ich das alles freiwillig mitgemacht hätte. Er hat mich bei jeder sich bietenden Gelegenheit provoziert – hat mich Süßer, Puppenjunge, Fotze genannt.»

Ich spüre, wie ich unwillkürlich erschauere. Dann ist *Fotze* also ein Wort, das Monroe benutzt. Und ich hätte ihn beinahe ganz aus meinen Gedanken verdrängt.

Walsh scheint meine körperliche Reaktion nicht zu bemerken und redet weiter. «Er hat sich absichtlich vor und nach dem Kurs immer in der Nähe des Unterrichtsraums rumgetrieben. Er war scharf auf sie, aber sie hat ihn links liegen lassen. Mit der Folge, dass er mir das Leben noch schwerer gemacht hat. Andauernd hat er mich beiseite genommen und mir erzählt, wie angewidert Maggie wäre, wenn sie irgendwie erfahren würde, worauf ich wirklich stehe. Ich hab ihm gedroht, wenn er Maggie auch nur ein Wort sagt, würde ich Owen erzählen, dass er sich an mich rangemacht hat. Mit Owen King hätten sich nicht mal die

Schließer angelegt. Weil sie sonst vielleicht irgendwann eine selbst gebastelte Klinge im Rücken gehabt hätten.»

«Und King hätte ihn niedergestochen?»

«King hat nie irgendwelche Drecksarbeit gemacht, wenn er nicht musste. So was hat er immer von einem seiner Jungs erledigen lassen.»

«Dann hat Monroe also Maggie nie was gesagt?»

«Nein. Wenn's drauf ankam, war er ein erbärmlicher Feigling, wie viele Schließer.»

«Aber Sie haben Maggie gesagt, was Sie durchgemacht haben?»

Walsh nickt und wischt sich mit dem Rücken der freien Hand über die Wangen. Er blickt finster, und drei tiefe Furchen erscheinen auf seiner Stirn. «Ich war sicher, dass Monroe Recht hatte. Dass sie angeekelt sein würde. Angewidert. Sogar verängstigt.»

«Verängstigt?», wiederhole ich.

«Sie wissen schon – AIDS. Zumindest konnte ich ihr sagen, dass ich in dieser Hinsicht keine Gefahr darstellte.»

Ich nicke. Sämtliche Häftlinge im Horizon House werden bei ihrer Überstellung auf Drogen und Geschlechtskrankheiten untersucht. Ich wusste aus Walshs Gesundheitsbericht, dass er einer von den Glücklichen war.

«Und war Maggie angeekelt?» Ich versuche, meine Stimme möglichst neutral klingen zu lassen, weil ich weiß, dass ich mich auf dünnem Eis bewege. Er könnte meine Frage nur allzu leicht als den Versuch deuten, von ihm ein Motiv auf dem Silbertablett serviert zu bekommen.

Walshs Gesichtsausdruck versteinert sich erneut. «Keiner von euch wird Maggie je verstehen.»

«Und Sie meinen, Sie haben sie verstanden?» Meine Stimme klingt herausfordernder, als mir lieb ist.

Aber Walsh lässt sich nicht provozieren. Er sagt bloß: «Besser als ihr alle.»

Plötzlich frage ich mich, ob er von Maggies anderen Liebhabern wusste. Jack. Ethan. Karen. Hat Maggie sich ihm vielleicht anvertraut, im Gegenzug für seine Beichte? Wieder einmal spüre ich einen jähen Zorn in mir aufsteigen, dass Maggie so viel Vertrauen in Walsh und Karen hatte und so wenig Vertrauen in mich.

«Also, erzählen Sie mir was von diesem Zeugen, der mein Alibi bestätigt.» Walshs Aufforderung reißt mich aus meinen schmerzlichen Grübeleien. «Hat die Polizei sich überzeugen lassen?»

Ich nicke, obwohl ich sehr wohl weiß, dass Leo noch skeptisch ist.

«Können wir reingehen und uns setzen, Dean?»

Er überlegt kurz, deutet dann mit der Pistole Richtung Wohnzimmer.

Mitten in dem rechteckigen Raum stehen ein braunes Kordsofa und zwei passende Sessel um einen länglichen Couchtisch aus Teakholz. Ich setze mich in einen Sessel. Er ist nicht so gemütlich, wie er aussieht. Aber vielleicht liegt das auch daran, dass mir so ungemütlich zumute ist.

Walsh tritt an das Fenster zur Straße und öffnet die braun gemusterten Paisley-Vorhänge einen Spalt. Ich denke mir, dass er nachsieht, ob seine Schwester wirklich draußen in meinem Wagen sitzt.

Nachdem er sich überzeugt hat, lässt er den Vorhang los und dreht sich zu mir um. «Wie haben Sie Christine dazu gebracht, dass sie –»

«Ich hab gelogen», sage ich knapp.

«Sie ist alles, was mir noch geblieben ist.» In seiner Stimme schwingt Trauer und Furcht. «Chrissie macht das alles nur, weil sie an mich glaubt. Ganz gleich, was aus mir wird, wehe Ihnen, wenn ihr was passiert.» Obwohl er nicht näher ins Detail geht, die Botschaft ist so klar wie der eiskalte Ausdruck in Walshs Augen. Sollte seiner Schwester etwas zustoßen, könnte es sein, dass ich eine Klinge zwischen die Rippen kriege.

«Auch wenn Sie mir nicht glauben, ich will Ihnen wirklich helfen», sage ich aufrichtig. «Selbst wenn Sie nicht mehr unter Verdacht stehen, Maggie ermordet zu haben, ist da immer noch Alison Cole. Sie brauchen auch für diese Zeit ein wasserdichtes Alibi. Also, Dean, lassen Sie uns über Donnerstagabend sprechen.»

Dean zuckt die Achseln. «Ich war weder Donnerstagabend noch sonst irgendwann auch nur in der Nähe von Alisons Haus.»

«Ich weiß, dass Sie an diesem Abend in Maggies Kurs waren. Der ging von sieben bis acht. Und dass Sie sich um Viertel vor neun im Horizon House zurückgemeldet haben. Fünfzehn Minuten später, als Ihnen genehmigt worden war.»

«Maggie hat nach dem Seminar noch mit mir über eins von meinen Gedichten geredet, das sie in einer Zeitung unterbringen wollte. Wir haben uns ein bisschen verquatscht. Das hab ich auch Martini erklärt, als ich mich zurückgemeldet habe. Er hat mir bloß einen Verweis gegeben, weil es ja das erste Mal war, und es dabei belassen.»

«In diesen fünfzehn Minuten hätten Sie unmöglich mit der U-Bahn nach Newton fahren, Alison ermorden und um Viertel vor neun schon wieder im Horizon House sein können. Vorausgesetzt natürlich, wir können beweisen, dass Sie und Maggie sich tatsächlich noch nach dem Kurs unterhalten haben.»

«Fragen Sie doch ihre lesbische Assistentin Karen. Die war da und hat uns die ganze Zeit mit Argusaugen beobachtet. Als hätte ich vielleicht vorgehabt, Maggie zu befummeln oder so.»

«Lesbisch?» Ich würde gern wissen, ob er das erraten hat oder es tatsächlich weiß. Hat Maggie es ihm gesagt? Hat er es selbst herausgefunden? Wieder sehe ich im Geist das Foto von Maggie und Karen vor mir. Könnte Walsh die Aufnahme gemacht haben?

«Karen war so scharf auf Maggie, dass man es ihr auf hundert Meilen ansah. Sie hat mich gehasst, weil sie verdammt genau wusste, dass Maggie und ich … uns nahe standen.»

«Sie wollten gerade sagen, miteinander schliefen.»

Er wirkt leicht verunsichert. «Das hat Karen Ihnen erzählt, stimmt's?»

«Wieso haben Sie vorher gelogen, wo Sie doch wussten, dass es herauskommen würde?»

«Ich hatte Panik. Können Sie mir das verdenken? Wenn ich zugegeben hätte, dass wir miteinander geschlafen haben, hätte mich dieser idiotische Cop Coscarelli doch sofort wegen Mordes drangekriegt. Ich hab gewusst, dass das keiner versteht. Und es ist nicht gelogen, dass der erste Schritt von Maggie ausgegangen ist. Ich hab sie nicht angemacht, das schwöre ich.» Er blickt weg. «Ich hatte nackte Angst davor, mit einer Frau zu schlafen, wegen all dem, was im Knast mit mir passiert ist. Nicht, dass ich eine Sekunde lang geglaubt habe, ich wäre schwul, aber ich wusste nicht mehr, ob ich danach überhaupt noch... mit einer Frau zusammen sein konnte. Ich wusste nicht, ob ich sie... befriedigen konnte.» Langsam richtet er seinen Blick wieder auf mich, und ich sehe ein schwaches Lächeln in seinem Gesicht. «Aber ich konnte. Sie war die Beste. Sie war unglaublich. Ich habe mich nie im Leben männlicher gefühlt, als wenn ich mit Maggie zusammen war.»

Mir fällt ein, dass Jack etwas ganz Ähnliches über seine sexuellen Erlebnisse mit ihr gesagt hat. Und Karen auch. «Woher wusste Karen von Ihnen und Maggie?»

Er zuckt die Achseln. «Vielleicht hat Maggie es ihr erzählt. Aber sie hätte es auch von alleine gemerkt.» Er stockt. «Ich hab allerdings gedacht, dass Karen niemandem was von mir und Maggie erzählen würde.»

«Wieso nicht?», frage ich und denke, dass Walsh sie vielleicht bedroht hat.

«Ich hab so das Gefühl gehabt, dass Karen Angst vor mir hatte.» Und dann, wohl weil er meine Gedanken liest, fügt er hinzu: «Nicht, weil ich je irgendwas gesagt oder getan habe, was ihr Grund dafür gegeben hätte. Bloß weil ich ein Häftling war. Und ein Mann. In ihren Augen eine tödliche Kombination.»

«Okay, nehmen wir mal an, dass Karen Ihr Gespräch mit Maggie nach dem Seminar bestätigt –»

«Machen Sie Witze? Sie würde mich lieber in der Gaskammer sehen, als mir ein Alibi zu liefern. Aber ich hab trotzdem eins. Als ich aus dem Gebäude ging, bin ich einem alten Kumpel über den Weg gelaufen.»

Die Worte *alter Kumpel* spricht er mit beißender Ironie aus. «Wer war das?»

«Einer aus dem Kurs.»

Noch immer dieser ironische Ton.

Und dann ziehe ich eins und eins zusammen. «Sie meinen, jemand aus dem Literaturkurs im Gefängnis.» Und es gibt nur einen, der da in Frage kommt. Nur einen aus diesem Kurs, der inzwischen auf freiem Fuß war.

«Sie haben Keith Franklin vor dem Gebäude getroffen?»

«Allerdings. Woher wussten Sie –»

«Waren Sie erstaunt, ihn dort zu sehen?»

Walsh spitzt die Lippen. «Erstaunt? Eigentlich nicht. Ich hatte ihn schon vorher mal auf dem Campus gesehen. Aber letzten Donnerstagabend war das erste Mal, dass wir ein paar Worte gewechselt haben.»

«Was für Worte?»

«Ich hab ihn gefragt, was er da macht. Und er hat sich irgendeinen Blödsinn aus den Fingern gesogen, dass er Computerabendkurse besucht.»

«Wieso haben Sie das für Blödsinn gehalten?»

«Das Computergebäude ist am ganz anderen Ende des Campus.»

«Und was glauben Sie, weshalb er in Wirklichkeit da war?»

Walsh wirft mir einen wissenden Blick zu. «Das können Sie sich genauso ausrechnen wie ich.»

«Tun Sie's für mich.»

«Aber gern, Nat. Franklin wäre Maggie so gern an die Wäsche gegangen, dass es schon nicht mehr komisch war. Wenn der Typ nicht ein so elender Feigling wäre, würde ich ihn ganz oben auf die Liste der Verdächtigen setzen. Er hätte Maggie nämlich nur mit Gewalt ins Bett kriegen können. Und dieser Waschlappen hätte niemals den Nerv dazu gehabt, sie zu vergewaltigen oder –» Er blickt gequält und lässt den Rest des Satzes unausgesprochen.

Ich bin mir nicht so sicher, dass Franklin nicht den Nerv dazu gehabt hätte, schließlich glaube ich, dass er den Nerv hatte, mich über den Haufen fahren zu wollen, aber das behalte ich für mich.

«Dean, mal abgesehen von dem Zeitraum nach dem Seminar, ist da auch noch eine Lücke zwischen Ihrem Feierabend um fünf Uhr nachmittags und dem Beginn des Seminars um sieben. Eine ziemlich große Lücke.» Was, wie wir beide wissen, bedeutet, dass er reichlich Zeit hatte, von Cambridge zu Alisons Haus in

Newton zu fahren, sie zu töten und zurück zum College in Boston zu kommen. Ganz zu schweigen davon, dass das höchstwahrscheinlich auch der Zeitraum war, in dem sie ermordet wurde.

Walsh erzählt, wie er diese Zeit angeblich verbracht hat. «Ich hab das gemacht, was ich immer vor dem Seminar mache. Ich bin mit der U-Bahn direkt von der Arbeit zum College, hab in der Cafeteria schnell was gegessen, anschließend bin ich in die Bibliothek und hab mich bis etwa halb sieben auf das Seminar vorbereitet und bin dann rüber zum Seminarraum. Maggie war meistens etwas früher da, und wir konnten noch ein bisschen plaudern –»

«Lassen Sie uns das mal Schritt für Schritt durchgehen. Sie sind mit der U-Bahn gefahren. Haben Sie da mit jemandem geredet? Hat jemand in Ihrer Nähe gesessen, der Sie vielleicht wiedererkennen würde?»

Er zuckt die Achseln. «Nein, auf die erste Frage. Und ich bezweifle es, auf die zweite.»

«Okay, was ist mit der Cafeteria?»

Er schüttelt den Kopf. «Ich hab mir in einem stillen Eckchen einen Tisch gesucht. Und die meiste Zeit hab ich die Nase in ein Buch gesteckt.»

«Aber Sie haben doch was gegessen.»

«Salatbuffet. Selbstbedienung. Und ich glaube kaum, dass die Frau an der Kasse sich an mich erinnern würde. Ich glaube, sie hat nicht mal aufgesehen. Bloß auf die Gewichtsanzeige, für meinen Salat. Man zahlt nach Gewicht.»

«Aber es waren doch noch andere Leute in der Cafeteria. Irgendwem könnten Sie aufgefallen sein», dränge ich.

Ein müdes Achselzucken. «Ja, aber wieso sollte ich jemandem auffallen? Ich meine, es ist durchaus möglich. Aber nicht sehr wahrscheinlich.»

«Trotzdem, es wäre ein Ansatzpunkt», sage ich und versuche, zuversichtlich zu klingen.

Ich registriere ein leichtes Sinken der Waffe in Walshs Händen. Sie zeigt jetzt eher auf meinen Fuß als auf meine Brust. Ich atme leise durch, glaube schon, dass ich allmählich sein Vertrauen gewinne.

Ein Vertrauen, das jäh durch das laute Hupen eines Autos draußen zerrissen wird.

Wir springen beide auf. Walsh hastet zum Fenster, zieht den Vorhang beiseite, und auch ich kann den Streifenwagen der Polizei sehen, der gerade neben meinem Auto hält.

Er wirbelt zu mir herum, und die Wut lässt sein Gesicht dunkelrot anlaufen.

«Nein», schreie ich, vor Entsetzen bleich. «Es ist nicht, wie Sie meinen, Dean. Das ist ein Irrtum –»

Die Waffe auf mich gerichtet, springt er auf mich zu. Er wird schießen und über mich hinwegrennen.

Ich spüre, wie er mich rammt, warte auf den Schuss. Doch anstatt die Waffe abzufeuern, benutzt er sie, um mir damit eins über den Kopf zu geben. Praktisch auf dieselbe verdammte Stelle, wo ich schon beim letzten Mal getroffen wurde. Bevor ich diesmal das Bewusstsein verliere, höre ich bloß noch das laute Zuschlagen der Tür.

Die Schließer erzählen einem immer, wie
easy wir es doch hier haben. Dass das Leben draußen viel schwieriger ist. Deshalb
können so viele von uns es kaum erwarten
wiederzukommen.

S. V.
Häftling Nr. 953503

37

«Sie sehen grässlich aus.»

Und ich fühle mich noch schlechter – nicht so sehr wegen des
erneuten Schlags auf den Kopf, sondern weil ich es furchtbar ver-
masselt habe. Nach Walshs Flucht kam Christine in die Wohnung und wollte uns sagen, dass es falscher Alarm war. Der Polizist in dem Streifenwagen wollte ihr bloß sagen, dass sie dort
nicht stehen bleiben durfte, weil die Parkplätze nur für Anlieger
sind. Ich kam gerade wieder zu mir. Christine war entsetzt, gab
sich an allem die Schuld – dafür, dass sie mich überhaupt hergebracht hatte, dass sie in Panik gehupt hatte, als sie den Streifenwagen sah, dass ich deswegen eins über den Kopf bekommen
hatte und ihr Bruder geflohen war. Aber das stimmte nicht. Es
war alles nur meine Schuld.

«Also noch mal von vorne», sagt Leo sachlich. Er sitzt mir in
Hutchs Wohnzimmer gegenüber. Rosie ist nicht da. Sobald Leo
aufgetaucht ist, hat sie sich rar gemacht. «Sie haben irgendwann
so gegen vier einen Anruf von Walsh bekommen. Er sagt, er will
sich mit Ihnen treffen–» – er legt eine effektvolle Pause ein – «allein» – noch eine Pause – «in irgendeiner Seitenstraße irgendwo
in Worchester –»

Ich weiß, dass er mir kein Wort glaubt, aber im Augenblick fühle ich mich zu mies, um mir irgendwas Überzeugenderes einfallen

zu lassen. Meine Hauptsorge ist derzeit, Christine Walsh aus allem rauszuhalten. Falls Leo von ihrer Beteiligung Wind bekommt, könnte er sie mit einer langen Liste von Anklagepunkten in die Mangel nehmen – Beihilfe zur Flucht eines verurteilten Häftlings, Zurückhalten von Beweisen, Behinderung der Justiz –, um nur einige zu nennen. Meine nächste Sorge ist die, dass Leo mir dieselben Anklagepunkte zur Last legen könnte. Seiner Miene nach scheint er diese Möglichkeit ernsthaft in Erwägung zu ziehen.

«Können wir das nicht morgen durchgehen, Leo?»

«Damit Sie genug Zeit haben, sich eine überzeugendere Geschichte auszudenken?»

«Okay, Sie sind wütend. Das nehme ich Ihnen nicht übel. Aber ich hab sonst nichts zu sagen.»

Leo lässt seinen Notizblock auf den Boden fallen und starrt mich wortlos ein paar Sekunden lang an, die mir wie eine Ewigkeit vorkommen. Endlich atmet er müde und seufzend durch, steht auf und kommt zu dem Sofa hinüber, auf dem ich mit einem Eisbeutel auf dem Kopf halb liegend ruhe. Er geht vor mir in die Hocke, sodass wir uns Auge in Auge anstarren, er offensiv, ich verstockt.

«Da haben Sie verdammt Recht: Ich bin wütend. Nicht so sehr, weil Sie mir das Blaue vom Himmel herunterlügen, sondern weil Sie noch immer denken, ich wäre unerfahren und noch dazu blöd.»

«Nein, ich denke nicht –»

«Etwa um 15:10 erhalten Sie hier im Haus der Hutchins einen Anruf auf Ihrem Handy. Gleich darauf haben Sie es plötzlich unheimlich eilig, hier wegzukommen. Etwa um 16:05 wird eine Frau gesehen, die die Lewis Rice Agency in Framingham betritt, wo zufällig Christine Walsh arbeitet. Etwa um 16:10 verdrückt sich diese besagte Christine Walsh durch den Hinterausgang von ihrer Arbeitsstelle. Interessant dabei ist, dass sie nicht ihren Wagen benutzt. Sie fährt auch nicht nach Hause, obwohl sie etwa um 16:15 ihren Chef Francis Kelman anruft und ihm mitteilt, sie müsste schnell nach Hause wegen einer *dringenden Familienangelegenheit.*» Er leiert das alles mit ausdrucksloser, sachlicher Stimme herunter.

«Sie haben mich überzeugt, Leo. Sie haben viel Erfahrung. Sie sind intelligent. Soll ich es hundertmal an die Tafel schreiben?»

«Sprechen Sie mit mir, Natalie.»

«Ich kann nicht.» Ganz gleich, wie viel Leo weiß, er hat nicht genug in der Hand, um wirklich beweisen zu können, dass Christine mich tatsächlich zu ihrem Bruder geführt hat. Und diesen Beweis werde ich ihm auch nicht liefern. Zumal ich nun mehr denn je der Überzeugung bin, dass Walsh kein Mörder ist. Ich brauche nur mehr Zeit, um Beweise vorlegen zu können, die meine Überzeugung untermauern. Und das bedeutet beispielsweise einen Zeugen zu finden, der bestätigen kann, wo Walsh am Donnerstag zwischen fünf und sieben Uhr abends war.

Leo starrt mich an, schüttelt den Kopf, und mein wachsendes Unbehagen hat unmittelbar mit seiner körperlichen Nähe zu tun. Ich will, dass er zurücktritt. Und auch wieder nicht.

Der Eisbeutel rutscht mir aus der Hand und auf den Boden. Leos Blick wandert von meinen Augen zu meiner neuesten Beule. «Nat Price ist die Frau, die niemals aufgibt», murmelt er einen alten Timex-Werbespruch leicht abgewandelt vor sich hin. Dann beugt er sich näher zu mir, und ich denke zuerst, er will den Schaden genauer inspizieren. Ich bin vollkommen überrascht, als er stattdessen einen federleichten Kuss auf den bösen Bluterguss haucht. Der Schmerz verschwindet, und ich kann diesen verdammten Kuss bis runter in die Zehen spüren.

«Was soll das werden, Leo? Mich in die Mangel zu nehmen hat nicht geklappt. Schalten Sie jetzt von *böser* Cop auf *guter* Cop um?» Mein Blick mag forschend wirken, aber meine Stimme bebt.

Er bringt mich mit einem weiteren Kuss zum Schweigen. Diesmal mitten auf den Mund und nicht mehr so federleicht.

«Ich werde nicht reden, Leo.» Das sage ich mit einer heiseren Stimme, meine Lippen etwa fünf Zentimeter von seinen entfernt.

«Ich weiß.» Und dann lässt er mich wieder verstummen, und dieser Kuss ist ebenso meiner wie seiner.

Als er sich von mir löst, bin ich sprachlos. Und will nicht, dass es aufhört.

«Gehen wir.»

Mein Magen verkrampft sich, die honigsüßen Nachwirkungen dieses Kusses werden rasch sauer. «Bin ich jetzt festgenommen?»

«Was ist das?», frage ich.

«Wonach sieht's denn aus?» Leos Erwiderung klingt barsch.

Jedenfalls nicht wie ein Polizeirevier. Leo ist ausgestiegen, knallt seine Tür schon zu, noch bevor ich auf meiner Seite den Griff gefasst habe. Er parkt auf dem Parkplatz des Sunset Motor Inn, fünfzehn Fahrminuten von Hutchs Haus entfernt.

Mir dreht sich der Kopf, und meine Bewegungen sind langsam, als ich aussteige. Leo steht ein paar Meter entfernt, die Arme auf der Brust verschränkt, mit sehr finsterer Miene. Sobald meine Füße den Asphalt berühren, wendet er sich abrupt um und marschiert davon, zum Eingang des Motels. Ich schließe die Wagentür und folge ihm brav in die nichts sagende Lobby, halte mich im Hintergrund, während er am Empfang ein Anmeldeformular ausfüllt. Der Portier reicht ihm einen Schlüssel.

Leo sieht sich noch nicht mal nach mir um, als er zum Fahrstuhl geht. Ich hole ihn ein, als die Türen sich gerade öffnen, und wir treten wortlos gemeinsam in die Kabine. Er drückt die «4» auf der Messingleiste, die Türen gleiten zu, und wir sind allein in dieser kleinen Kabine aus Spiegelglas und Stahl.

«Leo, was machen wir hier?»

«Walsh könnte Sie diesmal suchen, um zu Ende zu bringen, was er heute Nachmittag nicht beenden konnte. Es ist besser, Sie hier unterzubringen, wo er Sie nicht finden kann. Ich werde Hutchins Bescheid sagen, damit er sich keine Sorgen macht.»

«Ist das der einzige Grund, warum Sie mich hierher gebracht haben?»

Seine Augen verengen sich.

«Sprechen Sie mit mir, Leo.»

Aber jetzt ist er es, der keine Stimme mehr hat. Stattdessen zieht er mich stürmisch an sich, ohne dass sich seine finstere Miene auch nur ein Fünkchen aufhellt. Er küsst mich, als könnte er mich genauso gut erwürgen, aber der wilde Druck seines

Mundes, seines ganzen Körpers, lässt mich alles andere vergessen. Der Fahrstuhl hält mit einem kleinen Ruck im vierten Stock. Ich spüre, wie mein Magen einen Sprung macht. Leo lässt mich los, und ich falle gegen die Wand, muss mich an den Stahlstäben festhalten, um nicht das Gleichgewicht zu verlieren.

Als die Türen aufgleiten, hält er mir den Zimmerschlüssel hin. «Wenn du willst, kannst du allein weitergehen, und ich fahre wieder runter.»

Mir wird klar, was mich am meisten zu Leo hinzieht: dass er mir die Wahl lässt. Es ist auch das, was mir am meisten Angst macht.

Da ich meiner eigenen Stimme nicht traue, schüttle ich bloß den Kopf, trete aus dem Fahrstuhl und gehe mit butterweichen Knien vor ihm her.

Meine Erregung lässt jäh nach, als ich das große, aber schäbige Motelzimmer sehe. Der graue Teppichboden hat Brandlöcher und Flecken. Ich betrachte die triste blaugraue Ausstattung, die schweren Gobelinvorhänge rechts und links von dem Panoramafenster, das auf den Parkplatz geht, die verblichene Tagesdecke über einem, wie mir vorkommt, ganz besonders großen Doppelbett.

Unwillkürlich wünsche ich mir, mein Schlafzimmer wäre nicht in Flammen aufgegangen. Endlich hätte ich mal einen Grund, diese Kerze anzuzünden.

Leo lässt mich neben der Tür stehen, geht durchs Zimmer und schließt die Vorhänge bis auf einen schmalen Spalt, sodass nur noch ein dünner Lichtstrahl in den Raum sickert. Das Halbdunkel ist eindeutig eine Verbesserung. Wenn er jetzt dahin zurückkehren würde, wo ich stehe, und mich in die Arme schließen würde –

Er bleibt, wo er ist.

Das Schweigen verunsichert mich. Und deshalb tue ich das, was ich immer tue: Ich beginne zu reden.

«Meinst du wirklich, Walsh würde nach mir suchen? Er hatte die Gelegenheit mich zu erschießen, in diesem … Sträßchen, und er hat's nicht getan. Das sagt doch einiges.»

«Es sagt mir, dass du verdammt viel Glück gehabt hast.»

«Mir sagt es –»

«Ich weiß, was es dir sagt», unterbricht er mich ausdruckslos.

«Ist das Alibi, das die Obdachlose ihm geliefert hat, noch schlüssig?»

«Scheint so.» Er stockt. «Da ist noch etwas.»

«Was denn?»

«Es muss nicht unbedingt was bedeuten. Walsh ist nach wie vor der Hauptverdächtige. Ein gewiefter Staatsanwalt könnte mehr Löcher in der Aussage dieser Obdachlosen finden als in einem Schweizer Käse. Walsh wird schon noch mehr brauchen, um aus diesem Schlamassel rauszukommen.»

«Und was habt ihr nun rausgefunden?», frage ich ungeduldig.

Er kommt langsam auf mich zu. «Eine Nachbarin von Alison Cole Miller hat ausgesagt, dass sie an dem Mordabend einen Wagen auf der Straße gesehen hat. Sie erinnert sich daran, weil sie zuerst dachte, es wäre der ihres Sohnes. Der hat einen 86er Pontiac. Nur dass dieser hier dunkelblau war anstatt schwarz. Und er hatte ein kaputtes Bremslicht.»

Die Härchen auf meinen Armen richten sich auf. «Keith Franklin. Das muss er gewesen sein –» Ich werde richtig aufgeregt. «Leo, Walsh hat mir gesagt, dass er Franklin am Donnerstagabend nach seinem Kurs vor dem Englischseminar gesehen hat.»

«Interessant», sagt Leo auf seine unverbindliche Art.

«Um wie viel Uhr hat die Frau seinen Wagen gesehen?»

«Es ist noch nicht bewiesen, dass es Franklins Auto war, Natalie.» Ich weiß, dass er mich davon abhalten will, voreilige Schlüsse zu ziehen. Aber dazu ist es zu spät. Mein Herz rast vor Aufregung. Allmählich fügt sich eins zum anderen. Franklins Besessenheit von Maggie, sein Hass auf Walsh, sein schwaches Alibi für den Tag, an dem Maggie ermordet wurde. Und jetzt hatte ihn jemand an dem Ort gesehen, wo Alison Cole ermordet worden war.

«Okay, um wie viel Uhr hat die Frau diesen 86er Pontiac mit dem kaputten Bremslicht gesehen?», frage ich unbeirrt.

Leo seufzt. «So gegen fünf.»

«Habt ihr Franklin schon deswegen vernommen?»

Ich bemerke einen bedrückten Ausdruck in seinen Augen. Er zögert ein paar Sekunden, bevor er antwortet. «Das werden wir, wenn wir ihn gefunden haben.»

«Er ist abgehauen?» Und dann begreife ich. «Du schützt mich gar nicht unbedingt vor Walsh, nicht? Du denkst offensichtlich, dass Franklin es auf mich abgesehen haben könnte.»

Leo legt mir einen Finger auf die Lippen. «Offensichtlich ist hier nur eines.» Und dann ersetzt er seinen Finger durch seinen Mund.

Begehren und Erleichterung gehen ineinander über, als wir uns leidenschaftlich küssen, uns unbeholfen gegenseitig ausziehen und zum Bett hinüberstolpern.

Ich betrachte mich nicht als promiskuitive Frau. Während unserer Ehe habe ich Ethan kein einziges Mal betrogen. Nicht nur, weil ich Treue für wichtig halte, sondern auch, weil ich keinen anderen Mann begehrt habe. Naiv, wie ich war, dachte ich, Ethan ginge es ebenso. Jetzt weiß ich nicht mehr, ob er überhaupt je treu war. Ob ich ihm je genügt habe.

Wenn irgendwer mir erzählt hätte, dass ich innerhalb von einem Monat nach Ethans Auszug gleich mit zwei Männern schlafen würde, hätte ich ihn für verrückt erklärt. Und dennoch, vor wenigen Tagen habe ich mit Jack geschlafen. Und jetzt bin ich hier mit Leo. In beiden Fällen bin ich mir nicht sicher, was ich eigentlich tue. Oder fühle. Und ich habe auch nicht die geringste Ahnung, was Jack oder Leo dabei empfindet.

Was die rein technischen Fertigkeiten angeht, so würde ich sagen, dass Jack und Ethan Leo mühelos den Rang ablaufen. Sowohl Jack als auch Ethan waren Männer, die im Bett die Initiative übernahmen und nicht nur Selbstvertrauen, sondern sogar eine gewisse Überheblichkeit ausstrahlten. Sie wussten, dass sie begehrenswert waren. Sie zeigten keinerlei Unsicherheit in Hinblick auf ihre sexuelle Leistungskraft. Und deshalb überließ ich ihnen, zumindest teilweise, die Führung, ließ mich treiben, sodass sie nicht nur den Rhythmus vorgaben, sondern auch alle Entscheidungen trafen. In gewisser Weise konnte ich mich so von jeder Verantwortung freisprechen.

Mit Leo ist alles ganz anders. So sagt er zum Beispiel gleich zu Anfang, als wir zusammen aufs Bett fallen: «Für mich ist es schon eine ganze Weile her, Natalie. Und du weißt doch, was man vom Fahrradfahren sagt, dass man das nie verlernt?»

Ich nicke.

«Tja also, ich bin noch nie Fahrrad gefahren.»

«Ich auch nicht», sage ich mit einem atemlosen Lächeln.

So kommt es, dass wir gleich zu Beginn auf einer Wellenlänge sind. Wir nehmen beide die verletzlichen Gefühle des anderen wahr. Und um die Wahrheit zu sagen, dieses gemeinschaftliche Eingeständnis macht mich an, aber es jagt mir auch höllische Angst ein.

Leos Hose hängt ihm irgendwo zwischen Knien und Knöcheln, während er vergeblich versucht, seine Schuhe abzustreifen. Sie sind zu fest zugeschnürt. Schließlich rollt er von mir runter und will sie mit den Händen aufmachen, aber am Ende sind sie noch hoffnungsloser verknotet als vorher. Er flucht vor sich hin, doch schließlich schafft er es, sie sich von den Füßen zu reißen.

Während er mit seinen Schuhen beschäftigt ist, will ich mir den Pullover über den Kopf ziehen, aber ein loser Wollfaden verfängt sich an einem von meinen Diamantohrsteckern. Ich hab den Pullover noch halb über dem Gesicht, als Leo sich mir wieder zuwendet. Er will mir helfen und versucht, den Pullover ganz hochzuziehen.

Ich schreie vor Schmerz auf, reiße den Pullover so weit wieder runter, dass ich den Stecker aus dem Ohr nehmen kann. Auf Leos Gesicht spiegeln sich Verwirrung und Schrecken. Obwohl mein Ohr noch wehtut, muss ich bei dieser albernen Slapstick-Einlage unwillkürlich loslachen. Und wenige Sekunden später fällt Leo in mein Lachen ein, anstatt sich beschämt, gedemütigt oder verärgert zu fühlen – was bei Ethan und Jack sehr wohl der Fall gewesen wäre. Wir plumpsen gegeneinander, lachen so haltlos, dass uns Tränen übers Gesicht laufen.

Das Gelächter ist reinigend und befreiend. Und aus Gründen, die ich nicht ganz verstehe, auch unglaublich erotisch. Wir ziehen uns ohne weitere komische Zwischenfälle ganz aus. Aber

Leo lächelt noch immer verschmitzt, als wir schließlich nackt auf der kratzigen Decke liegen und uns anblicken.

Langsam verfliegt sein Lächeln. Er sieht sehr ernst aus. Und viel älter.

«Ich wollte nicht, dass das passiert.» Seine Stimme ist kaum hörbar.

Ich weiß, dass er damit nicht unsere komödiantischen Missgeschicke meint.

«Es macht alles noch … komplizierter», stimme ich ihm bei.

Sein Handflächen gleiten über meine schon hart gewordenen Brustwarzen. Als ich mich daraufhin recke und meine Brüste in seine Hände schmiege, spüre ich den Druck seines eregierten Penis knapp unter meinem Bauchnabel. Ein leises Stöhnen entweicht meinen Lippen, und ich schließe die Augen.

«Nein», flüstert Leo. «Sieh mich an, Natalie.»

Das mache ich normalerweise nicht beim Sex. Ich rede mir ein, dass ich dabei gern die Augen schließe, um mich ganz verlieren zu können. Aber das ist gelogen. Ich schließe die Augen, weil ich zu gehemmt bin. Zu verletzlich. Ich habe Angst, einen so intimen Kontakt herzustellen.

Aber Leo will, dass ich mich ganz auf ihn einlasse. «Sag mir, wie du es gern hast.»

Ich öffne die Augen. Das ist etwas völlig Neues für mich. Meine wenigen Liebhaber, mein Mann eingeschlossen, meinten immer zu wissen, wie ich es gern hatte. Manchmal hatten sie Recht damit. Aber oft genug auch nicht.

Leos Forderung löst bei mir tiefe Unsicherheit und eine enorme sexuelle Spannung aus. «Ich werde es dir zeigen.» Meine Atmung verändert sich, wird schneller. «Wenn du es mir zeigst.»

Wir lächeln beide. Dann nimmt er meine Hand und führt sie nach unten, über seine Erektion, seine Hoden, schiebt sie bis zu jenem weichen, zarten Bereich unmittelbar vor dem Anus. Ich liebkose ihn mit den Fingerspitzen und spüre, wie seine Erektion härter gegen mich drückt, höre seinen Atem schneller werden.

Mit meiner freien Hand dirigiere ich die Spitze seines Penis zu meiner Klitoris. Dann lege ich seine Hand auf seinen Penis. Er versteht schnell, streichelt, kreist, stößt herausfordernd. Macht mich ganz wild.

«Berühre mich überall.» Die Worte kommen wie von selbst aus meinem Mund. Schon bald sind wir beide mit Händen, Mund, Augen auf einer intensiven, hemmungslosen sexuellen Erkundungsexpedition.

Ich entdecke eine etwa fünf Zentimeter lange, zackige Narbe außen an Leos rechtem Oberschenkel. Sanft lege ich meine Lippen darauf.

«Wie –?»

«Eine Kugel. Ein Zuhälter hat auf mich geschossen, als ich noch bei der Sitte war. Er war sauer, weil wir ihm das Geschäft kaputtgemacht haben.»

«Indem ihr all seine Mädchen festgenommen habt?»

«Das weniger. Aber ein paar von uns haben ein Rehabilitationsprogramm für Prostituierte unterstützt, das von einer Exnonne und einer Exhure geleitet wurde.»

«Eine tolle Kombination.»

Leo lächelt. «Ja, und wenn du sie kennen lernen würdest, wette ich, dass du nicht wüsstest, wer von beiden was war. Na, jedenfalls haben wir damals jede Nutte, die wir aufgegriffen hatten, vor die Wahl gestellt. Entweder ein paar höchst unangenehme Stunden oder Tage im Kittchen oder ein Zwangsaufenthalt von mindestens achtundvierzig Stunden in diesem Rehabilitationshaus. Viele Frauen haben sich für Letzteres entschieden.»

«Und achtundvierzig Stunden haben gereicht, um sie auf einen anderen Weg zu bringen?»

«Nicht bei allen, aber doch bei wesentlich mehr, als wir Cops gedacht hatten. Jedenfalls genug, um einige Zuhälter so richtig zur Weißglut zu treiben. Einer von ihnen ist in dem Haus aufgetaucht und wollte sein Eigentum zurückhaben. Ich wurde hingerufen, und es gab einen Schusswechsel. Eine Kugel hat mich am Bein erwischt.»

«Und der Zuhälter?»

Leo antwortet nicht sofort. Ich blicke auf und sehe, dass sein sonst so jungenhaftes Gesicht einen düsteren Ausdruck angenommen hat.

«Du hast ihn getötet.»

Als ich das sage, spüre ich, wie sich sein Körper plötzlich verspannt. «Das erste und einzige Mal, dass ich jemanden erschossen habe. Das … lässt einen nicht los. Auch wenn ich weiß, dass er ein Drecksack war.»

Ich denke an den Abend, als Leo auf den Mann zuging, den er für Walsh hielt. Es hätte das zweite Mal werden können, dass Leo einen Menschen tötete.

Er stützt sich auf einen Ellbogen, betrachtet mich lange und gemächlich von Kopf bis Fuß. «Und was ist mit dir, Natalie? Irgendwelche Narben?»

Meine Augen suchen seine. «Reichlich. Bloß keine, die man sieht.»

Er zieht mich wieder an sich, küsst mich leidenschaftlich und zärtlich zugleich.

Ebendiese Zärtlichkeit, die ich in meinem Leben so vermisse, steigert meine Sehnsucht so stark, dass ich anfange leise zu weinen. Leo hält mich fest, wiegt mich sacht, spürt, dass ich um alles in der Welt nicht will, dass er jetzt von mir zurückweicht. Und so dringt er in mich ein.

Ich kann mich nicht erinnern, jemals sexuell so erregt gewesen zu sein. Oder so vollkommen aufgelöst.

Wenn nicht gewalttätige Männer, die
im Gefängnis vergewaltigt wurden, in
die Gesellschaft zurückkehren, stecken
sie voller Wut und haben ein hohes
Gewaltpotential.

Samuel Dobson
Sozialarbeiter im Strafvollzug

38

Das Klingeln meines Handys bricht schrill in unsere wohlige Entspannung danach ein, und ich bin versucht, einfach nicht ranzugehen. Aber ich spüre, wie Leos Körper sich verkrampft. Der Liebhaber ist fort. Der Cop ist wieder da. Ich greife nach meiner Tasche und fische das Handy heraus.

«Bitte… Sie müssen mir helfen», ertönt eine panische Stimme, sobald ich die Taste gedrückt habe. «Ich… hab ihn getötet. Er wollte Christine verstümmeln, sie umbringen. Oh Gott… was hätte ich denn tun sollen. Ich musste es tun. Ich musste –»

«Mrs. Walsh, bitte beruhigen Sie sich.»

Leo setzt sich auf und betrachtet mich aufmerksam. Ich halte das Telefon leicht von meinem Ohr weg, sodass er mithören kann.»

«Mein Baby, mein armes Baby.» Sie beginnt, haltlos zu schluchzen.

«Soll das heißen, Sie haben Ihren Sohn getötet?»

«Nein», schreit sie. «Er wollte ihn kriegen. Er hat Christine ein Messer auf die Brust gesetzt und ihr befohlen, Dean anzurufen, ein Treffen zu vereinbaren. Sie hat ihm gesagt, dass sie nicht weiß, wo Dean ist. Aber er wollte ihr nicht glauben. Er hat gedroht, ihr… schreckliche Dinge anzutun, wenn sie nicht tut, was er sagt. Aber sie wollte ihren Bruder nicht ausliefern.»

«Wen haben Sie getötet, Mrs. Walsh?» Keith Franklin ist der Name, der sich mir sofort aufdrängt.

«Ich… ich weiß nicht. Auch Christine kennt ihn nicht. Wir haben den Mann noch nie gesehen. Oh Gott. Sie ist in einem furchtbaren Zustand.»

«Hat er ihr was getan?», frage ich ängstlich.

«Nein. Nein, aber –»

Leo nimmt mir das Telefon ab. «Ist die Polizei da, Mrs. Walsh? Die Beamten, die vor Ihrem Haus parken?»

«Nein. Ich weiß nicht, wo die sind. Sie müssen den Schuss gehört haben. Ich… ich kann ihn noch immer hören. In meinem Kopf. Er ist in meinem Kopf. Oh Gott…»

«Mrs. Walsh, wir sind gleich bei Ihnen.»

«Ich musste es tun. Ich musste…»

Die beiden Cops sitzen gegeneinander gesunken in dem Ford. Einer ist noch immer bewusstlos, aber er atmet gleichmäßig. Der andere kommt gerade wieder zu sich. Er ächzt vor Schmerzen, greift sich an den Kopf, murmelt irgendwas von einem «Hinterhalt» und «hab nix gesehen». Leo klopft ihm sachte auf die Schulter. «Ich bestell gleich einen Rettungswagen. Ganz ruhig. Ihr kommt beide wieder in Ordnung.»

Leo bestellt gleich zwei Rettungswagen – obwohl er noch nicht weiß, in welchem Zustand sich der niedergestreckte Mann im Haus der Familie Walsh befindet – und spricht mit seinem Partner, während wir rasch aufs Haus zugehen. Die Tür ist nur angelehnt.

Die Leiche liegt im Wohnzimmer, Gesicht nach unten, auf dem blassblauen Teppich, nur wenige Schritte vom Sofa entfernt. Obwohl ich sein Gesicht nicht sehen kann, erkenne ich ihn wieder. In seiner schwarzen Motorradjacke ist ein einzelnes Einschussloch zu sehen, knapp unterhalb des linken Schulterblattes. Ein sauberer Schuss, der ihn direkt ins Herz getroffen haben muss. Aus der Wunde ist ein wenig Blut ausgetreten, und noch mehr Blut breitet sich unter ihm auf dem Teppich aus. Eine Pistole Kaliber .22 liegt dicht neben der Leiche.

Christine sitzt stocksteif und kerzengerade auf der Sofakante, ihre glasigen Augen starren nach unten auf den Angreifer. Ihr Haar ist durcheinander, die grüne Bluse halb aufgeknöpft und aus dem Rock gerutscht. Der Lippenstift verschmiert. Sie blinzelt nicht. Keine Frage, dass sie unter Schock steht.

Marion Walsh sieht zerbrechlich und verweint aus. Sie steht hinter einem rot-weiß gemusterten Ohrensessel, und zwar so, dass sie die Leiche nicht sehen kann. Ihr Blick ruht ängstlich auf ihrer Tochter, während ihre Hände die Rückenlehne des Sessels kneten. Zum Glück hat sie sich inzwischen wieder so weit unter Kontrolle, dass sie relativ klare Antworten geben kann. Ich frage sie, ob sie Brandy im Haus hat, während Leo sich bückt und mit einer behandschuhten Hand nach einem Puls tastet, von dem wir alle wissen, dass er ihn nicht finden wird.

«Brandy? Vielleicht. Ich glaube, ja… könnte sein…»

«Holen Sie die Flasche und zwei Gläser.» Fast hätte ich gesagt, drei Gläser, ich könnte nämlich selbst ganz gut einen kräftigen Schluck vertragen. Aber ich beschließe, dass ich einen möglichst klaren Kopf brauche.

Marion Walsh geht rasch aus dem Zimmer, eine Frau, die den Ort des Schreckens nur allzu gern verlässt. Aber sie bleibt nicht lange fort, sondern kommt mit einer ungeöffneten Flasche Southern Comfort und zwei Wassergläsern zurück. Sie macht nur ein paar Schritte ins Wohnzimmer. «Was anderes hab ich nicht gefunden. Wir trinken nicht. Das hier war ein Geschenk von meinem Chef –» Sie spricht tonlos und schnell.

«Das ist gut.» Ich nehme ihr die Sachen aus den eiskalten Händen, führe sie zu einem Holzstuhl neben der Tür und bedeute ihr sacht, Platz zu nehmen. Dann mache ich rasch die Flasche auf und gieße zwei Fingerbreit in beide Gläser. Ich reiche ihr eins, befehle ihr, es auszutrinken, was sie auch widerspruchslos tut.

Dann gehe ich zu Christine hinüber, die noch keinen Ton von sich gegeben hat. Ich gehe vor ihr in die Hocke, versperre ihr so die Sicht auf die Leiche.

«Hier.» Ich halte ihr das Glas hin, aber sie macht keine Anstalten, es zu nehmen. Sie starrt direkt durch mich hindurch, als wäre ich unsichtbar. Als könnte sie die Leiche hinter mir immer noch sehen. Was ich mir gut vorstellen kann. Genau wie ich noch immer Maggie auf ihrem Bett liegen sehe.

Ich drehe mich zu Leo um. «Ich bringe Christine und ihre Mom nach oben.»

«Jaja», sagt er und erhebt sich. Wir hören beide die Sirenen, und ich kann in seinem Gesicht die Erleichterung darüber sehen, dass die Rettungswagen so schnell hier sind. Letzten Endes wird er seinen Männern wohl gehörig den Kopf waschen, weil sie *im Dienst gepennt haben*, aber ich bin sicher, dass Leo das erst tun wird, wenn er genau weiß, dass sie beide wirklich unbeschadet sind.

Ich will Christine auf die Beine helfen, aber sie weicht zurück. «Wer ist er?», fragt sie im gepressten Flüsterton.

Ich blicke Leo fragend an. Er nickt.

«Er heißt Owen King. Er hat Ihren Bruder im Gefängnis... kennen gelernt.»

«Er hat gesagt, Dean wäre hinter ihm her. Dass er ihn angerufen hat. Ihm gedroht hat. Er sei ihm noch was schuldig. Er hat gesagt, er wollte sich mit Dean treffen... die Dinge aus dem Weg räumen. Aber ich hab gewusst, dass er lügt. Er wollte Dean umbringen. Ich weiß nicht, warum...»

«Hat er Ihnen was getan, Christine?»

Sie antwortet nicht. Sie blickt in meine Richtung, aber ich weiß, dass sie mich nicht wirklich sieht.

«Vielleicht sollten wir sie in ein Krankenhaus bringen», sage ich zu Leo.

«Nein», sagt Christine scharf, und endlich blicken ihre Augen klarer. «Nein. Ich brauche kein Krankenhaus.» Sie schaut zu ihrer Mutter hinüber, die nicht weit entfernt steht, das leere Glas umklammert. «Ich hab nicht gewusst, wo Dean ist. Aber ich hätte es ihm so oder so nicht gesagt. Es tut mir Leid, Mom. Es tut mir so Leid.»

Das Glas entgleitet Marions Hand, und sie sinkt schluchzend zu Boden. Christine eilt zu ihr, fällt neben ihrer Mutter auf die Knie, nimmt sie in die Arme. «Du hast mir das Leben gerettet, Mom. Bitte nicht weinen. Ich hab dich lieb. Ich hab dich lieb, Mom.»

Knapp eine Stunde später erfahren wir oben in Christines Schlafzimmer genauer, was passiert ist. Währenddessen arbeiten Leos Partner und die Leute von der Spurensicherung unten im Wohnzimmer. Erstaunlicherweise ist Christine diejenige, die am meisten redet. Sie sitzt neben ihrer Mutter auf dem Bett, und die beiden Frauen halten sich an den Händen, klammern sich aneinander wie an einen Rettungsanker.

«Ich hab ferngesehen. Die Nachrichten. Früher hab ich mir nie die Nachrichten angesehen. Aber jetzt… Ich hoffe immer, dass etwas über Dean kommt, dass er entlastet wird… Aber es kommt nie was. Nie mal eine gute Nachricht. Die haben noch nicht mal von der obdachlosen Frau berichtet, die sich gemeldet hat. Das ist nicht richtig –» Sie verstummt, die Lippen zu einer dünnen Linie zusammengepresst. Aber ich kann sie zittern sehen.

«Wie ist King ins Haus gelangt?», fragt Leo.

«Ich war so dumm. Es hat an der Tür geklingelt. Ich hab gedacht, es wäre Mutter. Dass sie ihren Schlüssel vergessen hätte.»

«Wann war das?»

Ich beobachte Christine aufmerksam und bemerke den kurzen Seitenblick, den sie ihrer Mutter zuwirft, bevor sie antwortet. «Kurz nach zehn.»

«Ich hab einen Bekannten besucht.» Marion blickt nach unten auf die Hand ihrer Tochter, die ihre umklammert hält.

«Ich hatte die Tür kaum auf, da hat er sich schon reingedrängt», redet Christine hastig weiter. «Hat mich gegen die Wand gestoßen. Er wollte wissen, ob sonst noch jemand im Haus ist. Er hat mich durch sämtliche Zimmer geschleift, um sich zu vergewissern. Als er schließlich davon überzeugt war, dass wir alleine waren, hat er mich ins Wohnzimmer gezerrt, mir das Telefon hingehalten und mir gesagt, ich soll Dean anrufen.» Jetzt wirft sie mir einen raschen Blick zu. Ebenso rasch schaue ich weg. Aber ich bin sicher, dass Leo es mitbekommen hat. Denn schließlich entgeht Leo nicht viel.

«War er allein?» Leo geht davon aus, dass King Hilfe gehabt haben muss, sonst hätte er kaum die beiden Polizisten vor dem Haus ausschalten können.

«Ich hab sonst niemanden gesehen.»

Leo nickt. Vermutlich denkt er, was ich denke. Dass King einen Helfershelfer hatte, der vor dem Haus Wache hielt. Ein Helfershelfer, der sofort Fersengeld gab, als er den Schuss hörte.

Leos Blick wandert zu Marion hinüber. «Können Sie von da an weitererzählen, als Sie zu Hause ankamen?» Sein Tonfall ist freundlich, aber wir wissen alle, dass es nicht wirklich eine Frage ist.

«Als ich die Haustür aufschloss, hab ich einen Schrei gehört. Wahrscheinlich hat er mich deshalb nicht... reinkommen hören.» Ihr Kinn bebt, aber sie beißt sich auf die Unterlippe, um die Beherrschung zu wahren. «Er hatte ein Messer gegen ihre... Brust gedrückt.» Das Beben wird stärker. «Ihre Bluse war... offen. Und ihr BH... den hatte er vorne aufgeschnitten. Ihre... Brüste... waren... entblößt.» Marions letzte Worte sind leise, ihre Augen voller Entsetzen. Ich weiß, dass sie dieses Bild immer wieder vor sich sehen wird.

«Reden Sie weiter, Marion. Sie kamen ins Haus und sahen zu Ihrem Schrecken, dass Ihre Tochter von einem Eindringling mit dem Messer bedroht wurde», drängt Leo sie sanft. «Was haben Sie dann gemacht?»

«Ich... ich hab eine Waffe... zum Schutz... in meinem Schlafzimmer.»

Ich bemerke, dass Leos Augenbrauen sich leicht heben. Auch Marion muss das bemerkt haben, weil sie hastig eine Erklärung nachschiebt. «Vor etwa einem Jahr ist in unserer Gegend ein paarmal eingebrochen worden. Zwei Frauen allein im Haus... ich hatte Angst. Meine Freundin von nebenan hat mir erzählt, dass sie eine Pistole hat, wie die meisten Nachbarn bei uns auf der Straße. Sie hat mir dringend geraten, mir auch eine zuzulegen. Nur für... den Fall der Fälle. Ich hätte nie gedacht...» Ein Schluchzen dringt tief aus ihrer Brust, und sie schlägt die Hände vors Gesicht. «Ich hab vorher noch nie damit geschossen –» Die restlichen Worte werden von ihren Händen erstickt.

Ich wünschte, Leo würde etwas behutsamer sein. Die arme Frau steht kurz vor dem Zusammenbruch. Zum einen, weil sie dazu gedrängt wird, das grauenhafte Ereignis noch mal zu durchleben. Zum anderen, so vermute ich, weil ihre Tochter jetzt stärker wirkt und weniger auf die Kraft ihrer Mutter angewiesen zu sein scheint.

Aber Leo ist fest entschlossen, sich von Marion Walsh die ganze Geschichte erzählen zu lassen. «Also sind Sie nach oben geschlichen und haben die Pistole geholt.»

Langsam lässt sie die Hände sinken. «Ja», sagt sie mit kaum hörbarer Stimme, und man sieht ihr an, dass sie die Schluchzer, die sich in ihr anstauen, mühsam zurückhält. Stumme Tränen strömen ungehindert über Christines Gesicht, als sie ihre Mutter ansieht.

«Sie haben nicht die Polizei angerufen», sagt Leo, «oder die Beamten verständigt, die draußen im Wagen saßen.» Diese beiden Officer wären zu diesem Zeitpunkt natürlich gar nicht in der Lage gewesen, ihr zu Hilfe zu kommen, aber das konnte Marion ja nicht wissen.

«Keine Zeit. Ich konnte ihn rumbrüllen hören… sogar als ich oben war.» Sie krümmt sich, als hätte sie Magenkrämpfe.

«Können Sie sie nicht in Ruhe lassen?», fleht Christine.

«Was hat er gebrüllt, Marion?», fragt Leo, den Blick fest auf die Frau gerichtet, die Stimme nach wie vor freundlich, aber bestimmt.

Marion hebt den Kopf und erwidert Leos Blick, einen Anflug von Zorn in den Augen. «Er hat gebrüllt: ‹Du Miststück. Du verdammtes Miststück. Ruf ihn an, oder ich schneid dir die Titten ab und stopf sie dir ins Maul. Ich zähle jetzt bis zehn.›»

Jetzt fängt Christine richtig an zu weinen. Und wieder scheint die Schwäche der Tochter in der Mutter neue Energie zu wecken. Das zeigt sich sowohl in ihrer Haltung als auch in ihrer Stimme. «Er war bei ‹acht›, als ich das Wohnzimmer betrat. Er stand mit dem Rücken zu mir. Ich bin näher ran und hab abgedrückt, als er gerade ‹neun› sagte.»

«Wie oft?», fragt Leo.

«Nur ein Mal. Ich hab noch nie im Leben geschossen. Als er hinfiel, hab ich abgewartet, ob er sich noch bewegt. Aber dann hab ich die Waffe fallen lassen.»

«Und dann?»

«Hab ich meiner Tochter die Bluse zugeknöpft und Mrs. Price angerufen.»

«Warum nicht die Polizei?»

«Weil sie Angst hatte, dass ihr ins Haus gestürmt kommt und sie ins Gefängnis steckt, deshalb. Ich hab ihr gesagt, sie soll Mrs. Price anrufen», erwidert Christine und wirft mir dann einen vorwurfsvollen Blick zu. «Ich hätte nicht gedacht, dass Sie es so eilig haben würden, die Polizei zu verständigen.»

Ich spüre, wie ich rot anlaufe. Natürlich werde ich Christine nicht erzählen, dass ich Leo nicht erst anrufen musste, weil er neben mir im Bett lag.

«Meine Mutter hat mir das Leben gerettet. Sie hat es für mich getan. Es war Notwehr. Er hätte mich getötet und dann sie. Und wenn Dean aufgetaucht wäre, hätte dieses Monster ihn auch noch umgebracht.»

«Schsch, Chrissie», beschwichtigt Marion sie. «Alles wird gut werden, Baby. Hauptsache, du bist in Sicherheit. Das ist das Einzige, was zählt.» Sie löst ihre Hand aus der ihrer Tochter und legt den Arm um sie.

«Sie werden sie doch nicht festnehmen, oder?» Christine sieht Leo flehend an.

Ich schließe mich ihr mit einem ebenso flehenden Blick an.

Marion schließt die Augen, als rechnete sie mit dem Schlimmsten.

«Wir brauchen noch eine ordnungsgemäße Aussage von Ihnen, aber das kann bis morgen warten. Außerdem muss ich mit meinem Vorgesetzten und dem Staatsanwalt sprechen. Ich kann Ihnen nichts versprechen, aber ich glaube kaum, dass Anklage gegen Sie erhoben wird.»

Ein kollektives Aufseufzen erklingt – von Marion, Christine und mir.

«Vielleicht könnten Sie und Christine die Nacht im Haus Ihres Bekannten verbringen, Mrs. Walsh.» Leo sieht auf die Uhr. «Oder was von der Nacht noch übrig ist.»

Marion nickt langsam.

«Ich lasse Sie von einem von meinen Leuten hinfahren. Nennen Sie mir bitte Namen und Adresse Ihres Bekannten.»

Marion zögert einen Moment. «Donald Barton. Porter Street 17. Das ist hier in Natick.»

Leo schreibt es sich auf.

«Wir sind... bloß Freunde», meint Marion noch hinzufügen zu müssen.

Als Leo und ich abfahren, lässt mir irgendetwas keine Ruhe, wie Zahnschmerzen, aber ich kann nicht genau sagen, was es ist. Also schiebe ich es für den Moment beiseite und konzentriere mich stattdessen auf ein Problem, das ich benennen kann.

«Diese Geschichte, dass Walsh King angerufen haben soll. Also ich weiß nicht. Das kommt mir komisch vor, Leo. Walsh ist wieder auf der Flucht. Drohanrufe bei King wären da doch das Letzte, woran er denken würde.»

Leo springt nicht drauf an, also führe ich das einseitige Gespräch weiter. «Ich denke, es wäre möglich...» Ich formuliere meine Theorie vorsichtig, damit Leo mir nicht wieder vorwirft, ich sei voreilig. «...dass Franklin der Anrufer gewesen sein könnte und sich als Walsh ausgegeben hat. Franklin muss gewusst haben, dass Dean im Gefängnis Kings *Junge* gewesen ist. Das Gleiche könnte auch auf Franklin zutreffen. Vielleicht wollte er einen Showdown zwischen den beiden provozieren. King dazu bringen, Dean umzulegen, während Franklin noch glaubte, es sei ihm gelungen, Dean die beiden Morde anzuhängen. Damit hätte er zwei Fliegen mit einer Klappe geschlagen. Rache hoch zwei. Ich will damit nicht sagen, dass Franklin mit einkalkuliert hat, dass King Christine oder ihre Mutter angreifen würde, um rauszukriegen, wo Dean ist. Wahrscheinlich hat er angenommen, dass King über die entsprechenden Informationsquellen verfügt, um Walsh zu finden.»

Noch immer nichts von Leo.

«Warum ist Franklin denn jetzt auf der Flucht? Warum hat er es mit der Angst bekommen? Weil er fürchtet, dass sein Plan scheitern könnte. Weil er argwöhnt, dass ich zu viel weiß.»

«Vielleicht hat er es mit der Angst bekommen, weil er auch Drohanrufe von Walsh gekriegt hat», sagt Leo schließlich. Und spricht damit einen Punkt an, der mir zugegebenermaßen auch schon durch den Kopf gegangen ist. «Oder Walsh hat ihn schon gefunden und umgelegt.»

Jetzt ist Leo einen beängstigenden Schritt weiter als ich.

Als ich die Tür zu meinem Motelzimmer öffnen will, packt Leo jäh meinen Arm und stößt mich beiseite. Ich sehe, wie seine andere Hand blitzschnell nach seiner Waffe greift. Und dann wird mir klar, was Leo aufgefallen ist. Das Licht im Zimmer ist aus. Bevor wir vor fast zwei Stunden gingen, hatte Leo mich angewiesen, es anzulassen, als ich nach dem Schalter greifen wollte.

Ich höre das Klicken, als Leo seine Waffe entsichert, während er die Tür einen Spalt aufdrückt, weit genug, um seine Hand hineinzuschieben und das Licht wieder anzuschalten.

Ich höre ein verblüfftes Aufkeuchen von drinnen.

Leo tritt die Tür weit auf, beide Hände an der Waffe, und zielt auf den Eindringling, der in einem Lichtkegel vor unserem ungemachten Bett steht.

«Heiliger Bimbam, nicht schießen. Ich warte doch bloß auf Nat.»

Ich erkenne Jacks Stimme, atme erleichtert durch und trete in das Zimmer. Leo hält die Waffe noch immer auf meinen Stellvertreter gerichtet.

«Was machen Sie hier? Woher wussten Sie, dass Nat hier ist? Wie sind Sie in das Zimmer gelangt? Warum zum Teufel sitzen Sie hier im Dunkeln rum?» Leo rasselt die Fragen herunter, ohne Jack Zeit zu lassen, sie zu beantworten.

«He, immer mit der Ruhe», knurrt Jack. «Ich muss mit Nat reden. Hutch hat mir gesagt, wo sie untergekommen ist. Ich komme her, es ist fast Mitternacht, und sie ist nicht da. Ich werde so nervös, dass ich dem Portier meinen Dienstausweis zeige, und er lässt mich in ihr Zimmer. Ich wusste nicht, was ich davon halten sollte.» Er beäugt das ungemachte Bett mit den zerwühlten Laken. Als wüsste er inzwischen, was er davon zu halten hat. Und seine Miene verrät, dass es ihm ganz und gar nicht gefällt.

«Wieso haben Sie im Dunkeln gewartet?», will Leo wissen, ohne die Waffe zu senken.

«Ich war völlig fertig – hab nicht viel geschlafen, seit... das alles angefangen hat – deshalb wollte ich nur ein kurzes Nickerchen machen. Also hab ich das Licht ausgemacht. Soweit ich weiß, ist das noch kein Verbrechen.»

Er deutet auf den Radiowecker auf dem Nachttisch. «Ich hab den Wecker auf halb eins gestellt, weil ich mir gedacht hab, wenn sie bis dahin nicht da ist, muss ich was unternehmen.»

«Was gibt es denn so Dringendes zu besprechen, das nicht bis morgen hätte warten können?» Leo nimmt die Waffe runter, aber der schneidende Ton in seiner Stimme ist nicht zu überhören. Ich weiß nicht, ob er Jack als eifersüchtiger Liebhaber oder als misstrauischer Cop derart in die Mangel nimmt. Ich vermute, es könnte von beidem ein bisschen sein.

«Ich hab was rausgefunden, was vielleicht wichtig sein könnte», sagt Jack und blickt dabei an Leo vorbei auf mich. «Ich bin noch mal Walshs Akte durchgegangen. Hab nach irgendeinem Hinweis gesucht, wo er sich versteckt halten könnte. Und dabei ist mir was aufgefallen, das die ganze Zeit vor unserer Nase war.»

«Was?», frage ich und trete um Leo herum.

«Es war in der Aussage, die Alison Cole damals bei der Polizei gemacht hat. Du weißt doch, in der sie schildert, wie sie mit Walsh und seinem Kumpel Rick auf die Party gegangen ist.»

Ich nicke, obwohl ich ehrlich gesagt den Namen von Walshs Freund vergessen hatte.

«Rick. Das ist die Abkürzung von –?» Jack zieht eine Augenbraue hoch, wartet, dass ich den Satz für ihn beende.

Mein Puls beginnt zu rasen, als hätte ich einen elektrischen Schlag bekommen. «Richard.»

Jack wirft Leo einen hämischen Blick zu. «Möchten Sie raten, wie er mit Nachnamen heißt, Detective?» Jetzt ist es Jack, der Leo keine Zeit zu antworten lässt. «Miller. Richard Miller. Alison Cole hat Deans besten Freund geheiratet, Rick Miller. Sieht so aus, als wären die beiden schon miteinander gegangen, als Dean noch im Untersuchungsgefängnis saß und auf seinen Prozess wegen Vergewaltigung wartete.»

«Davon hat Miller keinen Ton gesagt», flüstere ich.

Ich sehe zu Leo hinüber. «Du hast das auch nicht gewusst, oder?»

Jack lächelt in Leos Richtung, aber in seinem Lächeln liegt keine Wärme, eher offenkundige Verachtung. «Ich wette, unser heißblütiger Detective hier hat keinen blassen Schimmer.»

Ich weiß, Jack brennt darauf, es Leo mit gleicher Münze heimzuzahlen. Zum einen, weil Leo ihn noch immer als Mordverdächtigen betrachtet, zum anderen, weil er eins und eins zusammenzählen kann, wer heute Abend mit mir das Bett geteilt hat.

Aber Leo scheint seine Fassung nicht zu verlieren. Er hat noch immer die Oberhand. «Gibt es sonst noch was, das Sie uns wissen lassen wollen, Dwyer?», fragt er barsch.

Jacks Lächeln wird immer selbstgefälliger. Die Sache fängt offensichtlich an, ihm Spaß zu machen.

«Während Sie sich verlustiert haben, Coscarelli, hab ich Ihre Kleinarbeit für Sie erledigt.» Jacks Tonfall ist dreist. «Vielleicht hätten Sie mal Lust auf ein Schwätzchen mit einer jungen Frau namens Sandra Gershon. Sie ist Anwaltsgehilfin in derselben Kanzlei, in der Alison gearbeitet hat. Und sie hat mir heute Nachmittag erzählt, dass Alison mehr als nur einmal mit Sonnenbrille im Büro erschien. Irgendeine chronische Augeninfektion vorschob. Sie hatte tatsächlich ein chronisches Problem. Aber ich glaube nicht, dass es mit einem Virus zusammenhing.»

Ich auch nicht. Wahrscheinlich eher mit einer Faust. Rick Millers Faust. Die arme Alison. Sie hatte wirklich keine glückliche Hand bei der Auswahl ihrer Männer. Aber das sag ausgerechnet ich.

«War's das?», sagt Leo brüsk.

Jack ignoriert die Frage, seine Augen verweilen auf mir. «Bleibt er über Nacht, Nat?»

«Sie können mich mal kreuzweise, Dwyer», faucht Leo.

«Nein danke», erwidert Jack.

Die Frage macht mich zwar verlegen, was sie bestimmt auch soll, aber noch mehr macht sie mich wütend. «Ich denke, du solltest jetzt gehen, Jack.»

Leo lächelt blasiert. «Sie haben gehört, was die Lady gesagt hat, Dwyer.»

Ich blicke Leo an. «Ich denke, ihr solltet beide gehen.»

Leo rührt sich nicht vom Fleck. Jack auch nicht.

Wenn ich nicht so verwirrt und voller Schuldgefühle wäre, hätte ich mich vielleicht sogar geschmeichelt gefühlt.

Eines kann ich jedenfalls sagen. Ich hab
meine Strafe abgesessen wie ein Mann.

G. V.
Häftling Nr. 205764

39

Als ich aufwache – allein in meinem riesigen Motelbett –, ist es
Viertel nach zehn, ich habe fürchterliche Kopfschmerzen dank
Walshs Schlag mit der Pistole und muss dringend aufs Klo.
Ganz zu schweigen davon, dass ich noch immer nicht sagen
kann, was mir da im Hinterkopf keine Ruhe lässt. Es ist wie ein
fehlendes Puzzleteilchen. Wenn man es einsetzt, wird das Bild
klar. Aber ohne kann man einfach nicht richtig erkennen, was es
darstellt.

Ich sage mir, dass ich schon noch dahinter kommen werde,
wenn ich erst mal wieder klar im Kopf bin, torkele ins Bad, pin-
kele und spritze mir kaltes Wasser ins Gesicht. Weder der
Schmerz noch meine Erinnerung wird dadurch besser. Auf einem Plastiktablett auf der Abstellfläche gleich neben dem
Waschbecken steht eine Minikaffeemaschine mit allem, was da-
zugehört – ein kleines Päckchen gemahlener Kaffee, Milchpul-
ver, Zucker und Süßstoff. In der Hoffnung, dass Koffein mir gut
tun wird, setze ich eine Kanne auf und nehme eine Dusche, während der Kaffee durchläuft.

Ich lasse das heiße Wasser auf mich niederprasseln und versuche, das wirre Dilemma zu sortieren, das in meinem benebel-
ten Kopf kreiselt. Innerhalb weniger Wochen habe ich meinen
Ehemann verloren, meine beste Freundin, meine Arbeit. Ich bin
fast über den Haufen gefahren worden, wurde zweimal niedergeschlagen und wäre beinahe bei einem Brand umgekommen.

Ich habe die Kardinalregel, Arbeit und Sex streng getrennt zu halten, gleich zweimal gebrochen. Noch dazu mit zwei verschiedenen Männern. Ich habe einen flüchtigen Sträfling frei herumlaufen, der selbst ein Opfer sein könnte oder ein brutaler Vergewaltiger und Doppelmörder. Und falls Dean Thomas Walsh tatsächlich ein Opfer ist, dann habe ich eine Liste von Verdächtigen, die länger ist als mein Arm. Ganz zu schweigen davon, dass ich mit zwei von den Männern auf dieser Liste sexuell verkehrt habe – mein Ehemann und mein Stellvertreter. Und als wäre das alles noch nicht genug, habe ich noch dazu erfahren, dass der *vollkommene* Gatte meiner Schwester Kinderpornofotos besitzt und dass Rachel sich wieder einmal in Verdrängung flüchtet.

Ich trete aus der Dusche, starre die volle Kaffeekanne an und begreife, dass es gar nicht genug Koffein auf der Welt gibt, um all das zu heilen, was mir fehlt.

Das Hoteltelefon klingelt, als ich gerade beginne, mich anzuziehen. Ich schließe meinen BH und nehme den Hörer ab.

«Hi.»

Die kühle Luft auf meiner noch feuchten Haut lässt mich frösteln.

«Jack, falls du anrufst, um mir eine Strafpredigt zu halten –» Ich angele nach meinem Pullover.

«Ich rufe an, weil ich fragen wollte, ob wir heute Abend zusammen essen gehen können. Wir müssen miteinander reden, Nat.»

«Das geht ... zu schnell, Jack.»

«Zu schnell wofür? Nat, was machst du denn bloß? Denkst du wirklich, es hilft, wenn du von einem Bett ins nächste hüpfst –»

«Ich hab gedacht, das sollte keine Strafpredigt werden», falle ich ihm ins Wort. «Ich lege jetzt auf, Jack.»

«Nein. Bitte nicht. Warte. Es tut mir Leid. Keine Strafpredigt. Du sollst bloß wissen, dass du mir viel bedeutest, Nat. Ich möchte nicht, dass du denkst, ich hätte dich neulich Nacht ausgenutzt.»

«Vielleicht haben wir uns gegenseitig ausgenutzt.»

«Vielleicht ist das die Erklärung, die wir uns einreden, weil wir beide Angst davor haben, es könnte mehr sein.»

«Maggie ist gerade erst ein paar Tage tot», sage ich knapp.

«Meinst du, ich würde ihren Tod nicht mit jeder Faser meines Herzens betrauern?» Ich höre den Schmerz in seiner Stimme. «Aber ich kann auch nicht die Augen davor verschließen, dass sie mich betrogen hat. So, wie sie dich betrogen hat. Ich kann nicht die Augen davor verschließen, dass sie sexuell desorientiert war. Dass sie niemals imstande gewesen wäre, sich wirklich an jemanden zu binden.»

Er stockt. «Es wäre zu Ende gegangen, Nat. Und ich glaube wirklich, dass du und ich, nach einer gewissen Zeit, genau da gelandet wären, wo wir neulich Nacht gelandet sind.»

Ich spüre, wie meine Handfläche schwitzig wird, und umfasse den Hörer fester. «Maggie ist tot, Jack. Und deshalb... werden wir nie wirklich wissen, was hätte sein können.»

«Und was ist mit diesem Cop?»

Ich lege auf und rufe sofort die Rezeption an, um den Portier zu bitten, mir ein Taxi kommen zu lassen, da mein Auto noch bei Hutch steht. Als das Taxi vorfährt, warte ich schon vor dem Moteleingang.

Ich schiebe mich auf die Rückbank und will dem Fahrer Hutchs Adresse nennen, doch dann überlege ich es mir anders.

Bei Rachels Anblick, als sie die Haustür öffnet, bekomme ich einen Schreck. Es ist fast elf Uhr morgens, und sie trägt noch immer ihren Bademantel, ihr Haar ist ungekämmt, und ihr Makeup sieht aus, als hätte sie es am Vortag aufgetragen und sich seitdem nicht mehr das Gesicht gewaschen.

«Was ist passiert?», frage ich sofort, trete ins Haus und schließe die Tür hinter mir.

Sie weicht zurück, sieht mich an, als würde sie mich nicht kennen.

«Wo sind die Kinder, Rachel?»

Sie runzelt leicht die Stirn, als müsste sie darüber nachdenken.

«Sind sie mit Hannah unterwegs?»

«Stimmt», sagt sie nach einer qualvollen Pause. «Einkaufen. Sie ist mit ihnen einkaufen gegangen.»

Ich lege einen Arm um meine Schwester und dirigiere sie

durch den Flur in Richtung eheliches Schlafzimmer. Sie scheut nicht zurück, als ich sie berühre, aber mir scheint, das liegt eher daran, dass sie es gar nicht merkt, als dass ihr der Körperkontakt recht wäre.

«Ich lasse dir jetzt ein schönes heißes Bad ein», sage ich sanft, «und dann kannst du mir erzählen, was –»

Sie bleibt jäh stehen, reißt sich von mir los. «Warst du es, Nat?»

In ihrer Stimme liegt ein ominöser Vorwurf. Ich merke, dass ihr Atem nach Alkohol riecht. Noch nicht mal Mittag, und sie hat getrunken. Irgendetwas Schlimmes muss passiert sein. Etwas sehr Schlimmes.

Am liebsten würde ich sie schütteln, sie anschreien, damit sie mir sagt, was eigentlich los ist. Aber sie steht offensichtlich so kurz vor dem Zusammenbruch, dass ich fürchte, ich könnte ihr den letzten Anstoß geben. Also behalte ich meine Hände bei mir und kontrolliere meine Stimme. «Rachel, was ist los? Wo ist Gary?»

Ihr düsterer Blick bleibt unverändert. Sie macht mir Angst. Und ich muss dagegen ankämpfen, nicht in blinde Panik zu geraten.

«Rachel, ich weiß wirklich nicht, was los ist. Erzähl es mir.»

«Es war mein Fehler», schleudert sie mir hämisch entgegen. «Ich hätte es dir gar nicht erst erzählen dürfen.»

Ich atme tief durch. Allmählich schwant mir, was los ist. «Es geht also um Gary. Um diese Fotos.»

Sie lacht bitter. «Du warst ja schon immer die Schlaue von uns beiden, Nat.»

«Hör mal, Rachel. Ich hab keiner Menschenseele was von Gary erzählt. Wenn also was passiert ist –»

«Oh ja, Nat, es ist was passiert. Das kann man wohl sagen», faucht sie beinahe hysterisch. «Zwei Männer standen plötzlich mitten in der Nacht bei uns vor der Tür. Mit einem Durchsuchungsbefehl in der Hand. Und einem…» Sie hält inne, Zorn mischt sich mit Seelenqual. «…einem Haftbefehl. Sie haben ihn festgenommen, Nat. Ihn in Handschellen aus seinem eigenen Haus geführt. Er hatte noch seinen Schlafanzug an. Sie haben nicht mal erlaubt, dass er sich anzieht.»

«Mein Gott, Rachel. Du hättest mich anrufen sollen.»

«Ich hab gedacht, du steckst dahinter. Du warst doch immer neidisch auf mich. Neidisch auf mein Glück. Ich hatte einen guten Mann, Kinder, ein wunderbares, zufriedenes Leben. Das hast du nicht ertragen. Du wolltest, dass ich genauso unglücklich bin wie du. Du wolltest es mir kaputtmachen.»

«Verdammt, Rachel. Nicht ich habe es kaputtgemacht. Gary hat es kaputtgemacht. Und wenn du das nicht einsehen kannst –» Ich bezwinge meine Wut. Es ist nicht der richtige Zeitpunkt, mich mit meiner Schwester anzulegen. «Tut mir Leid, dass ich dich angeschrien hab.»

Rachel lehnt sich matt neben der geschlossenen Schlafzimmertür an die Wand.

Ich blicke meiner Schwester ruhig in die Augen. «Ich habe Gary nicht angezeigt. Ehrenwort.»

Rachels Schultern sacken mutlos nach unten, all ihr Kampfgeist erlahmt. Entweder sie glaubt mir endlich, oder sie hat einfach nicht mehr die Kraft, mich weiter zu attackieren. Ich bezweifle jedenfalls, dass ich zum ersten Mal das Verdrängungssystem durchbrochen habe, mit dessen Hilfe sie sich seit der Kindheit vor Schmerz geschützt hat. Und vor der Wirklichkeit.

«Hat die Polizei bei der Hausdurchsuchung irgendwas gefunden? Irgendwas, was sie gegen Gary verwenden können?», frage ich nervös und denke dabei an weitere Fotos.

«Sie haben seinen Computer mitgenommen. Und alle seine Disketten.»

«Ach du Scheiße.» Dieses kranke Schwein muss seinem *Hobby* auch via Internet gefrönt haben. Polizei und FBI führen alle möglichen verdeckten Operationen durch, um diese Online-Pädophilen zu erwischen. Wahrscheinlich hat Gary eine entsprechende Web-Site aufgerufen und ist sozusagen *auf frischer Tat ertappt* worden!

Rachel presst die Augen zusammen. «Gary hat geweint. Ich hab ihn noch nie weinen sehen. Die Kinder sind aufgewacht. Sie haben Angst gekriegt und auch angefangen zu weinen. Ich war zu geschockt, um meine Kleinen … auch nur zu trösten. Hannah hat sie mit in ihr Zimmer genommen. Und heute Morgen hat sie gesagt, sie würde mit ihnen was unternehmen.»

«Gut, das ist gut.» Meine Schwester hat definitiv Zeit gebraucht, um die Fassung wiederzugewinnen. «Ich spreche mit den Ermittlern, Rach. Ich finde raus, was genau sie gegen ihn in der Hand haben. Habt ihr einen Anwalt? Falls nicht, ich kenne ein paar Spitzenleute, die ich anrufen könnte.» Aber noch während ich das alles sage, denkt ein Teil von mir, dass Gary, wenn es nach mir ginge, im Gefängnis verfaulen sollte. Oder dass er zumindest endgültig aus dem Leben meiner Schwester verschwindet.

Rachel hält mich fest. «Er ist kein Verbrecher, Nat. Du hast selbst gesagt, dass er krank ist. Er braucht Hilfe. Du musst ihnen klarmachen –»

«Ich werd sehen, was ich tun kann, Rach.» Ich lege meine Arme um sie und spüre sofort, wie sie sich gegen die Umarmung versteift. Aber sie windet sich nicht los, und ich fange an, sie sanft hin- und herzuwiegen. Allmählich merke ich, wie ihr Körper sich dem Trost hingibt. Ihre Wange ist gegen meine gedrückt, und ich fühle ihre warmen Tränen. Ich streichle ihr wirres Haar. Ihre Arme gleiten hoch und legen sich um meine Taille. Wir stehen lange so da.

«Weißt du noch, als wir klein waren, Nat», flüstert sie heiser.

«Ja, Rach.»

«Es hat oft schlimme Zeiten gegeben.»

«Ja.» Zum allerersten Mal gibt meine Schwester es zu. Und ich bin dankbar und seltsam traurig zugleich. So enervierend ich ihr Verleugnen der Realität auch immer fand, ich wusste doch, dass es hauptsächlich auf ihre Verletzlichkeit und Zartheit zurückzuführen war. Was wird nun mit ihr werden, wenn sie tatsächlich der Wahrheit über ihre Vergangenheit und ihr gegenwärtiges Leben ins Auge sehen muss? Ich möchte gerne glauben, dass es sie letztendlich stärker machen wird. Uns einander näher bringt. Aber es könnte auch genau umgekehrt kommen. Es könnte ihr Verderben sein. Und ich schwöre mir innerlich, dass ich das nicht zulassen werde – ganz gleich, was ich dafür tun muss.

«Manchmal nachts», sagt Rachel leise, «hab ich im Bett gelegen und mir eine ganz neue Familie ausgedacht. Eine von diesen glücklichen, fröhlichen Familien, die ich mir dauernd im Fernsehen in den komischen Serien angeguckt hab. Ich konnte das richtig gut. So gut, dass ich mir manchmal tagelang eingebildet hab, meine ausgedachte Familie wäre real. Ich hab sogar den anderen Kindern in der Schule irgendwelche lustigen Erlebnisse erzählt, die bei uns zu Hause passiert waren. Wie Daddy, um uns alle zu überraschen, Pancakes zum Frühstück backen wollte, nur dass er das Backpulver mit Hefe verwechselt hat und die Pfannkuchen alle zerplatzt sind und hinterher an der Decke klebten. Und wie wir uns alle vor Lachen in die Hose gemacht haben. Und dann hat Mommy uns aus der Küche gescheucht und alles geputzt und uns Pancakes mit fröhlichen Schokoladengesichtern gemacht. Ich hatte jede Menge von solchen Geschichten parat. Ich hab gedacht, meine Freunde würden mich beneiden. Ich hab gedacht, sie würden mich für ein Glückskind halten. Aber weißt du was, Nat?»

«Was denn, Liebes?»

«Ich glaube, sie haben immer gewusst, dass es nicht stimmte. Ich glaube, sie haben mich durchschaut. Ich meine, ich hab sie doch nie zu mir nach Hause eingeladen. Obwohl sie mich immer wieder gefragt haben, ob sie mal kommen dürften. Ich hab mir eine Entschuldigung nach der anderen ausgedacht. Mir eingeredet, sie würden es glauben. Ich muss vollkommen erbärmlich auf sie gewirkt haben. Ich wette, sie haben mich hinter meinem Rücken die ganze Zeit ausgelacht.»

Ich spüre, wie sich meine Tränen mit denen meiner Schwester mischen. «Ach, Rach. Du warst nicht erbärmlich. Das, was wir erlebt haben, war erbärmlich. Und dagegen konntest du gar nichts tun. Du warst doch noch ein Kind.»

«Du hast was getan, Nat. Du bist zu diesen Versammlungen gegangen. Und ich hab mich bloß drüber lustig gemacht.»

«Du warst eben noch nicht so weit. Du warst zu jung.»

Sie umklammert mich ebenso fest wie ich sie. «Ich hab wirklich gedacht, ich hätte jetzt mein Bilderbuchleben. Ich, Gary und die Kinder. Warum nur musste er das alles kaputtmachen?»

«Ich weiß es nicht, Rach. Ich weiß es nicht.»

«Ich würde so gerne glauben, dass es nicht passiert ist, aber ich kann nicht. Ich bin kein Kind mehr, Nat. Ich weiß, ich muss mich dem stellen. Es irgendwie durchstehen. Meinen Kindern helfen, es durchzustehen. Aber … ich weiß nicht, ob ich … das kann.»

«Du kannst es, Rach. Und ich werde dir helfen.»

Sie hebt ihr tränennasses Gesicht ein paar Zentimeter von meinem weg und betrachtet mich, als würde sie mich jetzt erst richtig wahrnehmen. «Ich dachte, du wärst gekommen, weil du gewusst hast, dass Gary festgenommen worden ist. Aber du wusstest es gar nicht. Warum bist du gekommen, Nat?»

«Um mir dein Auto ein paar Stunden zu leihen», sage ich verlegen. Ich will ihr nicht erklären, dass Leo vermutlich meinen Wagen beobachten lässt. Also erzähle ich Rachel, mein Wagen wäre in der Werkstatt.

Auf dem Weg nach draußen sagt sie, dass sie einen Anwalt kennt.

«Gut. Ruf ihn sofort an.»

Sobald ich mit dem 99er Lexus meiner Schwester losgefahren bin, versuche ich, Leo anzurufen, aber er ist nicht im Büro. Ich hinterlasse ihm die Nachricht, dass ich ihn in einer persönlichen Angelegenheit um Hilfe bitten möchte und dass er mich so schnell wie möglich zurückrufen soll. Ich fühle mich schmuddelig und beschließe, rasch in meiner Wohnung vorbeizufahren und ein paar frische Sachen anzuziehen.

Nachdem ich mich vergewissert habe, dass kein Polizist in Zivil das Gebäude bewacht, parke ich den Lexus ein Stück weiter die Straße hinunter, schlage meinen Jackenkragen gegen die erste herbstliche Kühle hoch und betrete das Haus.

Als ich meine Wohnungstür öffne, höre ich sofort, dass sich irgendwer im Innern bewegt. Ich denke mir, das müssen die Handwerker sein, die mein Schlafzimmer wieder herrichten, und trete ohne einen Gedanken an eine mögliche Gefahr ein. Erst als ich das Wohnzimmer schon halb durchquert habe, fällt mir auf, dass das Geräusch nicht aus dem Schlafzimmer kommt. Es kommt aus dem Gästezimmer.

Ich erstarre, weiß einen panischen Augenblick nicht, was ich tun soll, und mache dann blitzartig kehrt, um mich in Sicherheit zu bringen. Ich habe es schon fast bis zur Haustür geschafft, als mich eine Stimme von hinten erneut erstarren lässt.

«Meine Güte, Nat. Du hast mich zu Tode erschreckt.»

Ich fahre herum und sehe meinen Ehemann in der offenen Tür zum Gästezimmer stehen. Er ist nur mit einer Khakihose bekleidet, sein Haar ist nass und nach hinten aus dem Gesicht gestrichen. Als hätte er gerade geduscht.

«Was machst du hier?», will ich wissen. «Ist sie... mit dir da drin?»

«Jill und ich haben uns gestritten. Ich hab die Nacht hier verbracht. Heute Nachmittag kommt irgendwann der Chef von der Renovierungsfirma mit dem Kostenvoranschlag für unser Schlafzimmer. Und ich hab heute keine Seminare, deshalb... bin ich hier.» Er probiert ein Lächeln, aber es gelingt ihm nicht.

«Alles in Ordnung mit dir, Nat?» Er tritt ins Wohnzimmer, während ich in der Diele stehen bleibe, ein paar Meter von der Eingangstür entfernt.

Ich habe nicht die geringste Lust, Ethan von all den Gründen in Kenntnis zu setzen, warum nicht alles mit mir in Ordnung ist. Einer davon ist jedenfalls seine Anwesenheit in meiner Wohnung.

«Hast du ein paar Minuten Zeit?», fragt er. «Ich könnte uns frischen Kaffee machen.»

Es macht mich wütend, wie er sich so ganz selbstverständlich wieder hier eingenistet und breit gemacht hat.

«Ich bin bloß gekommen, um mir was anderes anzuziehen», murmele ich.

«Du hast ein paar Sachen im Gästezimmer. Da hab ich sogar noch ein paar von meinen Sachen gefunden.» Er legt sich eine Hand auf die nackte Brust. «Allerdings kein frisches Hemd. Ich hab das, was ich gestern Abend anhatte, gewaschen und in den Trockner getan. Müsste jetzt fertig sein. Ich geh mal nachsehen. Was ist mit dem Kaffee?»

Es ist offensichtlich, dass Ethan mit mir reden will. Aber ich weiß nicht recht, ob ich ihm zuhören möchte. Trotzdem rühre ich mich nicht vom Fleck, als Ethan in die Küche geht, wo sowohl Waschmaschine und Trockner als auch die Kaffeemaschine sind.

«Du hast jede Menge Anrufe bekommen. Gestern Abend und heute Morgen», ruft Ethan über die Schulter.

Ich gehe in die Küche. Ethan zieht gerade ein Hemd mit blauweißen Nadelstreifen aus dem Trockner und schlägt es aus.

«Von wem?»

«Irgendein Mann.» Ethan betrachtet prüfend sein Hemd. «Meinst du, es muss gebügelt werden?»

«Hat er einen Namen, Ethan?», frage ich gereizt.

Er richtet seine Augen auf mich. «Ziemlich viele Männer in deinem Leben, seit ich fort bin, Nat. Übrigens, wo warst du letzte Nacht? Am frühen Abend hab ich deine Schwester angerufen, aber sie hatte nichts von dir gehört. Sie wusste nicht mal was von dem Brand. Ich hab gedacht, dass ich ihr wohl besser nichts davon erzähle. Um sie nicht aufzuregen.»

Ich erwähne nicht, dass sie mehr als genug eigene Probleme hat, zu viele, um sich über meine aufzuregen. Im Vergleich dazu sind meine richtig dürftig.

«Warst du bei Dwyer? Oder bei diesem Würstchen von Cop – diesem Coscarelli? Ich hab so das Gefühl, dass der Detective dich dazu benutzen will, mich dranzukriegen –»

Ich würde ihm gern was an den Kopf werfen. «Es geht immer nur um dich, was, Ethan? Tja, es geht dich einen Scheißdreck an, wo ich schlafe, mit wem ich schlafe. Du hast dein Recht, irgendwas über mein Privatleben zu erfahren, an dem Tag verwirkt, als du mich verlassen hast.»

Wenigstens hat er noch so viel Anstand, rot zu werden. «Hast ja Recht, Nat. Dass es mich nichts angeht. Aber du liegst falsch, wenn du meinst, dass es mir nur um meine eigene Haut geht. Ich mache mir Sorgen um dich. Schreckliche Sorgen, wenn du's genau wissen willst. Kannst du mir das verübeln? Da läuft ein irrer Killer frei herum. Der Brand.»

«Ich dachte, du wärst dir sicher, dass es ein Unfall war.»

«Ich bin mir bei gar nichts mehr sicher.» Er presst das Hemd gegen seine Brust und sieht plötzlich älter und ausgezehrt aus.

«Also, worum ging's bei eurem Streit?»

«Sie ist sich nicht sicher, ob das Baby von mir ist.» Er lacht rau auf. «Wenn du jetzt schadenfroh bist, könnte ich es verstehen, Nat.»

Er sinkt auf einen der Küchenstühle, hält das Hemd noch immer in Händen. «Es gibt da einen anderen, mit dem sie was hatte, als das mit uns... anfing. Gestern Abend hat sie mir gesagt, das Baby könnte von ihm sein. Und jetzt kommt noch was Lustiges. Sie hat ihn in einem von meinen Seminaren kennen gelernt. Ein dummer kleiner Scheißer mit einem dünnen Ziegenbärtchen. Hat die Prüfung mit Hängen und Würgen geschafft. Ich hätte ihn durchfallen lassen sollen.»

Ich bin nicht gerade stolz darauf, dass ich angesichts seines Kummers eine perverse Art von Befriedigung empfinde. Aber ich will mir meine Schadenfreude nicht anmerken lassen. Und wenn auch nur aus dem einen Grund, dass es keinen Spaß macht, jemanden zu schlagen, der schon am Boden liegt.

Weil ich nicht weiß, was ich sagen soll – mir ist jedenfalls nicht danach, meinen betrügerischen Ehemann zu trösten, weil seine Freundin ihn betrogen hat –, gieße ich uns beiden Kaffee ein und trage die Tassen zum Tisch. Ich setze mich ihm gegenüber. Ethan starrt in seine Tasse, aber er macht keine Anstalten, sie an die Lippen zu führen.

«Sie ist so jung. Ich hatte ganz vergessen, wie das war – jung sein. Ist schon seltsam, zuerst hab ich mich genau dadurch zu ihr hingezogen gefühlt. Ihre Jugend. Ihren Mut. Ihren Optimismus. Alles hell und schön. Ich wollte mich auch wieder so fühlen. Und eine Weile ging das sogar. Ich kam mir jung vor, strotzte vor Zuversicht. Ich hab ihr von all meinen heimlichen Träumen und Hoffnungen erzählt, und sie hat jedes Mal gesagt: *Mach's einfach, Ethan. Du kannst alles, wenn du nur willst.*» Das Hemd gleitet ihm aus den Fingern, und er hebt die geöffneten Hände zu einer resignierten Geste.

«Ethan, warum hast du mir nicht mehr von deinen Träumen und Phantasien erzählt? Habe ich dich etwa je entmutigt?» Meine Stimme klingt schneidend und vorwurfsvoll. Ich bin wütend und froh darüber. Wut bringt Klarheit.

Ethan schüttelt heftig den Kopf und will meine Hand ergreifen. Ich ziehe sie weg. Ich will nicht, dass er mich anfasst. «Es lag nicht an dir, Nat. Es lag an mir. Ich hab selbst nicht an mich geglaubt. Wie hätte ich denn da erwarten können, dass du an mich glaubst?»

«Das hab ich aber.» Und komme mir deshalb absolut töricht vor.

«Du hast mir Angst gemacht, Nat.»

«Was?» Ich bin ehrlich verblüfft.

«Du hast immer so genau gewusst, was du wolltest. Du warst so zielstrebig. So stark. Ich hatte nie das Gefühl, dass du mich brauchst. Mit einer Ausnahme. Das Einzige, was du von mir haben wolltest und das ich dir nicht geben konnte, war... ein Baby.»

«Es ist nicht dein Fehler, dass ich nicht schwanger geworden bin», sage ich leise, ohne hinzuzufügen, dass ich wusste, dass es für ihn eine Erleichterung war.

«Ich hatte Angst davor, Kinder zu haben. Kinder hätten bedeutet, dass ich hätte erwachsen werden müssen. Ich bin zweiundvierzig Jahre alt, aber ich bin noch immer nicht richtig erwachsen.» Er presst sich eine Hand auf die Brust. «Nicht in meinem Innern. Die Verantwortung hat mich abgeschreckt. Und noch mehr hat mich die Vorstellung abgeschreckt, dass ich nicht gut sein könnte. Mein Vater war ein lausiger Vater. Er war egoistisch, fordernd, ungeduldig, kritisch. Ich... wollte nicht, dass mein Kind mich hasst... so wie ich ihn gehasst habe.»

Ich glaube, in all unseren gemeinsamen Jahren ist das der ehrlichste Ethan, den ich je erlebt habe. Ein bisschen verspätet, aber ich kann nicht leugnen, dass mich sein Geständnis anrührt.

«Du bist nicht dein Vater, Ethan.» Ebenso wenig wie ich, so hoffe ich inständig, meine Mutter bin.

Seine Augen schimmern feucht. «Nein. Das hab ich zumindest gelernt. Als ich damit konfrontiert wurde... dass ich Vater werde, da ist mir klar geworden, dass ich... das Baby mehr wollte, als ich es mir je hätte träumen lassen. Ich hab mich auf die Chance gefreut, ein guter Vater zu sein. Ich hab gedacht... ich könnte es.»

Und wenn das Baby nicht von ihm ist? Was dann? Wird er es noch immer haben wollen?

«Was will Jill jetzt machen?»

«Sie... weiß es nicht. Gestern Abend hab ich ihr gesagt, ich möchte, dass sie einen Bluttest macht, um die Vaterschaftsfrage zu klären. So hat unser Krach angefangen. Sie hat sich unheimlich aufgeregt. Sie hat gesagt, dass Sam – das ist dieser junge Bursche – das Baby will, ganz gleich, von wem es ist. Dass er ihr einen Heiratsantrag gemacht hat, als sie ihm erzählt hat, dass sie schwanger ist. Ich bin dann ziemlich wütend geworden, weil sie es ihm schon vor Wochen erzählt hat, aber erst gestern Abend den Mut aufgebracht hat, es mir zu erzählen. Daraufhin hat Jill mich angeschrien, das wäre ja genau der Grund, warum sie es mir nicht erzählt hat. Weil sie gewusst habe, dass ich durchdrehen würde. Dann erzählt sie mir, dass sie seinen Antrag damals abgelehnt hat, sich jetzt aber nicht mehr sicher ist, ob sie die richtige Entscheidung getroffen hat. Sie hat Angst, dass ich zu viel Ballast mit mir rumschleppe. Dass die Geschichte mit ihr so eine Art Midlife-Crisis für mich ist. Und» – er zögert – «sie meint, dass ich noch nicht wirklich über dich hinweg bin.»

Er sieht mir fest in die Augen. «Ich denke, damit könnte sie Recht haben, Nat.»

Ich stehe auf, bringe ein wenig dringend erforderliche Distanz zwischen uns. «Was willst du eigentlich von mir, Ethan? Jill hat dich rausgeschmissen, und jetzt bildest du dir auf einmal ein, dass du mich noch liebst?»

«So war das nicht, Nat. Jill hat mich nicht rausgeschmissen. Ich bin gegangen, weil –»

«Weil sie dich betrogen hat? Weil das Baby vielleicht nicht von dir ist? Weil dein Stolz –»

Ethan springt auf und kommt auf mich zu. «Nein», sage ich schneidend.

Er bleibt stehen, die Hände fest aneinander gepresst. «Ich will dir was sagen, Nat. In der Brandnacht, als ich dich ins Krankenhaus gefahren habe und Angst hatte, du würdest vielleicht sterben, da... da konnte ich den Gedanken nicht ertragen.» Seine Stimme bricht, und er schlägt die Hände vors Gesicht. «Ich hab so ein gigantisches Chaos aus unserem Leben gemacht, Nat. Und es tut mir so, so Leid.»

«Woher soll ich wissen, dass du den Brand nicht gelegt hast?» Ich weiß nicht recht, ob ich nur meinen Verdacht aussprechen oder auch dem Wunsch nachgeben will, ihm eins auszuwischen.

«Was? Nat, was sagst du da? Du kannst doch nicht im Ernst glauben –» Er sackt wieder zurück auf seinen Stuhl, mit hängenden Schultern, die Arme schlaff. «Mein Gott.»

Als ich ihn so sehe – so traurig und niedergeschlagen –, muss ich zugeben, dass ich mir wirklich kaum vorstellen kann, dass er etwas derart Heimtückisches getan haben sollte. Die Entschuldigung liegt mir schon auf der Zunge, als er sagt: «Ich kann's dir nicht verübeln, dass du im Augenblick nicht in der Lage bist, klar zu denken, Nat. Das Ganze ist ein einziger Alptraum, das mit Maggie –»

In dem Augenblick, als er ihren Namen ausspricht, findet meine vorübergehende geistige Verwirrung ein abruptes Ende, und ich komme schlagartig wieder zu Verstand. Ganz gleich, welcher dunklen Taten Ethan sich schuldig gemacht haben mag oder nicht, ein paar Sünden hat er begangen, an denen es keinerlei Zweifel gibt. Die mir schmerzhaft präsent sind. «Du hast mich hintergangen, Ethan. Du hast mich angelogen. Du hast mich betrogen. Nicht bloß mit Jill, was schon schlimm genug war. Sondern mit Maggie. Mit meiner besten Freundin. Das war noch schlimmer. Und ich weiß nicht, wie ich dir das je verzeihen könnte.»

Seine Hände dämpfen sein Schluchzen.

Ich wende mich ab – mein Kopf ein einziger Wirrwarr aus Verunsicherung, Argwohn und Überdruss – und gehe zielstrebig auf die Küchentür zu. «Ich such mir ein paar Sachen zusammen. Du kannst ein paar Tage hier bleiben, wenn du möchtest. Ich komme erst wieder, wenn das Chaos vorüber ist.» Ich glaube, er weiß, dass ich mit Chaos nicht bloß die Renovierungsarbeiten meine.

Ich bin schon halb draußen, da fallen mir die Anrufe für mich wieder ein, und ich frage Ethan erneut, wer angerufen hat. Diesmal kurz und knapp.

Er lässt die Hände von seinem tränennassen Gesicht sinken und wirft mir einen trüben Blick zu. «Ein Mann namens Rick. Er hat gesagt, er müsste dich sprechen. Er hat eine Nummer angegeben. Sie liegt auf dem Schreibtisch im Gästezimmer.»

Ich bin dankbar, dass Ethan in der Küche bleibt, während ich ein paar Sachen in eine Reisetasche stopfe. Ich will möglichst schnell raus aus der Wohnung, deshalb ziehe ich mich nicht dort um.

Sobald ich wieder im Wagen meiner Schwester sitze, rufe ich Rick Miller an.

Er hebt beim ersten Klingeln ab. «Mrs. Price?»

«Woher wussten Sie, dass ich das bin?»

«Außer meiner Schwiegermutter sind Sie die Einzige, die die Nummer hat. Und mit der hab ich vor ein paar Minuten erst gesprochen.»

«Was ist los, Rick?» Ich verwende bewusst die alte Kurzform, anstatt ihn mit Richard anzureden.

Zumindest schaltet er schnell. «Mich hat schon seit Jahren keiner mehr Rick genannt.» Er stockt. «Vermutlich haben Sie inzwischen rausgefunden, dass Dean und ich damals befreundet waren.»

«Damals, als Sie beide mit Alison und ihrer Freundin auf diese Party gegangen sind.»

Wieder entsteht eine Pause. Dann: «Ich hab Alison in jener Nacht nach Hause gefahren. Sie war in einem schlimmen Zustand. Nicht bloß körperlich. Psychisch. Es war schrecklich. Ich hab mich noch nie so hilflos gefühlt. Die Arme hatte Angst, nach Hause zu kommen. Hatte Angst, dass ihre Mutter ihr wegen dem, was passiert war, Vorwürfe machen würde, weil sie zu viel getrunken hatte. Also hab ich ihr angeboten mitzukommen. Mit ihrer Mom zu reden. Jean hat sich toll benommen. Natürlich war sie außer sich, aber sie war genau wie ich davon überzeugt, dass Ali keine Schuld hatte. Sie war das Opfer. Kein Mann, egal, wie besoffen oder high er ist, hat das Recht, den hilflosen Zustand einer Frau auszunutzen. Ich hab Dean dafür gehasst, was er Ali angetan hat. Ich fand, er hätte eine viel härtere Strafe verdient, als er schließlich bekommen hat. Sie wissen nicht, wie lange Ali gebraucht hat, um über dieses Trauma hinwegzukommen. So richtig ist es ihr, glaube ich, nie gelungen. Aber sie war eine erstaunliche Frau. In ihren Augen hatte Walsh seine Strafe abgesessen und eine neue Chance verdient. Können Sie sich das vorstellen? Mir ist die Galle übergelaufen, wenn sie so geredet hat.»

«War das immer dann, wenn Alison am nächsten Tag mit einem blauen Auge zur Arbeit erschienen ist?», frage ich kühl.

«Was? Ich weiß nicht, was – ach Scheiße. Okay, ich geb's zu. Ein paarmal ist es mit mir durchgegangen. Aber ich wollte Ali nie wehtun. Niemals. Mir ist nur, wie schon gesagt, die Galle übergelaufen, und Ali hat dann versucht, mich zu beruhigen, und... Scheiße, ein- oder zweimal ist sie mir in den Weg geraten –»

«Ihnen oder Ihrer Faust?»

«Es ist nicht so, wie Sie denken. Wir haben uns geliebt. Ich hab eine Beratung gemacht, wegen... meines Temperaments. Bin zum Psychologen gegangen. Das können Sie überprüfen, wenn Sie mir nicht glauben.»

«Hat Alison darauf bestanden, dass Sie professionelle Hilfe suchen?»

«Alison hat mich nie zu was gezwungen. Ich wollte es selbst. Und das bedeutet auch nicht, dass ich psychisch gestört bin oder so. Ich hatte bloß dieses Problem mit meinem Temperament, und ich wollte lernen, mich zu beherrschen. Ich wollte zu Ali zurück. Ich wollte der gute Ehemann sein, den sie verdient hat. Ich hab große Fortschritte in der Therapie gemacht. Alison hat gemerkt, dass ich mich geändert hatte. Dass ich wirklich vorankam. Deshalb hatten wir auch schon darüber gesprochen, dass ich wieder nach Hause komme.»

Allmählich verliere ich die Geduld mit Millers Erzählung, die ich ihm nicht recht abkaufe.

«Machen wir's kurz. Warum haben Sie mich angerufen?», frage ich brüsk.

«Könnten wir uns unter vier Augen treffen, Mrs. Price?»

«Wo sind Sie?»

«Im Parkcrest Hotel. Ich wohne hier unter dem Namen Dan

Jarett. Wenn Sie hier sind, erkläre ich Ihnen, wieso.» Es entsteht eine kurze Pause. «Können Sie sofort kommen?»

Leo erreicht mich auf meinem Handy, als ich den Lexus gerade auf den Southeast Expressway lenke.

«Was ist das für eine persönliche Angelegenheit?», fragt er mit deutlich unterkühlter Stimme. Keine Frage, dass er noch immer verärgert ist, weil er letzte Nacht aus meinem Motelzimmer gewiesen wurde.

«Es geht um den Mann meiner Schwester.» Ich schildere ihm rasch die unappetitlichen Einzelheiten.

«Ich werde sehen, was ich rausfinden kann.» Noch immer dieser distanzierte Ton.

Allmählich werde ich sauer und überlege, ob ich ihm von meinem bevorstehenden Treffen mit Rick Miller erzählen soll oder nicht.

«Bist du noch dran, Natalie?»

Höre ich da das Eis ein wenig schmelzen? «Ja.»

Ich halte das Telefon zwischen Wange und Schulter geklemmt, während ich vorsichtig auf die Mittelspur des Highways wechsle. Ich will meiner Schwester ihre funkelnagelneue Luxuskarosse ohne einen Kratzer zurückgeben können.

«Ich bin heute Morgen mit dem falschen Bein aus dem Bett gestiegen.»

Ich lächele schwach.

«Besser gesagt, mit dem falschen Bein aus dem falschen Bett», berichtigt er sich.

Mein Lächeln wird breiter. Das Eis schmilzt tatsächlich. «Ich hab auch nicht gut geschlafen.»

«Wo bist du?»

«Unterwegs, um mich mit Rick Miller zu treffen.» Ich erzähle ihm alles. Und fühle mich besser damit. Nicht zuletzt deshalb, weil ich Angst habe, mich allein mit Miller zu treffen. Meiner Meinung nach steht der nämlich noch immer auf der Liste der Verdächtigen. Ein Mann mit einem cholerischen Temperament, der seine Frau geschlagen hat und seinen ehemals besten Freund hasst.

«Wir treffen uns in der Hotelhalle.» Leos knappe Anweisung reißt mich aus meinen Gedanken. «Geh nicht allein zu ihm hoch.»

«Okay.»

«Das ist mein voller Ernst, Natalie.» Sein Tonfall ist wieder eisig.

So viel zum Thema Eisschmelze.

> Es steht außer Frage, dass eine Inhaftie-
> rung Disziplin und Sicherheit garantiert,
> jedoch nur, solange die Häftlinge hinter
> Gittern bleiben – sobald sie die Einrich-
> tung verlassen, gibt es praktisch keine
> Möglichkeit mehr, sie unter Kontrolle zu
> halten.
>
> *Ethan D. Price*
> *Dozent für Strafrecht*

40

Das Parkcrest Hotel liegt an der Tremont Street, nicht weit von der großen Parkanlage Boston Commons entfernt, und ist, mit einem Wort, nichts sagend. Ein sechsstöckiges Ziegelgebäude, eingezwängt zwischen zwei anderen ähnlich nichts sagenden Gebäuden. Es zählt zu den Hotels, die von Billigtouristen, von Geschäftsleuten mit knappen Spesenkonten und von Leuten frequentiert werden, die eine diskrete Zuflucht für eine Nacht brauchen – oder für ein paar Stunden.

Ich kaufe mir eine Zeitung in der kleinen Lobby, die bis auf den Mann an der Rezeption menschenleer ist, einen Burschen Anfang zwanzig, der einen Kopfhörer trägt und in der Zeitschrift *Spin* blättert.

Auf der Titelseite des *Boston Monitor* prangt die fette Schlagzeile: MUTTER EINES ENTFLOHENEN HÄFTLINGS TÖTET EINDRINGLING. Im ersten Absatz ist alles Wichtige zusammengefasst – der Einbruch in das Haus von Marion Walsh, Mutter des entflohenen Häftlings und mutmaßlichen Doppelmörders Dean Thomas Walsh; ihr tödlicher Schuss auf den mit einem Messer bewaffneten Eindringling Owen King, einen vorbestraften, gewalttätigen Kriminellen.

Ich bin dabei, den zweiten Absatz zu überfliegen, der genauere Einzelheiten des Vorfalls liefert, als ich Leo hereinkommen sehe. Er sieht wirklich so aus, als wäre er mit dem falschen Bein aus dem Bett gestiegen. Ich bemerke scharfe Linien um seinen Mund, Schatten unter seinen Augen und eine gewisse Anspannung in seinem Gang.

Ich falte die Zeitung zusammen und lege sie auf einen zerkratzten Glastisch neben dem Eingang.

Wir begrüßen uns kühl, obwohl ich so nervös bin, wie er aussieht. Ich unterdrücke den Impuls, unser Telefongespräch von vorhin fortzuführen und ihm zu sagen, dass ich wünschte, ich hätte ihn gestern Abend nicht weggeschickt. Es ist ein egoistischer Impuls, und ich fürchte, er könnte mehr über meine Einsamkeit, mein Bedürfnis nach Nähe und mein wieder erwachtes Verlangen nach sexueller Befriedigung aussagen als über meinen Wunsch, speziell mit ihm zusammen zu sein.

Ich beschließe, dass es am sichersten ist, wenn wir uns auf den Grund für unser Treffen konzentrieren. «Miller ist in Zimmer 601. Unter dem Namen Jarett. Ich hab mir gedacht, dass ich vielleicht doch allein reingehen sollte. Könnte sein, dass er durchdreht, wenn ein Cop mit mir zusammen auftaucht. Du kannst ja draußen vor der Tür warten, falls es Probleme gibt.»

«Wir fahren zusammen hoch», sagt Leo bestimmt.

Ich zucke die Achseln. Hatte es eigentlich nicht anders erwartet.

Ein weißhaariges Dreiergrüppchen in passenden Windjacken, bequemen Wanderschuhen und mit Kameras um den Hals tritt aus dem Fahrstuhl. Ein Pärchen – er etwa fünfzig in einem Anzug von der Stange, sie Anfang zwanzig, in einem knappen Pullover und einem noch knapperen Röckchen, wollen uns in den Aufzug folgen. Leo zeigt ihnen seine Dienstmarke und bittet sie, auf den nächsten zu warten. Als die Türen sich schließen, sehe ich sie stattdessen Richtung Ausgang hasten.

«Rechnest du mit irgendwelchen Schwierigkeiten?», frage ich Leo.

Er hebt eine Augenbraue. «Die erwarte ich bei dir immer.»

«Miller hat *mich* angerufen. Ich bin nicht rumgerannt und hab ihn gesucht.»

Der antiquierte Fahrstuhl schleppt sich ächzend und quietschend nach oben. Ich sehe ein Stück Papier neben der Messingknopfleiste in einem Halter stecken. An der Stelle, wo das Datum der letzten Sicherheitsinspektion des Fahrstuhls stehen müsste, ist ein inzwischen bis zur Unleserlichkeit verblasster Fleck. Ich halte das nicht für Zufall.

«Du hattest bestimmt noch keine Zeit, dich wegen meines Schwagers umzuhören.»

«Ein paar Anrufe hab ich schon gemacht. Ich denke, dass ich bald was über ihn höre.» Leo zögert. «Könnte sein, dass er ganz schön tief in der Scheiße sitzt, je nachdem, was sie auf seinem Computer finden. Besonders, wenn auch das FBI hinzugezogen wurde.»

«Du kannst mir glauben, für Gary empfinde ich nichts als Verachtung. Aber ich liebe meine Schwester», sage ich leise.

Leo nickt, und ich sehe einen dunklen Schatten über sein Gesicht huschen. Vielleicht denkt er an seine Schwester.

«Irgendwas rausgefunden, wo Franklin steckt?», frage ich, als der Fahrstuhl sich gerade am dritten Stock vorbeiquält.

Er schüttelt den Kopf.

«Du denkst, er ist vielleicht tot, nicht wahr?»

Er blickt mich lange an. «Ich weiß nicht, was ich denken soll, Natalie.»

Wir erreichen die sechste Etage, das oberste Stockwerk des Hotels, und die Fahrstuhltüren öffnen sich ruckartig. Nr. 601 ist das letzte Zimmer auf der rechten Seite. Ich klopfe zweimal und nenne meinen Namen. Ich sehe, wie der Lichtpunkt in dem Guckloch dunkel wird. Er überprüft mich. Sobald der Lichtpunkt wieder zu sehen ist, schiebt Leo mich beiseite. Er hat seine Waffe gezückt und zielt auf die Tür, die von innen entriegelt wird. Einen Moment später geht sie auf, und Leo blickt auf eine Pistole in Rick Millers zittriger Hand.

Miller wirkt mehr als nur leicht überrascht, als er nicht mich, sondern Leo vor sich stehen sieht. Und ich bin mehr als nur ein bisschen verstört, als mir klar wird, dass Miller vorhatte, die Waffe auf mich zu richten.

Miller erbleicht und lässt die Pistole rasch sinken. «Ich ... hatte

Angst… dass jemand Sie verfolgt haben könnte», sagt er entschuldigend zu mir. Eine ziemlich schwache Erklärung, wie ich finde. Und Leo vermutlich auch.

«Sie legen jetzt die Pistole schön langsam auf den Boden und treten dann zurück», sagte Leo in dem eindringlichen Tonfall eines Polizisten, der keinen Spaß versteht.

Millers Augen huschen nervös von Leo zu mir und dann wieder zurück zu Leo. Wenn schon Leo so aussah, als hätte er letzte Nacht nicht viel Schlaf gehabt, dann sieht Miller aus, als hätte er schon ein paar Nächte gar nicht mehr geschlafen. Seine Augen sind blutunterlaufen, er hat einen dunklen Dreitagebart und verströmt einen ranzigen Duft, eine Mischung aus Körpergeruch und Alkoholfahne. «Ich hab Angst um mein Leben.»

«Wir kommen rein und unterhalten uns darüber, nachdem Sie die Pistole hingelegt haben», sagt Leo, der seine Waffe entsichert hat, für den Fall, dass Miller beschließt, nicht zu kooperieren.

«Wann haben Sie den ersten Anruf bekommen?», fragt Leo.

Miller sitzt händeringend ganz vorn auf der Kante des ungemachten Betts. Seine geladene .38er ist geleert worden, Waffe und Munition stecken jetzt in Leos Jackentasche.

«An dem Tag, an dem Sie bei mir waren. Um mir… das mit Ali mitzuteilen. Etwa zwanzig Minuten nachdem Sie gegangen waren, hat er angerufen.»

«Und was genau hat er gesagt?»

Miller blickt finster. «Er hat gesagt… es täte ihm Leid.»

«Was tat ihm Leid?», hakt Leo nach.

«Ich nehme an, was er… getan hat. Sie wissen schon, was er Ali angetan hat.»

«Sie nehmen an?» Die Worte dringen aus Leos Mund wie ein verächtliches Schnauben.

Auf Millers Gesicht blitzt Zorn auf, aber er unterdrückt ihn rasch. «Das ist nun mal alles, was er gesagt hat. ‹Es tut mir Leid.› Bei dem ersten Anruf wenigstens.»

Miller vergräbt das Gesicht in den Händen und stößt einen lauten Seufzer aus, der sicherlich Seelenpein signalisieren soll. Aber ich spüre in diesem Seufzer auch einen Anflug von Gereiztheit. Gleich bei meiner ersten Begegnung mit Miller konnte ich ihn nicht leiden und habe allem, was er gesagt hat, misstraut. Und jetzt ist es sogar noch schlimmer. In meinen Augen ist Rick Miller ein gewalttätiger Mann, dem schnell die Sicherung durchbrennt. Er erinnert mich an viele chamäleonartige Häftlinge, denen ich im Laufe der Jahre begegnet bin. Ob er nun einen Mord begangen hat oder nicht, ich bin mir sicher, dass er zu einer derartigen Gewalttat fähig wäre.

«Warum haben Sie den Anruf nicht gemeldet?»

Miller wirft Leo einen ratlosen Blick zu. «Ich wusste doch nicht, wo Dean war. Seine verdammte Entschuldigung hab ich ihm natürlich nicht abgenommen. Und mir war auch nicht klar, was das noch sollte –» Ich sehe ihm an, wie er sich beim Sprechen anstrengen muss, die Wut aus seiner Stimme und seiner Mimik herauszuhalten. Es gelingt ihm nicht ganz.

«Wann kam der nächste Anruf?», fällt Leo ihm ins Wort.

Miller antwortet sofort. «Vorgestern Abend.»

«Wo waren Sie da?», will Leo wissen.

«Bei Jean zu Hause. Die Kinder und ich wohnen zurzeit bei Alis Mom.» Wieder eine Pause. «Ich hab das Haus zum Verkauf angeboten.»

«Das ging aber schnell», kommentiere ich.

Beide Männer richten den Blick auf mich. Bis zu diesem Moment hab ich stumm im Hintergrund gesessen – genauer gesagt, in einem zerschlissenen orange-blau karierten Sessel mit kaputten Sprungfedern vor dem einzigen Fenster. Es scheint, als hätten sie beide vergessen, dass ich noch im Zimmer bin.

«Ich hab zwei Kinder, die ich versorgen muss, und jetzt nur noch ein Gehalt. Wir brauchen Geld», sagt Miller trotzig.

«Wie konnte Walsh wissen, wo Sie zu erreichen waren?», kommt Leo wieder zur Sache.

«Das hat mir ja gerade solche Angst eingejagt. Ich weiß nicht, wie er das wissen konnte. Er hat noch nicht mal gefragt, ob ich da war, als Jean sich gemeldet hat. Sie hat seine Stimme nicht erkannt, und er hat sich nicht vorgestellt. Er wollte mich sprechen, als ob er wüsste, dass ich da war. Deshalb denke ich, dass er mir gefolgt ist.»

«Und was hat er bei diesem zweiten Mal gesagt?»

«Es tat ihm jedenfalls nichts mehr Leid, so viel ist sicher. Er war gleich von Anfang an aggressiv. Ich bin ziemlich sicher, dass er irgendwas genommen hatte. Schon früher hat er immer fürchterlich übertrieben mit Alkohol und Tabletten. Muntermacher, Beruhigungsmittel, egal was.»

«Was hat er gesagt?», wiederholt Leo ungehalten.

«Er hat angefangen, rumzuzetern und zu geifern, dass man ihn verraten und reingelegt hätte. Dann ist er mit der Sprache rausgerückt und hat mir klipp und klar gesagt, als Nächstes wäre ich an der Reihe.» Er sieht zu mir herüber. «Und Sie, Mrs. Price. Er hat gesagt, er hätte mit uns beiden noch eine Rechnung offen, wegen dem, was wir ihm angetan haben.» Wieder stockt er. «Das ist auch der Grund, warum ich Sie angerufen habe. Ich wollte Sie warnen. Damit Sie sich vielleicht auch ein Versteck suchen, bis die Cops Walsh hoffentlich bald schnappen und zurück in den Knast schicken. Und diesmal kriegt er lebenslänglich.»

Miller wirft Leo einen kurzen Blick zu. «Aber so langsam wie ihr Burschen vorankommt, muss ich mich wahrscheinlich für den Rest meines Lebens versteckt halten.»

«Sie hätten mich auch telefonisch warnen können», halte ich ihm entgegen und sehe im Geist noch das Bild vor mir, wie Miller in der offenen Tür steht, mit der Pistole in der Hand.

Miller weicht meinem misstrauischen Blick nicht aus. «Hätten Sie mir denn geglaubt? Ich weiß, Sie denken, ich hätte vielleicht was mit dem Tod meiner Frau zu tun. Das hab ich Ihnen angesehen, als Sie bei uns zu Hause waren, so, wie Sie mich angeguckt haben. Ich hab gedacht, wenn ich Sie unter vier Augen sprechen könnte… könnte ich Sie davon überzeugen, dass ich ehrlich bin.»

Ich würde ihm eher glauben, wenn er mir erzählen würde, er sei eine gute Fee.

«Hören Sie, ich will nicht, dass Walsh noch mehr Menschen umbringt.»

«Sie selbst eingeschlossen», werfe ich rasch ein.

«Da haben Sie verflucht Recht.»

Leo unterbricht unseren gereizten Wortwechsel. «Was genau haben Sie ihm angetan, Rick?»

«Hä?»

Leo wiederholt die Frage nicht. Wir wissen beide, dass Miller sie sehr genau verstanden hat.

Miller reibt sich heftig die Hände. «Okay, damals, als Dean ins Gefängnis kam, hab ich ihn einmal besucht. Nachdem er dauernd gebettelt und gefleht hatte. Und als ich dann schließlich nachgegeben hatte, wissen Sie, was dieser Scheißkerl wollte? Er hat versucht, mich dazu zu kriegen, dass ich… ihn decke. Verstehen Sie, ich sollte den Cops erzählen, er wäre an dem Abend die ganze Zeit mit mir zusammen gewesen. Ich sollte sein Alibi sein.» Miller steht auf und fängt an, in dem kleinen Zimmer auf und ab zu tigern, fährt sich beim Gehen mit den Fingern durch die fettigen Haare. Der graue fadenscheinige Teppich trägt die Spuren von vielen anderen, die hier schon auf und ab gegangen sind.

Sein Alibi sein. Millers Worte haben eine unerklärliche Wirkung, senken sich wie ein Schatten auf mich, hallen mir im Kopf wider.

«Ich ging damals schon mit Ali», redet Miller weiter, ohne meine Reaktion zu bemerken. «Dean wusste nichts davon. Ali wollte nicht, dass ich es ihm erzähle. Sie hatte Angst, dass er sich vielleicht an uns rächen würde, falls er doch irgendwie davonkäme. Damals war er nicht ganz richtig im Kopf. Als ob er selbst dran glauben würde, dass das mit Ali an diesem Abend keine Vergewaltigung gewesen war. Er hat mir dauernd gesagt: ‹Sie hat's gewollt, Mann. Sie fand's toll.› Und da hab ich die Beherrschung verloren. Ich hab ihn angeschrien: ‹*Sie fand's toll?* Sie war bewusstlos, verdammt noch mal.› Und er hat immer wieder gesagt: ‹Nein, nein, das ist nicht wahr. Sie hat's gewollt.› Miller bleibt ein paar Meter von mir entfernt stehen. «Ich hab ihn einen kranken Perversling genannt und ihm erklärt, dass ich lieber sterben würde, als für ihn zu lügen. Und jetzt… hat er vor, mich beim Wort zu nehmen.» Er atmet tief und geräuschvoll aus. «Wenn er mich findet.»

Ich sehe, wie Leo Miller nachdenklich betrachtet. «Vielleicht ist das gar keine so schlechte Idee.»

Miller blickt entsetzt. «Scheiße, was soll denn das –?»

«Wie Sie schon sagten, Rick, im Augenblick bekleckern wir uns nicht gerade mit Ruhm bei unserer Suche nach Walsh.» Ich registriere Leos raschen, vorwurfsvollen Blick in meine Richtung.

Millers Augen verengen sich, während er Leo mustert. «Verstehe. Aber das können Sie vergessen. Ausgeschlossen, Mann. Ich hab zwei Kinder, die schon ihre Mommy verloren haben. Nie im Leben mach ich für euch Versager den Lockvogel, riskiere meinen Arsch – mein Leben –, damit ihr diesen verfluchten Mörder aus seinem Versteck locken könnt.»

«Wir lassen nicht zu, dass Ihnen was passiert, Miller. Wir bewachen Sie rund um die Uhr. Sobald Walsh sein Versteck verlässt und versucht, an Sie ranzukommen, haben wir ihn.»

Miller setzt sich wieder in Bewegung. «Mannomann, Mannomann», murmelt er. «Ich weiß nicht –»

«Denken Sie mal ein Weilchen drüber nach», sagt Leo. «Aber wenn ich Sie wäre, würde ich mir mit der Entscheidung nicht zu lange Zeit lassen.»

«Wenn du mal aufhören würdest, eure sämtlichen Bemühungen darauf zu konzentrieren, Walsh zu schnappen», sage ich ärgerlich zu Leo, als die Fahrstuhltüren sich langsam öffnen, «würdest du vielleicht auch sehen können, dass dieser prügelnde Ehemann dahinten in dem Zimmer ganz prima als Mörder seiner Frau in Frage käme. Und weil ihm klar war, dass die Polizei ihn als Ersten verdächtigen würde, beschließt er ganz clever, den Verdacht auf Walsh zu lenken, indem er –»

Leo hat mich in den Fahrstuhl geschoben, während ich meine Theorie darlege.

Wir hören beide den Schuss genau in dem Augenblick, als die Fahrstuhltüren klappernd zugehen. Leo versucht mit aller Kraft, sie aufzuhebeln, aber die Kabine setzt sich schon nach unten in Bewegung. Er haut auf den Knopf für den fünften Stock, flucht über die Langsamkeit, mit der sich der Fahrstuhl bewegt. Dann reißt er sein Handy aus der Tasche und fordert Unterstützung an.

Als wir endlich im fünften Stock ankommen, quetscht sich Leo schon zwischen den Türen durch, als die gerade mal ein paar Zentimeter aufgegangen sind. Ich bin direkt hinter ihm, als er zur Feuertreppe am Ende des Ganges rennt.

«Du bleibst hier», schnauzt er, ohne sich umzusehen.

Einen Moment lang verlangsame ich mein Tempo, doch dann missachte ich seinen Befehl und laufe ihm nach. Leos trommelnde Schritte auf der Metalltreppe übertönen meine. Erst als er durch die Tür im sechsten Stock stürmt, die Pistole fest in der Hand, merkt er, dass ich ihm noch immer dicht auf den Fersen bin.

Wir sehen beide, dass die Tür zu Zimmer 601 – die Tür gleich neben dem Notausgang – weit offen steht. Einige Gäste lugen ängstlich aus ihren Zimmern. Leo winkt sie ungehalten mit seiner Pistole zurück. Große Überredungskunst ist nicht vonnöten. Schon knallen die Türen zu.

Leo schleicht sich zur Tür von Nummer 601, späht vorsichtig hinein.

Ich bin hinter ihm und halte die Luft an. Rechne damit, dass Leo die Leiche von Richard Miller entdecken wird. Was meine neueste Theorie nicht gerade untermauern würde.

Leo tritt fest gegen die Tür, sodass sie gegen die Innenwand kracht. Ich vermute, er will sichergehen, dass sich niemand dahinter versteckt. Und dieser *Niemand* ist höchstwahrscheinlich, so fürchte ich, Dean Thomas Walsh.

«Ist Miller –?»

Bevor ich meine Frage beendet habe, bedeutet mir Leo, da zu bleiben, wo ich bin, und tritt ins Zimmer. Diesmal halte ich mich nur allzu gern an seine Order.

Nach weniger als einer Minute kommt Leo wieder heraus in den Flur. «Er ist weg.»

Ich schlucke trocken, und mein ganzer Körper fühlt sich feuchtkalt an.

Obwohl er frustriert und erbost aussieht, nimmt Leo sich die Zeit, mir kurz über die Wange zu streichen, bevor er zu der Tür schräg gegenüber von Zimmer 601 geht, aus der noch wenige Minuten zuvor ein sehr nervös aussehender junger Mann herausgespäht hat.

Nach einem lauten heftigen Klopfen und nach Leos Erklärung, dass er Polizist ist, öffnet sich die Tür einen Spalt. Leo hält dem jungen Mann seine Dienstmarke vor die Nase. «Haben Sie nach dem Schuss irgendwas gesehen?»

Der junge Mann, barbrüstig und nur mit Boxershorts bekleidet, zögert. «Meine Verlobte weiß nicht, dass ich hier bin.» Er wirft einen unsicheren Blick nach hinten ins Zimmer und sieht dann Leo beschwörend an. «Meine Verlobte ist nicht gerade sehr verständnisvoll.»

Leo nickt. «Sagen Sie mir einfach, was Sie gesehen haben, dann vergessen wir, dass wir Sie gesehen haben.»

Vereinzelte Schweißperlen prangen auf der verkniffenen Stirn des potentiellen Zeugen. «Ich hab den Schuss gehört und zuerst gedacht, da hätte ein Auto eine Fehlzündung gehabt. Nur dass der Knall nicht von der Straße kam. Meine... Bekannte hat sich richtig aufgeregt, deshalb bin ich zur Tür... verstehen Sie, um sie zu beruhigen.»

Ich vermute, dass er seinen Spaß noch nicht gehabt hatte, sonst hätte er bestimmt nicht den Nerv gehabt, seinen Kopf zu riskieren, indem er ihn zur Tür rausstreckt.

Leos Ungeduld ist überdeutlich. «Jaja.»

«Als ich also auf den Flur gucke, sehe ich, dass die Tür gegenüber auf ist und dass gerade ein Typ mit Volldampf durch die Feuertür da vorne verschwindet –» Er zeigt auf die Tür, durch die wir gerade gekommen sind.

«Bloß einer?»

Der junge Mann runzelt die Stirn. «Ich weiß nicht genau.»

«Was soll das heißen?»

«Na ja, die Feuertür war halb offen, als er auf sie zurannte. Als ob vielleicht schon jemand anders da rausgelaufen war.» Er wischt sich mit dem Handrücken den Schweiß von der Stirn. Und obwohl er schwitzt, hat er Gänsehaut auf der mageren haarlosen Brust. Der Flur ist zugig. «Verstehen Sie, ich meine, es könnte sein, dass der Typ, den ich gesehen habe, vielleicht irgendwen verfolgt hat oder so.»

«Wie hat er ausgesehen? War er bewaffnet?»

«Ich hab ihn nur von hinten gesehen. Ich kann Ihnen wirklich nicht sagen, ob er bewaffnet war. Oder wie er ausgesehen hat.»

«Haarfarbe? Größe? Gewicht? Nun kommen Sie schon. Raus mit der Sprache.» Frustration schwingt in jeder einzelnen knappen Frage mit.

«Er hat so ein Sweatshirt mit Kapuze getragen. Dunkelgrau, vielleicht auch schwarz. Ich würde sagen, er war… irgendwie durchschnittlich. Ich hab ihn ja bloß ein paar Sekunden lang gesehen, wenn überhaupt. Ehrlich, ich kann Ihnen da sonst nicht weiterhelfen –»

Leo eilt schon auf die Feuertür zu, noch bevor der junge Mann seinen Satz beendet hat.

«Danke. Sie sollten jetzt reingehen und sich aufwärmen», sage ich, dreh mich dann schnell um und laufe hinter Leo her.

Er rast die Treppe hinunter, nimmt zwei, drei Stufen auf einmal. Ich tue mein Bestes, mit ihm Schritt zu halten, obwohl ich ziemlich sicher bin, dass Miller und sein Verfolger die sechs Etagen schon runtergerannt sind, als wir im Schneckentempo mit dem Fahrstuhl hinunter in den fünften Stock fuhren. Und als wir über die Treppe rauf in den sechsten Stock hasteten, liefen die beiden vermutlich schon unten durch die Lobby und raus aus dem Gebäude.

Andererseits, falls sie nicht so weit gekommen sind, könnte es sein, dass wir auf dem Weg nach unten Rick Millers Leiche finden.

Als ich ausgepumpt und atemlos die Hotelhalle erreiche, sehe ich Leo schon am Empfang stehen. Bis auf ihn und den Mann an der Rezeption ist die Lobby menschenleer. Ich höre Sirengeheul und sehe zwei Streifenwagen, die quietschend vor dem Eingang halten. Sechs uniformierte Polizisten und ein Beamter in Zivil, Leos Partner Mitchell Oates, kommen in die Halle gerannt und eilen sofort zu Leo.

Sie wenden sich alle von dem Empfang ab und halten kurz Kriegsrat. Ich beschließe, rauszugehen und nachzusehen, ob ich Miller oder seinen Verfolger irgendwo entdecken kann, obwohl mir klar ist, dass die Polizisten schon nach ihm Ausschau gehalten haben, als sie zum Hotel rasten.

Wie nicht anders zu erwarten, gibt es keine Spur von Miller oder dem Mann im Kapuzenshirt. Was ich jedoch sehe und was mich auf der Stelle verharren lässt, ist ein alter schwarzer Pontiac, der auf der anderen Straßenseite parkt. Ich renne durch den fließenden Verkehr hindurch quer über die Straße und seh mir das Heck des Wagens genauer an. Das rote Glas des Bremslichts auf der Fahrerseite ist zersplittert. Jetzt weiß ich, wie es sich anfühlt, wenn einem das Blut in den Adern gefriert.

Ich richte mich wieder auf und blinzele gegen das Sonnenlicht die Straße hinauf. Plötzlich bin ich mir fast sicher, dass weiter hinten eine Gestalt mit Kapuze über die Tremont Street flitzt und auf die mit vereinzelten Bäumen bestandene Rasenanlage des Boston Commons zuläuft. Da ich Angst habe, zu viel Zeit zu verlieren, wenn ich zurück über die Straße ins Hotel laufe, um Leo Bescheid zu geben, mache ich mich allein an die Verfolgung des Mannes, von dem ich sicher bin, dass es sich um Keith Franklin handelt. Der sicherlich Rick Miller dicht auf den Fersen ist.

Nicht ganz klar ist mir dagegen, wie Dean Thomas Walsh in die Gleichung hineinpasst.

Tagaus, tagein muss ich mir von anderen
Häftlingen anhören, was sie, wenn sie erst
rauskommen, gewissen Leuten alles antun
werden, weil die schuld sind, dass sie hier
sind. Und wenn diese aggressiven Burschen dann endlich entlassen werden, spazieren sie mit einer ganz gefährlichen,
gottbeschissenen Einstellung hier raus ...

M. B.
Häftling Nr. 968473

41

Wenn wir heute doch nur einen von diesen bitterkalten Herbst-
tagen hätten, die Boston um diese Jahreszeit schon manchmal
heimsuchen. Aber nein, die Sonne scheint, kein Wölkchen am
Himmel, und das Wetter könnte milder nicht sein. So nimmt es
nicht wunder, dass der Park von Menschen nur so wimmelt, die
die letzten goldenen Sonnenstrahlen genießen wollen, bevor der
für unsere Breiten typische harte Winter beginnt. Familien mit
kleinen Kindern machen Picknick auf dem Rasen, Paare schlen-
dern über die gewundenen Wege, ältere Bürger sonnen sich auf
den Bänken. Bis jetzt ahnen sie nichts von der drohenden Gefahr
mitten unter ihnen.

Und ich habe Keith Franklin aus den Augen verloren. Auch
von dem vermutlich panischen Rick Miller ist keine Spur zu sehen. Seltsamerweise habe ich das Gefühl, dass der Alptraum sich
dem Ende nähert und zugleich entwirrt.

Ich will gerade mit meinem Handy Leo anrufen, um ihm ge-
nau durchzugeben, wo ich bin, als ich den nervenzerfetzenden
Knall eines Pistolenschusses höre, gefolgt von heiseren Schreien.
Sofort danach fällt noch ein Schuss. Dann gellen weitere pani-

sche Schreie. Die Menschen um mich herum laufen kreuz und quer durcheinander, verzweifelt bemüht, sich aus der Gefahrenzone zu bringen.

Ich scheine die Einzige zu sein, die in die Richtung läuft, aus der die Schüsse kamen, und ich habe die ganze Zeit das Gefühl, nicht über sanfte Rasenhügel, sondern über ein Minenfeld zu laufen. Ich höre, wie jemand meinen Namen ruft, und werfe einen raschen Blick über die Schulter. Leo kommt hinter mir hergerannt. Und hinter ihm, aber nach rechts und links ausfächernd, laufen Oates und die uniformierten Polizisten. Niemand, ich eingeschlossen, kann genau sagen, wo die Schüsse herkamen.

Bis zum nächsten Knall.

Das Erste, was ich sehe, als ich über eine Kuppe komme, ist eine gewaltige Ulme, vor der die zusammengekrümmte Gestalt von Rick Miller liegt. Er hält sich sein blutendes Bein. Ein sweatshirtbekleideter Arm liegt fest um Millers Hals. Sein Angreifer kniet hinter ihm, hat durch den wuchtigen Stamm der Ulme Rückenschutz. Die Kapuze ist ihm vom Kopf gerutscht und hat einen dichten dunkelbraunen Haarschopf enthüllt. Stahlblaue Augen blicken in meine, schreien lautlos: *Versucht nicht, mich aufzuhalten!*

Es sind eher diese Augen als die Pistole an Rick Millers Schläfe, die mich jäh stehen bleiben lassen, etwa zwanzig Meter von Dean Thomas Walsh entfernt. Leo und die übrigen Polizisten, die sich in einem weiten Halbkreis verteilt haben, sind ebenfalls stehen geblieben, knapp hinter mir.

Über Millers aschfahles und schmerzverzerrtes Gesicht rinnen lautlose Tränen. Es ist, als hätte ihn nicht bloß Angst, sondern pures, ursprüngliches Entsetzen der Fähigkeit beraubt, ein Geräusch von sich zu geben.

In Walshs Miene liegt keine Spur von Angst. Stattdessen geht eine fast unheimliche Ruhe von ihm aus. Was eine ebenso unheimliche Stille um ihn herum auslöst. Als würde keiner von uns auch nur atmen.

Ich brauche ein paar Sekunden, bis ich verarbeitet habe, dass nicht Keith Franklin, wie ich gedacht hatte, sondern Dean

Thomas Walsh versucht hat, Miller zu erschießen. Ich würde mir gern genauer ansehen, wie schlimm Millers Verletzung ist, aber ich kann meine Augen nicht von Walsh abwenden. Irgendwie habe ich die verrückte Vorstellung, dass Walsh, solange wir diesen intensiven Blickkontakt haben, nicht wieder abdrücken wird. Und dass die nächste Kugel, die Rick Miller trifft, tödlich sein wird, steht außer Frage.

«Ich hab versucht, Ihnen klarzumachen, dass ich unschuldig bin», sagt Walsh leise. «An dem Tag, als die Cops mich wegen Vergewaltigung festgenommen haben, hab ich gedacht, das wäre alles bloß ein böser Traum. Oder höchstens ein schrecklicher Irrtum. Ich war fassungslos, als Alison behauptet hat, ich hätte sie vergewaltigt. Ich bin in jener Nacht gerade mal dazu gekommen, sie zu küssen, bevor mir schwarz vor Augen wurde. Zwei Tage nach meiner Festnahme hat meine Mutter mich besucht.» Seine Augen fixieren mich weiter, aber für einen kurzen Moment wirken sie glasig, und er scheint irgendwo ganz weit weg zu sein.

«Sie hatte so einen angewiderten Ausdruck im Gesicht. Den werde ich nie vergessen. Nicht mal was von ‹schuldig, bis die Unschuld bewiesen ist› war darin zu lesen. Nein, in ihrem Gesicht lag nicht die Spur eines Zweifels, dass ich es getan hatte. Als ich sie angefleht habe, mir einen anständigen Anwalt zu besorgen, hat sie mich angestarrt, als wäre ich vollkommen verrückt. Sie ist aufgestanden und ohne ein Wort gegangen.»

Schmerz, nicht Zorn, spiegelt sich in seinen Zügen. «Ich will, dass sie herkommt. Ich will ihr Gesicht sehen, wenn sie die Wahrheit erfährt. Lassen Sie meine Mutter herbringen, Nat.»

Bevor ich antworten kann, schaltet sich Leo ein. «Wir holen Ihre Mutter her, wenn Sie die Waffe hinlegen, Walsh.»

«Die einzigen Waffen, die hier hingelegt werden, sind eure», sagt Walsh beängstigend gelassen. «Sonst mache ich gleich hier auf der Stelle Schluss.»

Ich sehe, dass Miller die Augen wie zum Gebet schließt.

«Wenn Sie ihn töten, ist das gleichzeitig Ihr Todesurteil», erwidert Leo ruhig.

Walsh scheint über Leos Drohung nachzudenken.

«Okay, Nat. Ich hab's mir anders überlegt», sagt er schließlich.

Ich blicke Walsh noch immer in die Augen, aber ich kann seinen Ausdruck nicht deuten. Irgendwie glaube ich nicht, dass seine Meinungsänderung unbedingt positiv ist. Und ich werde rasch in meiner Vermutung bestätigt.

«Sie kommen her und kümmern sich um die Beinverletzung von diesem Dreckskerl hier.»

«Nein, Natalie», sagt Leo scharf.

«Er blutet ziemlich stark. Sie verstehen doch was von erster Hilfe, nicht?», sagt Walsh, ohne Leos Einwurf zu beachten. «Kommen Sie, Nat. Sie wollen doch nicht noch mehr Blut an Ihren Händen haben.»

«Du rührst dich nicht von der Stelle, Natalie.» Leos raue Stimme klingt beschwörend. Uns ist beiden klar, dass ich, wenn ich tue, was Walsh verlangt, seine zweite Geisel werde. Und zwar eine, deren Leben Leo vermutlich noch weniger aufs Spiel setzen wird.

Mein Atem geht schwer. Ich schwitze so heftig, dass mir der Pullover am Rücken klebt. Ich habe Angst hinzugehen. Angst, es nicht zu tun. Ich fühle mich hilflos.

Walshs Lippen verziehen sich zu einem herablassenden Lächeln. «Je länger Sie zögern, desto mehr Blut verliert er, Nat. Dann kann ich mir sogar die nächste Kugel sparen.» Er lehnt sich mit dem Rücken gegen den breiten Baumstamm und reißt durch die Bewegung Millers Kopf nach hinten. «Ich habe alle Zeit der Welt.»

Die Sonne schlüpft hinter eine dicke Wolke, und die Parklandschaft um uns herum verdunkelt sich. Spiegelt die düstere Stimmung wider, die uns erfasst.

«Wir wissen ja nicht mal genau, wo Ihre Mutter ist», ruft Leo. «Sie haben doch bestimmt gehört, was mit Owen King in Ihrem Elternhaus passiert ist.»

Walsh stößt ein kräftiges Lachen aus. «Was für eine herrliche Ironie des Schicksals. Meine Mutter, die Mörderin.»

Ich weiß nicht, was erschreckender ist – das Lachen oder seine Worte.

Leo redet ohne eine sichtbare oder hörbare Reaktion weiter. «Sie ist mit Ihrer Schwester vorübergehend zu einem Bekannten gezogen. Wir wissen nicht –»

«Versuchen Sie nicht, einen Häftling zu verarschen, Mann. Sie lügen so schlecht, dass es wehtut, Sie Trottel. Chrissie hat mich gestern Abend angerufen, Arschloch.»

Dann wusste Christine also, wo ihr Bruder sich versteckt hielt, nachdem er aus der Wohnung ihres zukünftigen Schwagers geflüchtet war. Sie hatte ihre Mutter angelogen, als sie sagte, sie wüsste nicht, wo Dean ist. Sie hatte grausame Misshandlungen und höchstwahrscheinlich sogar den Tod durch Owen Kings Hand riskiert, um ihren Bruder zu schützen.

Als ich an diesen Abend zurückdenke, erfasst mich wieder dieses nagende Gefühl, dass da etwas ist, was ich übersehen habe.

«Sie hat mir gesagt, bei welchem Bekannten sie wohnen. Nämlich bei dem Bekannten, mit dem meine liebe, saubere Mom im Augenblick vögelt. Ihr Idioten wart also nicht schnell genug, um Donnie Bartons Telefon anzuzapfen Obwohl ich ein bisschen sauer auf Chrissie war, dass sie das Risiko eingegangen ist, mich von da anzurufen. Aber ich konnte ihr noch nie lange böse sein. Sie ist die Einzige, die an mich geglaubt hat, von Anfang an, unerschütterlich.»

«Was ist mit Maggie?», frage ich und spüre, wie rau meine Kehle ist. «Hat sie nicht an Sie geglaubt?»

Ich sehe einen kurzen Anflug von Trauer über Walshs Gesicht huschen. Aber er sagt bloß: «Kommen Sie her, Nat. Sie versorgen meinen ehemaligen Kumpel hier, während der Detective seine Jungs losschickt, um meine Mom zu holen. Sobald sie hier ist, wird sich alles klären, und die Sache ist vorbei.»

Millers glasige, verstörte Augen starren mich flehend an.

Ich kann förmlich spüren, wie sich der gleiche Blick von Leo in meinen Rücken bohrt.

Der eine fleht um sein Leben. Der andere um meins.

Innerhalb von wenigen Minuten nach der Schießerei müssen die örtlichen Radio- und Fernsehsender davon erfahren haben, denn jetzt wimmelt es hier von Reportern und Kameraleuten, die wie hungrige Geier über den Park schwärmen. Sie werden von rasch errichteten Polizeiabsperrungen auf sichere Distanz gehalten. Zwei Männern, die keine Reporter sind, ist es gelungen, sich bis ganz vorn an die Absperrung durchzudrängen. Ich erkenne sie beide. Jack Dwyer und Ethan. Sie stehen da, kaum mehr als zehn Meter voneinander entfernt, aber ich bin nicht sicher, ob der eine vom anderen weiß. Angst und Hilflosigkeit stehen beiden im Gesicht geschrieben, während sie die Szene betrachten. Bis jetzt ist es mir gelungen, eine gespielte Tapferkeit an den Tag zu legen, doch jetzt spüre ich, wie mir Tränen in die Augen steigen. Dennoch klammere ich mich an die Hoffnung, dass Walsh uns freilässt und aufgibt, sobald seine Mutter da ist.

Zumindest habe ich Millers Blutung stillen können, indem ich ihm mit dem Ärmel, den ich von seinem Hemd gerissen habe, eine improvisierte Aderpresse angelegt habe. Aber Miller braucht dringend einen Arzt, worum ich Walsh bereits vergeblich angefleht habe. Rick Miller hat selbst nicht gefleht. Er hat noch immer keinen Laut von sich gegeben.

Marion Walsh sieht aus, als wäre sie in den letzten vierundzwanzig Stunden um zehn Jahre gealtert. Ihr Gesicht wirkt ausgemergelt und so bleich wie Pergament. Ihre farblosen Lippen sind fest zusammengepresst, und ihre blauen Augen so ausgewaschen, dass sie beinahe grau wirken. Ihre Tochter, deren Gesicht fast ebenso bleich und angespannt ist wie das ihrer Mutter, hält sie fest am Arm. Ich kann sehen, dass Marion Walsh die Unterstützung ihrer Tochter wirklich braucht, und zwar die psychische ebenso wie die physische.

«Ist schon ein Weilchen her, Mom. Hast du mich vermisst?», fragt Dean so unbekümmert, wie ein Sohn fragen würde, der nach einem Semester am College nach Hause kommt. Nur dass dieser Sohn ein geflohener, von der Polizei umzingelter Häftling ist, der einen angeschossenen Mann und eine Gefängnisleiterin als Geiseln festhält.

Ein erschütterndes Schluchzen entfährt Marions Lippen. «Bitte, Dean.» Ihre Stimme bebt.

«Eins würde ich gern wissen, Mom. In all den Jahren, während ich im Gefängnis hockte und von meinem ‹Beschützer› Owen oder von irgendwelchen Kumpels von ihm für den Preis einer Packung Zigaretten durchgefickt wurde, ist dir da je – *auch nur einmal* – in den Sinn gekommen, dass ich es vielleicht nicht getan hab? Dass ich unschuldig war?»

«Dean», fleht Christine, «hör doch auf damit. Sie ist, wie sie ist. Es ist egal.»

«Es ist nicht egal», schreit Walsh, und jetzt sprudeln Wut und Verzweiflung mit der Kraft eines Vulkanausbruchs aus ihm hervor. Jäh packt er Rick Millers Haare, reißt seinen Kopf nach hinten und zwingt ihn aufzublicken.

«Sag's ihr», kreischt Walsh ihm ins Ohr. «Sag meiner Mutter die Wahrheit. Sag ihr, wer Alison an dem Abend damals vergewaltigt hat.»

«Oh Gott, oh Gott…», stöhnt Miller.

«Erzähl ihr, wie du mich acht lange Scheißjahre für ein Verbrechen hast leiden lassen, das du begangen hast. Erzähl meiner Mutter, wie du Alison eingeredet hast, ich wäre es gewesen, der ihr das angetan hat. Denkst du, ich wüsste nicht, dass du gleich nach meiner Festnahme mit ihr zusammen warst? Chrissie hat es rausgefunden. Natürlich hat keiner von uns beiden gewusst, wie mies und krank du bist – dass *du* der Vergewaltiger warst –, aber Chrissie hat nie daran gezweifelt, dass jemand anders der Schuldige war. Wir haben blöderweise nur gedacht, du wärst auf Alison scharf und wolltest den Konkurrenten aus dem Weg haben. Damals hat sie sich nämlich für mich interessiert, bevor du mich reingelegt hast, du Stück Scheiße.»

Ich sehe Rick Miller direkt in die Augen. «Hat sie die Wahrheit herausgefunden? Hat Alison herausgefunden, dass Sie sie damals vergewaltigt haben?»

Miller schüttelt verzweifelt den Kopf. «Es ist nicht so, wie Sie denken. Ich hab meine Frau geliebt. Es ist entsetzlich, was ich getan habe. Das weiß ich. Es war ein Fehler. Das Verrückte war, dass ich mich in der Nacht damals auf die Suche nach den beiden gemacht hab, weil ich Angst hatte, dass Dean die Situation ausnutzt. Verstehen Sie, Alison hat mir auf Anhieb gefallen. Als ich in das Zimmer kam, hatte ich keine schlechten Absichten.

Das schwöre ich. Aber da lag sie. Auf dem Bett. Dean war neben ihr eingeschlafen. Und sie war... auch ziemlich weggetreten. Aber sie hat Dean angestoßen. Sich an ihm gerieben und gelallt, er sollte sie wieder küssen. Ich weiß nicht, was da über mich gekommen ist. Ich hab die Tür zugemacht und abgeschlossen. Es war stockdunkel im Zimmer. Ich hab Dean vom Bett geschoben. Er ist einfach runtergeplumpst und hat keinen Mucks von sich gegeben. Und als ich erst mal angefangen hatte, konnte ich nicht mehr aufhören. Ich denke, vielleicht hat mir irgendjemand was in meinen Drink getan, weil ich ganz wild geworden bin. Und die ganze Zeit hab ich mir eingeredet, dass sie es genossen hat. Dass sie es wollte. Es toll fand.» Genau die Worte, die, wie Miller geschworen hatte, angeblich Walsh benutzt hatte.

Das tiefe Schweigen um uns herum wird von den unregelmäßigen Schluchzern durchbrochen, die Deans Mutter ausstößt, als sie zu Boden sinkt. Christine kniet sich neben sie, um sie zu trösten. Ich kann hören, wie sie sagt: «Ich hab's dir doch gesagt, Mom. Ich hab dir doch gesagt, dass Dean niemals so etwas Schreckliches tun würde.»

Ich starre Miller mit tiefem Abscheu an. Wegen der Brutalität dieses Mannes und seiner anschließenden Verschleierung des Verbrechens sind nicht nur Dean Thomas Walsh acht Jahre seines Lebens gestohlen worden, sondern auch seinen Angehörigen. Sie haben alle sinnlos gelitten und werden weiter leiden. Diese Tragödie hätte nie passieren dürfen.

Leo schiebt sich langsam näher an uns heran, seine Pistole steckt in seinem Halfter. «Walsh, lassen Sie ihn uns festnehmen. Es ist vorbei.»

«Nein, es ist nicht vorbei. Es wird nie vorbei sein.» Aber in Walshs Stimme liegt eher Hoffnungslosigkeit als Rachsucht.

«Bitte, Dean», ruft Chrissie ihm zu. «Jetzt sperren sie dich nicht mehr ein. Wir wissen alle, dass du unschuldig bist. Es ist, wie du mir gesagt hast. Rick hat Alison getötet, als sie gedroht hat, die Wahrheit zu sagen. Und dann hat er Maggie umgebracht, damit es so aussah, als wärst du es gewesen. Endlich muss Rick dafür büßen, was er getan hat.»

Leo hat sich uns behutsam immer weiter genähert. «Sie hat Recht, Dean. Jetzt sollte sich die Polizei um Miller kümmern.»

Miller verzieht bestürzt das Gesicht. «Nein. Nein, warten Sie. Ihr versteht das alles falsch. Das war ich nicht. Ich hab Ali nicht getötet. Zugegeben, wir haben uns an dem Tag gestritten, weil so eine miese Tussi bei mir auf der Arbeit, mit der ich mich ein paarmal getroffen hatte, Alison angerufen und ihr erzählt hat, ich wäre brutal geworden oder so. Und ehe ich mich's versehe, beschuldigt Alison mich, dass ich sie damals auf der Party vergewaltigt hätte. Dass sie endlich wüsste, wie alles gewesen ist. Dass sie es irgendwie, tief in ihrem Innern, schon lang gewusst hätte und es sich nur nicht eingestehen wollte.»

«Und du hast sie getötet, damit sie den Mund hält», sagt Dean mit tonloser Stimme. «Dann war Maggie an der Reihe.»

Miller schüttelt heftig den Kopf. Falls ihm die Schusswunde noch wehtut, so hat er die Schmerzen vergessen, weil ihm plötzlich klar wird, dass er wegen zweifachen Mordes festgenommen werden soll.

Christine kommt zu uns herübergelaufen, fällt auf die Knie und schlingt die Arme um den Hals ihres Bruders, ohne auf die Waffe zu achten, die er noch in der Hand hält. Er legt den Kopf auf ihre Schulter. Sie streichelt sein Haar und flüstert sanft auf ihn ein. Nach wenigen Augenblicken lässt Walsh die Pistole fallen. Ich greife rasch danach, bevor er es sich doch noch anders überlegen kann und Miller kaltblütig erschießt. Ein Teil von mir könnte das sogar verstehen.

Leo winkt den Polizeisanitätern, und sie kommen mit einer Trage angerannt. Als sie Rick Miller hochheben und wegbringen, schluchzt und brüllt er: «Nein, nein, nein. Das stimmt alles nicht. Er hat mich reingelegt. Ich hab niemanden umgebracht. Ich bin unschuldig. Das schwöre ich, verdammt. Dean war's. Dean war's.»

Ich beteure noch immer meine Unschuld,
und mehr habe ich nicht zu sagen.

J. A.
(hingerichtet am 17. 5. 90)

42

Walsh und seine Schwester liegen sich noch immer in den Armen, aber als Christine sieht, dass ihre Mutter unsicher näher kommt, hilft sie ihrem Bruder auf die Beine und tritt beiseite. Die Reporter werden noch immer hinter der Absperrung zurückgehalten, sodass der Familie ein kurzer Augenblick der Ungestörtheit bleibt. Auch ich überlasse sie diesem Moment und frage mich gleichzeitig, wie sie den angerichteten Schaden je wieder gutmachen können.

Auf unsicheren Beinen stakse ich zu Leo hinüber, reiche ihm Walshs Pistole. Was ich jetzt will – wonach ich mich sehne –, ist, dass er mich in die Arme nimmt und mir versichert, wie Christine es Dean versichert hat, dass nun alles wieder gut wird. Aber er macht keine Anstalten, mich zu umarmen. Stattdessen wandert sein Blick zu der Stelle hinüber, wo Jack und Ethan jetzt nebeneinander stehen. Beide reden sie auf einen Polizisten ein, sie durchzulassen. Leo ruft dem uniformierten Beamten etwas zu, und er lässt sie durch.

Ich werfe Leo einen verletzten Blick zu, aber er sagt bloß: «Du hast noch vieles zu erledigen, Natalie, genau wie ich.»

Ich weiß nicht, ob er Walsh meint – dem jetzt eine Anklage wegen schwerer Körperverletzung droht – oder Nicki, die Mutter seines Sohnes.

Ethan ist schneller bei mir als Jack und schließt mich in die Arme. Ich wehre mich nicht dagegen. Ich erwidere die Umarmung bloß nicht. Ich kann nicht. Ethan spürt meine Zurückhaltung sofort und lässt die Arme sinken. Er betrachtet mich mit einem traurigen gewinnenden Blick. «Ich hab einen Fehler gemacht, Nat.»

Ich lächle wehmütig und muss unwillkürlich denken, dass Rick Miller das Gleiche gesagt hat. Ich glaube tatsächlich, keiner von beiden begreift so richtig, wie folgenschwer und groß sein *Fehler* war.

«Ich hab mit deiner Schwester gesprochen», sagt er. «Sie hat angerufen, weil sie gehört hat, was hier los war. Sie wollte herkommen, aber ich hab es ihr ausreden können. Ich hab mir gedacht, dass es dir lieber wäre, wenn sie nicht hier ist.»

Ich nicke dankbar.

«Ich soll dir sagen, dass sie dich liebt. Und irgendwas über Gary, dass er noch mal davonkommt, aber dass er eine Weile weg sein wird.»

Ethan sieht mich fragend an, aber ich liefere ihm keine Erklärung. Ich hoffe bloß, dass Gary die psychologische Betreuung annehmen wird, die er verdammt dringend braucht. Ich hoffe, dass meine Schwester es sich lange und gründlich überlegen wird, bevor sie ihn wieder in ihr Leben lässt. So, wie ich anfange, lange und gründlich über meine zukünftigen Alternativen nachzudenken.

«Also dann, ich ruf dich in ein paar Tagen an, Nat.» Ethans Stimme droht zu versagen, und als er sich abwendet, sieht er hilflos und verwirrt aus. Ich kenne das Gefühl. Gott, ja, das Gefühl kenne ich.

Jack wartet im Hintergrund, bis Ethan davontrottet, die Schultern gegen einen Wind hochgezogen, der nicht weht.

«Alles in Ordnung mit dir?», fragt Jack, als er zu mir tritt.

«Wird schon werden.»

«Du bist die Frau des Tages, Nat. Der Commissioner wird dir wahrscheinlich einen Orden verpassen, weil du dein Leben riskiert hast, um die Unschuld eines verurteilten Mannes zu beweisen. Und ich bin mir verflucht sicher, dass er dich anflehen wird, deinen *Urlaub* abzubrechen und postwendend wieder an die Arbeit zu gehen.»

«Ich hab nicht das Gefühl, dass es wirklich vorbei ist», sage ich müde und blicke zurück zur Familie Walsh. Marion steht dicht neben ihrem Sohn, und ihre Hand ruht behutsam auf seiner Schulter, während sie mit ihm spricht. Christine lächelt strahlend. Zum ersten Mal sehe ich, dass sie tatsächlich ebenso gut aussieht wie ihr Bruder.

Jack streichelt mir über die Wange. «Kann ich dich nach Hause fahren, Nat?»

Ich schüttele den Kopf, und mein Blick wandert zu Leo hinüber, der sich gerade mit seinem Partner Mitchell Oates berät.

«Weißt du, wer die Mutter seines Kindes ist?»

Ich sehe Jack an. «Woher weißt du das?»

«Ich hab gestern ihre Akte bekommen. In zwei Wochen wird sie ins Horizon House überstellt.»

Ich versuche, meine Bestürzung zu verbergen, aber es gelingt mir nicht.

Jack berührt mich am Arm. «Dir liegt wirklich was an ihm, nicht?»

«Im Moment weiß ich überhaupt nicht, was ich für irgendwen oder irgendwas empfinde», sage ich und meine es ehrlich. «Jack, du solltest besser zurück zum House fahren. Ich muss hier erst noch sehen, was weiter mit Walsh passiert.»

Als ich mich von ihm abwende, löst Christine sich von ihrer Familie und kommt auf mich zugelaufen.

«Ich weiß nicht, wie ich Ihnen je danken soll, Superintendent. Eine Zeit lang waren Sie und ich die Einzigen, die an Deans Unschuld geglaubt haben. Sogar nachdem diese obdachlose Frau sich gemeldet hat, war die Polizei noch immer nicht –»

Ich schnappe jäh nach Luft, und eine plötzliche Kälte durchfährt mich wie ein eisiger Lufthauch. Oh Gott! Das ist es. Das hat mich die ganze Zeit beunruhigt. Mit plötzlicher Erkenntnis starre ich Christine eindringlich an.

«Was… was ist denn? Was haben Sie?», fragt sie verunsichert.

«Das konnten Sie nicht wissen, Christine. Ich hab es Ihnen nicht gesagt. Leo hat es Ihnen nicht gesagt. Und die Polizei hat es absichtlich nicht an die Medien gegeben.»

Christine blickt immer verstörter drein. «Ich weiß nicht, was Sie meinen. Was hätte ich nicht wissen können?»

«Sie konnten unmöglich wissen, dass die Zeugin, die das Alibi Ihres Bruders für den Zeitraum, in dem Maggie ermordet wurde, bestätigt hat, eine Obdachlose war.» Ich ringe nach Luft. «Es sei denn, Sie oder Ihr Bruder haben sie dazu gebracht, sich zu melden.»

Röte überzieht Christines Gesicht. Schon absurd, dass sie die ganze Zeit so gut gelogen hat und sich ausgerechnet jetzt so unbedacht verplappert. Vermutlich deshalb, weil sie gedacht hat, es wäre endlich alles vorbei, und darum nicht mehr so auf der Hut war.

«Es war nicht Deans Idee. Und es stimmt auch nicht, dass sie nicht da war. Sie lungert immer da rum.»

«Wie viel haben Sie ihr bezahlt, Christine?» Ich möchte gerne wütend auf sie sein, aber ich empfinde nur Wut auf mich selbst. Weil ich Christine absolut nicht durchschaut habe. Ich habe ihr geglaubt. Und ich hätte klüger sein sollen, hätte nicht so blind auf ihre Ehrlichkeit bauen dürfen. Wenn ich nicht so furchtbar erpicht darauf gewesen wäre, meinen Ruf zu retten, meine Karriere, wäre ich auch klüger gewesen. Skepsis gehört zu meinem Beruf. Bis zu Maggies Ermordung hatte ich mich stets daran gehalten.

Das Strahlen und die Freude sind von Christines Gesicht verschwunden, so dass sie fast wieder unscheinbar aussieht. «Es war die Wahrheit. Aber uns wollte ja keiner glauben. Ich musste doch etwas tun.» Sie tritt zurück, stolpert über einen Stein.

Walsh springt herbei und fängt seine Schwester auf, als sie das Gleichgewicht verliert. Sie klammert sich an ihn. «Es ist doch die Wahrheit, nicht, Dean? Rick hat deine Lehrerin getötet. Und Alison. Deshalb hab ich der obdachlosen Frau Geld gegeben, damit sie dich deckt.»

Anstatt sie zu beruhigen, schüttelt er sie wütend. «Halt den Mund, Chrissie. Halt den Mund. Hörst du?»

Kaum haben die Reporter die neuerliche Erregung registriert, da wittern sie schon wieder eine heiße Story. Kameraleute manövrieren sich in eine gute Position, um uns zu filmen und zu fotografieren, und die Journalisten schreien laut nach neuen Informationen. Es sind noch mehr uniformierte Polizisten vonnöten, um sie daran zu hindern, die Absperrung zu durchbrechen.

Christine bekommt das wieder erwachte Gedränge im Hintergrund gar nicht mit. «Dean, bitte sag mir, dass es die Wahrheit ist.»

«Natürlich ist es die Wahrheit», erwidert Walsh gleichgültig. Dann funkelt er mich an. «Hab ich denn nicht genug gelitten?»

Leo und Mitchell Oates kommen zu uns.

«Was ist los?», fragt Leo.

«Die Zeugin – die Obdachlose – hat Geld dafür bekommen», sage ich zittrig. Aus den Augenwinkeln sehe ich Marion Walsh, die ein paar Meter weiter weg steht, die Arme fest vor der Brust verschränkt. Als wollte sie ihr Herz daran hindern zu zerspringen.

«Was spielt das denn für eine Rolle?», schreit Christine. «Sie haben es doch mit eigenen Ohren gehört. Rick hat gestanden. Er hat gestanden.»

«Er hat gestanden, dass er Alison vor neun Jahren vergewaltigt hat», sagt Leo. «Er bestreitet vehement, seine Frau oder Maggie Austin ermordet zu haben.»

«Rick lügt», beteuert Christine. «So, wie er vor neun Jahren gelogen hat. Das könnt ihr meinem Bruder nicht wieder antun. Das ist nicht fair. Nicht fair.»

Leo überlegt einen Augenblick, bevor er antwortet. «Das mag ja sein, Miss Walsh. Aber so, wie die Dinge jetzt liegen, hat ihr Bruder kein Alibi für die beiden Morde. Und Sie selbst stecken in ernsten Schwierigkeiten.»

«Aber verstehen Sie doch», fleht Christine, «er hatte keinen Grund, sie zu töten. Er hatte Alison schon lange vergeben, als er aus dem Gefängnis kam. Und er hat Maggie geliebt. Er hat sie geliebt und sie ihn.»

Etwas Bösartiges flackert in Walshs stahlblauen Augen auf. Es dauert nur einen Moment, aber es ist ein so tiefer Blick in seine dunkle Seele, dass es mir den Atem raubt.

Die Wahrheit ist, Maggie hat Walsh nicht geliebt. Ebenso wenig wie sie Jack geliebt hat. Oder Ethan. Ich glaube, wenn sie überhaupt je einen Menschen körperlich und emotional geliebt hat, dann Karen Powell. Karen hatte Recht. Sie hat Maggie tatsächlich besser verstanden als alle anderen. Jedenfalls wesentlich besser als ich.

Aber allmählich fange ich an, Dean Thomas Walsh zu verstehen. Ein unschuldig verurteilter Jugendlicher, der acht Jahre lang tauben Ohren seine Unschuld beteuerte und dem nur seine Schwester glaubte. Der verstoßen, isoliert, gedemütigt, schikaniert, missbraucht wurde. Der endlose Tage schwankend zwischen Verzweiflung und Langeweile verbrachte. Und das alles für ein Verbrechen, das er gar nicht begangen hatte. Ihm war ein entsetzliches Unrecht widerfahren. Als unschuldiger Junge kam er ins Gefängnis. Und verließ es als ein verbitterter Mann, mit einer gewaltigen und gerechtfertigten Wut in sich. Ich bin sicher, seine Beziehung zu Maggie konnte diese Wut eine Zeit lang in Schach halten. Doch dann lief irgendwas schief, furchtbar und tragisch schief.

Leo beginnt, Walsh seine Rechte zu verlesen. Zwei weitere Officer kommen dazu, um ihn und Oates zu unterstützen. Christine beruhigt ihren Bruder, dass sich schon alles aufklären wird, keine Bange. Wie immer mehr um ihn als um sich selbst besorgt. Nun ja, wir alle möchten wohl gern an jemanden glauben. Leider hat Christine Walsh ihren Glauben und ihr Vertrauen in die falsche Person gesetzt. So wie ich auch. Wir haben uns beide von ihrem Bruder hinters Licht führen lassen, wenn auch jede aus unterschiedlichen Gründen.

Walsh wirkt seltsam gefasst, hat die Augen auf den Boden gerichtet. Doch dann, als wir alle schon meinen, dass Walsh keinen Widerstand leisten wird, stürzt er sich plötzlich mit der Geschmeidigkeit eines Pumas auf mich. Im selben Augenblick, als ich das gleichzeitige Klicken der Dienstwaffen höre, spüre ich Walshs Arm, der sich wie eine Schraubzwinge um meinen Brustkorb schließt, unangenehm nah an meinen Brüsten. Mein Rücken wird fest gegen seinen Bauch gedrückt. Erneut bin ich Walshs Geisel. Sein Schutzschild.

«Wenn ihr mich haben wollt, müsst ihr durch sie durch», zischt Walsh verächtlich, und ich spüre, wie sein Klammergriff sich noch fester schließt, immer näher und näher an meinen Brüsten. «Ich hab's Ihnen doch gesagt, Nat. Ich gehe nicht zurück. Diese Scheißwelt ist mir was schuldig.»

Walshs anderer Arm legt sich um meinen Hals. «Eine der netten Fertigkeiten, die ich mir im Knast abgeguckt hab, ist, wie man jemandem das Genick bricht. Tod auf der Stelle. Schon erstaunlich, was man so alles hinter diesen Mauern lernt.»

«Nein, Dean», fleht Christine. «Tu das nicht. Du bist zornig und in Panik. Aber diesmal besorgen Mom und ich dir den allerbesten Anwalt. Und der wird beweisen, dass du niemanden umgebracht hast.»

So verängstigt ich auch bin, fast empfinde ich Mitleid mit Christine. Selbst jetzt noch hält sie an dem Glauben fest, ihr Bruder sei unschuldig.

Walsh hört Christine gar nicht richtig zu. Er ist in seiner eigenen Welt, während er sich und mich vorsichtig rückwärts an den wuchtigen Ulmenstamm manövriert, um Rückendeckung zu haben. Die Reporter sind mucksmäuschenstill geworden. Aber die Kameras filmen und fotografieren weiter. Irgendwo im Hinterkopf frage ich mich, ob Ethan und Jack noch irgendwo dahinten sind. Aber als ich immer mehr um Atem ringen muss, verflüchtigt sich schnell jeder andere Gedanke, und ich denke nur noch ans Überleben.

Ich versuche, Walshs Arm von meinem Hals wegzuzerren, aber er lässt sich keinen Millimeter bewegen. «Sie konnten es ja nicht lassen, Nat. Sie sind selbst schuld.»

«Okay, Dean», sagt Leo bemerkenswert ruhig. «Lassen Sie uns überlegen, wie wir die Sache lösen, ohne dass jemand verletzt wird.»

«Kein Problem, Mann. Sie ziehen Ihre Leute ab und lassen meine Schwester und mich mit Nat wegfahren. Ich werde ihr kein Haar krümmen und lasse sie in etwa vierundzwanzig Stunden laufen. Das heißt, vorausgesetzt ich erlebe keine unangenehmen Überraschungen.»

«Das kann ich nicht machen, Dean», sagt Christine leise, aber bestimmt. Zum ersten Mal weigert sie sich, von ihm zur Komplizin gemacht zu werden. «Wenn du unschuldig bist –»

«Ha, jetzt zweifelst du also auch noch an mir.» Walsh klingt eher angeekelt als enttäuscht.

Tränen strömen über Christines Gesicht, und sie wendet sich von ihrem Bruder ab.

«Dean!» Der scharfe Klang von Marion Walshs Stimme lässt ihn zusammenfahren. Ich glaube, er hatte schon fast vergessen, dass sie noch da war. Ich jedenfalls hatte es vergessen.

Sie geht auf ihn zu. «Nein, Mom. Bleib weg», warnt er.

Sie kommt ungerührt näher, ohne den Schritt zu verlangsamen. «Du darfst dich durch das, was dir angetan wurde, nicht zum Ungeheuer machen lassen, Dean.»

«Dazu ist es zu spät.» Seine Stimme ist bloß ein gepresstes Wimmern. «Verstehst du, Alison hat mich an dem Tag auf der Arbeit angerufen, Mom. Sie hat gesagt, dass ihr etwas Schreckliches auf dem Gewissen lag, das sie loswerden wollte. Sie hat gefragt, ob ich zu ihr kommen könnte. Sie klang völlig aufgewühlt. Als ich ankam, war sie sehr nervös. Hatte Angst, dass Rick wieder auftauchen würde. Sie hat mir erzählt, dass sie mal wieder Streit gehabt hatten. Sie wollte spazieren gehen. Also sind wir spazieren gegangen. Eine ganze Weile, ohne zu reden.

Ich hab sie nicht bedrängt. Ich hab gewartet, bis sie so weit war. Und dann hat sie es mir erzählt. Dass sie gelogen hatte, dass nicht ich sie in jener Nacht vergewaltigt hatte. Dass sie wusste, wer es war. Ich wollte wissen, wer, aber sie wollte es mir nicht sagen. Ich hab sie direkt gefragt, ob es Rick war, aber sie wollte nicht zugeben, dass er es war. Sie hat immer bloß gesagt, es wäre nicht gut für mich, wenn ich erfahren würde, wer, und dass sie nicht wollte, dass ich noch mal im Gefängnis lande.»

Er lacht rau auf. Vielleicht hat er Alison an jenem verhängnisvollen Nachmittag auch so ins Gesicht gelacht. «Kannst du dir das vorstellen, Mom. Da erzählt mir diese kleine Fotze allen Ernstes, sie wolle mich schützen, wo sie es doch war, die mein Leben zerstört hat.»

Christine weint jetzt haltlos, aber Marion Walshs Gesicht ist starr wie Alabaster. «Du hast dieses arme Mädchen getötet. Und anschließend hast du auch noch deine Lehrerin getötet.» In ihrer

Stimme liegt kein Zweifel. Und nicht das geringste Gefühl. Es ist, als wäre jedes Gefühl in ihr verdorrt.

Ich kann Walshs Gesicht nicht sehen, aber ich kann hören, wie er nach Luft schnappt. Ich beneide ihn darum, dass er so leicht atmen kann, während ich um jeden flachen Atemzug kämpfe, fürchte, er könnte mein letzter sein. Was hat Walsh zu verlieren? Er hat schon zwei Morde begangen. Auf einen mehr kommt es auch nicht mehr an.

«Ich hab gedacht, Maggie liebt mich», erklärt Walsh. «Ich hab ihr alles erzählt, was mir auf der Seele lag. Und ganz gleich, was für gotterbärmliche Dinge ich ihr über mein Gefängnisleben gebeichtet habe, sie hat mich akzeptiert. Mich getröstet. Und weil sie wusste, wie niemand sonst auf der Welt, was ich durchgemacht und erlitten hatte, war ich sicher, sie würde mich verstehen, als ich ihr von Alison erzählte. Ich war sicher, sie wäre entsetzt darüber, was Alison mir angetan hatte. Ich dachte, sie würde mir vergeben. Mir helfen.»

Ich presse die Augen fest zusammen, sehe im Geist diese letzte spannungsgeladene Begegnung zwischen Walsh und Maggie. Die letzte Begegnung in Maggies kurzem Leben. Ich kann mir den Horror auf ihrem Gesicht vorstellen, als er ihr erzählte, dass er Alison ermordet hat. Den Abscheu. Die Angst. Und, ja, auch die fürchterliche Enttäuschung darüber, dass sie seinen Charakter so abgrundtief falsch eingeschätzt hat. All das konnte Walsh in ihrem Gesicht lesen. All das musste er als vernichtenden Verrat empfinden.

Wie lange mag es gedauert haben, bis seine Liebe in Panik umschlug? Sich zu Hass verzerrte? Der ihn dazu trieb, innerhalb von vierundzwanzig Stunden einen zweiten Mord zu begehen?

Die Bilder des brutalen Kampfes, der zu Maggies Tod führte, machen mich schwindelig. Ich will sie verdrängen und öffne erneut die Augen. Genau in dem Moment sehe ich etwas Glänzendes aufblitzen, auf halber Höhe eines dicken Baumstammes in etwa zehn Meter Entfernung. Noch bevor ich richtig erkannt habe, was ich da sehe, höre ich einen Schuss gellen, und die Kugel schlägt in den Ulmenstamm, nur Zentimeter von Walsh und mir entfernt. Erschrocken lockert Walsh seinen Klammergriff um mich. Ich kann mich nicht befreien, aber es gelingt mir, ein paar Zentimeter nach unten zu rutschen, vor allem, weil meine Beine vor Panik unter mir wegknicken. Ich bin sicher, der Schütze war kein Cop. In einer derartigen Situation würde kein Polizist so einen Schuss riskieren.

Menschen schreien auf, unter ihnen auch ich. Und die Schreie übertönen den nächsten Schuss. Ich höre ihn zwar nicht, aber ich kann deutlich spüren, wie die Kugel dicht an meinem Kopf vorbeizischt.

Ein durchdringender Aufschrei ertönt aus Walshs Mund, als er anfängt, zu Boden zu gleiten, mich mitreißt. Ich spüre etwas Warmes und Klebriges seitlich am Kopf und frage mich benommen, ob ich getroffen bin.

Ich sehe, wie Oates eine schluchzende, um sich schlagende Christine festhält. Ich sehe Leo und zwei weitere Polizisten auf Walsh und mich zugerannt kommen. Ich sehe Marion ein paar Meter entfernt auf die Knie sinken, die Hände fest gefaltet, und ich frage mich, ob sie für ihren Sohn betet oder für mich. Nur vage nehme ich die gurgelnden Geräusche wahr, die Walsh ausstößt, während er mich noch immer festhält, halb auf dem Boden sitzend, halb gegen den Baum gelehnt.

Erst nachdem Leo mich befreit hat, merke ich, dass die zweite Kugel Walsh getroffen hat und nicht mich. Er hat ein gähnendes Loch seitlich am Hals, und sowohl aus der Wunde als auch aus seinem Mund sprudelt Blut.

Er bewegt die Lippen, aber ich kann ihn nicht verstehen. Ich beuge mich etwas näher zu ihm. «Ich… hab… Ihnen…doch gesagt… ich gehe… nie mehr… zurück.» Dean Thomas Walshs Mund verzieht sich zu einem verzerrten Lächeln, als er seinen letzten Atemzug tut.

Leo drückt dem Toten die Augen zu und zieht mich dann sanft hoch. Ich will ihn bitten, mich festzuhalten, aber noch bevor ich die Worte sagen kann, schließt er mich schon in seine Arme.

Die Sechs-Uhr-Nachrichten bringen eine ausführliche Berichterstattung, in der es unter anderem heißt, dass der Schütze sich ohne jede Gegenwehr festnehmen ließ.

Herz der Gerechtigkeit

Ich sehe die Mauern nicht, die Gitter, den Stacheldraht.
Ich höre die Flüche nicht, den Befehlston, die Drohungen.
Ich rieche die Pisse nicht, die Putzmittel, den beißenden
    Geruch der Joints.
Ich fühle weder die Grobheiten noch Grausamkeiten.
Ich schmecke den ranzigen Fraß nicht, den heimlich
    gebrauten Gefängnisschnaps.
Ich weine nicht um das, was ich verloren habe.
Ich bedaure nichts.
Ich habe alles aufgegeben und wusste, um welchen Preis.
Mein Herz ist leicht.
Denn du bist bei mir, Tag und Nacht.
Mit offenen Augen, mit geschlossenen Augen
Sehe ich dein schönes Gesicht.
Ich höre deine weiche, melodische Südstaatenstimme.
Ich rieche deinen betörenden Fliederduft.
Ich spüre deine zarte Berührung.
Ich schmecke deine Wärme, deine Güte, deine Reinheit.
Ich bin kein Gefangener.
Ich bin Bewahrer der Erinnerung an dich.
Und ich bin frei, Maggie.
Ich bin frei.

Keith Franklin
Häftling Nr. 304585

43

Seit fast vier Monaten bin ich nun wieder im Horizon House. Nach Franklins Festnahme wurden in den Büroräumen des Commissioner einige ernste Besprechungen abgehalten. Letztendlich beschloss der Commissioner angesichts der zahlreichen Irrtümer und Fehlentscheidungen der unterschiedlichsten Stellen – angefangen mit Dean Thomas Walshs ungerechter Verurteilung vor über acht Jahren bis hin zu seinem Tod durch einen Heckenschützen vor den Augen der Polizei im Boston Commons –, dass der vorherige Zustand so weit wie möglich wiederhergestellt werden sollte. Also fand mein *freiwilliger Urlaub* ein jähes Ende, und ich nahm wieder als Superintendent hinter meinem Schreibtisch im Entlassungsvorbereitungszentrum Platz.

Hatte ich irgendwelche Bedenken gegen meine Rückkehr? Ja. Dutzende. Habe ich mir die Entscheidung schwer gemacht? Ja. Es gibt Tage – häufiger Nächte –, da frage ich mich immer noch, ob ich die richtige Wahl getroffen habe. Aber hier bin ich nun. Das ist mein Leben. Hier wollte ich sein, bevor alles aus den Fugen geriet. Und sämtliche Selbstvorwürfe, Zweifel und Ängste mal beiseite gelassen, im Grunde genommen will ich immer noch hier sein. Eine furchtbare Fehleinschätzung ändert nichts an meiner Überzeugung, dass wir mit unserer Arbeit im Horizon House dazu beitragen können, die erschreckend hohe Rückfallquote von Exhäftlingen zu senken.

Keith Franklin gab offen zu, Dean Thomas Walsh ermordet zu haben, als Leo ihm noch im Park seine Rechte vorlas. Später im Untersuchungsgefängnis gestand er auch, Maggie an jenem schicksalhaften Freitagnachmittag besucht zu haben – vermutlich keine fünf Minuten nachdem Walsh sie ermordet hatte und aus der Wohnung geflohen war. Wie Jack hätte auch Franklin beinahe Maggies Leben retten können. Und sein eigenes.

Manchmal erscheint mir das Leben wie eine Anhäufung von *Wenn-doch-nur*.

Franklin war es, der Maggies Leiche so arrangierte, dass es wie Walshs Handschrift aussah. Er hatte alte Zeitungsberichte über die Vergewaltigung von Alison Cole gelesen und nie bezweifelt, dass Walsh der Täter war. Er war auch überzeugt, dass Walsh Maggie ermordet hatte. Franklin gab außerdem zu, dass er versucht hatte, mich zu überfahren, und dass er mich, nachdem das fehlgeschlagen war, niedergeschlagen und den Brand in meinem Schlafzimmer gelegt hatte. Er fürchtete, dass ich ihn in Verdacht hatte, und wollte durch meinen Tod die Aufmerksamkeit wieder auf Walsh lenken. Er zeigte keinerlei Anzeichen von Reue wegen dieser kaltblütigen Mordversuche. Ein letztes Rätsel wurde geklärt, als Franklin unverblümt und sogar stolz gestand, das Foto von Maggie und Karen sowie noch etliche andere gemacht zu haben, alle von der Feuertreppe vor Maggies Schlafzimmer aus. Die anderen Fotos bewahrte er sicher in einem Bankschließfach auf. Er hätte sich selbst nie als Voyeur bezeichnet. Stattdessen sah er sich als Maggies wahren Geliebten. Er konnte sich einbilden, dass nicht Jack oder Dean mit ihr schliefen, sondern er. Bei allen Aufnahmen vermied er es bewusst, den Liebhaber klar ins Bild zu bekommen. Er gestand, dass er nur dann Schwierigkeiten mit seiner Phantasievorstellung hatte, wenn er Maggie und Karen bei ihren sadomasochistischen Spielen beobachtete. Die sexuelle Beziehung der beiden bereitete ihm großes Unbehagen. Deshalb schickte er Maggie dieses eine Foto. Er hoffte, wenn ihr klar würde, dass es handfeste Beweise für ihr *schlechtes Benehmen* gab, würde sie Angst bekommen und die Geschichte mit Karen beenden.

Zu keinem Zeitpunkt ließ Keith Franklin irgendwelche Anzeichen von Gewissensbissen wegen seiner Taten erkennen. Nicht nach seiner Festnahme, nicht, als er sich schuldig bekannte. Es hatte den Anschein, als wäre Franklin stolz darauf, wegen Mordes an Dean Thomas Walsh vor Gericht zu kommen. Er war zwar auch wegen Brandstiftung und versuchten Mordes an mir angeklagt, aber das schien ihm vollkommen gleichgültig zu sein.

Ungefähr einen Monat nachdem Franklin ins CCI Oakville überstellt worden war, rief mich seine Frau Terri an. Sie wollte mir mitteilen, dass sie die Scheidung eingereicht hatte und dass sie und Mike im Sommer heiraten wollten. Sie fügte hinzu, dass die Zwillinge Mike sehr mochten. Ich wünschte ihr aus ganzem Herzen alles Gutes.

Eine Hochzeit, die bereits stattgefunden hat, ist die von Christine Walsh und Peter Meehan. Wie geplant gaben sie sich im Dezember das Jawort. Im Gegensatz zu Terri hat Christine keinen Versuch unternommen, sich mit mir in Verbindung zu setzen. Ich möchte gerne glauben, dass sie keinen Groll gegen mich hegt und dass sie nur dieses Kapitel ihres Lebens so gut es geht abschließen will. Ich hoffe, es gelingt ihr. Meiner Meinung nach war sie einer der Menschen, die am meisten unter dieser Tragödie gelitten haben, und ihr einziges Vergehen war, dass sie ihren Bruder so sehr geliebt hat, dass sie ihn nicht so sehen konnte, wie er wirklich war. Ich rede mir ein, dass das teilweise auch daran lag, dass Dean in seiner Rolle so überzeugend wirkte. Aber das macht es mir auch nicht leichter, mich mit meiner eigenen Fehleinschätzung seines Charakters abzufinden.

Ethan lebt nicht mehr mit Jill zusammen. Als sie im vierten Monat war, rutschte sie auf einem vereisten Gehweg aus, fiel hin und hatte eine Fehlgeburt. Es war ein Junge. Ethan hat nie herausgefunden, ob das Kind von ihm war. Ich war erschüttert, wie tief seine Trauer über den Verlust war, besonders, da er und Jill sich nach ihrem Streit, der ihn zurück in unsere Wohnung führte, nicht mehr versöhnt hatten. Es dauerte über drei Wochen, bis die Brandschäden behoben waren. Ethan rief mich an, um mir zu sagen, dass er eine Wohnung in Brighton gefunden hatte und zum nächsten Ersten ausziehen könnte, falls ich das wollte. Ich weiß, er hätte gerne gehört, dass ich das nicht wollte, aber ich erwiderte, der nächste Erste wäre in Ordnung.

Während Ethan in unserer Wohnung wohnte, war ich bei meiner Schwester. Vielleicht wäre ich noch etwas länger geblieben – die Kinder sind mir richtig ans Herz gewachsen, und Rachel und ich verstehen uns besser als je zuvor –, aber sie beschloss, Gary noch eine Chance zu geben. An dem Tag, als er zurückkam, zog ich wieder in meine Wohnung. Ich bin sehr misstrauisch, was Garys *Genesung* angeht, aber andererseits bin ich generell misstrauischer geworden.

Karen Powell ist nicht mehr wissenschaftliche Assistentin. Wenige Tage nach Keith Franklins Verhaftung nahm sie eine Stelle als Lehrerin an einer privaten Highschool für Mädchen in Denver an. Das erzählte mir eine Kollegin von Maggie bei einem Gedenkgottesdienst, der zwei Wochen nach Maggies Tod für sie abgehalten wurde.

Jack und ich gehen manchmal zusammen essen oder ins Kino. Ich weiß, dass er sich mehr wünscht, aber ich bestehe darauf, selbst zu fahren, wenn wir uns treffen, und ich lade ihn hinterher nie ein, noch auf einen Sprung mit zu mir zu kommen. Letzte Woche aßen wir abends im Pomodoro und trafen dort ausgerechnet Ethan. Er war in Begleitung einer sehr hübschen Brünetten, schätzungsweise Anfang zwanzig. Er stellte sie mir als seine neue Assistentin vor. Ehrlich gesagt, ich habe ihren Namen vergessen.

Mein Arbeitsverhältnis mit Jack ist fast wieder so wie früher, bevor Dean Thomas Walsh in unser aller Leben brach. Im Großen und Ganzen geraten wir nicht mehr so oft aneinander wie früher. Eine Ausnahme sind die hitzigen Debatten über eine von unseren neuen Schützlingen, Nicki Holden. So, wie ich für Walsh die Regeln gebeugt habe, so würde Jack gerne das Gleiche für Nicki tun. Im Rahmen der Entlassungsvorbereitung arbeitet sie in einer Softwarefirma in Waltham, und ihr Chef ist so von ihren Fähigkeiten angetan, dass er ihr nahe gelegt hat, Abendkurse in Computertechnik zu besuchen. Jack möchte, dass ich das genehmige. Und ich muss ihn ständig daran erinnern, dass Ausnahmegenehmigungen völlig ausgeschlossen sind. Eine der Folgen des Walsh-Fiaskos ist die, dass wir keinem Häftling mehr erlauben dürfen, irgendwelche Kurse außerhalb des Zentrums zu besuchen. Sämtliche Aktivitäten, die nicht unmittelbar mit der jeweiligen Arbeitsstelle zu tun haben, darunter auch Weiterbildungsseminare, Treffen der Anonymen Alkoholiker, die Therapiegruppe für Sexualstraftäter und andere Therapieprogramme, finden nun im Zentrum statt.

Ich weiß, dass Jack sich zu Nicki hingezogen fühlt. Mit ihren kindlichen Gesichtszügen, dem glänzenden kastanienbraunen Haar, den intelligenten smaragdgrünen Augen und dem verträumten Lächeln ist sie ebenso schön, wie Dean attraktiv war, aber ich hüte mich, Jack gegenüber irgendeinen Kommentar zu seinen Gefühlen abzugeben. Ich weiß noch zu gut, wie erbost ich war, als Jack mir vorwarf, dass ich mein Urteilsvermögen dadurch beeinflussen lassen würde, dass ich mich körperlich von Walsh angezogen fühlte. War dem so? Damals habe ich es Jack gegenüber vehement bestritten. Aber mit zunehmendem zeitlichen Abstand frage ich mich, ob Walshs Attraktivität nicht doch eine Rolle bei meinen Entscheidungen gespielt und meine Meinung über ihn beeinflusst hat. Und vielleicht war da ja noch mehr im Spiel, wie das auch bei Jacks Gefühlen für Nicki der Fall sein könnte. Der unbewusste Reiz der Rivalität. Zwischen mir und Maggie um Walsh. Zwischen Jack und Leo um Nicki.

Leos Mutter und sein Sohn besuchen Nicki auch hier im Horizon House weiterhin jede Woche. Nur mit dem Unterschied, dass Leo nun manchmal mit dabei ist. Nicht jedes Mal, aber mindestens ein-, zweimal im Monat. Unter den Insassen und Mitarbeitern im Horizon House scheint niemand Nicki das Leben schwer zu machen, weil sie mit einem Detective befreundet ist. Wahrscheinlich weil sie wissen, dass sie es sonst mit mir zu tun kriegen würden.

Ich will nicht behaupten, dass diese trauten Familientreffen für mich nicht irgendwie schwierig sind. Wie auch für Leo, das spüre ich. Nicki ist offensichtlich froh, wenn Leo sie besuchen kommt. Manchmal bleibt er noch etwas länger bei ihr, wenn Jakey und seine Mom schon aus dem Besucherzimmer gehen. Ich hab nie gesehen, dass sie sich küssen, aber ich hab gesehen, dass er ihre Hand drückt oder kurz den Arm um sie legt. Sie scheint den Körperkontakt stets zu genießen.

Nicki ist nach wie vor dagegen, dass Jakey erfährt, dass sie seine Mutter ist. Und mir ist aufgefallen, dass sie im Umgang mit ihm etwas schüchtern und reserviert wirkt. Als wollte sie nicht –

oder als hätte sie Angst davor –, dass sie sich zu sehr an ihn bindet. Dem Jungen wiederum wird es manchmal langweilig bei den Besuchen, und dann besteht er darauf, in meinem Büro vorbeizuschauen, um ein bisschen bei mir zu sein. Meistens bringt er seine blaue Plastikkiste mit Legosteinen mit, und ich lasse mitten am Nachmittag gerne mal für fünfzehn, zwanzig Minuten lang die Arbeit Arbeit sein. Wir bauen zusammen Streitwagen, Boote, Drachen und Burgen. Ich weiß, dass Jakey diese Spielpausen liebt, aber längst nicht so sehr wie ich.

Leo und ich treffen uns hin und wieder. Ein paarmal endeten unsere Verabredungen bei mir zu Hause. Ich lasse ihn nie über Nacht bleiben, und ich achte sehr darauf, dass unsere Begegnungen nicht zu häufig werden oder zu sehr außer Kontrolle geraten. Leo weiß, dass ich Angst davor habe, mich zu sehr an ihn zu binden, so, wie Nicki fürchtet, Jakey zu sehr ins Herz zu schließen. Und vielleicht auch Leo.

Die Zukunft birgt für uns alle viel Unbekanntes. Und wir müssen erst alte Wunden verheilen lassen, bis wir wieder bereit sind, neue zu riskieren.

Wir haben Zeit.

Ich hab mir wirklich einen Hund gekauft. Keinen Pitbull. Einen Golden Retriever. Sie heißt Hannah. Und sie ist wunderbar.